……周晓，我喜欢你。……

— wo xi huan ni —

魅丽文化 花火工作室

七级风

Sissycici
著

江苏凤凰文艺出版社
JIANGSU PHOENIX LITERATURE AND
ART PUBLISHING

图书在版编目（CIP）数据
七级风 / Sissycici著. -- 南京 : 江苏凤凰文艺出版社，2025. 4. -- ISBN 978-7-5594-9462-7
Ⅰ. I247.5
中国国家版本馆CIP数据核字第2025PQ1930号

七级风

Sissycici 著

责任编辑 周颖若
出版统筹 曾英姿
特约编辑 黄 欢 胡 蓉
装帧设计 刘芳英
出版发行 江苏凤凰文艺出版社
南京市中央路 165 号，邮编：210009
网 址 http://www.jswenyi.com
印 刷 长沙金鹰印务有限公司
开 本 880mm × 1230mm 1/32
印 张 10.5
字 数 333 千字
版 次 2025 年 4 月第 1 版
印 次 2025 年 4 月第 1 次印刷
书 号 ISBN 978-7-5594-9462-7
定 价 46.80 元

目录

Contents

第一章
老地方

夜里。

一架从纽约飞往祁南的航班正在平稳地穿过气流。

“哎，考你一下。”

“考我什么？”

“我们坐的航班机型是什么？”

“嗯，SL7772。”

“那是航班号。”

“那机型是？”

“是——波音 520。”

…………

经济舱内，右侧靠窗的位子上，与一名身材魁梧的男人并肩而坐的周晚，只能被迫窝在角落里，不舒服地垂着颈，闭眼休息。

长时间的飞行让她疲惫不堪。

忽然，少年和少女清澈透亮的声音，在她的耳畔轻轻回绕。

那番似曾相识的话，让她以为是自己在梦里拾起了关于青春、关于与某个人的回忆。直到飞机遇到气流，机身微微摇晃，她猛地睁开眼，不经意间，透过前排座位的缝隙，她看到男孩偷吻了女孩。

“你干吗亲我？”

“笨蛋，哪里有波音 520？”

女孩呆呆地看着男孩，羞红了脸。

男孩紧张地去摸女孩的手，说道：“我如愿考上了航空大学，四年后，就能成为一名飞行员，但我还有一个心愿，也很想实现。愿望是，我想让你做我的女朋友。”

周晚笑了笑。

原来那不是梦，而是她偷窥了一场少年的暗恋成真。

经济舱有些拥挤，周晚睡不踏实。又是一次半睡半醒间，她的耳边依稀传来了空姐与女乘客的对话声。她扭头，看到一名女学生在央求空姐给她换座位。

空姐扶着椅背，半蹲下，微笑着说："女士，很抱歉，我们经济舱和头等舱的位子都已经坐满了，无法帮您更换座位。"

女学生打扮得时髦又个性。她瞥了一眼旁边衣衫破旧的中年男人。

从女学生的表情，空姐不难猜出她迫切想换座位的原因。

旁边的中年男人很敏感，他迅速将身上有味道的外套脱下，慌乱地卷起，递给了空姐，说道："你好，可以帮我把衣服收起来吗？"

男人将外套塞到空姐手中后，尴尬地解释道："不好意思，可能是因为我外套上有味道，让旁边的姑娘感觉不舒服。"他连忙转头对女学生做了一个抱歉的手势："对不起。"

朴实敦厚的长相，让他的道歉看上去有点让人心疼。

女学生突然不好意思地低下头道："我也不是这个意思。"

男人怕女学生还在生气，又解释道歉道："我是农村来的，我送女儿去美国读书。这是我第二次坐飞机，是我穿了有味道的衣服影响到了大家，对不起。"

女学生埋头抿唇，像是为自己刚刚不礼貌的行为感到羞愧。

周晚的目光移向了空姐。

空姐轻声说了一句"等我一下"，然后走向服务间，再次折回来时，她手里多了两张纸和两盒巧克力。她将纸和巧克力递到女学生和男人的手边，说道："送给你们的。"

女学生和男人看到纸上的画后，不禁相视一笑。

看过这一段小小的插曲，周晚收回视线，她很好奇空姐在纸上写了什么。她想着想着，困意袭来，她眯上眼睛，斜着脑袋，睡着了。

七个小时后，航班抵达了祁南羽志国际机场 T2 航站楼。

飞机滑行到停机位停稳后，机舱内发出解安全扣、起身、打开行李架的动静。

"欢迎您乘坐星荣航空，再见。"

空姐站在舱门边，优雅礼貌地送走每一位乘客。

等到座位差不多都空了以后，周晚才起身。她走到舱门边，站在门旁的是刚刚处理换座插曲的空姐。长途飞行，她脸上也见不到丝毫疲惫，依旧保持该有的专业素养，鞠躬、微笑。

直到所有乘客都下了飞机，空姐才捶肩揉背。

“Shirley，你真的要离职吗？”舒曼终于可以聊点私事了。

时雪菲边收拾，边点头道：“嗯。”

“已经确定了？没余地了？”

“嗯。”

舒曼扯住时雪菲的手臂，叹气道：“其实我也理解你，你在星荣做了三年，硬生生把小航空公司的服务做得比大公司还厉害，不给你涨薪就算了，现在公司还被收购。新官上任三把火，不换血也只会让我们做配，这样想想，确实没劲。”

时雪菲对舒曼笑道：“别过度分析我，我只是累了，想休息一阵。”

“嗯。”

收拾完后，舒曼和时雪菲推着拉杆箱往机舱外走。蓝白色的制服剪裁贴身，称得她们身材高挑有致。她们穿梭在人来人往的机场里，成为一道明艳的风景线。

舒曼低头看了一眼手表，问道：“对了，一会儿要不要去那家新开的 brunch？”

“今天不行。”时雪菲解释，“Kelly 姐叫我回公司开会，听说新老板要来，下次再陪你。”

“好。”舒曼说，“还有，反正都决定要走了，不管会上发生什么，都以平常心对待。”

“嗯，我知道。”

三月的祁南，蛰伏了一个冬季后，是一幅春光和煦的景色。

来接周晚的是她的助理，卫也，一个从集团实习生做上来的男生。毕业于祁南大学管理系的高才生，跟了她一年，为人聪明，做事细致、有条理，目前为止，她还算满意。

周晚坐进白色的豪车，车是她上半年新换的，当时试了一圈，这款她开着最顺手。

卫也将行李放进后备厢后，匆匆上车，递给老板一个保温杯，说道：“这么连轴转，是人都受不了，先喝点热水，能舒服点。”

“嗯，谢谢。”周晚抿了一口，发现不是普通的白开水，里面还放了补气血的枸杞和甘草，“卫也，你真是我见过最细心的男生。”

卫也笑了笑，然后将车开出了停车坪。

前面是拥挤路段，只能耐心等待。

马路边的大叶榕，葱葱郁郁。

车窗开了一条小缝，卫也从后视镜里看见老板神色疲惫，便问：“Penny，需不需要我将下午的会议推迟到明天上午？我担心你舟车劳顿，需要休息。”

周晚不喜欢助理叫自己“周总”，冰冷，没有人情味，所以如果没有外人在，卫也通常会叫她的英文名。

“不用。”周晚揉了揉眉心，“突然推迟会议，会耽误大家的工作计划，我回办公室躺一躺就行。通知大家，三点准时开会。”

“是。”

卫也再从后视镜里看去，老板已经闭目休息。一直以来，他都很佩服自己的老板。这个外表文弱瘦小的女生，身体里似乎藏了巨大的能量。

和那些雷厉风行的女领导不同，在她身上几乎看不到棱角。可就是这样一个毫无老板架子，甚至温柔到没有脾气的女生，在去年正式接手了名震一方的周氏集团，成为难得一见的女继承人。

星荣航空公司不在祁南 CBD，相对较偏，因为原老板是出了名的抠门，公司离职、跳槽率出奇高，这也就导致重要部门的员工素质参差不齐。

下车后，卫也开路，引着周晚走进了十九层的会议室。

大概是两周前，周氏集团内部经过商讨后，董事长周知然派了三位经验颇丰的高层，帮助周晚一起管理星荣航空公司。

对周晚来说，这又是一次挑战。但对三位男经理来说，这是一件十分不痛快的事。他们除了不认可董事长这次收购的决定，还有不服给他女儿做配角的安排。

百叶窗拉下，卫也和另一位助理一起准备开会的事宜。

会议桌前，时雪菲挨着主任乘务长吴凯利坐。其实她不明白，以自己的身份，为什么会出现在公司高层会议的名单中。她以为是 Kelly 姐的推荐，但吴凯利说不是她，是上头钦点的。

原本想飞完这趟航班就提交辞职信的时雪菲，此时纠结又不安。

突然，吴凯利推了推时雪菲，小声道："新老板来了。"

时雪菲顺着一排人的目光望去，看到走进来的女人，十分错愕。

她竟然是星荣航空公司的新老板？

"都到齐了吗？"周晚在主位上坐下。

卫也清点人数后，答道："到齐了。"

"开始吧。"

卫也打开了投影。

屏幕里正在展示的是星荣航空的一份年度报表，从各个维度对公司这几年的运营进行了总结与分析。这份更新后的报表，卫也是在开会前半个小时收到的。他在办公室里迅速过了一遍，看到新添加的内容，他顿时明白老板选择坐经济舱的原因，根本不是所谓的"头等舱无票"。

会议桌两旁的人认真听。

周晚条理清晰道："航空公司属于服务行业，因此乘客的反馈十分重要。我从网站和网络平台搜集了一部分乘客对星荣的网评，投诉最多的是航班延误与取消的情况，也曾发生过网红乘坐我航的航班，因延误而质问机长姓名、指责机组人员，在社交媒体进行维权的事件。"

听到这里，几位老员工自觉没脸地低下头。

周晚继续道："当然，也不全是差评。相反，大家对我们空乘组的服务质量褒奖有加，甚至认为在服务方面超过了大型航空公司。"

老员工们又纷纷抬起了头。

周晚看向吴凯利，夸道："乘务组做得很棒。"

吴凯利笑着回应："谢谢，这是我们应该做的。"

周晚视线稍稍挪开，对吴凯利身边貌美的空姐说："我认识你，你叫时雪菲，上次在处理台风天航班延误事件中表现很出色。所以我这次从纽约回来，特意选了星荣的航班，想碰碰运气，看看能不能够有幸见到你。当然，我运气不错。"

原来是"微服私访"。

在会议上被新老板高调表扬，时雪菲受宠若惊，只拘谨地说了声"谢谢"。

一名年纪五十岁出头、姓付的男经理举手示意，提出了质疑："据我了解，星荣航空之前在网络上不止出现过一例因延误维权的事件，口碑一跌再跌，想要在短时间内挽回口碑，恐怕没那么容易。”

被集团总部派来星荣航空公司，他本来就窝了一肚子火。

“是，并不容易。”周晚说，“所以需要我们改变。”

“怎么改？”

“换血。”

会议室里，议论声不断。

卫也看到周晚点头后，点开了自己的PPT（演示文稿）。

“我们听听卫也的想法。”周晚一出声，桌前的人立刻就安静下来。

PPT里不是枯燥的数据，而是业内几位明星机长的资料。

卫也说：“我的想法是，要想挽回口碑，我们需要对飞行部进行部分换血，以及加强培训和管理。”

幻灯片一张张地切换，深深浅浅的光影在桌面上扫过。

经理们抬头看着那些赫赫有名的机长，不禁摇头，自忖根本不可能请得动这些人物。

卫也没看他们的表情，而是介绍起自己挑选出来的机长。

周晚听着介绍，时而抬头，时而低头处理工作，直到无意间抬眸，被右上角的照片吸引了全部的注意力。

黑白色的飞行员制服，让那张本来就过分英俊的脸，添加了一份职业的成熟魅力。那么多年过去，他身上的傲慢和狂狷并未削减半分，反而更强烈。尤其是那双眼睛，坚定、执着又炯炯有神。

一时间，办公室里全在讨论这位“明星机师”。

“许博洲不是一直在港岛飞吗，会来内地吗？”

“不知道，不过我挺喜欢他的，之前看过他在澳大利亚的采访，不仅专业能力过硬，脑子里也很有东西，很厉害。”

“前段时间他从红港离职还闹得沸沸扬扬，都猜他会去哪里。”

“像他这种人物，应该抢着要吧，怎么会来我们星荣？”

…………

投影没关，还停留在这一页。

卫也转过身，面对众人的议论，他忽然局促起来。

付经理身子往前一伏，摩擦掌心道：“周总，您不要误会，我们没恶意。毕竟星荣在航空公司里的排名几乎垫底，我们担心邀请不到如此优秀的机长加入我们，也很正常。”

周晚并没有生气，安抚民心道：“嗯，我明白，也很理解你们的担忧。”

她抬眸，盯着屏幕里那张照片看了一会儿，说道：“引进人才的难题由我来解决，我会尽快给大家带来好消息。”

办公室里的声音戛然而止。

会议结束后，周晚回到办公室。

由于后面计划将星荣航空公司搬去CBD，所以这间装修陈旧的房间，算是她的临时办公区。

周晚走去窗边，太阳已经西下，昏黄的光影从百叶窗投射进来，浅浅地覆在手机屏幕上。她翻看通讯录，寻找那个熟悉的人名，突然反应过来，好像很久没有联系他了。

有多久呢？她想。

半年？不对，一年？好像，还要更久。

退出通讯录，周晚打开微信，点开了那个许久没有联络过的微信名。看着冰冷的时间分割线，她发现，上一次问候还是除夕夜。

对方发了一条消息：“新年快乐，周晚。”

而她的回复却是在三天后：“新年快乐，许博洲。”

如果不是因为今天的会议，她不会特意去搜索他们的聊天记录。

每一次都是他主动。

每一次都以她的忙碌冷淡收尾。

曾经那么亲密无间的好朋友，转眼，遥远又陌生。

下班高峰期，楼下人潮涌动，周晚还站在窗边，手中的屏幕亮了又熄灭，熄灭了又亮，手指在熟悉的名字上徘徊。深呼吸后，她给这位昔日好友拨去了一通电话。

长长的等待声，有些刺耳，大概响了六七声，电话才接通。

“喂。”先开口的是周晚。

只是电话那头迟迟没有人出声。

周晚喊了一声名字：“许博洲，你在吗？”

见还是没人回应，她担心是不是打电话的时机不对，或者接电话的人不是许博洲，而是他的女朋友。

“不好意思，打扰了……”

“对我就这么点耐心？”

周晚刚准备挂电话，那头终于有人出声，是她再熟悉不过的声音，深沉、有力，说话的语气和语调还是那般冷冷淡淡的，和少年时期的他并无二致。

除了抱歉，周晚暂时不知道该说点什么。

许博洲问："找我有什么事吗？"

"你什么时候回祁南？"周晚问。

电话里头，许博洲的声音很低道："我已经回来一个月了。"

周晚微怔，又说了一声抱歉，然后问道："那你最近哪天方便，我想约你见一面。"

"后面几天我都有安排，今天晚上有时间，你可以吗？"许博洲反问道。

确定今晚没有重要的安排后，周晚答应了他："好，你在哪里？我现在来找你。"

可这位老友惜字如金，只说了三个字——"老地方"。

一句"老地方"，让周晚一点点重拾起关于高中的记忆。

地下停车场，昏暗寂静。

周晚靠在椅背上，亮起的手机屏幕里是许博洲的朋友圈。他不常发，一年也没几条内容。最新的一条，是月初，他分享了一首歌，没有文案，只有定位。

——祁南羽志国际机场。

原来他真的回来快一个月了。

而她又一次因为忙碌而忽略了他。刚刚唐突的问话，确实或多或少显得没良心了点。

手指上移，周晚点开了播放键。

是 The Midnight 的 *Sunset* live 版。

她闭上眼，在燥热的鼓点和强劲的节奏里，拼凑起那些遥远又模糊的画面，脑中的记忆，从暗色调逐渐变成了鲜活的彩色。

空荡荡的长廊、教室，最后一排靠窗座位上的少女永远最后一个离开。

落日余晖。

被夕阳染成橘色的衬衫……

被晚风吹起的雪白试卷……

桌角的手机，似乎永远会在七点十分响起。

而信息的内容，像两个默契的人才能拥有的暗语。

——“老地方找我。”

窗边消失的身影、树影里摆动的裙摆、书包拉链上轻轻晃动的小皇冠坠饰……

少女停在深巷入口处，视线落在楼梯口边的少年身上。他穿着浅灰色的棒球服，低着头，鼻梁很高，额发自然垂下，浑身被冷冽的气息包裹。

原来脑中那块橡皮擦，并没有擦掉这些快过去十年的记忆。

音乐结束时，周晚也记起了“老地方”。

正是晚高峰，车在如织的市中心堵了半小时。

周晚到第一实验中学时，天已经黑透。她将车停到了路边，站在卷闸门外，忍不住朝里看去。高中毕业后，她再没有回过母校，里面好像翻新过一遍，此时的教学楼灯火通明，那些埋头苦学的人影，让她不禁想起了过去的自己。

突然，两三个迟到的男生，气喘吁吁地往里奔，不小心撞到了周晚，手上的书包都差点飞出去。

“对不起，姐姐。”

周晚回头，说了声“没关系”。

少年成伙，躲过了门卫的检查，火速溜了进去。

那些纯真、意气风发的笑脸，似乎停留在了这个年纪。

周晚拐过校门，走进了那条深深的老巷。矮墙绿藤，她发现这么多年过去了，旁边的厂房竟然没有拆，生锈的窗、掉色的雨棚、外晾的衣物……是和高中时一模一样的烟火气。

身体形成了肌肉记忆，让她在第二个井盖旁停下脚步。

楼梯重新刷过漆，周晚扶着栏杆，朝下探头，地上有光。她慢慢走了下去，拉开厚重的木门，听见了打台球的声音。

里面摆了六张台球桌，低矮的天花板上吊着电扇，灯没有全开，只照在了有响声的那一桌。穿着白色T恤的男人，背对着门的方向，弓背撑杆，手臂随着动作使力，紧绷的肌肉线条赫然清晰。

“嘭——”

一颗黄色的球，被准确无误地击入了球袋。

角落里有影片播放的声音，周晚顺着音源和光亮处看了过去。

一台老电视里正播放着一部外文电影，画面里，灯光迷离，气氛热烈，像是毕业派对。一对男女一杯一杯地喝着酒，随着他们的身体越贴越近，对视越发暧昧，男生借着昏暗的灯光和女生表白。

下一秒，女生却不胜酒力地错过了表白。

“来了？”

台球厅里突然发出的低沉声音，让看得有些投入的周晚吓了一跳。

男人回身，边给球杆擦粉边抬眸看向对面的女人。灯光从他的头顶照落，称得他皮肤冷白，五官精致，但面相不温和，透着锐利的冷峻。

周晚朝台球桌走去，说道：“嗯，下班点，堵车了，不好意思，让你久等了。”

“为什么没去另一个老地方？”

许博洲问完，又转过身。这次他瞄准了蓝色的球，在等待回答的同时，再次挥杆，精准进洞。

“因……”周晚欲言又止，换了句话答，“实验中学现在管得严，门口贴了告示牌，不允许外校人员进校，音乐教室怎么可能随便给人用，所以我猜，你会在这里。”

许博洲盯着周晚那双并不会说谎的眼睛，而后发出一声很轻的笑，应道：“嗯。”

做事习惯了讲求效率的周晚开门见山道：“我这次来找你，是想和你聊聊工作方面的事，我等你打完台球……”

话音还未落，一根球杆塞到了她的手中。

许博洲说道：“拿稳。”

“这是什么意思？”

“和我打一局。”许博洲说道，“数一数，我们有三年没有见面了，上一次见面还是在除夕夜的机场，你连一杯咖啡的时间都没给我。今天你能主动联系我，我本来还挺开心的，没想到你见到我，连一句老朋友的寒暄都没有，上来就谈工作，我有点寒心，周晚。”

他抬了抬眉，似笑非笑。

小时候，他们关系亲近，以至于他身上散发出的那股生人勿近的压迫感，她的感受并不强烈。可当他们在断联多年后重逢，那些因为空白期，对彼此不了解的陌生感，让她在面对现在的他时，变得不再像从前那般自然。

周晚说了声“对不起”，然后握紧球杆，示意道：“好，我陪你玩一局。”

“嗯。”

其实周晚并不会打台球，为数不多的几次经历，都是和许博洲一起，也都在这家叫作“EagleRoom”的台球室。她很久没玩，姿势怎么调整都别扭，忽然感觉有人朝自己靠近，有气息覆向她的侧脸。

“不介意的话，我再教你。”

周晚点点头。

许博洲站到了周晚的身后，带着她一起俯下身，一只手握着球杆，一只手撑在桌面，头一低，盯着进球袋概率最大的红色球，脸庞向她靠近，不经意地问道：“还记得我以前怎么教你的吗？”

周晚一愣，答道：“不记得了。”

一道炙热的目光落在周晚身上。

“这次记牢了，下次考你。”

两个人贴得很近，周晚身高一米六出头，不算高，比一米八五的许博洲要矮了二十多厘米。她一偏头，就会撞到他宽阔的胸膛，整个人像被他环抱住。她立刻垂下脑袋，或许是不小心走神了，刚刚他说的话，一句没听清。

许博洲转过脸，低声道：“对我还是那么敷衍。”

跳过这句话，周晚回神，专注地听许博洲教学。她很聪明，很快就无师自通，自己上了手，开始挥杆击球。

“嘭！”

一颗球进袋，两颗球进袋。

周晚越打越顺。连续击球进袋后，她撑着台面，得意地朝许博洲笑道：“可以谈正事了吗？”

许博洲放下球杆，说道：“OK（好）。”

周晚走到椅子旁，打开皮包，从里面取出了一份合同。她刚准备诚意满满地向许博洲发出邀请，却被他命令道：“背过去，我先换件衣服，打了一下午的篮球，一身汗，不舒服。”

“……哦，好。”周晚面墙而站，怔住，一动不动。

身后传来一些类似翻包的动静。

宽松的白色T恤下，是男性充满力量感的身材，宽肩窄腰。常年健身，许博洲的腰腹线条绝佳，没有丝毫赘肉，肩颈上的汗珠顺着胸腹往下滚落，划过清晰的人鱼线。

他拧开矿泉水瓶，仰头喝了几口，喉结滚动。

等了两三分钟，周晚见许博洲还没好，她便开始说起了此行的目的：“你慢慢换，我先和你简单说说。”

许博洲“嗯”了一声。

周晚说道：“我爸爸收购了星荣航空公司，现在全权交给我负责，而星荣的情况，我想你肯定比我更清楚。我来找你，的确是因为公事，我需要换血，所以我想邀请你加入星荣。至于条件，你随便开。”

背后迟迟没有许博洲的回应。

周晚又等了几分钟，还是没等到他的回答，于是，她干脆回了头，只是身子刚转过去一点，就差点撞上许博洲的胸膛。他悄无声息地走到了她身后，换上了一件蓝白拼接的运动夹克，是宽松复古的款式。

印象中，周晚记得许博洲从初中开始，就喜欢穿类似的运动装。

只是少年时期的他，还喜欢佩戴一顶同色系的棒球帽。

那时候，他总喜欢双手插在口袋里，将帽檐压低，独来独往地穿梭在校园里。一张过分帅气的脸，却从不爱笑，冷冷淡淡，带着锋芒。

“你想要什么条件？”周晚态度很好地又问了一遍。

许博洲笑了两声。

周晚不解道：“你笑什么？”

许博洲说：“从我离职到现在，前后有五家航空公司来找过我，每一家都说自己很有诚意，条件随便开，所以，星荣有什么特别之处呢？”

被为难到的周晚低下头，开始想理由。

“好学生，不必这么认真。”许博洲眉目舒展开，轻松地拍了拍周晚的肩膀，“走，先上去。”

周晚拎起包，说道：“……嗯。”

夜色漆黑，路灯照在屋檐下，拉长了两个人的身影。

寂静的巷子里，墙角停满了单车，正中间那辆银色的越野山地自行车，在一排车里高调帅气。什么样的人骑什么样的车，无论是买东西、做人，还是对待自己的人生，许博洲从不内敛，张扬又轻狂。

“介意吗？”许博洲从口袋里掏出烟盒，从里面取出一支烟。

周晚摇头道：“不介意。”

许博洲拨动打火机，点燃烟。他夹着烟吸了两口，轻轻吐出烟雾。他手臂悬在一侧，转头看向周晚道：“在我回答你之前，你能不能先回答我一个问题？”

“可以。”周晚没犹豫。

“我想知道你是否有足够的信心可以做好星荣，毕竟星荣在整个行业里几乎垫底，不是单靠几个厉害的机师就可以扭转乾坤、逆风翻盘的。”许博洲随手弹了弹烟灰，继续说道，“况且，这也关系到我的前途。”

路灯坏了几盏，屋檐下的光很淡。台阶上的两个人静静站着，中间留出的缝隙，是他们生疏后的距离。

周晚的内心似乎早已有了答案，她认真冷静地回答：“我们过去是不错的朋友，你应该也算了解我。我不是一个轻易下决定的人，但是如果我决定要做一件事，我会尽全力。我知道这个招揽人才的计划对星荣来说并不容易，甚至会被人当笑话看，但是我依旧会坚定不移地按计划进行。同样，我敢做这个决定，就会对大家负责，更不会毁掉有志者的前途。”

周晚脸上的笑，是毫无攻击性的温柔，还有点甜美，但那双眼睛比过去更明亮和坚定。

大概只思索了半晌，许博洲点了头，说道：“好，我答应你。”

“真的吗？”周晚有些激动地确认道。

“嗯。”许博洲话锋一转，“但是我有一个条件。”

周晚问道：“什么条件？只要我做得到，我都答应。”

“帮我找到一个满意的住处。”

对于许博洲提出的“条件”，周晚有些疑惑地问：“你在祁南有家，为什么不回？”

而她这位老朋友，没怎么变，依旧很有个性，只回答了两个字：“不想。”

周晚问道：“那你现在住哪里？”

许博洲答道：“酒店。”

他们重逢后的第一次见面，以“租房”的话题草草结束。

一个开车回公司，继续工作。

一个骑车朝相反的方向离开。

两天后，周晚吩咐卫也带许博洲看房。

天气不错，许博洲套了一件舒服的外套出了门。他长相出挑，身材完美，穿什么都掩不住光芒，在他的身上仿佛看不到疲惫，无论何时都精神奕奕。

他到得早，在周晚约定的小区门口只站了几分钟，就引来了路人的侧目。

而他像是习惯了成为焦点，头都没有抬。

两三分钟后，一辆银色的轿车靠边停下。

许博洲看过去，一个比自己年轻的男人从车里下来，快步而来，西服工整，边走边礼貌地冲他鞠躬道："你好，我是周晚的助理，卫也。"

卫也友好地伸出手。

许博洲简单一握，然后松开，两只手揣回球衫的口袋里，站姿挺拔，整个人比卫也高出了小半个头。他问道："周总呢？"

"周总下午有一个重要的会议，所以派我来带你看房。"卫也解释道，"放心吧，我已经给您看好了几处房源，一定会让您满意。"

许博洲看了看眼前的小助理，拍了拍他的肩，说道："辛苦了。"

许博洲刚刚的笑，让卫也有一点点发怵。他隐约有不好的预感，这位"明星机长"没想象中的好伺候。

卫也挑的第一个房源，是位于三环的文庭新城，户型舒适，适合独居，也考虑到许博洲的工作需求，离机场、高速很近。

不过许博洲似乎并不满意，冷淡一瞥，说道："太小了。"

卫也愣住。

许博洲扫了卫也一眼，说道："带人回来不方便。"

卫也没有接话。

"下一套。"

"好。"

卫也开车，带许博洲前往下一个小区。

只可惜，接下来的两套许博洲依旧不满意，给出的理由，不是周边的配套设施不够好，就是嫌弃户型、采光不够好。

作为金牌助理，卫也有的是耐心。他带着许博洲前往下一处。朗豪公馆，位于中心地段的大平层，除了租金高昂，其余无可挑剔。

在电梯里，许博洲从镜子里看了卫也一眼，问道："你跟她多久了？"

"什么？"卫也一愣。

许博洲重新问道："你做周总的助理多久了？"

"哦，"卫也这才理解，"一年，我毕业就在周氏集团做实习生，后来周董把我安排给了周总做助理。”

许博洲扭头，打量了卫也一番，没再说话。

倒是卫也，他推了推鼻梁上的眼镜，感慨道：“我看过你的很多采访，一直都很欣赏你，没想到你会这么快答应我们星荣。”

电梯门发出“叮”的一声，许博洲先走了出去，语气散漫道：“如果我不答应她，她只会一直缠着我，以前就这样。”

缠他？

以前就这样？

卫也的脑袋突然有点转不动，他跟在许博洲后面，低头琢磨起老板和这位机长的关系。这两句连在一起，听起来，怎么有点前任的意思？

中介在门口等候多时。

门被推开的那一刻，充盈的午后阳光瞬间填满了整个房间，显得空间更宽敞、明亮。

卫也环顾一周，满意地点头。

中介嘴甜，一直在许博洲的耳边不停地推荐，说他一看就是精英人士，这间公寓简直就是为他量身定制的，又滔滔不绝地介绍起大平层的好处和周边完善的配置。

许博洲嫌吵，抬起手示意中介安静点。

中介闭了嘴。

许博洲把每个房间都转了一遍，终于露出了笑容，说道：“还不错。”

卫也一颗心落了地。

许博洲问道：“这里应该不便宜吧？”

中介说：“嗯，这里一个月的租金是两万五千元，不过我们挺有缘的，我可以给你打个九五折。”

“太贵了。”许博洲没了兴趣。

中介急忙挽留客户，说道：“要不，九折？”

见香饽饽没松口，中介一咬牙，说道：“这样吧，我和公司申请，给你一个八五折。哥，真不能再低了，就这地段，这小区，真是亏本生意了。”

卫也拉开中介，站到许博洲身边，耐心解释道：“这里的租金的确不低，但是周总说了，只要许先生满意，我们可以替你付全部租金，算是我们的诚意。”

许博洲挑眉，漫不经心地“哇”了一声。

到手的鸭子可不能飞了，中介的嘴巴比刚刚更甜。

卫也见许博洲脸色不对，赶紧打发走中介，迅速跟他进了电梯。

“许先生，我们真的很有诚意。”好不容易让许博洲满意，卫也不想放弃。

二人出了电梯，许博洲没拒绝也没点头，而是礼貌地问道：“我能见见你们周总吗？”

卫也怔了几秒，拿起手机说道：“好，我先联系一下周总。”

“嗯，麻烦你了。”

以回车拿资料为由，卫也坐进了车里。他扭头，看见许博洲在树下抽烟，叹了口气，然后拨通老板的电话。

电话响了两声，便接通了。

周晚刚在集团开完会，此时正在办公室里浏览合同，见卫也迟迟没讲话，猜测道：“怎么，没搞定？”

卫也如实说：“也不是，许先生看中了最后一套朗豪公馆的房子。”

“那不是很好吗？”

“但是许先生嫌贵，对我们提出的人才福利，他没拒绝也没同意，就说想见你。”

“等一下。”周晚打断卫也的话，好奇地问，“朗豪公馆的房租多少钱一个月，他会嫌贵？”

“两万五千元。”卫也答道。

周晚一怔，握着钢笔笑出了声。

笔尖在纸上飞速划过，周晚签完名，将两份合同整理好，放在桌角，盖上钢笔帽后对卫也说：“你让他在原地等我，我二十分钟后到。”

“好的。”

周晚开车去朗豪公馆的路上，不知怎么的脑海里浮出了一个阴暗的猜测，她认为许博洲可能是在“报复”自己。

至于为什么会冒出这种想法，或许是因为她的确有点心虚。

“周晚，你在哪儿？”

“周晚，我还有二十分钟登机。”

“周晚，我走了。”

…………

记忆像水中的倒影，被那晚的倾盆大雨，重重拍打得模糊不清。

“嘀嘀嘀！”

十字路口，绿灯一亮，鸣笛声不断，四面八方的噪音透过车窗传进来。

周晚猛然回神。她不再多想，驾车离开。

十分钟后，车停在了朗豪公馆外。

周晚刚摇下车窗，许博洲径直从树下走来。余晖里，他的身影渐渐清晰。他没上车，而是弯下腰，手臂搭在车窗上，轻哼道：“现在要见你一面，还挺不容易。”

这么多年没见，周晚还算了解这位发小的性格，知道他的抱怨没恶意。她拍拍副驾驶座，说道：“上车吧。”

许博洲拉开车门，坐了进去。

透过车窗，周晚看了一眼外面的朗豪公馆，视线转向旁边座椅上的男人，问道：“许博洲，几百万的跑车，你说买就买，眼睛都不带眨一下，两万五千块的房租，你嫌贵？”

许博洲双臂垫在脑后，视线移向窗外，说道：“好几年没回来，没想到祁南的物价已经这么高了。”

一句玩笑话，无意间，重新将两个人的距离拉近。

周晚换上了朋友之间的调侃语气，说道：“许博洲，你和我就别绕弯子了，说吧，你到底想要什么样的房子？”

当车外最后一抹夕阳被黑夜覆盖，许博洲转过头，路灯的光线在他脸上落下阴影，一双黑眸显得更深邃，吐字不重但字字清晰地说道：“周晚，你还记得那年，我父母离婚，家中闹得鸡犬不宁，你在公园里对我说的话吗？”

恍惚间，周晚心头一震。

柳溪公馆和朗豪公馆是由同一家地产公司所开发的，配置不分上下，只是风格不同，朗豪偏现代，柳溪偏古典。

前年，周晚在这里购置了顶楼的大平层。

“我答应你，在你找到满意的房子前，可以让你先住在我家。”

最后，周晚将许博洲带回了自己家。一来，他们知根知底，她信任他；二来，也算是对他加入星荣的感谢。

许博洲站在客厅中央，只问了她一句：“方便吗？”

周晚指了指两边的墙，说道：“我不喜欢有邻居，所以当时直接把顶楼的两户都买下，做了打通处理，客厅和厨房算是公共区，其他区域都是独立的，互不影响。”

许博洲环顾一圈，夸道：“周总果然很有品位。”

通透的大平层，被划分出舒服的区域，家具和摆设一看就是用心挑选过的，既符合整体风格，也不失主人的雅致品位。

和周晚很像，低调又温柔。

在朋友面前，周晚没了在公司时的神经紧绷，放松道：“喂，许博洲，你能不能不要这样叫我，听你叫我周总，很奇怪。”

许博洲冷哼一声，笑道：“那叫你什么？晚晚？小不点？还是……”他眉毛一抬，语气稍显不正经地说，“姐姐？”

其实周晚只比许博洲大几个月。

小时候，她闹着好玩，总爱逗他叫自己姐姐。没想到到了高中，他时不时拿这个称呼反过来逗她。

“许博洲。”

“OK。”

周晚假凶，许博洲立刻闭嘴。

这一点，十年过去，似乎并没有变。

许博洲面向过道，问道：“可以带我看一下房吗？”

“好。”周晚带着许博洲穿过过道。

一墙之隔，这边的装修却还是半成品，家具也不齐全，整个环境看上去有点冷清。

周晚解释道：“是这样的，我呢，平时只住一边，这边本来打算明年再好好装修的，所以看着确实简陋了点，我明天让卫也置……”

“不用麻烦。”许博洲打断周晚的话，转过身，笑了笑，“你能接济我这个难搞的人，我已经很感激了，家具的事交给我，我来添置，你有什么想法就告诉我。还有，我不会白住，这里的租金是多少，我双倍给你。”

周晚摇头道：“不用。”

“我说用就用，”许博洲又一次打断周晚的话，语气比刚刚强势了些许，“我不会占你便宜。”

没给周晚消化的机会，许博洲已经跳到了下一个话题，问道：“可以告诉我入住的注意事项吗？”

周晚想了想，说道："也没有什么特别需要注意的，平时我们基本上不会影响彼此。"

许博洲走到窗边，因为个头比周晚高，所以他低头盯着她，眼神起了一些变化，像是在故意吓唬人，别有深意地问道："你不怕这么多年没见，我变了吗？万一引狼入室怎么办？"

这样的吓唬不但没效果，反而逗笑了周晚。她笑道："许博洲，你要敢对我图谋不轨，我一定告诉博声哥。"

两个人四目相对了一阵。许博洲率先收起攻击性的目光，转过身，懒懒散散地往卧室走去，嘟囔道："没劲。"

跟在后面的周晚忽然想到一件事，提醒道："对了，房间里我安了摄像头，一方面是为了安全，另一方面是我想随时看看我的猫。当然，浴室、卧室这些私密的房间没有安，你要是介意，我就关掉。"

许博洲推开一间屋门又合上，过道里的灯打在他身上，一半身子藏进了阴影里。他脸上看不出什么情绪，只特别无所谓地说了三个字："不介意。"

周晚笑得轻松，说道："好，那就行。"

两个人的对话暂时告一段落。

周晚在一旁，低头用手机处理起了工作。

许博洲从浴室走出来，隐约听到某个房间里有猫叫唤的声音。他循声走过去，推开门，里面不止一只猫，房间被装扮成了很可爱的猫乐园。

"啊……"周晚拿着手机，突然跑了过去，赶紧解释，"刚刚我忘了说，我养了三只猫，我把它们安置在了这边的房间，不好意思，我明天就叫人帮忙挪过去。"

"不用挪。"许博洲看着可爱的猫，说道，"你知道，我也很喜欢猫，刚好，它们能陪陪我。"

周晚"嗯"了一声。

猫房里，一只狸花猫正在吃饭，一只橘猫正在睡觉，而另一只布偶猫则活泼地在猫爬架上跳上跳下。

许博洲指着那只欢脱的布偶，问道："哎，周晚，这只是不是我们的女儿？"

"你说话怎么还像小时候那样不着调。"周晚脱了拖鞋，跑到猫爬架边，抱起了那只胖乎乎的布偶猫。面对小动物，她的表现判若两人，不受控地想和它们亲亲抱抱，笑起来像个小女孩：“立夏，你有没有想妈妈？妈妈好想你呀。”

许博洲双手环胸，懒散地倚在墙边，说道：“周晚，你怎么还双标呢。立夏是我们一起从学校带回来的，怎么只允许你做它妈妈，不允许我做它爸爸？”

周晚斜睨了许博洲一眼，嗔道：“幼稚。”

周晚将立夏轻轻放回猫窝，哄了哄后，走回门边。她伸出手，说道：“说点正经的，我很感谢你愿意加入星荣，我一定……”

听到这番冠冕堂皇的话，许博洲不禁皱眉打断道：“周总，这些话留到上班的时间说，现在是下班时间，我不太想听这些，你也放轻松点。”

“OK。”周晚点点头。

她刚想收回手，手却突然被握住。

结实有力的手掌将那只白净的小手包得有些紧。

许博洲道歉道：“对不起，差点没礼貌了。”

“好了，你就别逗我了。”周晚笑着拍了拍许博洲的手臂，“对了，你想什么时候住进来？我提前叫保洁清扫一下这边。”

“不用，我自己来。”许博洲挺直了背，揉了揉后脖颈，“酒店的床不舒服，如果你不介意的话，我想今天就住进来。”

周晚一怔。

“不方便吗？”

“不是，我只是没想到你会这么快。”

许博洲抬起手，手腕上依旧扣着那只劳力士的“空中霸王”，他看了一眼时间，说道：“才八点，我有充足的时间退房和收拾行李。”

周晚说道：“只要你没问题，我都行。”

灯光昏暗的地下停车场。

许博洲站在一号电梯门前，盯着下坡的入口，看上去像是在等人。差不多十分钟，他听见了车的轰鸣声。

明黄色的跑车很抢眼。

主人和车很配，一副玩世不恭的少爷模样，全身名牌，好在脸足够帅气，身形够高挺，不至于显得油腻。

男人懒洋洋地将行李箱推到许博洲脚边，说道：“房给你退了，行李也给你拿来了。”

许博洲拽住他的手腕，问道：“你这是什么表情？”

“博洲哥，我只是累了而已。”男人找理由搪塞道。

许博洲不是好糊弄的人，五指一用力，男人的手腕立刻就被掐出红印，疼得他想叫，但被许博洲的冷言冷语堵住：“你在澳大利亚哭着求我让我帮你的时候可不是这副德行。怎么我现在让你帮个简单的忙，就推三阻四的？”

周浔不耐烦地挣开许博洲的手，理了理衬衫领口，说道：“我刚才在和几个朋友谈生意，想搞点项目，不方便离开，可最后我不还是帮你了吗，何必跟我扯那些事。”

许博洲问道：“你在搞什么项目？”

“电子产品的项目。”有些人总喜欢用音量盖过心虚，比如此时的周浔，他抬高声音分贝，“我也不想总被别人喊废物，我也不想让别人看周家儿子的笑话。”

许博洲指着周浔道：“你最好是能有这样的觉悟。”

周浔转过身，懒得说话：“好了，我走了。”

他没走两步，喉咙突然被一只手臂用力卡住，力量从背后扑来，吓得他脸色煞白，难受到咳嗽了几声，连连求饶道：“博洲哥，我是认真的，我没骗你……我是真的想改过自新。”

许博洲从身后警告这个不中用的废物道：“周浔，我警告你，你要是再敢搞事，下次我一定会亲手送你去牢里蹲几年。”

“不会了，不会了。”周浔瞬间成了尿包。他刚感觉到卡在自己脖间的手臂松开了一些，稍微顺畅地呼吸了两口气，突然，那只手臂又一次用力，警告的声音从头顶传来：“还有，不要给你姐姐添麻烦，她要是再为你的破事烦一次，我就揍你一次。”

“知道了，知道了。”周浔差点吓出尿来，“博洲哥，算我求你了，你别把我在澳大利亚的那些事抖出去，你让我做什么都可以。”

许博洲怒气未消，将周浔用力推出去，转身进了电梯。

周浔颤抖着手拉开跑车的门。他对着车中的后视镜左看看右看看，生怕自己破相。他扯了两张纸巾，擦了擦额头和脖间的汗，在车里坐了几分钟才缓过神来。

他朝车窗外看去，冷笑道："赖了我姐这么多年都没搞定，也不知道谁是废物。"

柳溪公馆，顶楼。

浴室里水汽氤氲，被热气模糊的镜面慢慢变得清晰。周晚泡完澡，换上舒服的睡衣，用发卡随意扎起吹干后的长发。卸了妆的她，皮肤更好，是透着光的白净，小小的鹅蛋脸，有点娇憨美人的感觉。

她拧开瓶子抹乳液时，耳畔响起一些回音，出了神。

视线抬起，水雾散去的镜面上仿佛出现了那一晚的画面。

"许博洲……许博洲……"

那是一个暴雨过后的夏夜，少女踩过一个又一个小水坑，跑到了附近的公园里，四处张望，又不停地喊人。

她很焦急，手里攥着手机，手机的屏幕一直亮着。

对话框里全是绿色的气泡，消息未读未回。

她跑进树林小道时，不小心被山茶花的树枝剐到了大腿，破了皮，流了血。她顾不上喊疼，依旧不停地喊人，寻人。

"许博洲……你在哪儿啊……"

在她差点急哭的时候，终于在篮球场的椅子上看到了一个熟悉的背影。

"许博洲……"她奔了过去，果然是他。

少年像是刚刚打完篮球，被水浸湿的篮球滚落在他的脚边。他弓着背，喘着气，即便是抬眼看见了她的着急，也一语不发。

他的心情是跌到谷底的烦闷和压抑，谁也不想理。

见到他还平安，少女悬起的心落了地。她从毛衣口袋里掏出了一袋水果糖，递到他手边，说道："给你，是你最喜欢的水蜜桃口味。"

少年接过，但没吃，垂着头，周身的气压很低。

水果糖久久没被拆开，少女借着幽微的路灯，似乎看到少年泛红的眼角。她猜，他应该是躲在这里打篮球发泄情绪，也猜他可能是哭过。

她将手伸到他眼前，袖口下的胳膊又细又白，声音轻柔到治愈："许博洲，我知道你很难过，我也不知道该怎么帮你。但是，如果你真的不想跟叔叔阿姨走，我可以带你走。我的家，就是你的家。"

过了这么久，她还记得他抬起头时的模样。

眼眶红红的，眼神是渴望被解救的脆弱。

周晚把瓶子放回托盘，边抹乳液边叹气道："当飞行员的，记忆力都这么好吗？"

周晚做完护肤，已经快十点，看到手机在木桌上振动。

周晚看了一眼，是卫也打来的。她随手接通。

"这么晚有什么事吗？"

"嗯，不好意思打扰了，但我很迫切地想告诉你一个好消息。"

"什么好消息？"

"你让我做的事，成了。"

从声音就能听出卫也的兴奋，周晚眼睛一亮道："答应了？"

"嗯。"

"这么快？"

"嗯，对方听说许博洲愿意加入星荣，说他可以随时入职。"

"完美。"

周晚和卫也简单聊了几句后，便挂了电话。

她在浴室里犹豫了片刻，还是决定去找一下许博洲。只是很巧，她刚走到客厅，就发现他正在收拾行李。

"要帮忙吗？"周晚问道。

许博洲蹲在地上，回头看了周晚一眼，穿着睡衣的她小小的，还有点可爱。他继续收拾，说道："不用，你去休息吧。"

周晚没走，而是打开冰箱拿了一罐可乐。

许博洲抓住了这个小细节，问道："什么事值得你大晚上喝冰可乐庆祝？"

他记得很清楚，周晚从小就是一个活在条条框框里的女生，没有随心所欲一说，连喝一罐冰可乐，对她而言都是需要打破规矩才能说服自己的。

周晚惊讶许博洲还记得自己的习惯，但只是笑笑，用另一种方式回答道："我有一份入职礼物要送给你。"

许博洲合上行李箱，站起身看向她，笑道："周总这么阔气？"

"……嗯。"周晚没具体说是什么礼物，只问道，"你想什么时候入职？”

许博洲答道：“随时。”

“那下周一？”

“OK。”

周一，星荣。

每次开会，周晚都会提前半个小时到，和卫也先过一遍会议内容。

从小到大，她都是老师和同学眼里的“三好学生”，在父母严苛的教育之下，她养成了一丝不苟，甚至是追求完美的性格。说得好听，叫自律；说得不好听，叫活得紧绷。

星荣的装修早已过时，会议室的桌子也有点旧，木头上的油漆都磕掉了，那几个习惯了集团总部高档装修的经理一坐下来就嫌东嫌西。

刚好卫也走到了一位经理身后，他弓下身说道：“付经理，新办公楼已经开始装修了，秋天就可以搬进去，给你留了间采光超好的办公室。”

大家都知道卫也是周董事长最喜欢的助理，付经理也觉得这个小男生确实会哄人开心，立刻露出了笑脸。

少了付经理的搅局，办公室里一团和气。

大家昨晚就听说，今天早会主要是周总介绍新入职的同事。大家都纷纷好奇，到底是谁入职，排场如此之大。

可会议差不多都快开始了，连新同事半个影子都没见着。

“现在的年轻人，还挺爱耍大牌。”

“就是，我以前刚入职的时候，提前半个小时就坐在外面等了。”

“唉，‘00后’难管啊。”

…………

直到周晚走进来，会议室内才安静下来。

周晚看上去神采奕奕的，迫不及待地将喜讯告诉大家：“上周我承诺会尽快搞定招揽人才的难题，今天呢，我带来了好消息。”

她示意卫也去开门。

门被拉开，阳光从过道的窗外照进来，从外面走进来的男人穿着飞行员制服，白衬衫熨烫笔挺，黑色西服搭在手臂间，背脊挺拔，逆着光，俊朗的眉目笼罩在阴影里，身后都是光。

瞬间，他成了全场的焦点。

许博洲看了一眼周晚，走到台前介绍起自己：“大家好，我是许博洲，平时可以叫我Glen，很开心加入星荣，日后，希望我们合作愉快。”

周晚带头鼓掌欢迎。

一时间，底下掌声雷动，伴随掌声的还有众人的讶异。

“许博洲真来我们星荣了？”

“周总怎么做到的？才一周，太强了。”

…………

周晚让许博洲在自己旁边的位子坐下，然后吩咐卫也去门外引人进来。

“还有惊喜？”

“谁啊？”

后勤部的人都在小声讨论，直到看见从门外走进来的男人，女员工不由得捂住嘴，眼睛都亮了，声音从指缝里漏出：“这不是纪燕均吗？”

男人同样身穿飞行员制服，身材挺拔硬朗，比起许博洲的张扬和轻狂，他的气场相对阳光，尤其是一双深邃的眉眼，自带桃花。

他自我介绍道：“Hi！我叫Aaron，纪燕均，副机长，很高兴加入星荣。”他的普通话不是特别流畅，于是半开玩笑地说，“我是港岛人，发音不是很准，请大家见谅，如果有人愿意教我，我也会很开心。”

一句幽默的话调节了会议室里的气氛，引发一阵笑声。

纪燕均对上了许博洲审视的眼神。他坐下后，许博洲第一句话不是对老搭档的问候，而是懒洋洋的嫌弃：“阴魂不散。”

纪燕均则用手肘顶了一下许博洲，问道：“想我吗？”

许博洲只用余光扫了纪燕均一眼，压根儿懒得搭理他。

等议论声消失后，周晚正式欢迎两位人才的到来：“我非常高兴两位优秀的飞行员能加入我们星荣，这也算是开年的好彩头。我相信，后面我们一定会越走越顺利。”

掌声又一次整齐响起。

会议只开了不到四十分钟，结束后，大家纷纷走回工位，最后出来的是许博洲和纪燕均。

一个已经够养眼，两个身穿制服的男人并肩而行，魅力值确实能到爆表的程度。他们都有优越到过目不忘的外貌，几乎不分上下。过去在港岛红港航空公司，他们就是话题度最高的两位飞行员。

他们穿过走廊。西服裤、黑色皮鞋，被他们穿出的不是什么斯文儒雅感，反而是制服下强烈的成熟男性的魅力，荷尔蒙满满。

他们除了是好朋友，也是最默契的搭档。

两张帅气的脸被阳光笼罩。

许博洲挽着西服，走得很慢，问道：“你来怎么没和我说？”

纪燕均笑道：“想给你一个惊喜。”

许博洲扫了纪燕均一眼，转过头，看着前面的路，想到一件事，问道：“你该不会就是所谓的‘礼物’吧？”

“礼物？”纪燕均不可思议地笑出声，“早知道 Penny 是把我当礼物送给你，我就应该把自己装在箱子里，再系上一个漂亮的蝴蝶结。”

许博洲冷冷地睨纪燕均一眼，说道：“你和她很熟吗？叫这么亲密？”

纪燕均很无奈道：“英文名而已，谁都能叫。”见好搭档的脸色越来越冷，他立刻道歉，“OK，我知道她的英文名对你有很特殊的意义，我不叫了，以后我都叫她周总。”

许博洲的脸色这才好看了点。

纪燕均到底没忍住，小声吐槽道：“不知道的，还以为她是你女朋友。”又拍了拍许博洲的背，“见到情敌了吗？”

许博洲没搭理纪燕均，在电梯前停下，按键后，扭头看向纪燕均，问道：“我认真地问你，你为什么突然从港岛跑来祁南，还同意加入星荣？”

纪燕均微微转过身，歪了一下头，压低声音肉麻道：“机舱里没有你，我仿佛失去了生命力。”

两秒后，电梯门开。

许博洲走进去，冲身后的男人扔下一个字：“滚。”

关于许博洲加入星荣的消息，很快便在公司里传开，从一组传到另一组，无非是在讨论，为什么许博洲会加入星荣。

毕竟他是一个不缺经验更不缺钱的大少爷，毕业于澳大利亚新南威尔士大学，回港后做过一年的空军飞行员，后来加入亚洲数一数二的航空公司，一跃成为行业里最有名气的年轻机长。

履历实在漂亮到过分。

他最出名的一次飞行，是前年十二月，在港岛飞往纽约的航线中，突遇极端恶劣天气，飞机失去控制，甚至有坠落迹象，处于失联状态中，而他最终让飞机平稳降落。

事后，许多报道都说这是一次“奇迹飞行”。

午饭时间，后勤和人事部的几个人聊得热火朝天。

人事部的小唐吃了两口沙拉，感慨道：“许博洲简直就是我的理想型，有颜值，有脑子，能力还强。”

“不过话说回来，在那种情况下，还能让飞机平安落地纽约，他确实挺厉害。”后勤部的Kimi把椅子转到她们身后，打了个饱嗝，擦了擦嘴角，继续说，“而且我还蛮喜欢他后来的一段采访。记者问他当时是怎么想的，他说——”他清了清嗓子，模仿起许博洲采访时说话的语气，“能驯服飞机的只有飞行员，所以我有义务和责任保护飞机上的每一条生命。”说完，他打了个响指，“巨帅。”

小唐呈花痴状：“别说了，再说我更想嫁给他了。”

Kimi白了她一眼道：“别做梦了，他一看就不缺女人，而且面相看着就很难搞，一般人驯服不了他。”

走廊最里头的一隅，相对安静。总裁办公室，没人敢随意踏入。

等周晚忙完工作后，许博洲和她见了一面。

他看了看办公桌上冷掉的鸡肉饭，说道：“读书的时候你就拼命到忘了吃饭，现在都当上总裁了还是这么拼，本来就瘦到没两块肉，还不吃？”

周晚还在审阅合同，头也没抬，敷衍地回答道：“我一会儿就吃……”

“等下我陪你吃。”许博洲堵住了周晚的话。

每次当许博洲稍显强势，周晚就会不自觉地乖乖听他话。关于这个本能反应，她都忘了具体是从什么时候产生的。

周晚同意了一起吃饭，不过让许博洲给她十分钟，她需要把合同看完。

趁无事可做，许博洲自顾自地欣赏起周晚的办公环境。

办公室的面积不大，不过还算宽敞通透，就是布置得很简单，家具甚至看上去有些年头了。

见许博洲在参观，周晚解释道：“集团同意星荣搬到长锦路的总部大楼，留了两层楼，现在正在装修，秋天就可以搬进去了，所以我也没花什么心思布置这里。”

许博洲“嗯”了一声，视线从窗户移向了角落的投影设备，问道：“投影仪是你装的？”

“嗯。”周晚点点头，“想着要是没那么多事的时候，可以自己坐在那边看看电影，放松放松。”

许博洲没作声，而是盯着投影仪，不知道在想什么，只是眼神显得有些意味深长。而后他的目光又落在了旁边的沙发上，一指：“这沙发这么土，这么旧，应该不是你的品位。”

“嗯？”周晚看过去，“哦，是星荣前老板的，我还没来得及换。”

“我给你换。”许博洲转过身，手插在西服裤中，慢慢朝办公桌走去，“当作是我送你的见面礼。”

周晚想了想，没觉得不妥，应道：“OK。”

两个人的视线在光影里交错。

等到许博洲走到办公桌前，周晚也收回了目光。她收拾好东西，准备去吃午饭。只是刚刚合上电脑，一双手臂撑在桌面上，袖口挽起，手腕充满力量，声音低沉，温热的气息覆向她的额头和鼻尖。

“周总，你这么器重我，我一定会，”他像是刻意停顿了半秒，才继续说完，“好好干的。”

周晚让卫也筹备一下迎新聚餐的事。

卫也在每个部门挑了几名员工。第二天下班，他带着所有人到了位于松山路的文景苑，包间足够宽敞，环境幽静，很适合员工聚会。

能配得上这么大排面，搬动老板的新人，毋庸置疑是两位优秀的飞行员——许博洲和纪燕均。

外面是连廊假山，流水潺潺。

周晚还有些工作要处理，便吩咐卫也先点菜，不必等她。

趁老板来之前，众人围着两位星荣的“男神”问东问西，从工作经历问到感情经历，又从感情经历追溯到学生时代。

礼不礼貌已经顾不上，反正意犹未尽。

许博洲和纪燕均换下了成熟的制服。

私底下，两个人都不喜欢打扮，常穿一些宽松的基础款服装，再稍稍搭配一下，张弛有度。

“天哪，好会穿，大帅哥就是养眼。”

“这种耳机也就许博洲戴着不土。”

“纪燕均气质也不错。”

星荣被前老板经营到行业垫底，最亮眼的飞行部许久都没新人加入，一群女同事就像八百年没见过帅哥一样，挨在一起欣赏起对面的花美男，什么夸张的词都用了出来。

被簇拥，许博洲和纪燕均显得很淡定。

许博洲性格比较冷，回答也是几个字一笔带过。

性格相对外向的纪燕均立刻融入了新环境，甚至还教几个女同事说起粤语来。

里面聊得起劲，闹哄哄的，以至于周晚进来时都没人察觉。

周晚默默坐下，对卫也做了一个噤声的手势，小声说别打扰大家。刚好这时，几个女同事在问他们私密的话题——是否单身。她似乎有点感兴趣，也看向两位男主角。

许博洲没犹豫，答得干脆又冷淡道：“嗯，单身。”

几个女同事抿唇笑，又望向了纪燕均。人事部的小唐指着他，眯起眼道：“纪少爷你肯定不是单身。”

“为什么这么说？”纪燕均笑道。

小唐挽着旁边女同事的手，目光刁钻犀利，说道：“你一看就是那种风流机长。”

纪燕均看了许博洲一眼。

许博洲抿了一口茶，揶揄道：“这就是你在业内的风评。”

纪燕均转头，举手做投降状道：“OK，我承认我长得确实英俊，的确有很多女人喜欢我，但其实我是一个很专一的人。”

小唐打趣地问道：“那请专一的纪副机长回答一下，你目前是否单身？”

纪燕均拿起水杯，眼眉一抬道：“现在是，但明天就不一定了。”

包间里又是一波小高潮。

纪燕均是什么德行，许博洲再了解不过，根本没当一回事。

见大家聊得差不多了，卫也拍拍手，示意老板来了。

刚刚带头八卦的几个人立即消停了下来，板正拘谨地坐好。

即便周晚不是一个横眉冷对的强势老板，但毕竟身份摆在这儿，底下的人始终放不开。她礼节性地举杯致辞后，包间里很快又鸦雀无声。

好在后勤部的Kimi是个暖场王，他迅速打开了话匣子。

Kimi问许博洲："刚刚忘了问你，我好好奇，你当时为什么会去做空军飞行员？"

光环又立刻笼罩在许博洲身上。他挑起一片三文鱼放到碗里，没抬头，似乎并不觉得这是一件多么厉害的事。他淡淡地答道："刚好条件符合，就想试试，挑战一下自己。"

几个女同事闻言做崇拜状，眼里几乎要冒星星。

Kimi"哇"了一声："开过战斗机，难怪飞机开得那么稳。"

周晚把自己当旁观者，边吃边听他们聊天。

她与许博洲曾经算是亲密无间的发小，但高中毕业后，他们的生活慢慢不再有紧密的交集。所以，连他做过空军飞行员这件事，她也是从简历里得知的。

Kimi开了头，他们又聊了起来。

周晚想留给员工们舒服自在的空间，和卫也打了一声招呼，一个人走出了包间。

饭桌前，许博洲的余光扫到了门口的背影。过了一两分钟，他以去外面抽烟为由，也离开了包间。

流水在氤氲的水雾间流淌，空旷幽然。

许博洲在长廊里站了一会儿，并没有等到周晚，以为她有事先走了，于是想去外面抽支烟。只是一跨过门槛，他就意外地在外面的长椅上看到了她的身影。

石墙上的壁灯从周晚身后照出，她穿着鹅黄色的套裙，娇小玲珑，整个人像是被浅浅地虚化过，和包间里热闹的场景相比，她显得有些孤独。

"怎么一个人坐在这里？"许博洲走到长椅前。

周晚往门里看了一眼，将被风吹起的发丝挽到了耳后，说道："我是老板，在里面坐着，她们始终会不自在，所以我出来自己待一会儿。"她双手撑在椅子上，说道，"你是今晚的主角，快进去吧。"

许博洲冷笑道："有你这么温柔的老板，他们还挑？"

"这不是挑不挑。"周晚反问道，"难道你会喜欢和老板待在一起吗？"

“嗯。”许博洲点点头，在周晚身边坐下。他双手插在兜里，稍稍转了头，“如果老板是你，我恨不得二十四小时都跟你待在一起。”

周晚一怔，但也只把这句话当成玩笑，一笑置之。

这天的工作格外繁忙，上午和下午分别去见了两个客户，又回集团开了一个会，她疲惫到腰酸背痛，不过最疼的还是脚，她有点后悔穿新鞋出门了。

许博洲垂眸，视线顺着那双纤细白皙的腿往下移，看到被高跟鞋磨红的脚后跟，他问道：“疼吗？”

周晚皱眉，点点头道：“嗯，有点。”

突然，她身边的人像一阵风似的起身，迅速朝马路对面奔去。

文景苑外是一条安静小道，经过的车辆不多，那个高大的身影很快就奔进了对面的便利店。

周晚一直盯着便利店的玻璃窗往里看。

只见男人穿过一排排货架，在最后一排弯下腰，拿起一个盒子，然后快步去结账。他站在自动玻璃门前等门开时，无意间对上了椅子上女人的目光。

周晚疲惫的双眼仿佛出现了幻觉。她看到的是一个穿着校服的少年，单手挎着运动包，另一只手里攥着物品，走下台阶，穿过马路，朝自己走来。

而少年的目光和此时一样，一直紧紧落在自己身上。

相似的场景，竟然会在同一个人身上重复发生。一切好像变了，又好像没变。

那个骄傲又意气风发的少年，长大了。

长椅上的少女也是。

走回来的许博洲直接问周晚：“要帮忙吗？”

周晚像是被吓到了，连忙摇头道：“不用，不用，我自己来……”

“来”字的音还没有发全，许博洲就蹲下身。他撕开创可贴，轻轻扶住周晚的小腿，命令道：“把脚踮起来。”

“……哦。”

周晚僵硬地动了动脚，撑在椅子上的双手突然紧绷。她斜着头去看蹲在地上为自己贴创可贴的许博洲，他的动作很轻柔，就像生怕弄疼她一样。

将创可贴贴着皮肤轻轻压了压，许博洲抬眸，说道：“以前总让我帮你，现在对我这么客气，还挺不习惯。”

周晚没出声。

许博洲贴好后，起身，冲周晚一笑：“我贴‘OK绷’的技术，还行吧？”

“许博洲，你好烦。”周晚打了许博洲一下，不禁笑出声。

“OK绷”是他们之间的小趣事。

高中时，周晚很喜欢台湾的文艺电影，看得多了，一些词也开始不知不觉地发生变化。第一次说起这个词，是她有一次不小心划破了手，想让许博洲去给自己买创可贴，却下意识地把创可贴说成了“OK绷”。

后来，许博洲老拿这个词调侃她。

不料这一幕刚好被出来找人的卫也撞见，他尴尬到想挖个洞钻进去。

“卫也，什么事？”周晚喊住卫也。

卫也慢悠悠地转过身，推了推鼻梁上的眼镜，报告道：“Kimi 他们说想转场去 KTV，让我来问问你想不想去。”

周晚拒绝道：“我就不去了，不然他们都不自在。”

“好。”卫也看向许博洲，问道：“那许机长，你是先和我一起进去，还是在这里等我们出来？”

许博洲却轻飘飘地说道：“我也不去。”

卫也一愣道：“但是他们都挺想让你去。”

许博洲扭头看向马路，耸耸肩道：“这么重要的迎新聚餐，周总不去，我去了也没意思。”

最后，为了让许博洲去 KTV，周晚也跟过去了。

卫也订了一个豪华包间，酒水、小食铺满了四张长桌，在这种灯光昏暗的娱乐场所，即使有老板在，大家也放松了许多。

纪燕均刚到门口，躲到一旁接了一通电话后，就先后向周晚和许博洲道别，说是有点急事需要提前离开。

许博洲拽住纪燕均道：“你在祁南能有什么急事？”

纪燕均推开许博洲的手，有点答非所问道：“身体不舒服，去趟医院。”

鬼才信这瞎扯的理由。

不过这位随时随地要散发魅力的朋友不在，许博洲也落得清净。

VIP 包间在长廊最里面。

许博洲和周晚进去时，里面已经有人开始一展歌喉，一首流行歌硬生生唱出了山歌的调。但谁来 KTV 也不是炫技的，热烈的气氛最重要。

周晚在中间的沙发上坐下，卫也刚想在她身边坐下，忽然感觉有人拍了拍自己的背。他回头看清来人后，自觉地让出了位置。

许博洲顺理成章地坐下了。

两三首歌唱完后，以 Kimi 为首的几个人开始起哄想让周晚唱歌。

“周总，我们给你点歌，你想唱什么？”

“我们好像还没听你唱过歌。”

“你的声音肯定和你人一样甜。”

这一声声恭维的话，听得许博洲撇开了头。

周晚摇摇头道：“我不唱了，你们唱，时间不够的话，让卫也加，然后明天你们可以下午再上班。”

话音落，惹来一阵尖叫。

“啊啊啊，老板我好爱你。”

“我现在宣布，周总就是全世界最好的老板。”

那边又是一轮劲歌热舞，场子越来越热。大概五六首大乱炖的舞曲过后，抒情的前奏缓缓传出，大家一时间还有些不适应。

小唐抱着话筒大声问：“谁点的莫文蔚的《慢慢喜欢你》？”

旁边的人都摇头。

“我点的。”许博洲举手示意道。

Kimi 把话筒交到了许博洲手中，但他又问 Kimi 要了一支话筒，塞到了周晚的手上。

“干吗？”周晚不想唱。她从小到大都是一个很低调的人，不喜欢在众人面前展示自己，更不喜欢出风头。

许博洲说道：“我记得你唱这首歌很好听，我跟你一起唱。”他瞥了一眼旁边亢奋的同事，“趁这个机会把歌唱了，不然他们后面还是不会放过你。”

周晚“嗯”了一声，接过了话筒。

许博洲说道：“你先唱，下一段我再唱。”

“好。”

见老板要唱歌，会来事的 Kimi 立刻点了重播键。

包间里忽然静下来，前奏淡入，周晚跟着舒缓的节奏唱了起来。

“书里总爱写到喜出望外的傍晚
骑的单车还有他和她的对谈
女孩的白色衣裳男孩爱看她穿……”

和原唱的低沉沙哑不同，她的嗓音温柔又甜美，像是在娓娓道来一段少女情窦初开的甜美爱情心事。

不管男女，此时都托着腮，嘴角不自觉扬起。

“救命，周总好甜啊。”

“我好像听说过周总在高中是广播站的。”

“是，是，是，她以前采访里说过，说如果不继承家业，应该是在电台做女主播。”

唱完一段，许博洲流畅地接上了第二段。

他懒懒地靠在沙发上，和周晚正好一前一后地错开，他的唱腔有些慵懒，声线又是带着些颗粒感的磁性。

Kimi 用手肘撞了一下小唐道：“你‘男神’以前是搞乐队的。”

“你怎么知道？”小唐好奇。

“我也是实验中学的。他读高中的时候，我读初中，他组的那个乐队超红，你肯定知道。”

“我？我又不是实验中学的，我怎么知道。”

Kimi 翻出百度百科。小唐捂嘴，眼睛瞪大，惊讶道：“take turns band 居然是许博洲组的？”

“嗯。”Kimi 点头，“成员都没变过，如果许博洲没去做飞行员，估计现在也能跟他们一起出道。”

“果然厉害的人做什么都会成功。”

当议论声小下去时，包间里的独唱变成了情歌对唱。

“慢慢喜欢你
慢慢的亲密
慢慢聊自己
慢慢和你走在一起
慢慢我想配合你
慢慢把我给你……”

彩灯流转，沙发上的男女被笼罩在时明时暗的迷离光圈里。

周晚唱得很投入，以至于忽略了身后时不时投来的炙热目光。许博洲的脸藏在阴影里，眼神里的情绪无人察觉，只是温柔地去附和她唱出的每一个音节。

四分钟的歌很快就收尾，刚刚抒情的气氛立刻被下一首动感的舞曲淹没，那些蕴藏在歌词里的浓烈情感，只是短暂地牵起了大家的情绪，又在几秒钟里烟消云散。

气氛再一次活跃起来。

Kimi 和卫也都玩开了，胆大地带上老板玩扔骰子的游戏。

输一次，喝一口酒。

在许博洲出去透气前，周晚输得不多，就喝了两口。

从外面抽完烟回来，他往洗手间走，却在公共洗手台区看见了一个熟悉的女人。她脱了外套，里面是一件白色吊带裙，皮肤在灯光下白到透光，纤细的手臂正撑在洗手台，头埋得很低，发丝垂到了水池里。

“周晚，你没事吧？”许博洲走了过去。

脑中一片混沌，意识也是轻飘飘的，周晚答不上话来。她艰难地抬起头，脸颊很红，应该是喝醉了。

许博洲及时扶住了要跌倒的周晚，问道：“你这是喝了多少酒？”

一双软绵绵的腿根本站不稳，周晚扑腾一下，撞进了许博洲的怀里，滚烫的脸贴着他结实的胸膛，淡淡的烟草味飘向她的鼻腔，她没有说话，就这么当一棵大树靠着。

许博洲本想扶稳周晚，带她走，没想到下一秒，周晚突然抱住了他，还跺了跺脚，红红的脸在他的怀里蹭来蹭去，酒后失态到开始撒娇：“我想睡觉，你抱我过去，好不好嘛。”

KTV 里吵得人头晕目眩。

许博洲调整了呼吸后，扶起周晚，但身子软得像棉花一样的她黏在了他身上，不停地往他身上倒。

很巧，这一幕又让卫也撞见了。

卫也双脚僵在原地，尴尬到眼睛不知道该往哪儿瞟，刚想假装没看见转身离开，忽然身后传来了熟悉的声音。

“你老板喝醉了，不扶一下吗？”

卫也回过头，看见此时的周晚就穿了一件单薄的吊带，醉醺醺地抱着旁边男人的手臂，画面看上去不太雅观。许博洲却站得笔直，对美人投怀送抱仿佛没有任何杂念，俨然一副正人君子的模样。

“你还愣着干吗？”许博洲冷声提醒道。

“哦，哦，好。”卫也跑过去，连忙扶住了周晚。

卫也很有分寸地揽着周晚的肩，带着她往包间走。即便两旁房间里的歌声、喊声震耳欲聋，他也能感受到背后扑来的浓烈气息。

许博洲拍了拍卫也的肩膀，命令道：“去停车场等我。”

卫也脑子僵住，像被眼前的男人下了蛊一样，听话地转身说道：“好。”

停车场里的灯光很暗，旁边停着几辆价值不菲的豪车，白色的车停在不太醒目的角落里。卫也小心翼翼地让周晚躺在了后座上，她翻身找了个舒服的姿势，冲着靠背的方向睡着了。

五六分钟后，卫也看见许博洲从电梯里走出来，右手上还挽着女人的外套和包。

“喝酒了吗？”许博洲径直走来。

卫也点头道：“嗯，喝了一点。”

许博洲将手中的衣物往前一递，说道：“放好，我去开车。”

卫也喝了点酒，脑子反应略迟钝：“……好。”

坐进车里后，许博洲从后视镜里看到卫也细心地将外套盖在了周晚身上，等卫也坐到副驾驶座上时，他边系安全带边用开玩笑的口吻问道：“上司这么漂亮，就没动过心？”

刚拧开矿泉水解渴的卫也差点被呛到，急忙说：“我只是助理。”

“助理也是人。”

车子驶出了停车场。

车里静了一阵，卫也组织好语言，认真解释，生怕引起误会。听到许博洲“嗯”了一声后，他又想借着酒意，顺便探出点八卦消息来：“那个，许机长……”

许博洲问道：“怎么了？”

“我不知道这样问冒不冒昧……”卫也缓过神来，措辞谨慎，“如果你觉得我不礼貌，就当我是酒后胡言乱语。”

“你想问，我和你的老板是什么关系，对吗？”许博洲打断道。

卫也一惊，又止不住好奇地小声问道：“嗯，能说吗？你这么快就答应加入星荣，而且感觉你和老板挺熟的，我确实有点好奇。”

许博洲握着方向盘，车开得极稳，目光始终平视前方。过了一会儿，他只淡淡回答了三个字：“旧相识。”

旧相识。

还真是一个巧妙的回答，卫也不禁在心中感慨这位机长的城府，三个平平无奇的字，能拓展的关系实在很多。

同学？朋友？或者是前任？

第二章
旧相识

夜里十一点，街道上车水马龙，灯火交织。

许多年没回来，许博洲在等红绿灯时，不禁看了看窗外的风景。在一排排现代的楼宇间，他目光敏锐地锁定了最中间那栋楼顶层刻着 logo 的 LED 灯，像高挂的明月。

——祁南之声 FM99.3。

卫也发现许博洲盯着某处，他也好奇地看过去，感慨道："唉，记得小时候我老听祁南之声，那时候超级火。这一晃眼，感觉也没多少年，怎么就落寞了呢？我表姐在里面工作，说是这一年一直在裁员，估计撑不了多久了。"

许博洲眨了眨眼，眼底浮现一些情绪。绿灯亮了，他便回过头，没再说话。

车拐入一个上了年头的街区，卫也指着伸缩门说："我到了。"又叮嘱了一遍许博洲，"许机长，你一定务必要帮我把周总平安送到家。"

许博洲点头，叫住卫也，说道："你等一下，我去趟便利店，你帮我看一下周总。"

"嗯，好。"

两三分钟，许博洲就回到了车里，手上拎着便利店的购物袋。卫也瞄了一眼，好像是苏打水和苏打饼干，他没多嘴，和许博洲道别后就下了车。

少了一个人，车里突然安静下来。

后座有翻身的动静，西服滑落到脚垫上，许博洲撑着旁边的皮椅，向后面探身，拾起西服盖回周晚身上。

回到柳溪公馆时，已经是十二点十五分。

许博洲搀扶着周晚进屋。她脸上的红晕已经褪去了一些，垂着头，长发散落，脱了高跟鞋后，整个人瘦小得更像一只随手能被他拎起的小兔子。

扶周晚躺上床时，一切正常。

但等许博洲去浴室取了一条毛巾回来，糟糕的情况还是发生了。刚刚还安静躺着的周晚坐了起来，掩面而泣，身体一抖一抖的，含混不清地说：“我不开心，我一点也不开心……”

许博洲扔下毛巾，坐到床边，轻声哄道：“你喝多了，别乱想。”

突然，周晚抓住了许博洲的手臂，仰起脸，眼眶红红的，问道：“我长得很漂亮，对不对？”

许博洲怔住，没有作声。

周晚不开心地摇许博洲的手臂，嘟起嘴，撒娇道：“回答我嘛。”

许博洲点了点头，说道：“嗯，漂亮。”

周晚满意地笑了，脸上还挂着几滴泪。她吸了吸鼻子，又问道：“我很有钱也很有能力，对不对？”

“嗯，对。”许博洲这次很快顺着她的话点头。

周晚的表情忽然骤变，撇着嘴抽泣起来，悲伤道：“虽然我什么都有，但是我过得一点也不开心，你知不知道……”

她喝醉后很爱哭，话也很密，和平日里那个冷静理智的总裁判若两人。

许博洲以前就见识过周晚喝醉后的样子，不想让事态更偏离轨道，劝她躺下好好休息。但她就是不愿意，甚至还抓住了他的手腕，往自己心脏的位置压了压。

“你有没有感受到我的不开心？”周晚眼眶被泪水溢满。

许博洲抽出手，走到桌边，将购物袋里的苏打水倒进杯子里，又拆开了一袋苏打饼干，坐回床边，递到周晚的嘴边，劝道：“喝点苏打水，再吃一块饼干，会舒服点。”

周晚就这样乖乖坐着，手托着下巴，细长白皙的脖颈高高仰起，红扑扑的脸格外可爱。她咬了一口脆脆的苏打饼干，笑道：“你怎么知道我喜欢吃苏打饼干呀？你是谁呀？”

许博洲断定周晚压根儿没醒酒。

周晚没力气，拿不住水杯，许博洲只能喂她喝。她咕噜喝了两口后，突然捧住了他的脸。

许博洲的脸线条硬朗，没什么肉，摸起来手感不是特别舒服。周晚皱眉，抱怨道："你的脸好硬啊。"

许博洲不作声。

周晚的意识已经飘到了外太空，收都收不回来。她又去摸他的鼻子、眼睛："你长得好像我那个好朋友许博洲呀，但是我有好久没见他了，也不知道他过得好不好……"她忽然摇头晃脑，"切，他才不会过得不好，肯定有好多好多女朋友。"

周晚的话说得越来越不着边际，许博洲放好水杯后，劝了几次，她都不愿意躺下，他只好强势地推了推她。只是稍微一用力，她就立刻嚷嚷道："许博洲，你欺负我！

"你从小到大都喜欢欺负我。

"你把我弄疼了啦！

"我要不喜欢你了……"

周晚密集的醉话扑向许博洲，可他只抓住了最后一句。他重重地坐到了周晚身前，一只手托住她的背，另一只手轻轻捏住了她的下巴。他压低声音，语气变得强势地问道："不喜欢我，你要喜欢谁？"

喝高了的周晚，只感觉到有东西卡住了自己的下巴，她不舒服地想挣扎，但嘴巴迟迟没张开，闭口不答。

许博洲低下头，近距离直勾勾地盯着周晚漂亮的眼睛，趁她醉酒不清醒，吓唬道："不说就不让你睡。"

周晚被吓得呜呜咽咽，脑袋摆来摆去试图挣脱钳制。

可能晃头的动作幅度有点大，周晚一阵眩晕，一头栽到了许博洲的怀里。在宽阔的胸膛里闷了许久，她突然不乐意地捶了捶他，嫌弃道："你的衣服好臭啊，不要坐在我的床上。"

许博洲一哼，低头看着周晚小小的脑袋，说道："是谁在电梯里差点吐在我身上？"

当事人是不可能给予回应的。

周晚脑袋沉甸甸的，从许博洲的胸膛往下滑，磕过他的胸腹，垂到他的腿上，找到一处稍微柔软的"平地"躺下，嘟囔："上面太硬了，还是这里躺着舒服。"

第二天，周晚是自然醒的。她睁开眼时，阳光透过晃动的白纱帘照射进来，周遭从朦胧不清的金色虚影到逐渐清晰，她终于恢复了意识。

才七点半，还不晚。

周晚准备去厨房下一碗面条，再喝点冰苏打水让自己醒神。只是起身的瞬间，她摸到自己身上的吊带裙，又看到椅子上摆放整齐的脏衣物，心一紧，像被吓到似的努力回想昨晚发生的事。

可不管她如何回忆，断片的部分根本凑不齐。

到底是谁帮自己换的睡衣呢？

不可能是卫也，可家里也没有别人……难不成是许博洲？

周晚带着这些疑惑，换上一身棉质睡衣走去了客厅，恰好撞见进家门的许博洲。他看上去应该是刚刚健身回来，黑色的冲锋衣上有些汗渍。

许博洲取下了头戴式耳机，躁动的金属乐在耳机里低频振动，他感觉周晚有话和自己说："找我？"

"嗯。"周晚点头道。

许博洲身上的汗粘着冲锋衣，不舒服。他说："刚运动回来，不介意的话，我先脱一下衣服，放心，我里面穿了衣服。"

"……嗯。"

周晚靠着过道的墙壁，看许博洲脱衣服。他扯开冲锋衣的拉链，三两下将外套脱下。她这才发现，他所谓的穿了衣服指的是一件背心，脱掉外套后，他的肩颈、手臂赫然暴露在空气里，肌肉线条流畅，脖子后面还有密密麻麻的汗珠。

有那么一瞬间，她感觉自己像个女流氓。

"找我什么事？"许博洲回过身问道。

或许是因为对面的男人是自己特别信任的发小，周晚并未觉得不好意思，直接问道："我想问，昨天我的衣服是谁帮我换的？"

许博洲没回避，直接说道："你自己。"

"我自己？"周晚一惊，因为以往从没有过类似的情况发生。

许博洲"嗯"了一声，探着身子看着周晚道："我也没想到，几年没见，你喝高了以后还多了一项技能，自己换衣服。"

周晚放心地笑了。她没再多想这件事，看了看时钟，惊讶地问道："许博洲，昨天我们回来应该都挺晚了吧，刚七点半你就健完身了？"

许博洲理所当然说道："嗯。"

周晚用崇拜的语气夸道："你好厉害，好自律啊。"

许博洲抓起沙发上的脏衣服，径直朝阳台上的洗衣机走去。在推开玻璃门时，他语气极淡道："压力大，需要发泄。"

许博洲收拾一番后，先出了门。

下楼去取山地自行车时，手机在口袋里振动。他瞥了一眼来电显示，冷漠挂断，以骚扰电话对待。

可来电的人不依不饶，发来两条微信。

"少爷，许先生问你为什么不回家。"

"少爷，如果有时间，还是先回家一趟。"

许博洲随意扫了一眼，把手机放回口袋，将耳机挂在脖子上，戴上棒球帽，迅速坐上自行车。他双脚一蹬，风徐徐地灌进他蓝色的冲锋衣里。

万束阳光洒向树下迎风骑行的人，映出一道道耀眼的光。

星荣，男更衣间。

排班表已出，许博洲和纪燕均被安排从下周一开始飞。这周他们比较清闲，只需要来公司熟悉新环境，毕竟港岛和内地的工作环境有差异。

上午有一个会议，他们需要换上制服。

纪燕均坐在椅子上脱鞋，抬头时，看见赤着上身的许博洲，坏笑道："你身上的牙印怎么来的？"

许博洲手绕到背后摸了摸，没说话。

纪燕均干脆站起来，检查起好兄弟的身体，啧声连连："谁咬的？这么凶？"

许博洲依旧没回答，脸上也没有表情，看不出丝毫情绪。

许博洲打开柜子，将换下的衣物塞进去时，盯着T恤走了神，耳畔回响起昨晚女人醉醺醺撒娇的话语。

"咬一口嘛，你让我咬一口嘛。

"发泄一下，就发泄一下下，好不好？

"小气鬼！"

许博洲轻声一笑，然后合上了衣柜。

他穿好制服，戴上手表后，一扭头，刚好看见在系制服衬衫扣的纪燕均身上的抓痕十分明显。

许博洲扒开纪燕均的衬衫，用同样的语气问道："谁抓的？"

纪燕均慢慢系扣子，笑道：“医生的手劲有点大。”

“这么听来，新欢是医生？”

“嗯。”

“好多久了？”

“你应该问，我们能好多久。”

即便他们算得上是推心置腹的朋友，但对彼此的私生活，他们不太过问，除非对方想说。

许博洲没多问，收拾好后先走了。

十分钟后。

许博洲走进会议室，一眼便看见已经坐在了主位上的周晚，她乌黑的长发披在肩后，方领长裙露出细白的脖颈，妆容精致，丝毫看不出昨晚酗酒后的疲惫。待两位机长坐下后，周晚看向他们说道：“其实今天的会议也没有什么特别的事，主要是想给你们介绍一下我们的飞行部和空乘部的同事，让你们相互认识一下。”

“好。”许博洲和纪燕均点头。

许博洲视线扫过去，头转向左边时，视线忽然和某位空乘交汇，两个人礼貌一笑后，又同时挪开。他心头涌起的不安情绪被周晚的声音打断。

“我给你们介绍一下星荣的得力干将，飞行部最资深的飞行员——胡颂。”周晚带着一个身形高大的男人走到了许博洲和纪燕均身边。

“你好。”他们一一与男人握手。

胡颂，四十岁出头，有着十分丰富的飞行经验，在星荣做了近十年，算得上是飞行部的一把手，平时大家都亲切地叫他老胡。

他这人念旧，一直不舍得离开。

许博洲紧紧握住胡颂的手，眼里是敬仰，恭敬地道：“偶像。”

胡颂笑道：“夸张了，你可比我有名气多了。”

许博洲恭敬地说：“你做空军飞行员的那些事迹，我可以一件不落地背下来，‘空中猎鹰’的名号可不是浪得虚名。”他拍了一下胡颂的手臂，“我很开心能和你一起共事，希望我们能一起飞。”

一旁的周晚有些诧异。

如此谦逊的许博洲，是她从未见过的。在她印象里，他特立独行又轻狂，对自我要求极高，更别提他会崇拜一个人了。此时的他，在面对自己无比敬仰的人时，眼睛里似乎冒出了星光。

她觉得，他有点可爱。

安静的会议室里立刻热闹起来，充斥着愉悦的聊天声。

会议结束后，周晚赶回办公室和集团开视频会议。

会议室里的人陆续离开，而许博洲貌似在等人，逆着光站在走廊里，脸上的表情是少见的紧张与惶恐。

“嗨。”是女人的声音。

许博洲抬起头，对上了她的目光，说道：“好久不见。”

时雪菲笑了笑，点头道：“好久不见。”

两个人的目光短暂交汇，又是许博洲先移开。他们简单打完招呼后，他不知道该说什么，显得略微局促。

长廊里静了几秒，时雪菲走近一步，像是试图安慰一位老友，说道：“别多想，一切都过去了，我现在过得很不错，而且，能看你重新站起来，斗志昂扬地继续飞，我很开心。”

阳光从落地窗外洒进来，许博洲抬起眼的瞬间，看见时雪菲眼底似乎有泪花在闪，只不过很快被她的笑容掩盖。她大方伸出手，说道：“你来了一周，我还没有正式欢迎你，很开心能和你再次成为同事，祝我们合作愉快。”

许博洲看着递到面前的手，怔了几秒，而后礼貌地握住。

时雪菲走了。

这时，一直等在会议室门后的纪燕均几步走到了许博洲的身前，给予好朋友一个温暖的拥抱，还拍了拍他的背，安慰道：“放心吧，Shirley 不会怪你的。”

“嗯。”

许博洲和纪燕均从楼上下来后，恰好碰上了也准备去吃饭的胡颂。胡颂很热情，说请他们去附近吃一顿祁南菜。

三个穿着飞行员制服的男人，昂首挺胸地走出大厦。

谈笑风生。

他们聊到玩的话题，纪燕均想顺便邀请胡颂：“Captain……”

“哎，别给我来洋人那一套。”胡颂抬手制止。他是一个很传统的男人，听不来太时髦的叫法，“叫我老胡就好。”

“老胡？”纪燕均疑惑，“可是你不老哇？”

走在中间的许博洲钩住纪燕均的肩，解释道："这种称呼在我们这儿是一种表示亲切的尊称。"又用手背拍了拍他的胸，"入乡随俗，懂不懂？"

"哦。"纪燕均拉长语调，"那以后我叫你，老许。"

许博洲斜睨了纪燕均一眼，配合道："嗯，老纪。"

胡颂在一旁笑。

男人之间的乐趣有时候幼稚到要命。

纪燕均回归正题："那，老胡，你周六要不要和我们去LiveHouse（现场音乐厅）？"

"LiveHouse？"胡颂摇头，"那是你们年轻人玩的，我一把老骨头，玩不动。"

纪燕均说："但是有些人，应该很希望自己的偶像听他表演。"

胡颂惊讶地看向许博洲，问道："你表演？"

许博洲点头道："嗯，以前组的乐队来祁南演出，我顺便玩玩。"

胡颂惊叹了一声，爽快答应："好。"而后他掏出手机，"不过，我得先报备一下。"

纪燕均挑眉道："老胡，原来你是'老婆奴'啊。"

胡颂发完信息，指着两个年轻人说："等你们找到心爱的女人，把她娶回家，你们也会和我一样，什么都听老婆的。"

笑声在树下回荡。

总裁办公室。

刚刚结束了视频会议的周晚，终于能松一口气了。她靠在椅子上闭目养神，脑袋空下来，不知为何，忽然又想起了昨晚换睡衣的事。

因为她始终觉得这事有些不合逻辑。

许博洲说是她自己换的，但她总觉得不太可能。

周晚想了想，拿起手机，点开摄像头的APP，她无意要偷窥什么，只是有点好奇昨晚自己酒醉后发生的事。

将时间滑动到十二点左右，她全神贯注地盯着屏幕，等了十几秒，漆黑的屋子忽然一亮，画面里，她醉醺醺地靠在许博洲肩头，他先蹲下身，替她将高跟鞋脱下，只是她无意识地乱动，鞋跟扎到了他的手背。

周晚隔着屏幕都感觉到了疼痛，眉头不自觉地皱起来。

监控里，许博洲没有在意这点小伤小疼，又扶起了东倒西歪的她。

她边往卧室走边摸他的脖子，自言自语道：“卫也，你怎么长高了？”又摸了摸他的鼻梁，“你眼镜呢？你看得清路吗？”

清醒的时候，周晚比任何人都嫌弃自己喝高后的胡言乱语。

卧室里没有监控，画面停在了房门外。

她试着将进度条往前拉了拉，差不多一个小时后，卧室的门被拉开，再走出来的许博洲，上身的T恤不见踪影，赤着身朝吧台走去。

周晚赫然一惊，手腕脱了力，手机差点滑落。她避开了监控画面，毕竟一个成年男人，光着上身，明目张胆地在自己家里走来走去，怪异又羞耻。

她调整了呼吸，重新拿稳手机，看向屏幕。

许博洲从冰箱里拿出了一大盒冰块，铲了一半倒进杯子里，然后倒入冰水，仰起头往嘴里灌，一杯不够，他又喝了一杯。

大半夜喝这么多凉水，周晚只觉得他不要命了。

春天而已，不至于燥热到这种程度。

镜头一晃，周晚看见许博洲的身上有牙印。她下意识地捂住嘴，震惊又疑惑不已，这些难道是她留下的？

“哐当”一声，许博洲进了浴室。

此后，监控仿佛成了静止画面，一个多小时后，他才从浴室出来。

周晚盯着屏幕，她发现他站在门边，重重地做了几次深呼吸，才回房间。

这晚，周晚加了一个小时的班才回家。

重新改革星荣，比她想象中的要难数倍。再加上她是第一次涉及航空、服务领域，有很多进程的把控，她还需要向父亲取经。

“嗯，好，这周日回去陪你吃饭。”周晚在玄关换鞋，手机顺手搁在了木桌上，和父亲通话，“我想吃姜姨做的金汤蟹黄豆腐，还有番茄龙利鱼。”

她聊得开心，俨然忘了家里还有其他人。

周父在另一头频频点头。

突然，有男人的声音从客厅里传入：“回来了？”

周父隐隐约约听到什么，问道：“晚晚，恋爱了？”

“不是……”周晚连忙否认，随口胡诌道，“是卫也，他在我家整理合同。”她不想多聊，“好了，好了，周日回家见。”

“好。”

电话挂断，周晚拖着疲惫的双腿走了进去，看到许博洲躺在沙发上玩游戏。他手指疯狂地按键，语气有些不满道：“怎么？我现在这么见不得光？好歹我们双方都知根知底，周叔叔还能误会我们不成？”

周晚没搭腔。

许博洲视线一斜，补充道：“除非你心虚。”

“我心虚？”周晚把包挂好，走到吧台边接了一杯温水，“我为什么要心虚？你这话，说得我好像对你有意思一样。”

游戏进入高潮，许博洲紧盯着屏幕，淡淡地说：“万一呢？万一你暗恋我多年，只是我不知道呢？”

“许博洲，你未免也太自恋了吧。”周晚说着笑出了声。

许博洲耸耸肩道：“身边有一个像我这样优秀，又一起玩到大的竹马，你动点少女怀春的心思我也能理解，不丢脸。”

一个抱枕砸向许博洲。

过去他们走得太近，即便分开多年，周晚在某些方面对待许博洲的方式还是一如从前，比如说不过他时，一急就会“动粗”。

当然，她也没力气，东西砸过去也像温柔的毛毛雨。

一局游戏打完，许博洲放下手机，不满地抱怨道：“周晚，你对别的男生都那么温柔，唯独对我这么野蛮，不是打我，就是咬我、抓我……”

听到了敏感的字眼，周晚脸一红，说道：“昨天我是喝多了，不是故意的。”

许博洲把抱枕揣进怀里，起身走了过去，问道：“你怎么知道你昨天咬了我？你有意识？”

周晚低下头，说道：“不是，是我好奇，所以我看了监控。”

许博洲抬起头，手用力压了压抱枕，目光扫了一圈，在墙角找到了摄像头，问道：“所以你看到了我没穿衣服的样子？”

周晚心虚地解释道：“我说了不是故意的，我只是好奇昨天到底发生了什么。”

许博洲笑道：“你酒后的力气比你清醒的时候至少大十倍。”

周晚扯了扯许博洲的衣角，迫切想要知道昨晚发生了什么事，追问道："所以我到底为什么咬你？我们没做什么越界的事吧？"

许博洲摇头道："没有，喝醉了发点酒疯而已。"

"哦。"

"嗯。"许博洲还当上了好人，送上善意的提醒，"你酒品很特殊，以后能不喝就不喝，万一下次咬了别的男人，他们不一定有我这么正人君子。"

周晚不知道该说什么，于是转身去接了一杯水喝下，试图让自己快速地冷静下来。沙发边的游戏声又激烈地响起，她换了个话题，说道："对了，许叔叔给我打过电话，问我你在哪里，我没说你在我这儿，我只说了我不知道，但是应该帮你扛不了多久。"

"嗯。"许博洲丝毫不想理会这件事。

周晚坐在椅子上，思索了一番，还是和他说了点心里话："许博洲，既然叔叔想你，你还是要回去见见他。毕竟，你也不能一直住在我这儿。"

许博洲用力按键的手指突然卸了力，抬头看向吧台边的周晚道："才一周而已，你就想赶我走了？"

"我不是这个意思。"

"不方便？"

"不是。"

"叮——"气氛微僵之时，门铃响了。

周晚去开门，楼层管理员将一束玫瑰花小心翼翼地递到她手边，说道："周小姐，宋先生送你的花。"

"哦。"周晚抱住鲜花，管理员便帮她关上了门。

客厅里的游戏声消失，静到一丝声音都没有。

背后的沙发上传来冷冷的声音："看来，确实不方便。"

周晚把花抱回了卧室。她在床沿边坐下，翻了翻鲜花，里面藏了一条钻石项链和一张 LiveHouse 的演出票，手机屏幕亮着，是送花人发来的微信。

Song："项链是送给你的，希望你喜欢。还有，也希望你周六能和我一起看演出，替你放松放松。"

周晚已读未回。

她把鲜花和项链小心翼翼地搁在了桌上，拿起那张演出票，是一个当红乐队的演出，名字她再熟悉不过了。

叫 take turns band。

票根上的四张人脸，除了一副新面孔她比较陌生，其余三人都还是她记忆里的模样。非要说变化，那就是比从前更有魅力。

她看了看那张陌生的脸，脑海里的音乐像在旧磁带里播放。她感慨，如果他没有退出，贝斯手这个位置会更反叛和轻狂。

突然，手机里弹出视频通话。

周晚放下票，接通了视频。看到对面的人，她比任何时候都放松，笑着问道："洋洋，今天这么早就打烊了？"

视频那头是一个和周晚年龄相仿的女人，着装性感而不妖，一头卷发倾泻在肩膀一侧。她叫孟洋，是周晚唯一的好朋友，也是初中到高中的同班同学。

孟洋在补口红，说道："嗯，本小姐晚上有约。"

"挺好的。"

孟洋见周晚有气无力，关心道："你怎么了？工作很辛苦吗？"

周晚摇摇头道："不是。"

通过镜头，孟洋隐约看见了玫瑰花，问道："宋公子送的吗？"

"嗯。"周晚答道。

这位叫宋存的公子哥，是周晚母亲安排的相亲对象，门当户对不说，更巧的是，宋存还是她以前最高调的追求者之一。周母了解到这点后，说这就是天注定的缘分，恨不得他们立刻去领证。

可周晚很理智，她从来不会被所谓的"缘分""宿命"牵绊住。她认为，这就是一件普通的巧合之事，至少现在和过去一样，自己对他依旧无感。

全世界暂时也只有孟洋懂周晚："这个宋存，高中没看出几斤几两，只知道他家有钱，没想到这些年家里生意越做越大。你妈妈呢，也挺会挑，刚好宋家是做制造业的，去年还涉足航空领域，明显就是想联姻，为自家谋利。"

周晚劳累了一天，脑子都转不动了，淡淡地说："嗯，他是挺优秀的。"

"你想和他好吗？"

"不想。"

"那你讨厌他吗？"

"不讨厌。"

孟洋趴在桌上总结道："小晚，你看看你，从小到大都没有喜欢过任何一个男生，脑子和精力都留给了做生意，可见在感情这件事上，你确实还没开窍。"

"嗯。"周晚听着。

孟洋说："所以我的建议是，你可能不知道自己喜欢什么样的人，需要什么样的感情，如果你不好和家里人交差，又不讨厌这位宋公子，其实就当和普通朋友出去玩玩，放松放松，别想太多，别内耗。"

周晚顿了顿，点头道："……嗯。"

可能是说上头了，孟洋多说了点："哎，自从你去波士顿读书，肩上扛起继承家业的重担之后，几乎把所有时间都给了家族生意。这些年，你看看你玩过几回，去国外出差，你也是走到哪里都在工作。"她深深叹了口气，"这样想想，还是许博洲在的那时候，你看着开心很多，至少他还能带你玩。"

周晚眉眼稍稍一动，没出声。

孟洋顺嘴问道："你说许博洲还在澳大利亚吗？真去开飞机了？你们还有联系吗？"

周晚面对几连问，并没说实话，含糊道："没有联系。"

孟洋根本没注意到周晚的变化，继续道："嗯，你也别和他有什么联系，我当时都怕他把你带坏了。他那种人，去了澳大利亚肯定撒开了玩，哪能定得下心来？还好高中你们住一起的时候，他没怎么着你。"她隔着屏幕，假装去摸周晚的脸，"我就知道我的小晚啊，超级有眼光，肯定不会喜欢上那种眼睛只冲天看的男人。"

周晚笑道："好了，我知道你不喜欢许博洲，但是人家也没惹你，别这么说他。"

"OK，OK，我闭嘴，我去约会了。"孟洋说了声拜拜，迅速切断了视频。

周晚放下手机，刚往浴室走了两步，便听见门被叩响。

家里就两个人，敲门的自然是许博洲。

周晚开了门，笑着问："怎么了？有事吗？"

许博洲倚在墙边，发出邀约道："我之前的乐队，周六在祁南有场演出，他们看我回来了，让我上台玩一玩，你要是有空的话，可以一起来玩。"

竟然会这么巧？

周晚垂眸，在想该怎么回答。

许博洲见周晚犹豫，便说："没事，你要是不方便，或者没兴趣，直接和我说。"

周晚思索了一番，抬起头看向许博洲，委婉地说道："你先让我问问卫也，看看我周末是否有重要的安排，如果有空，我会去。"

"OK。"许博洲点头，在离开前补充道，"有件事，不知道这么问会不会冒昧。"

似乎与他心有灵犀，周晚抢先一步答道："我单身，你住在这里，我没有什么不方便。"

许博洲惊诧他们之间的默契，低头笑了笑后，转过了身。

"许博洲……"周晚叫住了他。

许博洲回头问道："怎么了？"

"演出票呢？"

像是不觉得自己遗漏了什么大事，许博洲扭头背对着她，轻声一哼道："我青梅竹马的好朋友来看我的演出，还要验票？"

周六，华灯初上，夜景比白天更摩登。

过去因为临着港岛，祁南享受了政策的福利，这些年发展迅速，两边的形势像颠倒了过来，越来越多的港岛人涌入祁南，不仅是工作，平时周末也会来娱乐消遣。

作为祁南最老牌的LiveHouse，FANG位于城内最有韵味的大院里，此前还被世界级的音乐杂志评选为最佳现场音乐头等奖，里面能容纳六七百人，各种颜色皮肤的人都能看到。

这天院里院外都被take turns band的粉丝攻陷，前年在一档歌手类的节目里爆火后，他们的演出就场场爆满，一票难求。

现场，人声鼎沸。

后台的休息室里，许博洲和鼓手崔斯杰坐在更衣室里聊天。这次邀请他当嘉宾上台玩玩，也是崔斯杰的想法。乐队几个人里，属他们走得最近。

两个人并肩坐在沙发上抽烟。

手机屏幕一亮，崔斯杰看到日期，突然晃了神。他掰着手指，不可思议地感叹道："今天是4月2日，你最后一次和我们登台演出，是八年前的4月3日，在港岛。”

像是被提起了尘封多年不愿被翻出的心事，许博洲只冷冷地“嗯”了一声。

崔斯杰注视着许博洲，说道：“票，我还替你留着。”

许博洲依旧没出声，眼底神色不明。

“Penny今天来吗？”崔斯杰特别强调了“今天”两个字。

许博洲吐了一口烟，烟雾笼着他的脸庞，虚化了他的表情。他掐灭了烟，笃定道：“会来。”

崔斯杰一拳捶向许博洲的肩头，说道：“你行啊，一回来就直接住进Penny家，又跟她同居。她呢，生意确实做得厉害，但感情上真是没开窍，都不知道自己已经引狼入室了。”

许博洲瞪了崔斯杰一眼，站起身，扯下衣架上的黑色皮衣利落地套上身，说道：“万一这次是兔子先吃了狼呢？”

“许博洲，你确实自恋了点。”崔斯杰笑许博洲不要脸。

许博洲拉开门，抬起下巴，傲慢道：“走着瞧。”

既然都是来看同一场演出，周晚并没有二选一，她认为，既能给母亲一个交代，也能支持自己的好朋友。只是平时很少来这种喧嚣的场合，她一下车就被周遭的喧闹声吵得有点不适应。她走到门口时，还差点被粉丝挤开，还好同行的宋存扶住了她。

宋存长得斯文，白净高瘦，鼻梁上架着一副银色边框的眼镜，乍一看，温和到没什么攻击性。

验票口，保安好不容易才维持好混乱的秩序。

宋存刚拿出票，还没有递给工作人员，却看见工作人员打开了闸门，让周晚正常通过。

工作人员没说理由，不过周晚猜到了，应该是许博洲特意交代了。

他们进去后，宋存好奇地问周晚：“这家LiveHouse和你有关系？你们周家收购了？”

周晚觉得现在的宋存做什么都能和生意扯到一起。她边走边解释道：“我们家还不至于要把整个祁南占为己有，是我有朋友在里面工作，打过招呼了。”

“哦。”

随后，两个人进了场。

LiveHouse没有座位，就是一个巨大的舞池，看乐队表演，自然要全场跟着欢呼更有感觉。

还有几分钟开场。

周晚和宋存选择站在中后方的位置。

宋存怕周晚不适应这里的嘈杂，绅士地说："一会儿你要是不想待了，嫌吵，我们就走。"

周晚点点头道："好。"

突然，灯光变暗，人声鼎沸的舞池里爆发出震耳欲聋的尖叫声。

屏幕里用手写的字体，一笔笔勾勒出"part1""seventeen/17岁""那年，我们，第一首歌""来自Hoobastank乐队的*The Reason*"。

鼓声敲响，射灯依次一束束从顶上打下，半罩在鼓手、吉他手和贝斯手身上，原本只是四人的乐队，此时的台上却多出了一个人。

当粉丝都在疑惑时，屏幕上又勾勒出了字幕："没有他，就没有take turns band。"

这算得上是给粉丝的开场惊喜。

第一波高潮将演出的气氛直接拉到顶。

乐队四个人将今天贝斯和主唱的位置留给了他们的好朋友许博洲。

绚烂的光束一道道斜着打下，后方是腾起的缕缕烟雾，黑色皮衣、皮靴，一身摇滚着装的许博洲，似乎天生就是属于舞台中央、被聚光灯追逐的人，当上百双眼睛盯着他时，他丝毫不怯场。

他一开口，和摇滚完美匹配的磁性嗓音惊艳四座。

"I'm not a perfect person

我并不完美

As many things I wish I didn't do

所做过的事都是身不由己

But I continue learning

但我一直在尝试

I never meant to do those things to you

我无意那样对你……"

高二那年的暑假，许博洲从喜欢的乐队里，挑出了这首Hoobastank的*The Reason*，作为take turns band登台表演的第一首歌。

四个意气风发的少年，在登台前，手叠手，用力吼出的那声“Go”，时至今日，依旧在他的心底回荡。

乐队对他来说，不只是反叛、个性的玩乐，而是振奋鼓舞他前进的兴奋剂。

台下是一阵阵爆发式的合唱。

台上的许博洲抱着贝斯，身体跟着节奏和情绪摆动，而他的目光也不忘在混乱拥挤的人群里去寻找熟悉的人影。

灯光冲台下旋转了几圈。

许博洲目光敏锐地找到了想见到的人，只是同时也看到了她旁边的男人。男人轻轻搂住了她的肩，不知是故意，还是出于绅士想替她挡开旁边的人。

亢奋的节奏激昂地响彻场内。

从台上投下的那束目光，锐利又冰冷，当许博洲唱起那句“I've found a reason to show/我找到了理由向你袒露心迹，A side of me you didn't know/向你展示我不为人知的一面”时，他眼前的画面，刹那间，从昏暗的室内变成了光线刺目的室外。

一束舞台灯投射过来，灯光如昼。

背景里的烟雾变成了湛蓝的海，台上抱着贝斯的男人，身上的皮衣渐渐被烈日融化，取而代之的是被潮湿海风吹起的干净白衬衫，少年额前的碎发微微遮盖住了眉眼，但眼神透着狠劲。

他的目光，一直盯着台下那对熟悉的男女。

表演看到一半，周晚嫌吵，宋存便开车送她回家。

周末的祁南，尽管到了晚上九点多，市区的主干道也堵得水泄不通，车如长龙。宋存虽然长着一副温和好脾气的样子，但缺乏耐心，才堵了不到十分钟，他就开始不耐烦，不停地按喇叭。

周晚安抚道：“你别太着急，等一会儿就好了。”

宋存烦躁地扯了扯领带，转头看向窗外。

车里放着音乐，几乎听不见外面刺耳的鸣笛声。周晚扭头，静静打量着宋存，隐约想起高中时发生的一件事。

高三露营回来，宋存非要送她回家，她拗不过，上了他家的车。

傍晚六点是路上最拥堵的时间段，和这天一样，差不多才堵了十几分钟，他就以少爷的姿态命令司机开快点，甚至还责怪司机没提前看导航。

其实事情不大，但让周晚对宋存有了不好的印象。

她承认自己是一个很关注细节的人，别人会忽视的点，她却不放过。

路短暂通畅了一小段，黑色的车移到了几排高楼前，周晚觉得旁边的景致有些眼熟。她仰起头，楼顶的 LED 标志牌很晃眼，是祁南之声的大楼。

光是看到楼，她就嘴角微微上扬，想到过去美好的梦，整个人都轻松了下来。

“哼，这年头还有谁听电台。”可宋存的一声讽刺，破坏了周晚的好心情。他单手撑在方向盘上，神情高高在上，“如果顺利，下个月我就能收购祁南之声。”

“你要收购祁南之声？”周晚诧异道。

宋存理所当然地说：“嗯。”

周晚问为什么，宋存不屑地看了一眼大楼，说：“它即便落伍了，在祁南也有一些影响力，买下它，运作多频道网络业务，做年轻人的生意，才有前途。”

想到电台主播摇身一变直播带货主播，周晚摇摇头笑了。不过即便她内心对祁南之声有不一样的情结，也得承认宋存的做法的确符合市场的大方向。

他是宋氏的继承人，和所有资本家一样，只对钱、权有兴趣。

路通后，车行驶得顺畅了起来。

二十分钟后，宋存把车停在了柳溪公馆对面的马路上。

树影扫过车面，影影绰绰，宋存看了看公馆的门，琢磨着一些事，然后回头，转身弯腰，想去替周晚解安全带。

两个人的距离骤然拉近，周晚感到不舒服，她没让宋存继续，笑着说：“我能自己解开，谢谢你。”

宋存的手悬在半空中，尴尬地笑了笑道：“嗯。”

他于是打开门，想再当一次绅士去替周晚开门，但没想到她自己先下了车，用同样的笑脸对他说：“你不必伺候我。”

“……嗯。”但人都已经到了小区门口，宋存不想错失良机，他开口暗示道，“不请我上去坐坐吗？”

正当周晚准备回绝时，一道刺眼的车灯对着这边照过来。

周晚和宋存同时抬手遮住眼睛，视线里，一个高大的人影逐渐清晰。

许博洲合上车门，攥着车钥匙朝眼前的男女走去。他笑着，但眼神锐利地盯着宋存道：“不好意思，买回来第一次开，操作失误了。”

这时，周晚接到了一通工作电话，她走到安静的角落去接听。

车旁就剩下两个互看不顺眼的男人。

宋存斜着头，看到了不远处停靠的那辆蓝色跑车。他转回目光，假模假样地伸出手，寒暄道：“好久不见。”

许博洲怎么会搭理这种货色？他的手揣在冲锋衣衣兜里，压根儿没有伸出来的意思，宋存只好尴尬地缩回手。

宋存的礼貌也就维持了几秒，而后不客气地挑衅道：“许博洲，你又晚了一步。”

“宋总，这话怎么说？”许博洲往前走了一步，问道。

宋存浑身一股高傲劲，炫耀道：“周晚的母亲非常喜欢我。”

听到这句赤裸裸的示威，许博洲只是漫不经心地笑了笑，说道：“哦，原来兜兜转转，你做了舒阿姨的干儿子？”

宋存的脸色冷下来，没好气地说：“许博洲，别装傻，你能听懂我在说什么。”

“嗯，听懂了，”许博洲抬了抬眉，一副盛气凌人的模样。他耸耸肩，赫然收住笑容，眼神锋利道，“舒阿姨喜欢你，但你没搞定周晚。”

宋存被这话噎住。

与此同时，处理完工作的周晚急忙走过来，问许博洲：“你怎么开车来了？我的车位不够停。”

许博洲说：“慌什么，我提前联系了物业，给了我一个临时车位，明天我再去买。”

“嗯。”

一时间，宋存没有读懂他们此时的关系，有种成了小丑的感觉。

周晚礼貌道谢：“宋存，谢谢你送我回来。”

宋存迟钝了半秒，皮笑肉不笑道：“不客气，应该的。”

周晚先离开。

许博洲刻意在原地站了一小会儿，他还有点话要和“老朋友”说。他一掌拍在宋存的肩膀上，意味不明地问道：“宋总，要去我家坐坐吗？

我给你开瓶好酒。”他说完，不等宋存反应便转身快步追上周晚。

宋存看着他们一起离开的背影，气得有些呼吸不畅。

公馆的电梯慢慢往上升。

电梯门打开，两个人一前一后地走到家门口。许博洲看着周晚换好拖鞋，才合上门走进去。他迅速换好鞋，然后手里转着车钥匙径直往吧台走，愉悦地说：“你去休息吧，今天我当女儿的铲屎官。”

“什么女儿……”周晚疲惫到没有力气去和他掰扯这个幼稚的话题。她点点头，就往卧室走。

平层两边是不同的画面。

周晚泡进了浴缸里，而铲完猫砂的许博洲刚走进浴室。

他脱了上衣，双手撑在水池台上。身边没了人，他彻底解放了自己的情绪，对着镜子笑出来，是沉甸甸的石头终于落了地的轻松。

但一个人开心不够，他还要分享喜悦。

他拨通电话。

大概响了七八声，对方才接通。

纪燕均的声音听上去有点沙哑，问道：“老许，怎么了？”

许博洲质问道：“这么久才接，在干什么？”

“要你管。”纪燕均重复道，“怎么了？快说。”

许博洲说：“上次去澳大利亚，你不是看上了我家里限量款的飞机模型嘛。”

“是，你的宝贝，死都不愿意送我。”

“嗯，”许博洲笑道，“周一到悉尼，我回家拿给你。”

纪燕均算是听出点所以然了。他逼问许博洲：“你和 Penny 是有什么进展吗？能让你这么开心，把宝贝送给我？该不会是，她被你吞了吧。”

许博洲嫌烦，只问道：“你要不要？”

“当然要。”

两个人通话结束，就在许博洲要挂断电话前，听见有女人在叫纪燕均。女人的声音他很熟悉，应该是他认识的人。

不过，纪燕均抢先挂断了。

许博洲洗完澡后，去了猫房。

白白和七七都睡了，只有立夏还睁着眼，舔舔爪子，舔舔毛。

许博洲走过去抱起立夏，坐在地毯上抚摸它："精力这么好。"

立夏喵了几声。

许博洲逗猫逗得正起劲，手机响了。他看了一眼来电显示，是熟人，他在港岛的好朋友，康芷晴。

他接通，点开了免提。

"康医生，什么事？"

电话里的女人，声音有些清冷："我被调派到祁南的军医院，要在这边待一年。其实我上周就到了，只是一直很忙，忘了联系你。后面有空，我请你吃饭。"

许博洲哼了一声："来祁南都不知会一声，真有你的。"

康芷晴笑了笑道："抱歉。"

许博洲边摸立夏边说："行，请我吃顿大的。"

"OK，没问题。"

门虚掩着，周晚捧着一杯热牛奶，似乎在外面站了一会儿。她听到许博洲在和一个女人通电话，听上去，他们关系很亲近。

是朋友？还是喜欢的人？

周晚猜了猜，但飘远的思绪很快被理智拉回。

她偷偷去看许博洲，心想，像他这么优秀的人，一定不缺追求者，而他们分别的这几年里，各自都有了不再重叠的生活轨迹和朋友圈，所以，从他的电话里听到陌生的声音，是一件再正常不过的事情。

周一，天气出奇好，适合飞行。

许博洲迎来了他在星荣的第一飞，目的地是他曾经待了四年的城市——悉尼，搭档依旧是纪燕均。

羽志国际机场。

赶早班机的人不少，人群里走来SL302的机组人员。乘务组走在前头，时雪菲和舒曼边走边聊，后面跟着的是飞行组。

许博洲和纪燕均穿着挺括的制服，他们肩膀宽阔有力，双腿修长，制服似乎更能突出他们的身材优势。两个人步调一致，都是一只手拿着飞行帽，一只手拉着飞行箱，昂头挺胸地往前走。

出众的外形，再加上职业滤镜，引来了不少旅客注视的目光。

许博洲摘下墨镜，看到纪燕均和手机里的人正聊得欢，他联想到了一些事，试探地问道："还是那个祁南的女医生？"

纪燕均微愣，连忙收起手机，笑道："嗯。"

许博洲又问道："你是为了这位女医生才来的祁南？"

纪燕均搂上许博洲的脖子。他心情一好就爱开玩笑："我可以理解为你在争风吃醋吗？"

一个字都懒得应，许博洲推开肩膀上的手，朝机组工作人员通道走去。

"早上好，欢迎乘坐星荣航空。"

"您的位置请走右侧通道。"

"我帮您拿行李。"

空姐站在登机口。她们脖间系着丝巾，姿态优雅，弯腰颔首，耐心礼貌地接待每一位乘客。

时雪菲抬头，一个熟悉的人走到她面前，对她微笑。

"早上好，周总。"她声音很轻。

替乘客引路回来的舒曼紧张地点头道："周总，早上好。"

周晚没有打扰她们做事，坐到了头等舱的位置。

她的堂弟后天将在悉尼歌剧院第一次登台表演，正好她有空，就飞去支持一下，顺便散散心，不然孟洋老说她再这样下去，迟早身体、心理出问题。

舒曼抚了抚心口，说道："第一次接待自己的老板，没想到会这么紧张，希望今天能顺利。"

时雪菲笑了笑道："周总人很好的，一定顺利。"

乘客陆陆续续登机完，机舱里都是人声。

驾驶舱中，许博洲和纪燕均脱下了外套。他们穿着白衬衫坐在正副驾驶位上，进入工作状态的两个人和私下截然不同，沉稳冷静，配合默契。

纪燕均检查数据："起飞重量没有超出范围。"

许博洲点头："OK。"

他将飞行计划输入到飞机管理计算机中。

机舱门被拉开，进来的是二副孙逸生，一个眉清目秀的男生。他做汇报道："许机长，外部检查完毕。"

"OK。"许博洲熟练地操作着仪表盘，或许是要飞往拥有无数青春回忆的城市，他情绪高涨，脸上带笑。

地面交通管制员发出了允许滑行的号令，许博洲进行操作，飞机沿着指定的路线滑行，到达跑道端前的等待区后，飞机停下来。

纪燕均读着操作检查清单，许博洲依次进行严谨的检查。

他们的友谊，有一半是在这样相互检查的程序中加深的。

许博洲拿起对讲机，说道：“祁南塔台，SL302，跑道12，请示起飞。”

塔台工作人员：“SL302，跑道12，地面风200.01米，可以起飞。”

接收到起飞的许可后，许博洲将飞机开上跑道，右手前推油门，左手放在膝盖前方的控制手柄上，纪燕均配合地将双手放在驾驶杆上。

飞机快速滑行，纪燕均盯住速度表，大声地读出飞行速度。

许博洲盯着前方，声音严肃道：“再检查一遍。”他绝不允许出任何差错。

纪燕均继续默契地配合。

一番忙碌紧张的操作后，飞机抬起，冲云霄而飞。

飞行平稳后，机舱里的气氛也轻松了下来。

坐在身后的孙逸生有些羡慕，谦虚地说：“早就听说你们是好朋友了，很荣幸能跟你们来星荣的第一飞，我得好好学习。”

许博洲控制飞机，纪燕均替他回应。

纪燕均回头，挑挑眉道：“那你可得好好学了，我们许博洲机长‘天空怪物’的名号可不是浪得虚名。”

这时，机舱门门铃被按响。

纪燕均按了操作钮，舱门被拉开，走进来的是时雪菲。她端进来三杯咖啡，放在了置物台上。

“Hi，又一起飞了。”纪燕均像是在和老朋友说话。

孙逸生疑惑道：“你们之前就认识？”

时雪菲没回应，只微笑着看向许博洲道：“口味没变吧？还是老样子，半糖半奶。”

许博洲回头冲时雪菲笑道：“嗯。”

孙逸生打量着眼前的三个人：“原来你们都认识？”

时雪菲回答了一句“我们有过很多回忆”，便离开了机舱。

这让孙逸生更疑惑了。他身子往前一探，八卦道：“你们三角恋？”可话落，他又立刻缩回身，摸了摸下巴，自言自语，“不对啊，Shirley不是和她前男友谈了好多年嘛，而且她前男友出事后，她就一直单身呀。”

突然像被针扎到皮肉里，许博洲面色一沉，手用力攥紧。

纪燕均拿起检查表用力朝孙逸生一扇，转移话题道：“少说话，喝你的咖啡。”

头等舱里，空乘组在为乘客服务。

周晚要了一份牛排，时雪菲在她耳边说了一句“慢慢享用”后，便推车去了经济舱，留她在舒服的空间里享用午餐。

这是她第一次坐许博洲驾驶的飞机，小时候总听他一腔热血地讲自己的飞行梦想；看他买入一架架漂亮的飞行模型；陪他去模拟驾驶舱飞行，而当她坐在由他驾驶的客机里时，心里有一种说不出来的奇妙感觉。

有种见证了他成长的兴奋感。

数小时后，飞机平稳地穿过气流，机舱的大部分遮光板都被拉下，乘客进入了睡眠状态。

从祁南飞往悉尼，需要九个小时。

不知过了多久，机舱里的提示音响起。

是许博洲的声音，他的声音混在微弱的电流里更富有磁性：“各位乘客大家好，我是此次航班的机长，我们现在已经穿过了赤道，到达了南半球，大家不妨打开遮光板，看一看属于南半球云层中的黄金晚霞。”

一时间，机舱里躁动了起来，醒来的乘客纷纷打开遮光板，拿出手机，一边拍下窗外的落日余晖，一边发出感叹。

“好美啊！”

“天哪，太美了。”

喜欢日落的周晚又怎么会错过呢？她趴在窗边，换着角度捕捉云层里的晚霞。一年四季，她几乎有一半的时间都是在赶飞机，可从来没有闲心去看夕阳，也从来没有一位机长会提醒乘客欣赏美景。

一道道金色的阳光穿过云层，美到像仙境云海。

太美了。

她词穷到想不出任何词汇来形容眼前壮观绮丽的景色。

驾驶舱里，飞机在自动飞行，许博洲靠在椅背上，以最近的距离欣赏落日。夕阳笼罩着他，他的头稍稍朝后看，眼睛像是穿过一道道的阻隔物，看到了某个人。

他轻轻地笑了笑。

他觉得这是这些年来，看到过最美的一次云中落日。

当地时间晚上七点一刻，飞机降落在了悉尼金斯福德史密斯机场，停稳后，广播里放出了一首特别适合当地夜晚的爵士乐——*With You I'd Believe*。

萨克斯的情调，浪漫得不像话。

在开舱门的舒曼问时雪菲："哎，你这位老朋友还挺有情调的嘛。"

时雪菲没着急回答，而是先看了看头等舱里正在解安全带的女人，回过头去帮舒曼，笑着说："可能是春天容易发情。"

两个人相视一笑。

周晚下了飞机后，打开手机，看到第一个问候自己的是堂弟周映希。他们从小关系就好，她对他的关爱甚至超过了亲弟弟。

周映希："要不要一起吃晚饭？"

周晚："好，我先回酒店，一会儿找你。"

等所有乘客都下了飞机后，机组工作人员才拖着工作箱往外走。

对空中工作者来说，每一次平安落地就是一次安心。他们不知道聊起了什么，有说有笑，穿梭在不同国度的机场，依旧养眼。

纪燕均向她们发出晚上娱乐的邀请，但被美女们以疲惫拒绝，他做了一个遗憾的手势。等到乘务组的人走后，他看到了一个熟悉的背影，立刻拍了拍许博洲提醒道："那不是 Penny 嘛，还没走？"他又故意说，"等你呢？"

许博洲瞥了纪燕均一眼，冷漠的表情像是在说：无聊。

其他人不懂许博洲，纪燕均很懂，他就是彻彻底底的闷骚。

纪燕均先走过去打招呼："Hi！"

周晚刚听完电话，吓了一跳，拿着手机打招呼道："Hi，好巧。"她转头看向许博洲，不由自主地夸道："你很棒。"

许博洲点点头道："我知道。"

纪燕均低头差点笑出来。他清了清嗓子，转头问周晚："周总晚上有什么安排吗？要不要跟我们去玩？"

周晚摇头道："不去了，我约了人。"

"那很遗憾……"

纪燕均的话还没说全，许博洲便抢先问道："约了周映希？"

周晚点头道："嗯，他约了我吃晚饭。"

“他也约了我。”许博洲说。

周晚一惊，皱眉道：“他怎么没和我说？”

许博洲道：“你要是不想我去，我可以拒绝。”

“我当然不是这个意思。”

“嗯，那我们先去吃饭，要是你还有精力，就跟我去酒吧玩一会儿，我想介绍我在澳大利亚的同学、朋友给你认识。”

“……好。”

三人在机场外暂时分开。

九点多，许博洲、周晚和周映希结束了晚餐，可能是聊得起劲，周晚突然有了活力，她说可以去酒吧坐坐，但是想早点走。

许博洲同意了。

悉尼市区一家半户外的酒吧，店里的霓虹灯和敞亮的街道并不相斥，坐下也能吹到晚风。南半球正是秋季，周晚和许博洲很有默契，都穿上了风衣，还是黑白情侣色。

他们到的时候，纪燕均和其他人都到齐了。

纪燕均已经小酌了一杯，他指着走进来的男女，坏笑道：“你们穿成这样，很容易传绯闻的哦。”

许博洲没在意纪燕均那张破嘴，他让周晚坐到自己身边。

和平时上班穿套装不同，周晚私下出来玩，穿得比较轻松，脱掉风衣，里面是一件紧身的针织开衫，胸口还绣了一朵粉色玫瑰。长发被轻轻吹起，她小巧精致得像一只芭比娃娃。

许博洲向周晚依次介绍自己的同学和朋友，三位都是澳大利亚人：“Sam、Ryan，我的同班同学，现在是澳大利亚航空的飞行员；Parker，贝斯手，在澳大利亚玩音乐认识的。”

周晚用英语和他们交流。

纪燕均不知是有意还是无意地问道：“你的同学和朋友就没有女人吗？”

许博洲转了转酒杯里的冰块，回答道：“我不和女生玩。”他的视线大方地挪到周晚身上，“从小到大，我只有周晚一个女性好友。”

几个男人开始起哄。

纪燕均做了一个搞怪的表情。

趁他们聊天，周晚转头看着外面的街景。这些年，她去了好多地方，但竟然没有来过悉尼。可是这天当她走在这片土地上，呼吸着这里的空气时，她却觉得莫名熟悉。

此时也是，她一点也不紧张，是这么久以来最轻松的一晚。

听着他们谈天说地，她没有插话却笑了。

纪燕均突然打断聊天道：“各位，玩点游戏如何？”

男人自然没意见，周晚问什么游戏。

纪燕均解释道：“猜牌，玩法很简单，只要猜桌上的牌大于五还是小于五，猜错三次以下，喝酒惩罚；猜错三次以上，就要随机挑惩罚。”

许博洲让周晚别紧张。

但周晚似乎并不紧张，有点感兴趣道：“好。”

纪燕均从吧台要了一副扑克牌。他随意抽了一张放在桌上，从坐在最外面的 Parker 开始，一个个轮流猜。

前六轮，几乎所有人都输了一次，不分上下。

到后面，周晚的运气开始变差，连输了两次。但她并没有逃避，从容地愿赌服输，对纪燕均说：“抽惩罚吧，我都可以。”

纪燕均打了个响指道：“老板就是老板，格局大。”

许博洲瞪了纪燕均一眼道：“废话少说。”

纪燕均闭上嘴，让周晚自己抽惩罚。她翻开纸片，看到上面的英文时，还是惊到了。

惩罚：和在座一位男士对嘴咬冰块。

许博洲不悦地质问纪燕均道：“这玩意儿你哪里搞来的？”

纪燕均委屈地指着对面的超市说：“随便买的。”

见惩罚尺度有点大，纪燕均想说换一个，不然惹怒了某些男人，他估计没法活着回国。

可周晚突然扯了扯许博洲，用找他帮忙的语气问：“你愿意吗？”

不远处是悉尼歌剧院和海港大桥，建筑、海面被星辉笼罩，夜越深，越迷人。而方才还较清净的酒吧，忽然多了乐队的歌声。

是一首小众的灵魂乐，*Can I Call You Rose*。

“Can I call you Rose?

我可以叫你“玫瑰小姐”吗？

'Cause you' re sweet like a flower in bloom

因为你甜得像一朵正开放着的花朵

Can I call you Rose?

我能叫你“玫瑰小姐”吗？

'Cause you' re fragrance takes over the room… darling

因为你的香气占据了整个房间，亲爱的……”

沙哑性感的声音钻进沙发上举止亲密的男女耳中，爬上肌肤，蔓延到心底，酥酥麻麻。

许博洲自然没有拒绝周晚，以好朋友的身份，帮她完成了咬冰块的惩罚。

他们的身高差过大，以至于周晚需要高高仰起头。但他们才咬了两三秒，几滴融化的冰水就滑落至她细白的脖颈上。

一颗圆球形的冰块，不大不小，即便她再小心，还是不小心碰触到了许博洲的唇。而他却一直睁着眼，看着紧张的她，发现她眼皮都在颤抖。

时间过去了不止十秒，旁人一直没喊停。

许博洲用牙齿用力咬住冰块，吐进了不用的杯子里，扯了几张纸，先给了周晚，然后自己擦了擦嘴角，看向纪燕均道：“怎么？看上瘾了？”

此时的纪燕均已经上了头，俨然忘了坐在对面的是自己的老板。他握着酒杯，坏笑道：“嗯，俊男美女玩这么刺激，舍不得喊停。”

环境很吵，周晚没太听清，只知道纪燕均应该是在调侃自己。不过她倒是习惯了，因为她和许博洲的关系，从小就总被别人拿来调侃。但她心里始终有把尺，也很清楚他们在这一方面是有默契的，都不会跨越雷池半步。

她视线一会儿飘向舞台，一会儿又飘向街道，手中的酒喝了一大半后，她才发现，原来许博洲悄悄给自己要了一杯无酒精的鸡尾酒，难怪没有醉酒的感觉。

乐队的歌换了一首又一首，氛围拉满。

刚开始酒吧还有空位，此时已然坐满，过道里站满了男男女女。

几个金发碧眼的男人靠在栏杆上，时不时冲周晚挑眉笑，明目张胆地搭讪。

虽然周晚在美国留学了几年，但平时很少去酒吧这种鱼龙混杂的地方。再加上她胆子比较小，陌生男人只要有一点点挑逗的意思，她就会感到不适和害怕。

“坐到里面去。”许博洲让周晚和自己换座位，她乖乖地挪到了里面。

二人换好位置后，许博洲立即给了外面两个欧美男人一记很不客气的眼神警告，他们这才走开。被高大的身躯挡住了那些杂乱的人影，周晚心里瞬间充满了安全感。

对面的纪燕均脸上是一副看好戏的表情，问道：“讲真的，你们一个未娶，一个未嫁，又知根知底，就没想过从朋友变成情人？”

周晚低下头，端起酒杯一抿，没有酒精却红了脸。

“想过。”许博洲的回答抓住了所有人的注意力，四双眼睛齐刷刷地看向他，而他却懒散地靠在皮椅上，晃了晃酒杯，笑道，“但是我一想，要伺候一个‘爱哭包’有点辛苦，还是算了。”

周晚刚刚提起的心立刻放下，她就知道他经常不正经地开这种玩笑，不悦地反问：“我为什么是‘爱哭包’？”

“你还不是吗？”许博洲没个正经，“被吓一下会哭，没考好会哭，做噩梦会哭，生我闷气也哭……”

“许博洲！”周晚掐了一把他的手臂，让他闭嘴。

纪燕均在一旁看得有滋有味道：“我没想到看着这么温柔的周总，原来急了还会动手。”

许博洲盯着纪燕均，较起真来：“她只对我这样。”

小插曲结束，周晚没再喝酒，听许博洲和他的朋友们聊起了大学时的趣事。她手托着下巴，视线总时不时盯着他的侧脸看。她在想，时间怎么过得那么快，以前那个总和自己在院子里玩耍的小男孩，一转眼就长成了大人的模样。

好像是长得挺帅的。

她竟然看呆了几秒。

几个男人越聊越兴奋，基本上都喝高了，许博洲也是。

周晚扶着有点晕乎乎的许博洲，劝道：“许博洲，你别喝了。”

许博洲放下酒杯，垂着脑袋，脸和脖子都烧了起来。他拍了拍周晚的胳膊，说道：“没事，我送你回酒店。”

“你这样还送我回去？”周晚说，“我送你呢。”

“不行，太晚了，你一个人回去不安全，万一又哭了怎么办？”

“我已经二十七岁了，你真当我还是小孩？不至于。”

许博洲想了想，说道：“等下你送我回去，你睡我的床，把我扔到沙发上就行。”

“好，行。”周晚暂时只能顺着许博洲的想法应下，眼前最要紧的是把他送回去。

两个人订的酒店离得不远，就隔了两三条街。

周晚打算将许博洲送回房间后，就打车回去。这些年，她一个人满世界跑，凌晨回的次数也不少，她真不至于像他说的那样会害怕到掉眼泪。

深夜回来的人不多，电梯里没有人。

虽然许博洲喝得有点高，但不至于完全失去意识，还走得动路，分得清方向，只是身体和头沉沉的。而原本就生得高大的他，此时对周晚来说，更像是一个庞然大物，压迫了她半边身子。

周晚一步一步拖着许博洲走到了他房间门口。

“卡在哪里？”

“口袋里。”

周晚摸了摸许博洲外套左边的口袋，没有，又摸了摸右边的口袋，还是没有。她疑惑地仰头看着他说：“没有呀。”

许博洲醉醺醺地说：“里面的口袋，胸口的位置。”

周晚一只手撑着许博洲，另一只手伸进了他风衣内侧的口袋。因为位置有点高，她稍微踮起了脚，但恰好碰到了他垂下的额头和鼻尖，一股刺鼻的酒精味覆向了她。

“喝那么多干吗？”周晚边刷卡边教育道。

许博洲笑道：“我开心。”

房门很重，周晚使了一些力才推开。

“哐当”一声，门合上，她刚准备去插卡，许博洲身子往下一沉，手中的房卡掉落到了地上。过道里黢黑一片，她想蹲下去拾起卡片，但针织衫胸口上的玫瑰花被他风衣的拉链勾住，动弹不得。

“许博洲，我的针织衫被你的拉链缠住了。”周晚困难地踮脚去扯系住的地方，但他整个人往下一压，她被迫只能抬手扶住他，什么都干不了。

许博洲说了一句“我来”，然后用仅剩的意识去帮忙。但眼前视物模糊，什么都看不清，他手指一用力，勾住的地方不但没解开，反而她的扣子还崩开了一颗。

两个人就这样挤在狭窄的过道里，手中的动作乱成一团，问题丝毫没解决。

周晚索性放弃，她拖着许博洲往后退，打算一步步挪到床边，把他扔上床，然后直接走人。

结果刚往后退了两步，周晚不敌许博洲的重量，一只脚被他绊倒，整个人往后一仰，还好被他及时接住，圈进结实的怀抱里。她抬起脸，对上了他那双被酒精吞噬过的眼神。

太近了，近到交织的呼吸，越来越热。

孤男寡女，午夜共处同一个房间，即便对方是自己再要好、再信赖的朋友，周晚还是感受到了从许博洲身上散发出来的陌生攻击性。

“让我起来……”周晚揪紧许博洲的衣服想起身，但一切似乎完全脱离了她的掌控，腰被那只硬朗的手臂用力捞起，嘴唇也被猝不及防地堵住。

许博洲一掌扣住周晚的后脑勺，俯下头，吻住了她。和他的外表、性格一样，在接吻这件事上，他没有温柔可言。

只有强势，无比的强势。

从来没有过接吻经验的周晚哪里受得了这样的对待，况且对方还是和自己从小一起长大的好朋友，浓浓的罪恶感扑面而来。

周晚想用双手去推开许博洲，可是他们力量悬殊，他一只手扣住了她的手腕，拇指钳住了她的虎口，顺势十指相扣，继续吻了下去，像是要将她吞吃入腹。

趁双唇分开的间隙，周晚用手挡住了许博洲的脸，给一个醉醺醺的酒鬼强调现实：“你知不知道我是谁？我是周晚，你的好朋友。许博洲，你喝大了，你不能吻我……”

“为什么不能吻你？”许博洲问，不知道意识还剩下多少。

周晚反复告诉他：“我们是朋友。我要走了。”她拼命想要从他结实宽阔的怀里挣脱。

但可惜，她又一次被许博洲抓牢。不过这次他什么都没有做，只是对着她颈窝处，带着笑意，温柔地说了一句她完全听不明白的话：“周晚，我不生气了。”

周晚从床上惊醒，窗外刺眼的阳光照疼了她的眼睛。

一回想起后半夜发生的事，她依旧罪恶感满满。

时间也就过去了六七个小时，她想忘也忘不掉。

周晚一头栽进被子里，她怎么都想不到，自己会和从小一起长大的好朋友在酒店房间里接吻。

“怎么会这样啊……”她身子拱起，缩在被子底下，焦虑到要哭了，“许博洲，你怎么变成这样了？变得这么下……”

“流”字没说出来，但想表达的就是这个意思。

冷静，一定要冷静。周晚深呼吸，努力平复情绪。

既然事情已经发生了，她不能逃避。于是，她掀开被子，拿起手机，点开了熟悉的微信头像，只是在编辑文字时，又犹豫了。

说什么好呢？

冲他发火并警告他？

可万一他真的喝高了，完全不记得这档子事，那岂不是置她于难堪的境地，以后还怎么在同一个屋檐下相处？

周晚身子软绵绵地滑坐下去，烦闷到想喊救命。

突然，电话响了，弹出的是“许博洲”的名字。像是看到鬼一样，她吓得不轻，还有点蒙。直到许博洲第二次打来时，她才接通。

“你没事吧？”对面是许博洲的关心。

此时光听到他的声音，周晚都紧张得发抖，强作镇定道：“……没事。”

许博洲的语气和往常一样，并没异样，就像昨晚什么事也没发生过一样。他说：“抱歉啊，很久没见到老同学，多喝了点，谢谢你昨天送我回来。”

周晚想不到别的话，只“嗯”了一声。

许博洲接着问道：“那么晚了，你怎么没在我房里过夜？”

周晚耳朵发热，连脖子都红了半截。她本想问问他到底记不记得昨晚发生的事，但最后还是没问出来，只找了一个理由搪塞道：“毕竟我们都长大了，共处一室不太好。”

周晚天真地以为许博洲会点到即止，没想到他竟把话题延续到了更敏感的地方。他问：“这有什么不好的？我们那么熟，你还怕我吃了你不成？”

这下，周晚浑身滚热，连手心都冒出了汗。她弄不明白，许博洲到底是真醉了，还是在装醉。

不过十几年的信任感不至于一夜崩塌，她暂时选择了后者。

不再讲醉酒的事，许博洲抱歉地说："不好意思，我今天有重要的安排，不能陪你去看周映希的演奏会了。我和他打过招呼了，贺礼也一早拜托朋友送过去了，你好好看演出。"

"……嗯。"听到许博洲不会去，周晚反而感到庆幸，至少不用这么快面对他。

许博洲继续说："还有，我明天下午回祁南，中间应该见不到你，你自己一个人在澳大利亚逛逛，OK吗？"

"OK，我OK。"许博洲话音刚落，周晚就抢着答道。

电话里静了几秒，许博洲语气变得有点坏，问道："你就这么不想见到我？"

"不是，不是。"周晚镇定解释，"我只是也有约。"

"约了谁？"

"你管我呢。"

许博洲强势道："嗯，就想管管你。"

周晚没理许博洲。她有点渴，下了床，从茶几上拿起一瓶矿泉水，拧开喝了两口才答："我们只是朋友，你没资格管我。"

或许是因为未来两天不用面对他，周晚心里轻松了许多，有心和他抬杠。

手机里传来许博洲的一声低哼："那意思是，要成为你的男朋友，才有资格管你？"

周晚的脸又一次热起来，这就是许博洲的说话风格，从小到大都喜欢这样逗她，分不清真假。她懒得和他再往这个方面扯下去，以要出门为由挂断了电话。

周晚在酒店里简单地收拾了一番，挑了一件喜欢的长裙和风衣换上，然后一个人出了门。在附近餐厅吃完午餐，她就赶去了悉尼歌剧院。

托堂弟的福，她第一次走进这个世界闻名的歌剧院。

周映希是周晚叔叔的儿子，堂弟在她心里的位置超越了亲弟弟，原因很简单，他无论是品德、才华还是志气，都更符合她心里好弟弟的模样。

以及，她在他身上能看见自己的影子。

周晚坐在第四排，离舞台很近，台上的周映希穿着白衬衫、浅色西服，一双修长的手在琴键上跃动，投入在钢琴演奏里。

此刻，别人看到的是他矜贵的气质，而她看到的却是他内心里热烈的灵魂。

她羡慕他，很羡慕。

羡慕他是家中的独子，却可以摘下头上沉甸甸的皇冠，甚至能收获全家人的支持和鼓励，尽情地追求自己所热爱的梦想，能站在世界级瞩目的舞台上，实现灵魂深处想要的价值。

这一场演出，周晚看得并不轻松。谢幕鼓掌时，她虽然脸上在笑，但眼神明显有些空洞。

结束后，她去后台的走廊里等周映希。

"恭喜你。"见到周映希，周晚将手上的鲜花送给他。

周映希接过鲜花，捧在怀里说道："谢谢姐姐。"

从外表上看，他们也更像是亲姐弟，白白净净，眉眼温柔，笑起来都有点甜，就连讲话也是慢条斯理的，不急不躁。

周晚刚想转身，却看见周映希与她身后走来的人打招呼："Glen。"

熟悉的英文名，让周晚心头一震。她紧张到往墙边躲，头越埋越低，唇抿紧，不自觉地去挽发丝。

许博洲不是说有安排不来吗？

怎么又骗人？

周映希笑着说："姐姐，这是我的大学同学，名字和博洲哥一样，都叫 Glen。"

周晚抬起头，藏在发丝里的耳朵特别热。她礼貌地微笑，和眼前蓝眼睛的欧美人打了声招呼。

周映希没和同学多聊，收下祝贺后就带着周晚往外走。二人走着走着，他突然笑道："是不是博洲哥又吓唬你了，你这么害怕？一听到相同的名字就慌了。"

"害怕？"周晚佯装淡定地说，"我为什么要怕他？"

可她两只手紧紧揪着包带，明显心虚。

周映希回想道："你脾气好，所以博洲哥从小就喜欢欺负你。"

周晚不想继续听下去，打断道："好了，好了，别说这些了。"

周映希适可而止。

大厅的出口，拿着门票的观众进进出出。

走出门，周晚忽然很想问一个问题，恰好身边站着一个现成的男人。她看向周映希，问道：“映希，我能问你一个问题吗？”

周映希点头道：“当然可以。”

两个人面对面而站，秋日阳光洒在他们身上，影子浅浅。周晚在心里组织了一下言语，问道：“你作为男人，能不能告诉我，如果你喝高了，会不管对方是谁，做一些荒唐的行为吗？”

这个问题对从小没有犯过错误的周映希来说，答案就摆在白纸上。他摇摇头道：“不会，那样很不礼貌。”

周晚看着这张斯斯文文的脸，脑海里浮现的是另一张桀骜难驯的脸。一对比，她叹了口气道：“算了，问你没有什么意义，你比我还单纯。”

二人分别前，周映希倒是对一件事很感兴趣，说道：“姐姐，有一句话，我不知道说出来合不合适。”

周晚笑道：“嗯，你说。”

天空澄澈，歌剧院的建筑轮廓映在蓝天下，看一眼就心旷神怡。或许正是如此，周映希才想讲出这些浪漫的想法：“说真的，我一直觉得你和博洲哥特别般配，我特别希望他不是在开玩笑，是真的喜欢你，去勇敢地追你，打败你身边的男生，做你的男朋友。”

从悉尼歌剧院离开后，周晚打车去郊区赴约。

车窗开了一半，阳光温柔地往车厢里灌入，晒得她整个人暖暖的。心情本该轻盈，但车里的老歌将她的思绪拉回了高一的暑假。

窗外的风景从繁华的街道换成了田园风光，周晚也从过去的记忆里回过神来。只是好奇心作祟，她点开了许博洲的社交账号，一直翻到了几年前的内容，也没看到他和其他女人的动态。

她又点开了他的关注列表。

十个 ID 里，九个都是男性朋友，唯一的女性朋友是她。

这么多年都没恋爱？还是藏得深？

以她的了解，许博洲不是那种老实、安分的男人。她认为，他在澳大利亚这些年，应该没少谈恋爱。

做朋友，他没话说，但私生活，她还真不敢打包票。

“到了。”

司机的一声提醒让周晚收起了手机，暂时不再去想这件事。

下车时，她刚好欣赏到了田间的落日。在秋天的夕阳下，远山近水都是温柔的，附近似乎有农场，能听见动物的叫声。

待在这里的每一秒都是享受。

“晚晚小公主。”周晚的身后忽然有声音传来，嗓音听着并不年轻，有些苍老，应该是一位耄耋老人。

她当然知道来人是谁，开心地转身，抱住了老人道：“姨奶奶。”

“叫我什么？”

“对不起，我又叫错了，Cecilia。”

老人是周晚的姨奶奶，中文名叫钱绍宜，出生在上海一户商人家庭，十八岁被母亲送来澳大利亚留学，一来就是一辈子，现在已是八十二岁高龄。但和一般老人不同的是，她心态格外年轻，是一个优雅又有趣的老太太。

所以用那些传统的称呼叫她，她真会急眼。

Cecilia 牵着周晚的手，走进田园小院。

这幢三层楼的小洋房，有风雨洗礼过的岁月感，红墙上爬满了花藤，院里花香四溢，长长的木桌上还摆着未插完的鲜花和花瓶。

一看它的主人就很热爱生活。

“我的晚晚小公主是越长越美啦。”Cecilia 在水槽里洗了一碗新鲜的蓝莓，夕阳落在她脖间的珍珠项链上，让漂亮两个字似乎没有了年龄限制。

周晚和姨奶奶见面的次数其实并不多，但每一次见面都格外亲近。

“Cecilia 也是呀，比我更美。”周晚脱了风衣，双手背在长裙后，欣赏起屋子里的古董和摆设来。

石头壁炉边有一面墙，墙上挂满了大大小小的照片，照片里全是 Cecilia 和她丈夫的亲密记录。她的目光落在了那张舞会的照片上，年轻时候的姨奶奶穿着墨绿色的洋装，和她穿着军装的丈夫跳了一支浪漫的舞。

旁边是她丈夫用英文写下的一段话：“我亲爱的西西莉亚，你是全世界最漂亮最优雅动人的女人，我永远爱你。”

周晚轻轻抚摸照片，看着他们逝去的年华，眼底有泪光在闪。

她知道姨奶奶宁可孤独终老，也要一人守在这田间小院的原因。她忘不掉那位搏击长空却英勇献身的空中战士，那个将热烈的爱意全部付诸给她的男人，安德鲁。

对Cecilia来说，日复一日的陪伴就是最长情的告白。她虽放不下，但早可以坦然面对。她将蓝莓递给周晚道："穿制服的男人是不是很英俊？"

周晚笑着点点头说："嗯。"

"想不想和我一样，也找一个开飞机的？"

突如其来的调侃让周晚的心忽然一动。她接过盘子，拈了一颗蓝莓，敷衍答道："这种事，还是看缘分吧。"

Cecilia看着周晚笑了笑。

两个人吃完一顿丰盛的晚餐后，又坐在沙发上靠在一起聊了一会儿天。

十点多，周晚有点累了，于是Cecilia带她上了楼。

Cecilia推开一扇客房的门，笑得很温柔，说道："这间房之前租给了一个中国留学生，不过他早就毕业了，房间我也收拾了一遍，今天晚上你住这里，好吗？"

"当然可以，我不挑。"周晚抱了抱姨奶奶，"Cecilia，我今天晚上很开心。"

Cecilia拍拍周晚的背，说道："我也是，见到你很高兴。"她看到房间里没有收起来的飞机模型，想起一件巧合的事，"对了，这个留学生呢，他是飞行员，要不要介绍给你呀？"

周晚捧着姨奶奶的脸，笑得眼睛眯起来，说道："我要求可是很高的，一般男人我可看不上，要娶我，得特别厉害才行。"

"哦？是吗？"Cecilia很配合地道。

"嗯，那当然。"周晚打了个哈欠，把姨奶奶往外推，"好了，好了，Cecilia，我真的困了。"

Cecilia一直笑，摆摆手道："知道了，知道了，我不扰你了，晚安。"

房门关上后，卧室里静到能听见阳台外风吹树叶的声音，沙沙作响。

周晚环顾一圈，走到阳台的木门边伸了一个懒腰。她仰头闭眼，在闻到郊外清新空气的瞬间，平日里积累的紧绷和压力顿时化为乌有，一颗心轻飘飘的，脸上也有了笑容。

风有点凉，她拉上了木门，转身时却被墙壁上的照片吸引了注意力。她走近，几十张照片记录了不同地方的落日，具体的地名用经纬度代替。

每一张底下都附上了一句“悄悄话”。

“2N,100E/ 今天她开心吗？”

“47° N,7° E/ 是她说过无数次想来的城市。”

“42° N,71° W/ 这里的夕阳很一般，委屈她了。”

周晚看了三四张后，皱起眉，她惊讶这世界上竟然有人和自己一样，喜欢记录日落，也喜欢用经纬度去标记世界版图。

她突然对这个男生产生了兴趣，只可惜，Cecilia 有所不知，这个男生一看就心有所属，如果她没猜错，还是暗恋。

第二天一早，周晚要赶去市区见一个客户，匆匆和Cecilia吃完早餐，便准备离开。

出门前，周晚轻轻戳了戳姨奶奶的脸，调皮道：“Cecilia，我看你啊，一定是老糊涂了。”

Cecilia 不悦地一哼道：“刚住一晚，就开始挑我的毛病了？”

周晚笑了笑道：“你招待的那个留学生，他心里早就有人了，你还打算做媒，差一点点我们就丢脸了。”

Cecilia 捂着嘴，表情夸张道：“是吗？我还真不知道。”

两个人又聊了聊后，Cecilia 叫来了农场的朋友，拜托他送周晚安全回到市区。

等车慢慢消失在视野里，Cecilia 转身推开了栅栏。

“Cecilia 女士，早上好啊！”身后突然冒出的成年男人把她吓了一跳。

那熟悉的气息，Cecilia 不用转头都知道是谁，就像招呼关系亲近的老友，边走边说：“躲在外面多久了？”

“不久，一个小时而已。”

“没胆量，㞞。”

“我这叫步步为营。”

Cecilia 扭头，对上了许博洲的视线，相视而笑。她指着自己的嘴说：“你交代我的事，我都做了，其他事，我一个字都没说。”

许博洲给了 Cecilia 一个拥抱，夸赞道：“要么说 Cecilia 是全世界最漂亮的女人呢。”

“就你嘴甜。”

“嘴甜也没追到老婆。”

“你不是说要什么步步为营嘛。”

“要是哪天我等不急了，我可能真会饿狼扑食，到时候可别怪我欺负了你的小公主。”

Cecilia 拍了拍许博洲的背道：“你啊，就是看着太不正经。”

许博洲边脱风衣边往温暖的屋里走，将衣服随手搭在椅子上，像回自己家一样，往松软的沙发上一坐道：“但谁又能想到，我为了你的小公主，守身如玉这么多年。”

Cecilia 懒得和这家伙扯这些感情事，指着冰箱说：“你答应了我，我帮你一次，你就给我做一顿大餐。”

许博洲起身，走上楼梯道：“Cecilia 女士，我是不会食言的，但先让我睡两个小时。”

许博洲和 Cecilia 的缘分，要追溯到他刚来悉尼的那一年。

他为了躲避父母的控制，没有接受他们安排的住所。他也知道，只要住在市区里，无论是哪间公寓，一定会被神通广大的他们找到。于是，他寻求了周映希的帮助，认识了周映希和周晚的姨奶奶，也就是 Cecilia 女士。

很巧，Cecilia 过世的丈夫是一名空军。

因此，他们第一次见面就很合拍。

许博洲躺在床上，枕着手臂，修长的双腿随意地搭着。他转头时，似乎闻见了枕头上周晚留下的余温和香气。

他回过头，视线正对上墙上的照片。

那是他花了四年时间，贴满的世界落日。

他一眼就盯住那张“42° N,71° W”的照片。

那是八年前，他在飞往波士顿的飞机上，拍摄到的云中夕阳。

八年一晃而过，这一场日落，却是无论脑海中出现了多少新篇章，也无法掩埋的一段记忆。

也是一想起他就会心颤的记忆。

那是悉尼的盛夏，波士顿的深冬。

那时，他和周晚刚刚奔赴不同的国家留学，联络还算紧密。稀松平常的一夜，他给周晚拨去了一通电话，只是刚聊没几句，他便察觉到她情绪有些低落。

“周晚，你没事吧？”

“我没事。”

“真的吗？”

“嗯，真的。”

周晚反复说了很多次没事，可他反而更慌了。他加强了语气，逼她说出真心话，问道：“你在我面前，还要说假话吗？”

显然这样的逼问是有效的，周晚卸下了心房，带着哭腔说：“不好……我很不好……这几个月，我根本开心不起来……

“我一点也不优秀，麻省理工的每一个学生都比我厉害……

“我已经很努力了……可是为什么爸爸妈妈还要给我这么大的压力呢……”

那一晚，周晚将所有心事都倾诉给了自己的“树洞”——许博洲。

她说着说着，不再忍受情绪，哭了出来。

最后，她几乎是崩溃般地说出了那句：“许博洲……我好累啊。”

哪怕隔着电话，许博洲都能感受到周晚的痛苦和无助。

他听完，只问了一句话：“你想见我吗？”

周晚吸了吸鼻子，说道：“别开玩笑了，你在澳大利亚，我们现在又不是在祁南，能说见就见。”

许博洲记得，挂断电话后，他立刻订了一张时间最近的机票，连衣服都没怎么收拾，随便拿了一套冬天的衣物就出了门，往机场赶。

因为时间太紧，最近的一趟航班需要从港岛转机，时间是二十六个小时。

他顾不上那么多，只想尽快见到她。

近三十个小时的长途飞行，跨越的不仅仅是一万六千公里的距离。

而是一份从南半球奔赴到北半球，如浪潮汹涌的思念。

飞机落地时，正好是波士顿的傍晚。

许博洲背着行李包，穿梭在喧闹的机场，可匆忙的脚步在人群里赫然停下，因为他没有周晚的地址。

他嘲笑自己。

想制造惊喜，但似乎失败了。

最后，他给周晚打了电话。

半个小时后，她赶来了机场。

有新航班落地，人流汹涌地往外走，周晚很快被淹没在了密密麻麻的人海里。她本来就瘦小，人一多，她更不占优势。就在她扒开人群，困难地往前走时，突然一个高大的身躯拦在了她身前，还有熟悉的斥责："外面雪下得那么大，也不知道围一条围巾再出门？"

周晚抬头看到那张俊气的脸时，觉得自己像在做梦，在自己最需要陪伴的时刻，见到最熟悉的好朋友，她这些日子压抑的崩溃情绪，在许博洲面前彻底释放了出来。

"你怎么真来了？"她眼眶已经红了一圈。

许博洲扯下围巾，围到周晚被风吹红的脖间，说道："怕你在波士顿交不到朋友，怕你一个人想不开。"

粗棒针编织的围巾很温暖，携带着许博洲身上滚热的气息。周晚笑着捶了捶他的胸口道："我哪有那么弱？"

"嗯，之前是谁在电话里哭得稀里哗啦的？"

"我……"周晚哑口无言，头低下，好像怕被别人看出她的脆弱。她声音很细道，"我们走吧，我带你去吃饭。"

可下一秒，她的手被人拽住。

许博洲问道："要不要借你肩膀先哭一下？"

"不需要。"周晚摇头，但眼里的泪已经滴下了几滴，鼻尖越来越红。

许博洲又一次扯住了周晚的手，这次连同她的人往自己怀里带，说道："我飞了二十六个小时，你是不是得给我点面子啊。"忽然，他的声音变得极其温柔，"靠一靠吧。"

远在他乡的人，最害怕的不是忍受孤独，而是怕在自己最脆弱无助的时候，听见好朋友的声音，感受到最熟悉的那份温情。

周晚再也克制不住即将崩溃的情绪。她转身，将脸埋进了许博洲怀里，眼泪掉落的速度比她想象的还要快。慢慢地，她揪住了他的衣袖，躲在他怀里，不顾旁人地哭了出来。

第三章
青春期

周晚和许博洲前后脚回了祁南，结束了他们短暂的悉尼行。

周晚心里揣着那件令人面红耳赤的事，很焦虑该如何面对许博洲。

以前，她还有地方可以逃，可现在无论是在公司还是家里，他们都抬头不见低头见。

一个人的性格是很难改变的。

比如，她面对事业和感情时，会呈现两种极端的态度。对前者，她冷静果断，有勇有谋；但面对后者，她则像换了一个灵魂，胆小又爱逃避。

她的做法和高中一样，能躲就躲。

于是这一周，她不是故意加班到深夜，就是在合理的范围内，想方设法让老胡安排许博洲飞。

就这样，他们已经一周没有在任何场合碰过面。

周四下午结束会议后，周晚看了一遍飞行部的工作表，见许博洲周五一早要飞柏林，周日回祁南，她爽快地答应了卫也安排的温泉团建。

她说："这段时间大家都很辛苦，周末两天让大家玩尽兴点，别克扣费用。"

卫也兴高采烈地点头，但又多问了一句道："我听老胡说，许机长明天飞柏林，我们不等等他吗？毕竟他是我们星荣的门面担当。"

"什么门面担当？"周晚盖好笔帽，搁到一角，"大家都是来做事的，一视同仁，每周末都有机长飞，抛下谁都不合适。"

闻言，卫也坏笑道："老板，才一个月而已，我怎么感觉你对许博洲的态度就完全不同了。"

周晚道："哪里不同？"

"有种得到就不珍惜的感觉。"

周晚一怔，手上的动作停顿几秒，而后有些慌乱地整理文件，说道："就你嘴贫，好了，我要工作了。"

"嗯。"卫也憋着笑走了出去。

办公室没人后，周晚不必再装，浑身跟卸了力似的趴在桌上。卫也没有带走飞行部的工作表，白色的打印纸被窗外的风轻轻吹起，她的视线不自觉地落在了那三个熟悉到不能再熟悉的字上。

安静的空间，又引发了她一段儿时记忆。

五岁半的她，还没有被父母施压，性格比现在活泼许多，整天就在院子里跑来跑去，还总爱欺负一个比自己小几个月的男孩。

某天傍晚，她穿着白色的公主裙，带着小男孩坐在花园的椅子上。长桌有点高，她挺直背，握着笔，在白纸上一笔一画地教他写字："姐姐现在教你写你的名字，好吗？"

小男孩虽然年纪比她小，但天生长得高，还生了一张又冷又跩的脸，从外貌上看，更像是她的哥哥。

"我的名字很复杂，姐姐会写吗？"小男孩的脾气随了长相，一点也不可爱。

只见她迅速在纸上工整地写出了"许博洲"三个字，没有偷工减料，笔画清晰。她很得意，拿着笔戳了戳小男孩的脸，说道："不许小看姐姐。"

可她等来的不是道歉和夸奖，而是小男孩的得寸进尺。她粉嘟嘟的小脸蛋被他好玩似的捏了捏，他还边捏边笑。

"许博洲，你松开我。"

"姐姐的脸肉肉的，好可爱。"

她不开心地用笔戳他的手臂，见他不松手，她也上手去掐他的脸。

两个被夕阳笼罩的小小身影，扭来扭去，闹成一团。

不远处在浇花的姜姨看到这一幕，笑开了花。

风差点将打印纸吹走，周晚伸手按住，这才从回忆里醒来。

自从许博洲回来，她平静的生活逐渐起了波澜。虽说不至于到惊涛骇浪的程度，但那些淡忘和尘封了许久的童年、青春记忆，时不时会因为他的举动而翻开。

她用笔敲了敲那个刺眼的名字，突然冒出一个想法："许博洲，我不就是放了你几次鸽子，后来不怎么回你消息了嘛，你该不会小气到因为这些，故意跑回来报复我吧？”

没错，她得出的结论——许博洲是一个小心眼又腹黑的男人，他积怨成恨，突然杀回来，报复玩弄曾经的好朋友。

明明外面阳光普照，但这个想法让周晚打了一个寒战。她揉了揉太阳穴，告诉自己再这样想下去，真能把许博洲想成法治节目里的大变态。

工作暂告一段落，她收拾好包，打算去超市逛一圈。

两个小时后，差不多七点，周晚从超市采购了一些速冻食品。她不会做饭，平时也没时间做，所以大多数时候，不是吃外卖就是回父母家吃，家里的灶台就没开过几次火。

她小心翼翼地推开门，没听到动静，于是立刻换好鞋，打算把食物放进冰箱里，就迅速钻回卧室。

走到客厅里，她越想越气。

喝醉酒做错事的人是许博洲，为什么不敢面对的人是她？再来，这里是自己的家，他只是借住的，为什么她反倒成了做贼的那个？

有什么大不了的，不就是亲了一下嘛。

他失忆，她也能失忆。

一旦想通，周晚心里瞬间轻松了许多。但下一秒，她依旧被站在厨房里做饭的男人吓了一跳。

许博洲应该是刚刚洗完澡，穿着一件宽松的黑色T恤，头发没吹干，湿漉漉地贴着头皮，发丝上有几滴水落到了颈部，沁湿了胸前的面料。他太高，身材也是结实型，手臂线条随着翻炒的动作而绷紧，以至于在她眼里，有种“猛男下厨”的即视感。

周晚调整好状态，将食物放进冰箱，问道：“你会做饭？”

许博洲“嗯”了一声。

“真没想到你会做饭。”

“嗯，不过只是吃不死人的手艺。”

周晚回头时，看见许博洲正看着锅里炒煳的青菜叹气，然后扭头问道：“你会做吗？”

“不会。”周晚不觉得女生厨艺不好是件什么稀奇的事。

“那你晚上打算吃什么？”许博洲问道。

周晚随口回答道：“一会儿随便煮点饺子吃吃。”

许博洲将炒煳的菜倒进垃圾桶里，边刷锅边说：“我回来时看到楼下新开了一家泰国菜，看着不错，要不要一起？”

“不要。”周晚一口拒绝道。

许博洲察觉出周晚有些不对劲，擦了擦手，往她身前走近了两三步，问道：“我怎么感觉你这段时间一直躲我呢？每天都凌晨回来，几天都见不到你人。”

周晚别开目光，挽了挽头发道：“我哪有，你想多了，我只是这段时间比较忙。”

“是吗？”

“……嗯。”

周晚从小一撒谎就爱咬下嘴唇。她的小习惯逃不开许博洲的眼睛，不过他没有继续逼问，只是又说了一遍：“既然没有，就一起吃吧。”

最后，周晚找不到理由拒绝，再推脱只会显得刻意。她跟着许博洲去了楼下的泰国餐厅，正好是饭点，他们前面有三四桌在等位。

许博洲先向服务员要了一份菜单，问周晚想吃什么。

只是她思绪游离在外，像木头一样，没有反应。

因为是在户外等，小道上人来人往，还有骑着自行车横冲直撞的人。

许博洲伸手将周晚揽到怀里，突然的肌肤接触，她的魂都被吓掉，比以往的反应都大，像推开色狼一样推开他道：“干吗抱我？”

不知道是不是有过过度亲密接触的原因，她的脸红得很快。

许博洲摊开手，一脸无奈：“我不抱你，你就被自行车撞飞了。”他又伸手将周晚往里面扯了扯，“反倒是你，都下班了还在想工作的事，出来吃饭也心不在焉。”

“我不是……”算了，她有理说不清。

两个人在外面干站了一会儿，服务员就把他们叫了进去。

周晚是真没什么思考能力挑菜，能坦然吃完这顿饭就不错了，于是她把所有的选择权都让给了许博洲。

十几年的默契不是吹出来的，他很了解她，小到口味的咸淡，以及哪些调料她喜欢，哪些她讨厌，哪怕是分开了八、九年，他依旧记得清楚。

这顿饭，周晚吃得像一个机器人，不过这里的环境和味道确实很让人惊艳。

她一直都觉得许博洲有双会发现风景的眼睛，大到一座城市，小到一家门店。明明她才是走路更慢的那个，但似乎永远低着头，不太懂得去欣赏路边的景色。

好在，他总是会带上她。

吃过饭后，他们并肩在路边闲逛，消消食。

柳溪公馆位于繁华地段，所以四周都是大型商场，走着走着，许博洲指着一家百货商场说："你要是没事，陪我去买点泡温泉的衣服吧。"

"泡温泉？"周晚一惊，"你明天不是飞柏林吗？怎么团建？"

"换班了。"许博洲看向前方，疲惫得撑了撑筋骨，"老胡不知道是不是疯了，我就是体力再好，也不能这么飞啊。"

周晚心虚地垂下头。

忽然，她耳边传来似笑非笑的问话："周总，我就这么好用吗？"

周晚一紧张，脸颊又一次绯红，但好在外头有风，吹到脸上的发丝暂时遮挡了她的神情。她自顾自地走到许博洲的前面，刻意避开他的目光，忽略这句话，说道："我一会儿还有点事，半个小时，够不够你买？"

许博洲盯着周晚的背影，笑了笑道："当然够。"

这家商场在祁南不算有名，但人流量也不少，附近写字楼里的白领和小区居民，下了班、吃过饭都会来这里逛一逛。

年轻人负责买，老人负责带小孩玩耍，人流如织。

或许是因为他们外形过于般配，总有人会误会许博洲和周晚是一对情侣，此时也不例外。不仅总有人看向这对俊男靓女，连发传单的人也对许博洲说："要不要带你的女朋友做做美甲？"

周晚挥手拒绝道："不好意思，不需要。"

许博洲抓住这点，懒懒地问："怎么不跟他们说你不是我女朋友？"

周晚边走边说："没什么必要大费周章和一个陌生人解释这些。"

她往前走了几步，发现身边突然没了人，回头，看见许博洲竟折了回去，从发传单的人手里要了一份美甲的传单，还说："我看看，要是合适，我带她过来做。"

"你为什么要拿传单？"周晚觉得许博洲很无聊。

许博洲却看着传单，笑着说："拿一张也不费事，万一不错，下次你可以去做，在家门口也方便。"

周晚有点急眼道：“那你刚刚不就是变相说我是你女朋友了吗？”

只见许博洲散漫地耸了耸肩，学她的口吻说道：“没什么必要大费周章和一个陌生人较真，我只是想拿一张传单而已。”

周晚从小就斗不过许博洲，她不服气但又拿他没辙。她像是耍小脾气，故意没跟上他，一个人在后面慢慢走。

直到许博洲在一家店前停下脚步，说道：“里面有泳装，进去看看。”

“你自己进去吧，我在外面等你。”周晚不想进去。

许博洲的视线往橱窗里探了一圈，一眼就被一套比基尼吸引住。他指着衣服，冲她抬起下巴，说道：“这套白色的泳装挺适合你的，穿去泡温泉很合适，要不要进去试试？喜欢的话，我送你。”

周晚不愿意进去，许博洲也没有强迫她。

只是在外头等了二十多分钟，周晚也没见许博洲出来，于是给他发了几条微信，还打了一通电话，他都没有回应。

女店员时不时走出来，问道：“要不要进来看看，我们新上了很多款式，喜欢的话可以试试。”

周晚礼貌拒绝道：“不好意思，我在等人。”

这会儿店铺里的人不多，有三对都是情侣，只有一位男士是单身，女店员自然把门外的女人和试衣间的男士凑到了一块。她问：“您是在等那个穿黑色夹克的顾客吗？”

“嗯，是。”周晚回答。

“他估计一时半会儿还出不来，您要不进来等，里面有沙发。”

“他还在试吗？”

“嗯，是的。”

最后，周晚跟着女店员走了进去，在试衣间旁的沙发上坐下。

女店员走后，她无聊地东张西望，恰好沙发摆放在男士区域，眼前一排陈列柜上都是男士的泳裤和内裤。

她没有谈过恋爱，甚至都没和男人暧昧过，平时也不陪弟弟来逛商场，要细数起来，好像为数不多的几次逛男装店铺都是陪许博洲。

“小姐，这款也挺适合你男朋友的，一会儿你拿给他试试？”女店员不知什么时候从货架上取下了一款泳裤开始推销，清亮的声音将周晚从回忆里拉回现实。

周晚连忙摇手，眼睛不知道该往哪里看，说道：“不好意思，我不是他女朋友。”

“……哦，对不起。”女店员默默走开。

这时，从试衣间里走出来的许博洲叫住了女店员道：“你手上拿的这款也不错，我就不试了，拿一条大号的，包起来。”

“财神爷”来了，女店员脸上的笑根本不用装，赶忙应道：“好的，马上给您包。”

许博洲低头时，才看到坐在沙发上的周晚，问道：“你不是不想进来吗？”

周晚指了指小腿，抱怨道：“谁知道你试衣服比女生还久呢，我脚都站麻了。”

好像在他面前，有些任性的话总是脱口而出。

一旁的女店员边包装边看向这对打情骂俏的男女偷笑。

许博洲又叫了一声店员，指着橱窗里的白色泳衣说：“那件主推款的泳衣也麻烦你帮我包起来。”他又指了指周晚，“拿一套适合这位小姐的码。”

“我不要。”周晚起身拒绝道。

许博洲像是听不见似的，在女士泳衣的陈列柜前挑了起来，手指拨开一套又一套。

周晚跟在他身后小声说：“我说了我不要。”

许博洲回头道：“是怕我太破费吗？”

他们的思维根本不同频，周晚有种鸡同鸭讲的感觉。

“这点你就不必担心了，因为，”许博洲顿了顿，抬眉一笑，“我钱多到可以把这家店买下来。”

“我不是这个意思……”

周晚有些急了，但许博洲越过了她，和店员说：“麻烦你再帮我拿一下旁边那套淡黄色的泳衣。”视线朝旁边扫了一圈，他又指着一套说，“那套黑色的也帮我包起来。”

“好的，没问题。”店员觉得自己这天运气不错，一下能拿不少提成。

周晚一把抓住许博洲的手臂：“许博洲，我说了我不要，不是怕你破费，是我有泳装，我不需要你送我。”

许博洲拉长的“哦”字，尾音微微上挑，下一秒他垂眸，直勾勾地盯着周晚道：“可是我一回祁南就赖在你家，我实在过意不去，想送点礼物给你，你可不可以不要拒绝我的好意？”

与其说是软磨硬泡，不如说是许博洲用他骨子里的强势，最终让周晚带走了那三套泳衣。

他们回到家，在走廊分别前，许博洲对周晚说：“这三套颜色、款式都不同，你肯定能挑出一套去泡温泉。”还留下一句游走在暧昧边缘的话，“从小到大，我一看见喜欢的东西就想买给你，习惯了，没办法，这毛病怕是改不了了。”

周晚回到卧室，看着床上的三套泳衣发呆。

别的事倒是没多想，她只是觉得，许博洲像是一个语言大师。他讲话看似直白，但实则并不是字面意思那么简单，需要她花许多时间去消化去理解。

对于男女关系上的事情，她反应迟钝且淡漠，偶尔懒得费力搭理。

周六，连老天爷都眷顾星荣，天气预报说会下雨，没想到当天却晴空万里。星荣因为解雇了一批业绩不理想的老员工，正处在招揽人才的阶段，所以公司的人数并不多。

溪里小镇是祁南顶级的温泉酒店，最普通的一种房型，一晚的费用也在两千块钱左右，一般收入的人几乎都舍不得来。

周晚来过一次，是和家人一起来过周末。

在来之前，她还有点心慌，因为她不知道许博洲这天请假，所以当时一兴奋就叫上了孟洋。她不知道多嘴的孟洋见到自己最讨厌的人会闹出什么荒唐事来。

公司派了三辆大巴车，将员工送到了溪里小镇。一下车，他们就迫不及待地办理了入住，然后结伴欣赏起酒店环境来。

温泉禅茶，小湖上几叶扁舟，湖水盈盈，岸上回廊蜿蜒。

到了晚饭点，所有人在餐厅会合。

三面通透的落地窗，仿佛置身葱郁的林间。座位没有刻意按职级来排，但能和周晚坐在一桌的自然都是星荣的门面。

周晚在外面接了一通商务电话，然后去了洗手间。

老板不在，餐厅里闹哄哄的。

几个美女空乘都很想往许博洲身边坐，见他旁边还有一个空位，都抢着坐。对面的纪燕均用吸管戳了戳冰块，抬起下巴道：“三选一，你选谁？”

许博洲没说话，将外套脱下，扔在了旁边的空位上。

纪燕均见空乘们灰溜溜地离开，叹气道：“你好狠心，同时让三位美女难过。”

许博洲盯着纪燕均道：“那让她们坐你腿上？”

热闹的餐厅忽然安静下来，大家不约而同地往入口处看去。

许博洲顺着大家的视线看过去。

难怪耳边尽是低声议论，原来是在八卦老板。

从洗手间出来的周晚，意外在餐厅门口碰见了宋存。他一身笔挺的棕色西服，看样子好像不是来度假的。

“来谈生意？”周晚问道。

宋存先和从眼前经过的男人打了声招呼，然后回答：“嗯，是，和顺亚航空的老板谈点生意，刚刚经过的那位是他的秘书。”他反问，“你呢，来这里玩？”

“团建。”周晚说。

宋存点点头：“嗯，我会在这里住一夜，如果你有空，我们可以小酌一杯。”

周晚和宋存在这边又聊了点关于顺亚航空的事。

那边星荣的员工各种交头接耳。

“那个不是宋氏集团的大少爷宋存吗？我怎么记得之前他和一个女明星传过绯闻还被拍到过啊，我们老板和他什么关系？”

有知情的员工凑过去说：“我好像听说是周总妈妈搭的线。”

大家再次望过去：“确实挺配的。”

“而且听说宋家最近进军了航空业，这不刚好完美匹配上了我们周总的需求嘛，来个强强联手。”

叽叽喳喳，吵死了。

“砰”一声，许博洲用力放下水杯，眉毛拧得很紧。

杯中的水溅到了纪燕均刚切好的牛排上。他抽了两张纸巾，擦了擦桌上的水渍，然后夹了一片柠檬扔进了许博洲的水杯里，揶揄道：“多喝点酸的，以毒攻毒。”

许博洲没理人，让服务员换一杯水。

他转头时，正好看到周晚走了过来，应该是在找座位。卫也挪出一个空位，许博洲却迅速拿起旁边椅子上的衣服，拉开椅子，声音略显强势道：“快坐下。”

周晚在许博洲身边坐下，没过一会儿，背后议论声四起。

星荣最风云的机长和美女总裁，任谁看到都想八卦两句。

刚刚那几个空乘偷偷看过去，企图从他们身上找到点暧昧的蛛丝马迹。

“哎，许博洲给老板夹菜，你们说，他们什么关系？”

“许博洲不会是想泡周总吧？”

“那他野心还蛮大的，难怪看不上我们。”

一旁没有参与议论的时雪菲提醒她们小点声，在团建场合注意分寸。

其中一名空姐拍拍时雪菲的手，说道：“Shirley，你以前不是和许博洲一起飞吗？他谈过几个？”

时雪菲喝了口果汁，说道：“我不太过问朋友的私事。”

餐厅入口处忽然跑进来一个女人，背着运动包，气喘吁吁地朝里面探头。

“洋洋。”周晚对女人招了招手。

周六面店生意好，根本忙不过来，孟洋把活交给弟弟后，才着急忙慌地往溪里小镇赶。她大步走过来，看到周晚身旁的男人，怎么看怎么眼熟，忽然惊叫一声：“许博洲？”

有八九年没见面了，孟洋发现许博洲没怎么变，打招呼的态度也和过去一样，还带着不可一世的高傲。

“好久不见。”许博洲懒洋洋地伸出手。

孟洋迅速一握，瞥了许博洲一眼道：“也没多想见到你。”

要说两个人结下过什么梁子，其实也没有，纯粹是孟洋先看许博洲不顺眼，总觉得他清高又傲慢，还总喜欢黏着自己的好朋友周晚。

一来二去，许博洲对她也热情不起来。

孟洋在周晚身边坐下，边吃边嘀咕：“许博洲怎么在这里？你怎么没和我说他在星荣开飞机？上次我问你你们有没有联系，你还说没……”

孟洋话还没有说完，周晚往她嘴里塞了一块饼干，紧张地拍了拍她的手臂，说道：“这么多人呢，你少说两句，一会儿我们私聊。”

“哦，好。”孟洋差点被饼干呛到。

孟洋的嗓门在实验中学是出了名的大，即便刚刚已经用了最小的音量，但还是被许博洲听得一清二楚。他给周晚空掉的水杯里倒柠檬水，顺便小声问道："怎么？经常聊我？"

周晚感觉耳根有点热热的，她转过头，忽略了他的问题。

晚饭过后，大家迫不及待地去换衣服。

溪里小镇的私汤在祁南很有名，不光是因为地理位置绝佳，群峰环绕，峡谷幽长，也因为水质优良，是妥妥的天然氧吧。

人都走散了，不分部门，三三两两约着泡汤。

时雪菲和舒曼住一个房间，她们换了泳衣后，披着浴袍往户外走。

不知道聊到了什么，两个人手挽手笑得特别开心。

"不好意思，麻烦让一让。"突然，身后冒出了男人的声音。

走廊很窄，时雪菲和舒曼打闹时不小心占据了大半个空间。她们同时回头，看到是熟人，安保组组长陈适航。

陈适航一身全黑的装束，背着单肩包，冲锋衣也难遮他结实的身躯，整个人看上去冷漠又严肃。

舒曼和时雪菲让开了道。

陈适航看了一眼时雪菲，善意地提醒道："你脖子后面的带子散开了。"

"哦。"时雪菲双手绕到颈后去系泳衣的带子。

这时，走到前头的陈适航又回头对时雪菲说："还有，我不觉得上次我的行为有违反公司的规定。"

时雪菲一愣，想辩解什么，但陈适航已经快步离开了走廊。

舒曼对着空空的走廊哼道："我最讨厌这种追不到就发疯的男人了，小气吧啦的，恶心。"正在气头上，有些话她没过脑子就讲了出来，"你说名字这么像，怎么和陈航的差别就这么大呢？"她转头发现时雪菲情绪变得低落，赶紧道歉，"对不起，我不是故意提起的。"

"没事，走吧。"

"好。"

在夜晚的峡谷间泡汤，听着叮咚的泉水声，吹着初夏的夜风，孟洋和周晚释放着堆积如山的压力。

水汽氤氲，慢慢升腾。

孟洋踢了踢周晚道："为什么骗我？"

"什么？"周晚舒服到忘了一切。她很会享受，趴在石头上，闭目休憩，浮动的水光中，一根白色的带子从她腰间绕过，打成了蝴蝶结。她背薄，还有很漂亮的蝴蝶骨。

当然，许博洲送的三套泳衣，她一件都没有选。

孟洋提醒道："你为什么骗我和许博洲没有联系？"

周晚忽然睁开眼，有点心虚，又闭上眼解释道："你那么讨厌他，没什么好和你说的。况且，我们再联系也只是巧合，星荣要招飞行员，他刚好从港岛离职回了祁南，就顺理成章成了同事。"

"天下有这么巧的事？"孟洋并不信。

"嗯，就是这么巧。"周晚丝毫没多想。

孟洋从对面挪到了周晚身边，也趴在石头上，用手肘推了推她道："哎，你不觉得太巧了吗？怎么就刚好离职，怎么就刚好回了祁南，怎么又刚好进了星荣？而且星荣这样，他进来不是自毁前程吗？"

周晚瞪了一眼，孟洋拍了拍嘴道："对不起，周总，我的意思是，星荣在你接手之前真是烂到没词形容了，你说，他怎么会看得上？"

周晚抬起头，看着月亮，想了想说："或许他是真的看在朋友的面子上，相信我能把星荣做成功。"

孟洋迅速接话道："嗯，他相信你的能力是肯定的，但是我还有一个猜测。"

"什么猜测？"周晚心一紧，追问道。

孟洋说道："我只是猜测，你别当真。"

"嗯，你说。"

孟洋清咳两声，分析道："我为什么不喜欢许博洲呢？因为我总是觉得他有八百个心眼，星座也这么说，天蝎男最腹黑。小晚啊，他会不会是回来报复你？"

"有病，干吗报复我？"周晚抿紧嘴唇，心悬了起来。

孟洋激动道："你看，你们之前关系那么亲近，我总觉得他不可能只把你当好朋友。如果他对你真有非分之想，那他真的可能没安好心。"

"没安好心？你是不是宫斗剧看多了。"周晚摇摇头道。

孟洋掰起手指数数，继续分析道："他高中毕业后在港岛的重要演出，你放了他鸽子；他知道你心情不好，大老远跑去波士顿找你，但是他的大学毕业典礼，你又放了他鸽子；后来你忙于创业，连着又放了他几次鸽子，要这么想，他真有可能报复你。”

十分钟过去，周晚都没有回答孟洋一个字，可记忆随着孟洋的话变得清晰，一件一件往事在脑海中闪过，让她的情绪有了起伏。

不知道过了多久，夜色又深了一些，水雾弥漫。

周晚泡舒服了，想回房休息，只是忽然听见孱弱的呼救声。

“小晚、小晚，我好像有点缺氧。我好难受啊……”

“洋洋、洋洋。”周晚见孟洋的身子往下沉，拍了拍她的脸颊，“你别睡着，我去叫人来。”

周晚使出浑身的力气，把孟洋拉到了平地上，给她盖上一条干毛巾后，又扯了一条毛巾裹住身子，飞快跑了出去。

曲径通幽的长廊里没有人，周晚只能往服务台跑。不过她运气好，跑到一半，撞见了服务生。她冷静说明情况后，服务生叫来了温泉的医护人员，一行人立刻赶去私汤。

“周晚，怎么了？”这时，听见动静的宋存走了出来。他应该也是刚泡了温泉，裹着浴袍，头发湿漉漉的。

事情正在解决，周晚也平复了心情，说道：“没事。”

可能是刚刚跑得有些急，周晚肩上的毛巾都歪了，白皙的肩膀露出了一半。怕她走光，宋存绅士地替她将毛巾重新裹好，还拍了拍她的肩膀，安抚她的情绪道：“你朋友没事的，缺氧而已。”

“嗯。”

孟洋被两名医护人员扶着走了出来。她面色有些苍白，对周晚虚弱地说道：“我可能是今天太累了，晚上也没吃什么，刚刚又泡太久，缺氧了，我回去睡一会儿就没事了。”

“我陪你。”周晚想去扶孟洋。

孟洋看了一眼宋存，她当然认识这张脸，不好打搅他们，说道：“没事，我自己睡一会儿就好了，你们聊。”

医护人员扶着孟洋上了楼。

他们走了大半层楼梯，孟洋问护士：“我肯定是饿着了，这里的牛排吃不饱，我想问你们这有串可以撸吗？或者我能点到外卖吗？”

护士没说话。

楼下，周晚和宋存面对面站着。

宋存见她的燃眉之急解决了，便邀请她道："要不要和我去小酌一杯？放松放松？"

周晚笑着摇头道："我喝不了酒。"

宋存耸耸肩说："那喝点果汁，或者茶也行。"

"宋存，我想休息了。"

"那我送你回去。"

周晚婉拒道："我自己可以。"

智力正常的人都能听出这话是在拒绝，但对做什么都不服输的宋存来说，他不会白白让机会溜走。他推了推鼻梁上的眼镜，笑着说："你知道吗？前两天舒阿姨还问我我们的进展如何。"

周晚的脾气再好，也不喜欢对方用母亲向自己施压，不过还是给了宋存面子，只是重复道："我累了，我想休息。"

可宋存依旧直勾勾地盯着她。

"周总，我有事找你。"很巧，许博洲从过道另一头走来。他穿着一件白色的飞行员夹克，脖间挂着一副耳机。他不屑多看宋存一眼，只看着周晚道，"关于下周的工作安排，我看了老胡给的表，我想调整，他要我和你聊，你有空吗？"

周晚着急逃离，本能地朝许博洲靠近，说道："嗯，可以。"

宋存眼睁睁看着周晚跟着许博洲走了。

他们走了一小段路，许博洲脱下自己的夹克，搭在周晚单薄的肩上。他没说话，带着她往光亮处走。

许博洲暂时把周晚带回了自己的房间。他给她倒了一杯热水，说道："你先在我这待一会儿，再过一个小时，我送你回去。那么晚，他应该不会再骚扰你了。"

周晚捧着水杯点点头道："嗯。"

两张沙发对着摆放，许博洲和周晚面对面而坐，中间就隔着一张小小的茶几，房间里很静，静到能听见彼此的呼吸声。

周晚垂着头，盯着水杯，抬眼正好看到许博洲修长的腿懒散随意地往前伸着。他穿一条灰色的运动裤，应该是打算去泡温泉的。

她身子微微发热，连忙喝了一口水。

许博洲起身，打开了音响，连上自己手机的蓝牙，播放了一张舒缓的歌单。

当音乐响起，他往玻璃杯里放了点冰块，又倒了点酒，走向通往院子的门，说道："本来觉得房间里的私汤太小了，想去外面泡泡，算了，干脆就在这里泡一会儿好了，我不打扰你了。"

他说完，按下窗帘的开关。等窗帘落下后，他走去了院子里。

许博洲走后，周晚轻吁一口气，安心地往沙发上一靠。日式竹帘遮蔽了外面的视物，她看不到外面的景象。

她听着舒缓的大提琴乐，双腿不自觉地放到了沙发上，侧身蜷缩着，抱着手机刷起了朋友圈。

看到爸爸做料理失败的视频，她开心地笑了笑，然后点了个赞。

她又往下看了几条朋友圈动态，本来都看过去了，又往上翻了几条，停在许博洲几分钟前分享的一条动态上。

没有文字和图片，只有两个表情：一个是生气，一个是红脸发怒。

发生什么了？他心情不好吗？

周晚好奇地往外探了探头，不过温泉在她的视野盲区，她看不到许博洲此时的表情。她拿着手机想起了孟洋的话，觉得自己这些年来总放他鸽子的行为，确实很伤人，那么这晚他心情不好，她也应该表示一下关心。

于是她点开评论，编辑道："别不开心了，没关系的，都会过去的。"还加了一个笑脸。

周晚回复完，双手搭在抱枕上，忽然彻底轻松了下来。她自言自语道："我怎么会把许博洲想得那么坏呢？我们从小一起长大，知根知底，别自己吓唬自己了。"

她刚想重新靠向沙发椅背，听到外面传来了喊声。

"周晚，能不能帮我拿一下毛巾？"是许博洲，听起来有点着急，在寻求帮忙。

周晚反应过来，边起身边回应道："知道了。"

她从柜子上抽了一条浴巾，走到院子里。院子里面就开了几盏地灯，光线昏暗，她看到许博洲泡在水中，向自己招手。

热气拂面，她才走到温泉边，眼前一片水雾迷蒙。

她刚将手中的浴巾递给许博洲，转身时，不小心脚下打滑，跌进了温泉里。慌乱中，她伸出手，抓住了一双结实的手臂，借力浮出水面，因为呛了几口水，不停地咳嗽。

男人的双臂充满力量，用力将周晚扶稳。

周晚平静下来后发现自己正巧坐在了许博洲身上，手环绕着他的脖颈。

他们隔着薄薄的雾气对视，许博洲声音极轻道：“就这么喜欢偷看我，喜欢占我便宜？”

最后，周晚是一个人回的房间。

她回去后翻来覆去睡不着，干脆点了香薰，窝在沙发里看着窗外的林间夜景发呆。

她想，许博洲为什么会做出这种事？

首先，不排除有酒精的原因；其次她仔细想了想，抛去他们之间的朋友关系，如果只单纯从旁人的角度去看他，他好像确实从小就不是什么听话的模范学生。

也许一直以来，是她把他想简单了。

“许博洲，你怎么会变成这样呢？”

带着这个未解之谜，周晚躺在沙发上睡着了。

第二天中午，大家陆陆续续办理退房，一群人围在前台，坐的坐，站的站。

卫也去退房，周晚下意识地环顾了一圈，没有看到那个熟悉的身影。

卫也发现老板在找人，回过头说：“哦，许机长和纪机长有事先走了。”

周晚收回视线，“嗯”了一声。与此同时，她的手机振动起来。

是许博洲发来的微信。

“早上怕打扰你休息，就没和你说，我有点事先走了，晚上也不回来，明天一早直接飞巴黎，下周三到家。”

还有一条叮嘱：“一个人在家记得注意安全。”

他是怎么做到能像个没事人一样的呢？

周晚叹气，简单地回复了一个“好”字，没有多说。事实上，她是不知道该说什么。

“你好，莲雅阁房间的客人掉了一块手表。”收拾客房的服务生从走廊里匆忙走来，“你们谁帮他保管一下？”

大家似乎不太清楚莲雅阁住的是谁。

这时，周晚又收到了一条微信。

许博洲："哦，对了，我的劳力士落在了房间里，帮我带回家，谢谢。"

卫也刚想伸手，周晚却下意识地对服务生说："给我吧。"

服务生小心翼翼地将手表递到了她的手中。

卫也退完房，周晚先出去了。员工围成一团，小声八卦到底是谁住在莲雅阁。

行政部的男孩凑过去，偷偷说："是许机长的，因为当时我说不敢住尾房，他就说和我换。"

得知真相的员工，个个化身福尔摩斯。

"都到了替对方保管贵重物品的阶段……不是吧，许博洲一个晚上就搞定了周总？"

"哎，会不会不是这一晚啊，说不定早就好上了。"

日子一转眼就到了周三。这几天，周晚在处理星荣人才计划的项目，本部和集团两头跑，忙得不可开交。外加许博洲在外飞，她几乎没有再想起过温泉那晚发生的事。

忙碌就是放空大脑最有效的方式。

下午，卫也带周晚去了一趟在酒店举行的招聘会。

其实没必要抽空来一趟，但周晚还是想亲自来看看。

星荣包下了两层楼，抱着简历的年轻人穿梭在走廊里。

周晚先到了乘务部的招聘点，沿着长廊站着一排外貌气质俱佳的女生，她满意地点点头，然后带着卫也去了楼上的飞行部。

这是她最重视的部门。

因为就一层楼之隔，周晚和卫也没有搭乘电梯，直接走旋转楼梯上去。

来之前，卫也就听老胡说报名的人不少。他将好消息告诉老板："周总，以目前的报名情况来看，情况非常乐观。如果我们真能请动 Martin 机长做我们人才计划的培训师，我相信，星荣一定前途光明。"

星荣准备在英国开设为期一年的培训班，后面将带领引进的人才前往伦敦闭关集训。而有着几十年飞行经验的著名飞行员 Martin，是周晚最想争取的培训师。

她走在旋转楼梯上，回头对卫也笑了笑道："放心，我会努力的。"

二人正说着，一个戴鸭舌帽、打扮中性的女生匆匆下楼，撞到了周晚。

“周总，小心。”

卫也及时扶住了差点被撞倒的周晚，等她反应过来时，女生早已飞快地跑走。

只是擦肩而过，她却觉得女生有些眼熟。

“38 号陈莞在吗？

楼上负责招聘的人事连着喊了两三声，等不到回应。他看着手中的简历，遗憾地摇头叹气道：“难得有女生想当飞行员，就这么半途而废可惜了。”

陈莞？是她认识的那个陈莞吗？

周晚停在楼梯间，走了神。

因为晚上还要参加一个重要活动，周晚便没有在招聘现场久待。

她和卫也一起返回公司后，连忙换上礼服，一件白色的束腰裙，方领设计露出了她纤细的锁骨，后背设计也藏了点心思，露肤度刚刚好，得体优雅。

卫也开车将周晚按时送到了郊区的海景酒店，通常老板参加重要活动，如果没有要求他陪同，他一般会在外面耐心等待。

在周晚要下车时，卫也想起有一个人也会来参加活动，于是把自己知道的事告诉她：“周总，有件事，我不知道该说不该说。”

周晚停下动作，说道：“你说。”

卫也说道：“周末我在溪里的小酒馆里碰见了宋氏集团的公子和顺亚航空公司的老总，无意间听到他们谈起你。想了很久，我认为还是有必要告诉你他们说了什么。”

周晚“嗯”了一声。

卫也继续道：“顺亚航空的老总问宋总，他正在和周氏集团的千金相亲，不应该把手上的资源都给星荣，为何找他合作。”

“那宋存怎么回答的？”周晚开始察觉到事情不简单。

卫也沉了沉气，将宋存当晚的话一字一句地复述了出来：“宋总说，周晚再厉害也是女人，星荣就给她暂时玩玩，过过继承人的瘾，根本做不起来的。以后和我结了婚，她还是要在家相夫教子，这些资源不给也罢。”

周晚没有半点怀疑卫也口中话语的真实性。

宋存和自己的助理，她当然相信后者。

活动在户外举行，沙滩的海景和夜色因为各界大佬的云集而显得格外矜贵。

下车后，周晚花几分钟收拾了心情，扬着笑脸走进了酒店。她代表周氏集团出席，而她目前的重心放在星荣，她自然是想来打通航空圈的人脉。

她从大三开始就独当一面，在这种场合里交际丝毫不怯场。

“你好，方总，最近过得还好吗？”

“Tina，谢谢你上次送我的礼物，我很喜欢。”

周晚的温柔，并不是指她是一个好欺负的角色。相反，她利用自己的温柔和舒适感，在争名夺利的冷血商场里获得了许多便利。

男人喜欢她，女人也想亲近她。

和几位航空公司的总裁攀谈了一番后，周晚走到一个角落休息。

“周总，怎么一个人跑来了这里？躲我呢？”

忽然，从不远处传来了男人的声音，话语犀利。

周晚不用回头就知道来人是一向刁难的金老板，他算餐饮业的半个大佬。不过她转身时，看到金老板身边还跟着宋存。

他们边走边聊。

方才宋存看出了金老板对周晚有敌意，便客客气气地过来打圆场，用护自家人的亲近语气对金老板说，周总只是不胜酒力，没有别的意思。

金老板就是一个暴发户，挣了钱后就喜欢四处耀武扬威，最不喜欢别人拒绝自己，尤其是女人。

他倒了一杯酒，递到周晚面前，一双眼睛眯起，狡黠又油腻道：“周总，给点面子呗，我看你和其他老板都喝了点，怎么到我这里，一上来就拒绝，看不起我？嫌弃我生意做得还不够大？”

周晚没接酒杯，依旧笑着说：“金总，我不是这个意思，我确实酒量不好，如果在活动上喝醉了，着实有些不妥，还请您见谅。”

金老板不但没收回手，反而想将杯子强势地塞进她手里。

宋存见状，即便再不想得罪人，也还是帮周晚挡下了这杯酒。他从金老板手里接过酒杯，举起说：“这杯酒我替周总喝。”

金老板想起了圈子里的八卦，忽然鼓起掌道：“我听说你们在相亲？”

周晚没说话，宋存点了点头答道：“嗯，是。”他又看了一眼身边的美人，保护欲更胜，“所以金老板，能不能给我点面子？”

金老板挺着腰板笑道：“周总，你有这么能干的男朋友，还出来交际什么，待在金丝笼里多舒服？”

宋存在一旁附和地笑。

而他们的对话和笑容，都让周晚感到极其不适。她转身拿起长桌上的一个新酒杯，倒入半杯酒，然后看着金老板，优雅地举起，说道：“但是我不喜欢金丝笼。”

这是她的态度。

两个男人同时愣住。

当周晚抬起手准备喝下酒时，酒杯被一只有力的手突兀地夺走。突然闯入他们视野里的人，像是瞄准目标来救场的，走路带风。

看到出现在这里的许博洲时，周晚惊讶不已。

许博洲将酒杯放回桌上，拿起一杯无酒精的饮品，对金老板道歉道：“不好意思，要开车，不能喝酒。”

这张脸，对金老板和在场的其他大佬来说都很陌生。

没人知道他的来头。

金老板看着陌生男人眼里散发出来的嚣张和锐利，问道：“你是谁？我从来没见过你。”

现场的男士个个穿西服打领带，这让穿着一身飞行员制服的许博洲显得不伦不类。他散漫地指了指自己的工作证，说道：“开飞机的。”

周晚在一旁偷笑。

宋存十分无语。

没受到尊重的金老板，明显脸色不悦。

许博洲“哦”了一声，一冷笑就自带压迫感道：“对不起，刚刚是我失礼了，我没有什么名气，但是我父母很有名。”

场面僵持，活动的主理人菲利普端着酒杯疾步走来。

“Glen，你怎么来了？”菲利普一上来就和许博洲拥抱，他拍了拍自己的脑袋，“你看看我，我喝多了，忘了你哥哥和我说过你今晚要来，谢谢你给叔叔面子。”

许博洲揽住男人的臂膀笑道：“回祁南可以不见我爸，但是得先见菲利普叔叔。”

菲利普被哄得很开心道：“你这张嘴从小就会讲话，不做继承人真是可惜了。”

他们看上去是很熟的关系。

旁边的人各有猜测。

菲利普这才想起来介绍道：“这是Glen，许博洲，我好朋友许庭桉和翟见薇的儿子，许氏集团的二公子。”

这番隆重的介绍终于堵住了金老板的嘴。

这时，一名酒店的服务生小跑过来，将车钥匙递给了许博洲，小心翼翼地说：“许先生，您的车我已经停好了，不会有任何问题。”

一辆价值不菲的车，弄坏了，卖了他都赔不起。

许博洲好玩似的攥着车钥匙，笑了笑道：“紧张什么？坏了就扔了，旧的不去新的不来。”

见菲利普和许博洲聊得火热，金老板很识趣地消失在了视野里。

他们聊着聊着，菲利普想起来周家和许家是世交。他指了指两位后辈，问道：“Penny、Glen，你们是不是从小就住在一起？”

周晚微笑点头。

许博洲点点头道：“嗯，我爸妈离婚后，我就被周叔叔接走了。”他话锋稍稍一转，“不过呢，当时学校里老有人嘲笑我，说我有家不回，就爱缠着周晚，不要脸。”

菲利普被逗到仰头大笑。

周晚则扯了扯许博洲的衣角，小声提醒他，不要胡说。

而现场只有一个人，听出了这其实是一句暗讽。

宋存很快就对上了许博洲轻蔑的目光，又迅速错开。他看着三人其乐融融的谈话，自己无形中成了被冷落的局外人。

菲利普注意到旁边还站着一个熟人，宋氏集团的继承人。他看了看宋存，又看了看周晚，问道：“Penny，你母亲帮你物色的相亲对象是不是宋公子？”

“嗯。”周晚点头。

菲利普好奇地问道：“你们相处得怎么样？”

“我们……”终于等到了关于自己的话题，宋存很有表达欲，却没想到被周晚抢先一步，她语气客套道：“我母亲的眼光很好，帮我物色到了宋总这样优秀的男性，不过，我觉得他还可以再接触接触其他女生，找到最适合自己的人。”

菲利普脸上的笑容一僵，他转眼便看到丢了面子的宋存垂头拧着眉。

周晚很少说话带刺，但她确实反感宋存。

尴尬的气氛被许博洲打破：“菲利普叔叔，你怎么不问问我的婚姻情况？”

菲利普笑道：“你有什么好问的？你这小子在国外肯定玩得花。”

许博洲摸了摸下巴，又摸了摸脸道：“我知道我从小就长得好看，人也有趣，很招女生喜欢，但你还真误会了，我清清白白的。”

“Glen，Penny 在呢。”菲利普轻咳了几声。

许博洲特别自然地揽住周晚的肩。他比她高，以至于每次这样揽着她，他们的身高、身形差般配到就像一对养眼的情侣。

他一只手搭在她肩上，说道：“我记得我以前说过，我要是有喜欢的人，肯定第一个告诉你，让你替我把把关。这么多年我都没说过，你是不是可以帮我向菲利普叔叔澄清一下，其实我很洁身自好？”

周晚推开肩上的手臂，淡淡地说：“我们已经好几年没联系了，我怎么知道你变成什么样了。况且，小时候的话，谁信？”

许博洲叹气：“唉，做生意的人果然比较无情。”

看着两个年轻人的互动，菲利普边笑边感叹道：“你们关系这么好，干脆在一起得了。”

甚至还脱口而出“绝配”两个字，丝毫没有给旁边的宋存留面子。

许博洲假装认真地“嗯”了一声，说道：“听菲利普叔叔你这么说完，我觉得我确实该好好想想这种可能性了。”

周晚一怔，不知是不是因为二人才有过亲密接触，她的脸瞬间红了一半，还好光线比较暗，没人察觉她的异常。

许博洲手搭上菲利普的肩往前走，用余光看了周晚一眼，对刚刚的话补充道：“万一周总从小就暗恋我呢？我得做好被她表白的心理准备。”

“许博洲！”周晚追了上去。

三人并肩往菲利普的私人酒窖走去。

身后的宋存，无人问津。

菲利普带着许博洲和周晚在自己的酒窖里坐了坐，周晚看着和菲利普谈笑风生的许博洲，目光不知不觉被他吸引走。

他们关系最要好的阶段，两个人都还是学生，她并没有见过成年后的许博洲在社交场合里的模样，这天算是第一次见。

她一直以为性子傲慢轻狂的他对人情世故向来淡漠，但没想到，他竟然能将菲利普这位商界老人，哄到止不住地笑。

在酒窖里的这半个小时，那种熟悉的感觉似乎又重新回来了。

只要有许博洲在身边，她做什么都会很安心。

和菲利普道别后，周晚和许博洲一起往酒店外走。

树影在地上晃，两个人的影子挨在一起。这样并肩同行，吹着初夏的晚风，周晚有一秒错觉仿佛穿回了高中时期。直到她抬起头，看到身边的男人，发现他身上的校服换成了制服，她不免感慨。

要是他们可以永远十七岁，那就好了。

“偷看我的毛病到底什么时候能改掉？”

静到只能听见风声的环境里，许博洲突然开口，让周晚猛地一惊。她心虚地低下头说道：“路上就我们，我就随便看了一眼，又不是故意偷看你。”

她感受到投向自己的那道目光，但并没有理会。

走进酒店的停车场，周晚回到自己的车前却看不到卫也的影子，许博洲就陪她等。等了差不多三分钟，看到卫也从附近的洗手间跑出来。

“你去哪里了？”周晚问完，发现卫也额头上有汗，“你怎么了？”

卫也难受地捂着腹部说道：“对不起周总，我肚子突然有点不舒服。”

这种情况下，周晚不能让卫也随便开车。她拿出手机打开软件，说道：“我叫代驾，先把你送回去……”

“让代驾送卫也回去，你坐我的车，我送你。”没等周晚把后半句话说完，许博洲就先说道。

周晚倒也确实不想折腾，默许了许博洲的安排。况且卫也是自己人，没什么需要特别避讳的。

泊车员将许博洲那辆价值不菲的车开了过来。许博洲替周晚拉开车门，等她坐进去后，他冲对面的卫也挑了挑眉，卫也立刻点点头。

二人像是在打暗号。

很快，许博洲便载着周晚离开了酒店。

郊区的公路上没几辆车，周晚听着音乐，吹着舒服的夜风，闭着眼趴在车窗上，十分放松。

“我在巴黎看见Martin了。”

富有磁性的声音散在风里，周晚听见敏感的人名，立刻睁开眼，有些激动地转头问道：“你认识Martin？”

许博洲先笑了一声道：“小时候叫醒你的是学习，长大了叫醒你的是工作，周晚啊周晚，周叔叔说得对，你天生就适合做继承人。”

周晚没理会这些，又问道：“你和Martin很熟吗？”

许博洲转过头，淡淡地说：“一般。”

周晚似乎有些失望。

“怎么，想让我帮你？”许博洲问道。

周晚的视线落在窗外的风景上，摇摇头道：“刚刚听你说认识，我确实有想过要不要找你帮忙，但是我想了想，”她一笑，“我觉得自己搞得定。”

“是吗？这么自信？”

“嗯，胜券在握。”

许博洲提高声调，夸了一句“good”。

两个人沉默了下来，车里的音乐播到了那首*Parties*。

“When I open up the door
我也许会看见
Standing there with my replacement
你正依偎在新欢的怀里
Laughing and smiling
笑靥如花风姿绰约
While inside I'm dying
看见那般场景只会叫我心碎……”

周晚吹着风，舒服到又闭上眼，根本没有去听歌词，只有许博洲仔细听着每一个英文单词。

或许此时，只有他能产生共鸣。

车驶入柳溪公馆，周晚恰好醒来。她发现自己竟然睡着了，揉了揉肩膀，准备下车。忽然，手中被塞入一个系着漂亮蝴蝶结的礼物袋。

“这是什么？”她纳闷道。

许博洲说：“从巴黎给你带回来的礼物。”

"礼物？"

"嗯，拆开看看，喜不喜欢。"

周晚慢慢地拆开礼物袋，撕开牛皮纸，里面是一个透明的玻璃橱窗，橱窗里是一架摩天轮。

许博洲指着摩天轮说："插上电后，橱窗会亮，可以调出一天当中的三种光线，午后、傍晚和夜晚。"

"真的吗？这么浪漫？"周晚很喜欢这个礼物。

许博洲点头道："嗯。"

周晚小心翼翼地捧着摩天轮说："谢谢你，出差还想着给我带礼物。"

"喜欢就好。"许博洲顿了几秒，愧疚地说，"其实是我想和你道歉，之前是我喝多了。"

提起之前的事，周晚笑容消失。她转过头，声音很低道："嗯，你确实过分了，我本来是想等你回来，找个时间和你认真聊聊的。"

"放心，我不会再犯错了。"许博洲竖起手指发誓，"如果还有下次，我会自己拎包离开，也会主动离开星荣，不出现在你的视线里。"他怕发誓的程度不够，又补充道，"天打雷劈五……"

"够了，够了，不必。"周晚真害怕许博洲讲一些晦气的话，她认真地看着他，"我再信你一次，如果还有下次，我不会再讲情面。"

许博洲又发了一次誓道："嗯。"

二人回到家，在玄关处各自换完拖鞋，刚准备分开，许博洲就问周晚，要不要一起去看看三只小家伙。

周晚也想猫们了，跟着他一起过去。

这个点，其他两只猫都趴在窝里睡着了，只有立夏瞪着一双大大的眼睛，听见推门的动静，它立刻从猫爬架上跳下来，在周晚和许博洲的腿肚上来回蹭。

许博洲抱怨道："西服裤上全是你的毛，爸爸明天怎么上班？你妈妈又小气，只给我们员工一套制服。"

"只有一套制服吗？"一提到工作，周晚立刻打起精神，这副模样就差立刻给后勤部打电话了。

许博洲蹲下身，抱起肉乎乎的立夏："你妈妈啊，就是一个工作狂。"

周晚察觉到自己被骗了，说道："许博洲，你又骗我？"

许博洲没回答，摸了摸立夏，然后问道：“你要不要看立夏小时候的照片？我以前拍了好多，忘了给你看，去澳大利亚的时候，我都存到了硬盘里，你要看的话，我拿过来。”

立夏是周晚的心肝宝贝，她兴奋地伸手道：“要看要看，你快点拿给我。”

许博洲回房找出硬盘，接到电脑上，点开了那个叫作“立夏成长日记”的文件夹，然后将电脑搁到了猫房的桌上，说道：“看吧，我去洗澡了。”

“嗯。”

许博洲出去后，周晚就窝在小沙发上，一个人浏览起立夏的照片。时间过去了七八年，那时候的立夏才几个月大，还是一只可爱的小奶猫。

“拍了这么多？”她手指触着屏幕，一张张地滑动。

有立夏吃猫粮的照片；有它在院子里乱跑的照片；有它睡觉的照片；还有它拉粑粑的丑照……

周晚皱起眉道：“许博洲怎么连这些也拍？”

看着看着，周晚突然合上电脑屏幕，发出了一声尖叫。

刚脱了衬衫的许博洲听到周晚的叫声，立刻从浴室跑回猫房，问道：“怎么了？没事吧？”

周晚指着电脑，动怒道：“你，你为什么要偷拍我？”

“偷拍你？”许博洲走到桌前，蹲下，打开电脑，看到屏幕上的照片，他笑了笑，“被偷拍的难道不是我吗？”

“明明是你在偷拍我。”周晚真有点生气了。

许博洲帮周晚回忆道：“那天你心情不好，抱着我不撒手，还拿我的手机拍了十几张照片。”他随手合上屏幕，“我可能没清理，连着立夏的图一起传进来了。”

事情早过去了八百年，谁知道到底是怎么一回事。

至少此刻，周晚根本不信他的片面之词。

许博洲起身，拿上自己的电脑往外走。他想到了什么，停下脚步，回过身，懒懒地靠着门框，坏笑道：“周晚，不管照片是谁拍的，但确确实实是你先对我动的手。”

周晚耳根一红。

关于照片背后的故事，周晚断断续续想到了第二天，以至于在和卫也对接工作时都走了神。

"周总、周总……"卫也叫了好几声，周晚才反应过来。

卫也将理好的文件搁在办公桌上，说道："没事，我就是和你说一声，三份合同都整理好了，你别忘了签字。"

"嗯。"

事情做完了，周晚见卫也还没走，便问："怎么？还有事吗？"

卫也犹犹豫豫地问道："周总，你和许机长很熟吗？"

这个盘旋在心头多日的问题终于问了出来，他顿时一阵轻松。

周晚笑道："怎么？你很好奇吗？"

"嗯。"卫也点头的模样有点呆，并不惹人厌。

见老板冲自己勾了勾手指，他凑过去，听见了一句轻飘飘的回答："他是我前任。"

卫也惊到下巴差点磕到桌上。

周晚直起身签合同道："你不就是想听到这个答案吗？"

"真，真是吗？"既然问都问了，也不差多这一句，卫也心想。

钢笔尖在纸上利落地划过，周晚没抬眼，签一页翻一页道："你和他的关系那么好，他没和你说吗？"

卫也一惊，这次是心虚到腿脚发软道："我和许机长不算太熟。"

周晚签完三份合同，盖上笔帽，眼皮一抬，反问道："是吗？"

卫也双手死死按在腿上，点头，眼睛都不敢往四周瞟一下，老实地答道："嗯，是。"

周晚没多逼问，让他走了。

卫也走出办公室，腿发软。他抚了抚心口的位置，说道："老板就是老板，两句话就让我差点招了。"

"卫也。"背后突然出现的声音让他吓出一身汗。

刚好要下楼的周晚跟了上来道："两件事，一件事是忘了和你解释，我和许博洲只是从小玩到大的朋友关系。"

卫也紧张道："嗯。"

随后，周晚说起正事："第二件事是，福氏居那边给消息了吗？刚刚忘了问你。"

卫也边走边说："上次福氏居说挺满意我们的合作提案，但是需要时间考虑，目前他们还没有给消息。我想他们可能还在内部商讨，毕竟是第一次和航空公司联名合作。"

“明白，帮我盯着点，我怕事情多会忘记。”

“嗯，周总，放心吧。”

福氏居是祁南的招牌粤菜店，在国内都是数一数二的餐饮品牌。它的前身是港岛的福记茶餐厅，生意一直不温不火，后来创始人在祁南开设了第一家店后，便横扫千军，名气大增。

想抓住一群人的心，就要抓住一群人的胃。

既然接手了星荣，周晚必须让星荣从各个方面都拔高一层楼，包括飞机餐的水准。她野心不小，想要与大名鼎鼎的福氏居推出联名航机餐食，一来可以提升餐饮水准，二来可以向全世界的人民推广中华美食。

她知道想要做好一个项目急不得，所以愿意慢慢等，慢慢磨。

正是午饭点，楼下人来人往。

周晚刚在附近的餐厅坐下，就收到了宋存的微信。

“想和福氏居合作，为什么不找我帮忙？我父亲和纪董是几十年的老友，一句话的事。”

周晚回道：“谢谢你，宋存，有心了。不过我父亲和纪伯父的关系也很好，如果有需要，我会找他帮忙，可能会更方便。”

放下手机，周晚开始点餐。

她脾气从小就温和，从不与任何人为敌，即便心里再厌恶一个人，也很难从她的脸上看到如此不耐烦的神情。

宋存还是第一个。

牛肉柠檬沙拉和酸奶上齐后，周晚准备动筷。难得能腾出半个小时出来吃个饭，她不想被任何人打扰。只是开局不顺，糟心的事只会接踵而来，她刚拿起刀叉，桌上的手机又振动起来。

新信息是母亲发来的，她看到内容后，脸上的笑容一下消失。

妈妈：“晚上回家吃饭，我有点事和你说。”

祁南的晚高峰，车流如织，人群熙来攘往。

空气中都弥漫着一股紧迫感。

一辆黑色车夹在车流里，倒车镜里的车尾灯刺得许博洲的眼睛疼。他双手环胸靠在后座，睁开的眼又迅速闭上，运动服上还有些未干的汗迹，一看就是刚刚从健身房出来。

小少爷要回家，康明亲自来接。

康明特别开心道："少爷，我一会儿给你做你最喜欢吃的红烧豆腐。"

"嗯。"许博洲闭着眼点头，又问，"只有我哥在，还是许老头也在？"

"什么许老头？那是你父亲。"康明摇头叹气，"你说你和许老……"

他差点都被带跑偏了，笑着改口道："我都被你绕进去了。你说你和许先生到底什么时候才能破冰？"

许博洲眼皮都懒得抬，调整了一个舒服的姿势，说道："那就得看谁先死了。"

"呸，净说些晦气话。"康明连呸了好几声，"你啊，从小就倔，偏偏许先生的脾气也硬，你们两个人说不上三句话就要吵……"

许博洲揉了揉耳朵，说道："怎么，男人上了年纪也啰唆？"

康明顺着话用力点头："嗯，你到了我这个岁数，也会和我一样。"他从后视镜里看着这个自己一手带大的男孩，逗了逗他，"到时候啊，周小姐肯定嫌你啰唆。"

许博洲猛地睁开眼，心往下一坠。他转过头，看着康明问道："康叔，谁是周小姐?."

康明扶着方向盘，不觉笑出声道："明知故问，你还喜欢几个姓周名晚的周小姐？"

许博洲并没有表现得过于激动，反而平静地又闭上了眼。拖了半晌，他才回复康明，语气挺坦荡道："康叔，你的话一半对一半错，我身边确实只有一个周小姐，但是，或许是她喜欢我呢。"

康明笑得很轻但意味更深道："和许先生一个模子刻出来的，傲娇、嘴还硬。"

车里很闷，许博洲开了窗，想要透透气。以至于这句话，他并没有听见。

许家的别墅位于三环边上闹中取静的富人区，是一片新中式的园林古宅。选择居住在这里，是因为出生江南的许母偏爱古典氛围。一对抱鼓石立在门头，花柳垂水，三层步梯入园。

装修时，许母就赋予了这间院子独特的寓意——"金玉满堂"。

穿过太湖石、锦鲤池，许博洲在四角亭里看到了熟悉的身影。

男人站在光亮处，穿着一身笔挺利落的黑色西服，衬衫扣得一丝不苟，双手放在身侧，腰背挺得笔直，沉稳的气息里透着站在高位的压迫感。

许博洲奔过去，抱住了他最亲近的人道："哥。"

后面的康明挽着黑色的运动包跟上来，对男人说："大少爷，我先进去了。"

"嗯。"

男人是许家的大少爷，许博洲的哥哥，许博声。

许博声拍了拍弟弟的背，说道："这么大了，还让康叔给你拿包？"

他的声音和说话时的语气，和他给人的感觉一样，成熟稳健。

在哥哥面前，许博洲更像一个顽皮的大男孩，他揽着许博声往客厅走："不是我让康叔拿的，是他开心，非要来接我，非要帮我拿包。"

许博声比许博洲还高几厘米，无论是外形还是性格，他确实更像哥哥。

"你以后还是常常回来看看康叔，知道吗？"

"知道了，知道了。"

两兄弟从小到大的相处方式都没变过，一个教育人，一个愿意听话。

只有哥哥许博声能镇住许博洲骨子里的反叛。

许博洲和许博声刚走进客厅，便听见楼梯上有脚步声传来。

是一家之主的许父下了楼，他脱了西服外套，身上的黑衬衫称得他面目更肃穆，此时一双眼睛直视许博洲，厉声呵斥道："你还知道回来？"

这个家里有一个打不破的魔咒。

只要许庭桉一出现，气氛立刻就变得窒息，连笼中的鸟都不敢呼吸。

面对父亲的指责，许博洲通常是左耳进右耳出，他懒懒地往沙发上一坐，玩起了手机，压根儿没理身后强势固执的老头。

他的形容一半对一半错。

许庭桉强势固执没错，但并不是什么"老头"，人到中年也依旧仪表堂堂，常年健身，身材不输年轻人。

自从许庭桉和翟见薇离婚后，这间中式庭院变得空落落的，没有人情温度。即便如此，康明还是日复一日用心打理，盼着有一天，这里还能像从前一样，充满欢声笑语。

只是照目前的情况来看，很难实现。

大少爷许博声事业的重心在港岛和纽约，去年结婚后，带妻子在祁南生活，在东郊买下了一套上亿的婚房，只是偶尔会抽空回来和康明吃吃饭。至于小少爷许博洲，从高一叛逆搬去周家以后，就基本上没有踏进过家门，和许父的关系也是闹得越来越僵。

许庭桉的视线扫到了桌上的相框，心底又蹿出火来："康明，我好像和你说过，家里不要摆她的照片。"

他命令康明立刻收起来。

康明没动，只微笑解释道："先生，照片是夫人上次回来放上去的。"

"什么夫人？"听不得这个别扭的称呼，许庭桉愠道，"我已经和翟见薇离婚十几年了。"

还没等康明开口，沙发一角飘来许博洲闲闲的嘲讽："离了婚关系还不清不楚，旁人误会也很正常，什么时候给我生个弟弟妹妹，我也不惊讶。"

"你……"

许庭桉怒到差点冲过去，被康明拦下。

只不过康明的道歉听上去有点火上浇油的意味。他说："抱歉，是我习惯了这样称呼，以后我会记住，毕竟薇薇也快结婚了，再这么叫确实不妥。"

康明之所以叫得如此亲切，是因为他是翟见薇的表舅。

"爸，我有点事和您说，我们去书房。"见气氛越来越糟，许博声走过来，想带走父亲。

许庭桉却盯着康明，问道："她要和谁结婚？"

康明只说了一句"这是家事"，然后便以做饭为由去了厨房。

见到父亲吃瘪的样子，许博洲有种说不出的畅快。

许庭桉被许博声带上了楼，许博洲则还趴在沙发上看戏。楼梯上的许博声回头冲他皱了皱眉，提醒他消停点，他这才做了一个"OK"的手势。

城市的另一角，周家。

比起许家的中式庭院，周家的风格是更阔气的传统别墅，傍山而建，环境清幽，灌木的缝隙间生出了夏日里的小花，花影落在泳池里。

和许博洲相比，周晚很传统，即使搬出去住，每周也会抽空回家陪父母吃饭聊天。以往每一次都是主动回家，只有今晚，她是被召唤而回。

在路上，她已经有了不好的预感。

果然，饭后，周母舒槿便和周晚谈起了心。

"晚晚，最近累吗？"舒槿走到女儿身后，给她揉了揉肩，"你爸爸今晚不在家，可以把心里话都和妈妈说说。星荣做起来要是很费神，我让你爸爸找别人去做。”

周晚握住母亲的手腕，摇头说：“没那么累，还好。”

舒槿摸了摸女儿瘦到没有一丝赘肉的手臂，心疼道：“你是不是又没好好吃饭？又瘦了？”

“我本来就长不胖嘛，别担心我。”

“嗯。”

周晚肩上的手忽然停下，她回头去看母亲，只是一个敛眉的动作，便知道母亲刚刚那些关心只是铺垫，现在才进入正题。

舒槿坐回去，双手交握在桌上，看向周晚道：“和宋存相处得如何？”

周晚知道是宋存打了小报告，她小心翼翼地说出真心话：“妈妈，其实我不喜欢宋存。”

“那你有更适合的人选吗？”

舒槿没用“喜欢”，而是用了“适合”这个词，周晚听得心里冷冰冰的。她花了很多年的时间去习惯商场上的残酷、无情，所以并不想让自己的终身大事也与利益沾边。

“没有，”她语气坚决道，“如果我要结婚，我希望我的感情可以很纯粹，是一个我百分之百很喜欢……”

“晚晚，有利益捆绑的感情才会长久。”舒槿打断道。

即便心里再不舒服，周晚也不会与自己的父母针锋相对。她微笑着点头道：“嗯，明白，但是也请给我一些思考空间和选择机会。”

“好。”舒槿答应了。

母女聊天的间隙，姜姨端上来两杯热茶。

舒槿捧起茶杯小抿了一口，忽然想起一件事。她抬起头，问道：“晚晚，听说你找许博洲加入了星荣？”

“嗯，是的，有什么问题吗？”

舒槿说：“没问题，只是前几天我在一个晚宴上碰到了你许叔叔，就许博洲就业的事多聊了几句。”说完，她叹了口气。

周晚听见母亲的叹气声，隐约有几分担忧道：“是许叔叔说了什么吗？”

舒槿点头道：“嗯，他看上去挺生气的，应该是觉得他的儿子给我们家打工，面子上挂不住。”

周晚低下头，双手紧紧捧着杯子，不再作声。

她们聊到了许博洲，舒槿不免感慨道："如果是我的儿子放着家业不继承，跑去给自己的朋友打工，我想我也会生气。许博洲呢，确实从小就叛逆，我当时以为他说想做飞行员只是闹着玩玩，长大了肯定会回家帮老许。没想到他都二十七岁了，还这么贪玩，不长进。"

餐厅里很静，静到每一个字都清晰地扎进了周晚的心里。她不喜欢争辩，却本能地维护道："妈妈，你可不可以不要这样说许博洲。我和他从小玩到大，我很清楚飞行员这个梦想对他来说有多么重要和神圣。从他十一岁那年第一次告诉我，他想成为一名优秀的飞行员开始，他就一直在为此努力。"

她说得激动时，按在桌上的双手都在颤抖："他很优秀，从小到大都很优秀，甚至他是我见过最优秀的男生。他靠自己完成了梦想，就值得被每一个人尊重，并不是一定要头戴皇冠才是最有长进的选择。"

这还是作为母亲的舒槿，第一次见到脾气温和的女儿失控的模样。她笑了笑道："晚晚，许博洲对你来说有这么重要吗？"

突兀的问题，让周晚由激动的情绪很快恢复了平静。她垂下眸，轻声说道："或许，是我很羡慕他可以活得自由又自在吧。"

这一晚，他们似乎都不好过。

"啪！"

许庭桉这一巴掌扇得并不轻，他一身威严地站在院子里，训斥着自己眼里不中用的儿子，抬手愤怒地指向许博洲道："你叛逆、难管教，我当你年少轻狂不懂事。你想做飞行员，我也没阻拦你。你做了两三年飞行员，还是不愿意回来帮我，我也没把刀架在你脖子上逼你辞职。但是你现在是什么意思？"他冷哼一声，越发愤怒道，"你从港岛跑回祁南给周家打工，在周晚的手下做事，还是一家垃圾航空公司，你不嫌丢人，我嫌。"

"我不知道这有什么丢人的。"

脸上那点疼影响不了许博洲，他言辞坚定地向许庭桉表明态度道："周伯父收购星荣航空，自然有他长远的计划。而自从周晚接手了星荣后，一切都在朝着好的方向发展。她很努力、很刻苦，甚至是我见过最优秀的女性，我愿意在她手下做事，也愿意陪她、陪星荣一起成长。"

许庭桉垂在身体两侧的手紧握成拳。

许博洲指着自己被扇红的脸颊说：“我还记得你第一次扇我巴掌，是在我十一岁生日那天，只是因为我大声喊出了想要成为飞行员的愿望。那天晚上，你当着所有人的面讽刺我的梦想，你说那是天方夜谭，也怒骂我没出息。但也是在那天晚上，周晚拉着我的手说，她信我。”

晚风吹来，吹红了他的眼眶，他的声音一度哽咽。

“我这个人很简单，谁支持我，我就对谁好。十几年前，周晚每天陪我锻炼身体，鼓励我、支持我、相信我，那么现在我就是要站在她身边，帮助她做好星荣，我要让她的人生履历上写下更漂亮的一章。”

许庭桉被许博洲的话堵到哑口无言。

从屋内走出来的许博声穿好了西装外套。他左手拎着公文包，右手拍了拍父亲的背，安抚父亲的情绪，顺便提醒道：“爸，航班要起飞了，我们该走了。”

许庭桉刚想在走之前再训斥几句，却见许博洲目中无人地往外走。在锦鲤池边，他停下脚步，转过头，虽然只有半张脸在光里，也能看出他脸上的骄傲。他说道：“哦，对了，下次再飞，你试试星荣航空，运气好的话，能坐上我开的飞机。”

许庭桉极力克制怒火，直摇头叹气。

许博声却笑着望向许博洲。他很高兴，因为弟弟是自己的骄傲。

周晚从家离开时已经是晚上九点多，和母亲发生了争吵，她情绪很低落，甚至是压抑。她不想回家，一开始有些漫无目的地开车行驶在市里，但心中藏了一件事，连手中的方向盘都在往那个目的地转去。

十几分钟后，她将车停靠在了祁南之声大楼下。

最后对母亲说的那句话，的的确确是她的心里话。

她羡慕许博洲，很羡慕，他就像是自己心里想要活成的样子，自由、肆意又热烈……那些年对他的一声声鼓励，其实是她潜意识里想对自己说的话。

她做不了，那就将所有高亢的情绪和热烈的掌声都送给他。

“许博洲，未来的日子里，你要永远做个骄傲的大男孩，风吹又日晒，生活自由自在。你永远的好朋友周晚送上。”

这是高中毕业留言簿上，她写给许博洲的祝福。

马路上的霓虹灯、车灯交织闪烁，周晚趴在车窗上，仰头看着大厦楼顶“祁南之声”四个字。车里循环播放起一首歌，是她最喜欢的歌手，也是她最喜欢的一首歌。

Penny Tai（戴佩妮）的《你要的爱》。

吉他拨片，温柔的歌声淡入。

晚风已经有了夏天的气息，周晚闭着眼，发丝被风吹到脸上，在静下来的这一刻，她似乎回到了十多年前的那个暑假。

那时，孟洋带她看了一部偶像剧《流星花园》。懵懂的她对故事里的那些情情爱爱不太能看懂，但她因为这部剧，喜欢上了一位歌手和一首歌。

升到高一后，她在实验中学的电台做主持人，那是她人生中最自由、最快乐的一段时光，堆积如山的压力都能在那短短的一个半小时里释放。她记得，那时候的电台有一个环节是点歌，但总有学生喜欢恶作剧。

例如，她就收到过一条有趣的“点歌”。

一个叫作“自由帅哥”的同学，希望她能清唱一小段《你要的爱》。

她是一个有求必应的主持人。那天夕阳很美，她握着话筒，看着窗外的夕阳，声情并茂地哼唱起来。

“我明白

我要的爱

会把我宠坏

像一个小孩

只懂在你怀里坏……”

车窗外的一声鸣笛，将周晚脑海里久远的画面拉了回来。

而车里的音乐也刚好播到“要像个大男孩，风吹又日晒，生活自由自在”。

周晚没有关音乐，她听着最喜欢的歌，将车开出了街道，路线依旧不是回家，而是去一个更热闹的街区。

车停稳时，歌也停止了。

这是祁南的一条商业街，鱼龙混杂。

周晚很少来，为数不多的几次，是被许博洲带过来的。他说巷子里有一家很好吃的烧烤馆子，这晚她没吃饱，所以想来这里觅食。

天气好了，饭店老板都把摊位支到了外面，嘈杂的人声从四面八方涌来。周晚沿着街道慢慢往前找，她记得那家烧烤店开在一家修车行的斜对面，不过修车行已经关了，她往前一看，还好烧烤店没关。

老板肩上搭着一条擦汗的毛巾，手中的笔飞速写着菜名。他抽空看了一眼走来的美女道：“没坐了。要等还是拼桌？”

周晚思索。忽然，她听到墙角那桌有人出声，貌似还是在叫自己：“周晚，过来。”

烟火气十足的夜宵摊，墙角的光线昏暗，周晚的视线越过几个穿着凉快、豪爽碰杯的大叔，在最角落的位置看到了许博洲。他宽阔的上身套着一件黑色T恤，身高和模样在人群里都很醒目，正抬手冲她摆了摆。

随后，周晚坐到了许博洲对面的塑料板凳上，把包揽在怀里。

“大半夜跑来这里干吗？”许博洲问老板多要一副碗筷，“怎么？姜姨今天做的饭不好吃吗？”

周晚垂下眸，目光有点涣散。她叹了口气道：“就是突然很想吃这里的烧烤。”

周晚那声很轻的叹息被许博洲听见了。他冷笑道：“周晚，我们确实生疏了不少。”

周晚抬头，对上许博洲的目光。她懂他的言下之意。她拿起桌上的冰可乐，拉开拉环，喝了一口，说道：“可能是我以前太依赖你了，什么苦水都向你吐。后来随着我们联系变少，你有现在这种感觉也很正常。”

许博洲“嗯”了一声，将一串烤鸡翅放到周晚的碟子里，顺着这个话题问道：“那后来你都和谁吐苦水？男朋友吗？”

周晚一怔。

旁边那桌的男人喝高了，不停地往周晚身边靠。许博洲抬手朝前一伸，挡住了男人对她安全界限的侵犯，眼神很凶。

“对不起，对不起，我朋友喝多了。”男人的朋友起身向隔壁桌的男女道歉，“哥们儿，碰到你女朋友了，不好意思。我请你们吃点，表示歉意，行不？”

许博洲声音很冷道：“不用了，坐好就行。”

“行，行。”男人立刻将桌子往外面挪了挪。

在这种小摊吃饭，难免碰到喝多的人，周晚其实并没有受到多大的惊吓，反而觉得许博洲的反应有点夸张了。她笑了笑，捏着吸管回答了他的好奇：“我和Harry只是同学，没谈恋爱。”

许博洲拧紧的眉忽然一松，拿起一串烤羊肉，“嗯”了一声，然后跳到另一个话题道：“美国那么多帅哥，就没想着谈一个？”

周晚在胸前比了一个叉，说道：“拒绝早恋。”

“大学还叫早恋？”许博洲笑道。

“嗯，对我来说，只要还在读书就是早恋。我每天都有很多事要做，没心情也没时间和男生谈情说爱，怪麻烦的。”

许博洲探身，问道：“那现在呢？”

“现在？”周晚认真思考道，“现在好像更没时间了，每天不是工作就是工作，对恋爱这件事没什么兴趣。每次看到孟洋换新男朋友，我都觉得她怎么可以这么喜欢谈恋爱呢？每天都要联系、约会，还要花时间照顾对方的情绪，不累吗？我回到家，除了摸一摸猫就只想睡觉。”

旁边那桌几个男人走了，四周清净了许多。

在许博洲眼里，周晚每次一本正经地琢磨恋爱这件事都很可爱，她到现在还是懵懵懂懂的样子。

“问你一个可能不太礼貌的问题。”许博洲说道。

周晚尝了一口香喷喷的鸡翅，点头道：“嗯，你问。”

许博洲看着周晚，说道：“到目前为止，就没有出现过一个让你很心动，很想得到的男人吗？”

周晚放下鸡翅，捂着嘴，差点笑出声：“许博洲，你的措辞能不能矜持点？”

许博洲没说话，只等周晚给出答案，可结果让他很失望。

因为她的回答是，没有。

周晚不太想继续恋爱这个话题。她拿起纸巾擦了擦嘴，问了一件自己更在意的事：“今天晚上吃饭的时候，妈妈有和我提到许叔叔不是很满意你在我这里工作的事，如果来星荣有给你造成负担，你要和我直说……”

“直说了，然后呢？”许博洲打断，“把我踢走？”

“我不是这个意思，我是……”周晚欲言又止道。

许博洲直勾勾地盯着周晚，逼问：“是什么？”

周晚低头，嘴唇抿紧，拿着可乐低声说道：“关心你。”她听见许博洲在笑自己，有点烦地抬起头，“你非逼我讲这么矫情的话！”

许博洲又笑道：“干吗脸红？”

周晚连忙摸了摸烫起来的脸道："我哪有脸红？我为什么要脸红？"

"我怎么知道你为什么见到我就脸红。"

"许博洲，你……"周晚做了一个呕吐的表情。

两个人笑成一团。

只有在许博洲面前，周晚才不用顾虑所谓的形象，什么都敢说敢做。

许博洲吃了两口，言归正传道："关于我爸对我事业上的任何点评，你都不要往心里去。你要记住，我不是一个没脑子的小孩。首先，我不会拿我的前途开玩笑；其次，我相信你的能力，你只管静下心来，好好按你、按周叔叔的计划去做好星荣。星荣做大了，你站稳了，我许博洲就有面子。"

或许是最近压力过大，周晚听着许博洲的话，眼眶热热的。她用力点头，笑着说道："嗯，我一定会做好星荣。谢谢你，许博洲。"

许博洲将一盘烤串推到周晚面前，说道："想要报答我，就请你多吃点饭，瘦成这样，我都不敢碰你。"

"你没事碰我干吗？"周晚低头啃起排骨，已经有心情说玩笑话了。

许博洲没回答，只用那双炙热的眼睛盯着她。

他们脑中的意识是有偏差的。

半个小时后，许博洲去结账，周晚去了洗手间。他站在树下抽烟等她，旁边那桌的人聊得很起劲。他没什么窃听别人生活的习惯，直到听见了两个熟悉的名字，才下意识转过头。

他们正在讨伐一对男女。

"整个MP谁不知道陈菀对周浔有意思，何必装清高。"

"我就弄不明白了，周浔这种废物富二代也有人喜欢？她还真是不挑食。"

…………

"我好了，走吧。"周晚拎着包走出来，见许博洲听得入了迷，她顺着他的视线看过去，不知是不是桌上有人认出了她，桌上的话题立刻跳转。

许博洲回头道："走吧。"

街外有一条很适合遛弯的小道，许博洲带着周晚沿着花墙走。到了夏天，花都开了，闻着夜风和花香，每一步都是好心情。

见周晚时不时去摸花，许博洲随手摘下一朵，放在了她的头顶。

行为足够幼稚。

“许博洲！”周晚有时真觉得许博洲好像永远都长不大，小时候那套捉弄人的玩法根本玩不腻。

许博洲只当没听见，双手插在兜里，慢慢往前走。

第四章
罪恶感

周三一早，连开了两个会的周晚，疲惫到没心情吃午饭，去楼下的便利店随便买了一个三明治。

她正要结账，身后突然出现的许博洲往收银台上扔了一堆吃的。

“一起结。”许博洲对收银员说。

“好。”

“你怎么在这里？”周晚累到讲话的声音都软绵绵的。

早上去酒店帮老胡搞招聘的事，许博洲身上的制服还没来得及换，过分俊气的外表醒目耀眼，女人的目光都往他这里看。而他的注意力只停在周晚身上，边付款边说：“刚从招聘会过来，想进来买点水喝，刚好看到你。”他抓起三明治，质问道，“我不在的时候，你都是这么应付午饭的？”

周晚解释道：“每次太忙，我就没胃口，中午垫垫肚子，晚上再吃。”

“晚上吃？”许博洲又问，“昨天晚上我回来，在餐桌上看到了一份没吃完的沙拉，这就叫好好吃饭了？”他拎起沉甸甸的袋子，带着她往外走，“看来我得天天陪你一起吃饭，不然我真怕你会进医院。”

周晚跟在后面，脚步很慢。她无法反驳许博洲，因为她确实很不爱惜自己的身体，之前就因为不好好吃饭，导致急性肠胃炎进了医院。

她跳到他身边，偷偷从袋子里掏出了三明治，撕开包装膜，咬了一口说：“好了，我会好好吃饭的，你好啰唆。”

许博洲回过头，视线在人群里一扫，看到了一个熟悉的人正在冲自己招手。

“Glen。”一个气质出挑的女人打招呼道。

许博洲走过去，先向周晚介绍自己的朋友：“这是我在港岛的朋友康芷晴，外科医生。她最近调到祁南军医院，要交流一年。”

“你好，我叫周晚。”周晚拿着三明治，抬了抬手，“不好意思，我在吃东西，不方便和你握手。”

康芷晴虽然外表看上去有点冷，但实际上声音温柔又舒服。她说：“没关系，你叫我阿晴就好。在港岛，我总听 Glen 提起你，他说你很优秀，恨不得把你夸上天。”

周晚笑了笑。

“好了，怕了你，把我说得像个痴汉。”许博洲赶紧转移话题，“你怎么来了？找我？”

“不是，”康芷晴摇头，“我刚好路过这里，本来想上去看看你，顺便把药带给你，结果在楼下碰到了你们。昨天聚会，大家太高兴，我忘了这件事。”

许博洲拿过药后，康芷晴就走了。

走进大厦里的周晚，情绪一下子低落下来。她也找不出具体原因，只是当她听到许博洲昨晚和他新圈子的朋友去聚会时，那种怪异的心理又一次冒了出来，上一次好像还是在高一。

周晚以有事要处理为由，先回了办公室。

许博洲则往飞行部走。在部门外，他看到纪燕均站在墙边抽烟，头垂得很低，一副失魂落魄的样子。

“怎么了？”许博洲一只手搭上了纪燕均的肩。

纪燕均收起手机道：“没什么，出来抽支烟。”

许博洲觉得好哥们儿不太对劲，打趣道：“失恋了？被医生甩了？”

纪燕均望着蓝天冷笑道：“追她追到内地来，结果还是不愿意和我确立关系，说我只是和她喜欢过的男生很像，没办法和我来真的，你说我是不是很蠢？”

许博洲盯着纪燕均，看得他心里发毛。

纪燕均问道：“你想说什么？”

许博洲反问道：“你应该想想，你和那位女医生隐瞒了我什么？”

周晚回到办公室，躺在沙发上盯着百叶窗发呆。

眼前的画面回到了高一。

和往常一样，她从广播站出来，永远能第一眼看见站在树下等自己的许博洲。她背好书包后，和他一同往校门外走。

被夕阳染过的地上，两个人的影子越靠越近，却被突然冲过来的几个男生撞开。

其中一个抱着篮球的男生，跳起来搂住许博洲的脖子，说道：“洲哥，你完蛋了，我妹自从周六烧烤回来，天天念叨你！”

男生转眼看到旁边的周晚，拍了拍许博洲道：“周六怎么没叫周晚来？你不够意思，下次一起啊。”

说完，几个男生跟一阵风一样跑出了校门。

周晚扯着书包带，低头把脸藏起来。模糊的夕阳里，这是她第一次涌上来一些莫名其妙的情绪，是被忽视而产生的失落感。

“哎，干吗丧着一张脸？”许博洲轻轻戳了戳周晚的脸。高中时期她脸上还有婴儿肥，连闷闷不乐的样子都很可爱。

周晚低声说了一句“没事”。

长了眼睛的人都能看出来她很不开心。许博洲笑道：“你是不是在生气周六我出去玩没叫你？”

她没有逃避，点了点头道：“嗯，其实你叫我我也不会去，因为我和那些人不熟，而且周六我还要补习，只不过……”

“只不过什么？”

“只不过，你没有主动带我玩，我有点失落。”

“哦，你怕我丢下你，以后都不带你玩？”

“……嗯。”

许博洲有点惊讶周晚会将自己心底的情绪坦诚地告诉自己。他双手插在兜里，边走边逗她道：“我还以为你对什么都淡淡的，没想到你占有欲还挺强。”

“这是占有欲吗？”周晚有点蒙。

“这还不算吗？”许博洲看着她笑道。

“你别扯太远。”她小声说。

许博洲回过头，没了刚刚轻浮的语气，认真道：“这次是我错了，我确实以为你不会去，所以才没叫你。以后不管我去哪里玩，我都会先问你。”

周晚终于笑了。

二人走出校门，许博洲用更认真的语气补充道：“还有，你是我这辈子最重要的好朋友，没人能超越你在我心里的地位。”

伴随着这句具有强烈安全感的话，周晚在沙发上睡着了。

下午的工作不多，她睡醒时是下午三点半，卫也打来电话提醒她，别忘了和许氏集团总裁的见面。

周晚挂断电话，喝了一杯咖啡，理了理思绪，开始进入工作状态。

接下来的几个月，她不仅要搞定伦敦飞行员培训师的事，还要争取拿下和福氏居的食品联名合作。她打开电脑，重新开始整理方案。

桌上时钟的指针很快就转到了五点十分。

手机突然不停地弹出提示音，周晚随意瞥了一眼，醒目的新闻标题让她停下了手中的工作。她拿起手机，连续阅读了三条同内容不同标题的财经新闻。

——垂死挣扎下的起死回生，许氏集团宣布收购“祁南之声”。

周晚很惊讶，毕竟半个月前，宋存还提前庆祝自己会拿下“祁南之声”，没料到最后竟然落入了许氏的手中。难怪这几天他就像从自己的生活里退出了一样安静。

一时间，几乎所有媒体都在报道这则消息。

对于从不涉及电视广播行业的许氏，竟然斥巨资收购了几乎要没落的电台，周晚也没想明白背后的原因。

咚咚咚，门被敲响。

周晚喊了一声“进”，卫也推开门，引着身后样貌不凡的男人走了进来，介绍道：“周总，许总来了。”

“嗯。”

卫也将空间留给两位老板。

穿着黑色西装的许博声，总给人干练而冷淡的感觉，眼神也是，即便笑，目光也是不带暖意的清冷疏离。

在周晚看来，许博声虽然是许博洲的哥哥，但他们是性格截然不同的两种人，一个严谨沉稳，一个轻狂不羁。和自己一样，他从小被父母当作继承人培养，做任何事都有一把尺在衡量，拿着尺子的人不允许他们犯错，久而久之，他变成了一个毫无温度的人。

这些年来，许博声在商场上为许氏做出的成就，是连很多大佬都要避让三分的程度，在某些事上，确实可以用“冷血动物”来形容他。

“抱歉，路上堵车，来晚了。”许博声毕恭毕敬道。

周晚带着许博声在宽敞的沙发上坐下道："没关系，博声哥你就不要和我客气了，坐下来聊。"

"嗯。"

弧形的沙发对着落地窗而放，许博声坐下后，欣赏起眼前的落日美景。

周晚将泡好的茶放在茶几上。

许博声说了声"谢谢"，主动问道："看到新闻了吗？"

周晚问道："你指的是许氏收购'祁南之声'吗？"

"嗯。"

"看到了。"

许博声沉声解释道："一开始是宋氏集团想要收购'祁南之声'，不过刚好我一直有进军广播电视行业的想法，所以就花了比他们更高的价格拿下了。"

不知道为什么，"祁南之声"被许氏拿下，周晚开心了许多。她笑着说："我相信你一定能做得很棒。"

"嗯。"许博声点头，"我今天过来，是有一个关于'祁南之声'的项目，想要和你简单聊聊。"

周晚好奇道："什么项目？"

"我希望'祁南之声'和星荣联合，打造一个别具特色的航空电台。"

或许是正好戳到了周晚的梦想，她有点难以克制激动的情绪，问道："真的吗？你真的想要和星荣合作吗？"

许博声肯定地答复："嗯，当然。"他笑了笑，"如果周主播还想重操旧业，我可以给你开一个频道，圆你的梦。"

周晚很少笑得如此开心。这对她来说，是最近这段日子里最开心的事了，甚至此时的她激动过了头，差点热泪盈眶。

不管怎样，她就是很开心，非常开心。

天色不早了，许博声和周晚就电台的事只聊了半个多钟头。

许博声走之前，询问周晚："我后面的行程比较满，可能要连飞好几个国家，你有空的话，介不介意后天和我一起飞新加坡，然后在我的邮轮上边航海旅游边聊'祁南之声'的项目？"

"我问问卫也能不能腾出几天时间，如果可以，我一定去。"周晚迫不及待地想要谈妥"祁南之声"的项目，她脑中已经有了很多想法。

许博声点点头道："嗯，等你消息。"

走出办公室的许博声，接到了父亲的电话。

电话那头的许庭桉大发雷霆道："你在做什么？给我一个合理的解释，为什么这么大的项目你没有提前知会我？"

许博声刚想说话，电话里冒出了一道熟悉的声线。

"博声，你是许氏的继承人，你有绝对的话语权。周叔叔非常相信你的判断力，大胆去做。你爸啊，就是刚刚输了球，心情不好，别理他。"

"周知然，这是我们的家事，你要收购一个破航空公司那是你的事，你有什么资格教我儿子做事。"

"哎哟，你小儿子我还教得少嘛。"

电话里两个年近半百的男人吵了起来。

许博声挂断电话，耳根子终于清静了些。他给父亲诚恳地发了一条微信，然后收起手机，离开了星荣。

地下停车场。

周晚心情很好。她坐进车里，点开了此时此刻最想听的歌，是小时候花了几块钱在收音机点歌台点的第一首歌，戴佩妮的《辛德瑞拉》。

欢快的节奏响起，她跟着哼唱。

"王子白马
现实神话
梦里梦外不属于她
这般年华无情啊
她期待奇迹般的潘多拉……"

老歌在她耳边萦绕，有些歌一旦加上了回忆的限定，它的意义就超越了歌本身，那是再也回不去的时光，也是点燃她电台梦想的那束火花。

她哼着哼着，收到了许博洲的消息。

没有文字，是一段将所有关于"祁南之声"被收购的截图剪辑在一起的视频。不长但特效做得很花哨，是许博洲的风格，他还把新闻发布的时间故意放大、加粗。

周晚一开始没看懂，直到她脑中冒出了一个惊人的巧合："五点十分？我的出生时间？这么巧吗？"

下一秒，许博洲连发了几个特别嘚瑟的表情。

周晚回复："你干吗？"

许博洲："没什么，就是开心，炫耀一下，'祁南之声'现在是我家的了。"

周晚不服："那又怎样？"

许博洲："我把你的梦想买下来了，以后你想圆梦，得好好求我。"

周晚心情一好，人也变得调皮，连续发了好几个表情包攻击他，最后回了一条文字消息："我才不会求你，电台是博声哥的。而你，是我的员工，要听我的。"

周晚和卫也确认了后面的行程，答应了许博声的游轮之旅。

去新加坡的前一天，周晚收拾行李时，许博洲倚在门边羡慕地说："真好，我也想坐游轮，可惜谁让我是打工的呢，请假还得领导、老板批准。"

她直接没搭理许博洲。

到新加坡的那天，天气特别好，只是这座热带城市还没到七月，就已经高温难耐。

既然是出来玩，周晚穿得也很轻松，挑了一件清凉的浅粉色吊带和牛仔裤，一个人在城市里逛，晚上才登船，她还可以去几个想去的地方。

这不是她第一次来新加坡，孟洋之前在新加坡国立大学读书，她来玩过几次，后来做"知和艺术馆"项目，又常常来新加坡谈一些艺术合作。

她其实不喜欢新加坡过于现代繁华的街景，也不喜欢沉浸在商场里购物，她更喜欢天然公园。

East Coast Park，东海岸公园是周晚每次来新加坡必来的地方。

比起躺在沙滩晒太阳，她更喜欢坐在这里看夕阳。

蜿蜒曲折的海岸线，蓝天白云渐渐被夕阳覆盖，随处可见跑步散步的人、闲坐看书的人、骑车环游的人，在热带地区生活的人，似乎都更具有生命力。

走过一条条小道，周晚往安静的沙滩走去，拍向沙滩的海水被晕染成浅浅的紫红色。海面泛着细碎的光，有两三个小孩蹲在不远处的沙滩上玩沙子、堆城堡，她就站在椰树旁，听着海浪声和天真的嬉戏声。

她喜欢这里与世无争的安宁感，是她心里小小的世外桃源。

喜欢看夕阳的周晚举起手机想自拍一张，刚对上焦，屏幕里却多出了一张熟悉的脸，她吓到手机差点掉地上。

"看见我怎么跟看见鬼一样？"突然出现的人是许博洲。

周晚刚刚被他吓得魂都丢了一半，她回头看到身后的许博洲穿一身宽松的黑色运动装，肩上斜挎着运动包，双手插在口袋里，散漫地对她笑。

“你不是飞台北了吗？”周晚问道。

许博洲说：“嫉妒你能坐我哥的游轮，所以让老胡替了我的班。”

“你真是……”周晚一时间都找不到形容词来形容许博洲。

许博洲往前走了一步，微微俯下身，将棒球帽往上抬了抬，示意她道：“不是要拍照吗？”

“我想自己拍。”

“先合影，等下我给你拍。”

她突然反应过来，问道：“你不会一直跟着我吧？”

他拽着她的手腕，连同手机一起抬起，理所当然道：“新加坡就这么点大，转来转去就那么点地方，也就东海岸我能待久点。”

理由也说得通，周晚没想太多，拿着手机开始拍照。

拍了一两张后，她不是很满意，用手肘顶了顶许博洲道：“你站在后面脸好小，我在前面很吃亏，你举着，我去后面。”

“周小姐，我也有偶像包袱的。”

“别啰唆了，快点。”

许博洲拿过手机，站到了前面，半蹲下身，他从镜头里看到周晚在后面自在了很多，各种摆拍动作信手拈来，耳边一直是她雀跃的声音。

“好看，好看，这张好看。

“天哪，我怎么长得这么好看！

“许博洲，你角度正一点点。

“哎呀，你头别抬太高，鼻孔很大，像猪。”

最后他们拍了几十张照片，有合影也有单人照。

两个人并肩在沙滩上散步，周晚边走边欣赏照片，有些不好的直接就删了。许博洲问道：“你打算发哪张合影？”

周晚漫不经心地答道：“不一定发合影，我先挑挑。”

许博洲夺过手机，翻了翻照片，给其中几张连续标记了收藏：“这几张我觉得都不错，你等下传给我，我要发。”

周晚浏览了一下，同意道：“嗯。”

他们从沙滩走到小路上，天色渐渐暗下来。

只是随便走走，两个人身上就都出了汗。许博洲带着周晚走进一家便利店，问她吃不吃雪糕或者喝不喝汽水。最后老规矩，他挑了一瓶桃子味的汽水，给她要了一根蓝莓味的雪糕。

许博洲在旁边挑起一些旅行纪念品，周晚就跟在他身边。

进军旅游业的许氏在年初购入了这艘顶奢游轮，此时游轮正停靠在岸边，游客井然有序地验票登船，开启他们的海上之旅。

周晚和许博洲一起登船。

许博声已在船上等候多时，依偎在他身边的女人是他的妻子蒋听书，出生于书香名门，他们的组合是豪门常见的强强联姻。

“哥、嫂子，干吗不在里面等？”登的是自家的游轮，许博洲很轻松。

许博声摊开手掌指向周晚道：“我不是等你，是在迎接你的老板周总。”

周晚笑了笑，和许博声礼貌握手，又和他的妻子打了招呼：“蒋小姐，你好。”

蒋听书长得温婉动人，像是从江南水墨画里走出来的美人，说话比周晚更温柔道：“晚上好，很高兴再见到你。”

三个人客套的对话让许博洲冷哼一声道：“国宴呢，这么官方。”他又拍了拍哥哥许博声笔挺的西装：“来坐游轮还里三层外三层的，等下我给你拿几件度假风的衬衫，秀秀肌肉，让我嫂子开心开心。”

蒋听书腼腆一笑。

许博声揽着许博洲往游轮里走：“在这个方面，我比不过你，听说你之前还跳了脱衣舞。”

许博洲立刻回头道：“周晚，你说你又不是我们家的人，怎么从小到大都这么喜欢在我哥面前打我小报告？”

周晚心虚地看向别处，抿紧嘴唇，但微微挑起的眉，是她只对熟人才展现的调皮。

晚上不宜聊工作，许博声约周晚第二天下午谈生意，并且告诉她，游轮晚上有很多项目，让她尽情享受。

在套房里短暂休息过后，周晚挑了一件白色针织细肩带连衣裙，露背尺度刚刚好，是恰到好处的慵懒性感。

晚上还没有吃饭，周晚选择先去餐厅。

她很想吃牛排，所以走进了一家西餐厅。里面的人不多，但爵士乐让整个环境的氛围变得浪漫。吧台边坐着几个肤色各异的男女，他们喝着酒，吃着小食，聊着天。

她坐在靠窗的位置，刚好能看见夜里的海。

和牛排一起端上来的，还有一杯陌生人送的酒。她抬起头，吧台边一个金发碧眼的男人冲她招手，然后坐到了她对面，用英语和她搭讪。

“一个人吗？”

“嗯。”

“你很漂亮。”

“谢谢。”

“一起喝一点？”

“不用了，谢谢。”

“外面夜色很美，要不要一起去走走？”

“对不起。”

一番推脱后，周晚也没心情用餐了。她起身推开玻璃门，这时，帅气的男人抓住了她的手腕，在她耳边低语。

“在游轮上一见钟情是一件很浪漫的事，放轻松，人生就该享受当下。”

她没搭理对方，再次说了声“抱歉”，然后走了出去。

这一段小插曲有点扫了周晚的兴，躲开男人后，她一个人走到了栏杆边，欣赏起夜晚的海。

看着海面，吹了吹海风，她的心情舒缓了许多。

“你好，小姐。”在周晚好不容易平复了情绪的时候，又有男人跑来搭讪。

她回头说了声“对不起”，然后直往旁边躲。

男人却追上来道：“不好意思，小姐。不是我想搭讪你，是有人想让我来问问你是不是单身，能不能给他一个联系方式。”

周晚再次回头，顺着男人手指的方向看过去，却见是许博洲。

男人跑走了，许博洲走了过来。

“你搞什么呀？”周晚有点烦。

许博洲一副惊讶的表情，摊开双手道：“我在船上寻觅了一圈，好不容易寻到了一个能看得上的美女，怎么是你？”

周晚没看许博洲，轻声道：“无聊。”

随后，两个人没有说话，并肩站在一起看海。

游轮停在海中央，远处是新加坡纸醉金迷的夜景，一阵安静后，后面的房间里传来了高呼和兴奋的尖叫声。

许博洲走过去冲里面看了一眼，原来是一群人在里面开派对，玩游戏的玩游戏，打台球的打台球，看上去还挺有意思。他走回来问周晚，要不要进去玩一会儿。

夜景虽美，但有点热，只在外面站了一会儿，周晚就出汗了，浑身黏黏糊糊的，她同意进去待一会儿。

许博洲走在前面，刚推开门，里面又是一阵尖叫。

是在欢迎新朋友。

“Glen、Penny。”许博洲大方地介绍自己和周晚。

有他在的地方，周晚永远都不用担心场面尴尬。他很快就带她融入了集体，一进去就先和几个欧美男生较量起台球来。

杆杆发挥超常，台球精准入袋。

扎在一群欧美人里，许博洲的外表也毫不逊色，痞帅得过分突出。

一个男生夹着烟对周晚笑道：“你男朋友长得帅又厉害，你很有福气。”

周围太吵了，周晚没做过多解释。

“Wow！”那头的游戏进入了高潮，尖叫声不断。

周晚看过去，原来是几个男女在玩纸牌接龙，说白了，就是用嘴吸着纸牌，一个传一个，要是纸牌不小心掉落，那就是一次精彩的接吻。

“走，去玩一次。”放下球杆的许博洲走过来揽住周晚的肩，带着她去玩游戏。

周晚摇头道：“不要吧。”

“你站我和女生旁边，不会有问题的。”许博洲说道。

他们刚走过去，热情的欧美女生就将周晚扯进了人群里。这高亢的气氛让她很难拒绝，很快新一轮游戏便开始了。

纸牌接龙的速度很快，前两轮，周晚和许博洲嘴上的纸牌都没有掉，并且游戏真的会带动一个人的情绪，周晚不仅不再害怕，甚至骨子里的冒险和胜负欲都迸发了出来。

欧美女生给周晚和许博洲一人递了一杯酒。

纸牌接龙的游戏还在继续，周晚边抿酒边玩，她显然比刚进来时亢奋了太多，用流利的英语和大家打成一片。许博洲也是，手上的酒换了一杯又一杯。

屋子里充满了歌声和欢笑声。

最后一轮，纸牌传到许博洲这里时，他迅速转身，不知是故意的还是真没有吸住，纸牌飘到了地面。他低头时，吻住了踮起脚仰着头准备接牌的她，端着酒杯的手还下意识揽住了她的脖颈，将她紧紧搂进了自己怀里。

周围人都以为他们是情侣，不停地拍手叫好。

一个惯性下的吻，在高涨的氛围里却显得格外热烈，周遭刺破耳膜的尖叫声，让周晚被吻到头晕晕乎乎，有种天旋地转的感觉。

“啊！”周晚手中的酒杯倾倒，终止了这个吻。

酒水洒了许博洲一身，稍显不雅。周晚连忙道歉，想找纸巾却没看到纸巾盒。许博洲抓住她的手腕说：“走吧，跟我回房，我去收拾一下，你在屋里休息一会儿，我怕你喝高。”

“好。”

总统套房里是一片被月色覆盖的朦胧暧昧。

许博洲在浴室里脱掉了被酒水溅湿的衣裤，本来想换身新衣服，但忽然改了主意，视线转向了台子上的浴巾。

最后，他只裹着一条浴巾走了出去。

房间很宽敞，许博洲走进客厅时，听见了音响里的歌声。他没听过，不知道歌名，只是从旋律到歌词，都莫名适合此时的氛围。

“it's the evening light

夜晚的灯光

Shining through the curtains

穿过窗帘的缝隙

Time before the night

在夜晚降临之前

When everything is golden

当一切都金光闪闪

You're sitting on the chair

你正坐在椅子上……”

他的目光穿过阳台窗帘的缝隙，落在周晚身上。她背对他，安安静静地坐在椅子上，手里握着酒杯，眺望着寂静的海面。她的发丝被风吹起，在空中优雅地舞动，又轻轻扫过她消瘦白皙的肩膀和背。

一切的美景在他眼里的美人面前，都显得逊色无比。

踩着钢琴的音符，他走到阳台边，拉开窗帘，从桌上拿起另一个酒杯。他撑着栏杆和她望着同一片海。

砰砰砰——

海上竟然放起了烟花，对着蜿蜒的海岸绚烂绽放，彩色的星火从高空散落，罩在林立的高楼上，还有那座漂亮的摩天轮上。

周晚看见烟花，激动得站起来，漂亮的花火落在她眼底，让她的眼里像铺满了璀璨的光亮，明亮又水盈盈。

她没注意到的是，身旁的男人一直在注视着她。

转头时，她意外撞入一道视线之中，赤裸裸的，深邃而炙热。

或许是微醺下产生的火花，又或许是被烟火裹住的极致浪漫，他们似乎同时感受到了彼此加速的心跳和逐渐变热的气息。

“Just a moment longer

再停留一会吧

The picture is so clear

这张照片如此清晰

Please let this last forever

请让这个时刻成为永恒……”

歌声透过窗户的缝隙，钻进他们的耳朵里，爬进了身体里。

周晚想闪躲，但许博洲双手绕过她的背，手掌扣着她的后脑勺，低头，深深吻住了她。

海上的花火消失在了夜色里。

而他们的花火却刚刚开始。

一记深吻将周晚的思绪搅乱。她喝了酒，但并没醉，她知道自己在做什么，也很清楚在和谁接吻。

——自己最信赖的好朋友。

可许博洲在某些时候，并不是一个值得信赖的朋友。

他简直坏透了，比如他喜欢睁着眼吻周晚，看她的脸被自己吻红，看她生涩又笨拙地回应。当感觉到她想要推开自己时，他会用更深入的吻强迫她继续。

周晚心里那声小小的“不可以”，被涌来的熟悉气息一次次压下，直至听不见声音，取而代之的是刚刚西餐厅里外国男人的话。

“在游轮上一见钟情是一件很浪漫的事，放轻松，人生就该享受当下。”

好美的夜海。

好美的烟火。

四周的一切都似乎将浪漫的氛围烘托到极致。

不得不承认的一个事实是，头脑再清醒的人，在身心完全放松的状态下，置身于异国他乡的浪漫里，也很容易释放出骨子里不常见的一面。

胆小的人会变胆大，而胆大的人会变得更加肆无忌惮。

呼吸声起伏交织。

他们彻底越过了朋友的界限。

许博洲没睡，淋浴后，裹着浴巾坐在了阳台边的椅子上抽烟。即便房间里安静了，但他的心依旧平静不下来，借着台灯昏暗的光线，他的目光始终停留在床上熟睡的女人身上。

他还是觉得像在做梦。

因为他不觉得幸运女神会眷顾自己。

脑海里突然涌现出两年前的画面，黑暗的、沉痛的、冰冷的……没有一丝色彩，刺耳的谩骂、悲痛的哭声跟着画面闯入他的耳中，震得他心脏发疼。

“嘶。”走神时，落下的烟灰烫到了他的手背，也让他猛地回到了安宁平和的现实画面里。

许博洲回浴室洗了洗手后，走到床边。他双手撑在周晚身体两侧，俯身一吻，他的吻没有落在她的唇上，而是额头上。

他喉咙一热，眼眶发红，忍着泪轻声感恩道：“周晚，你知道你对我有多重要吗？如果没有你，我们可能永远不会再见面。”

这一夜，周晚睡得很踏实，但许博洲几乎一夜未合眼。

太阳终于升起，碎金色的阳光洒在无垠的海浪里。

天光大亮时，许博洲起身裹着浴巾去了浴室。他打湿了一块新毛巾，摸了摸毛巾的温度，觉得合适，然后回了房间。不过大床上没了人影，被子被胡乱地掀开。

他的目光沿着床一路到门口，发现了一只被抛弃在路中间的低跟凉鞋。他哂笑道："醒了就犯怂。"

航线接下来停靠的两站是吉隆坡和槟城，这意味着周晚还要在游轮上待四天。

从许博洲的房间逃走后，她躲在自己房间里，一整天没出门。刚好许博声有紧急工作需要处理，推后了他们谈项目的时间。

坐在阳台的椅子上，她看着海，边回忆边懊悔昨晚不顾后果的行为。

直到夜里，她还在认真思考，接下来该如何面对许博洲。毕竟他们是抬头不见低头见的关系，躲避不是办法，更何况她也不想做个敢做不敢当的人。

那一天，她觉得时间过得很慢，慢到第一次有了度日如年的感觉。

周晚本来打算第二天找许博洲说清楚的，但被许博声告知，许博洲提前在吉隆坡下了船。

她松了一口气的同时，也按捺住了给他发消息的冲动，因为她不想隔着屏幕冷冰冰地打字，显得敷衍随意。

接下来的几天，她在游轮上玩得很自在，还见了几个金融圈的老板。

返回新加坡的最后一晚，她想去私人泳池游泳，因为场地有VIP限制，她到甲板时，看到里面安安静静，好像没有人。

刚好，正合她意。

周晚抬脚往泳池走，却撞见正在亲密接吻的许博声和蒋听书。

她可没有什么偷窥的癖好，吓得赶紧往回走。这时，迎面撞上了许博声的男秘书。两个人微笑对视后，男秘书将私人泳池的门关紧，旁边弹出了红色字体的提示语——"暂不开放"。

男秘书替周晚按电梯门，抱歉地解释道："许总和夫人的感情很好，是我没有及时清场。"

"没关系，其实是我唐突了。"周晚尴尬地移开视线。

二人进了电梯，男秘书想起一件事，礼貌告知道："周总，有件事我忘了说，许总的弟弟下游轮前在这里游泳，掉了一块名贵的手表，我问他要不要给许总，他说给你更方便。你看要不要跟我去拿一下手表？”

好几天没人提起许博洲，此时听到他的名字，周晚心一慌，但还是笑着答应：“嗯，好，我们是同事，确实更方便点。”

她也不知道为什么要下意识强调两个人的关系。

回祁南后，周晚在家里休息了一天才去公司。而这两天，许博洲没有回来，又飞了一趟台北。重回工位后，她脑子立刻清醒，像换了一副躯壳，和在邮轮上温柔可爱的她判若两人。

又变成了自带冷静、严肃气场的总裁。

一天，她上午和两个部门开会，了解了上个月的财务支出和收入情况，以及两个项目的推广进度，中午稍作休息后，下午又赶着和飞行部开会。

会议开始后的半个小时里，飞行部只来了老胡和两位飞行员，其余的人都在世界各地飞。

还是老员工有经验，老胡的报告周晚听得很舒心，条理清晰，目标明确。

老胡刚讲完，听见有人敲门。卫也拉开门，看见外面来的人是许博洲，他应该是刚从机场赶来，制服还没来得及换，挽着外套走了进来。

“周总，我也想听听招聘和培训的事。”许博洲对周晚说道。

老朋友相见，本应该比普通同事更自然，但他们都没有失忆，那晚的事还历历在目。周晚的心猛然一动，不自然地避开他的目光，看向对面的椅子说：“嗯，坐下吧。”

许博洲坐在了周晚斜对面。

“周总、周总。”

卫也叫了叫走神的周晚，小声提醒道：“该你总结了。”

“……嗯。”周晚明显反应迟钝了几秒，脸上写满了不自然。

在接下来的总结里，周晚的思维还是很清晰流畅，未受任何情绪影响，只不过她根本不敢去触碰那道炙热的目光。

许博洲就没有从周晚身上挪开过眼，听得过分认真。

老胡开玩笑道：“今天怎么这么刻苦？平时让你开个会，跟要了你的命一样，从新加坡回来受什么刺激了？”

许博洲转着钢笔，目光依旧只看向那个人，嘴唇勾起，笑着在空白记事本上写下了两个直白的字——“爱情”。

会议结束后，大家都疲惫离场。

周晚让卫也先去财务部要报告，她成了最后一个从会议室里出去的人。她抱着电脑刚走出门，便听到了男人的低笑声。她转过头，不出所料，熟悉的声音来自熟悉的男人。

明明眼前的男人没有任何变化，只是隔了几天没见面而已，可周晚看许博洲的眼神明显底气不足，只要一触到他的目光，她就低头躲避。

许博洲双手环胸，脚步定在了她身前的位置，戏谑地笑道："干吗跑那么快？追都追不上。"

听到许博洲带有挑逗的话语，周晚的半张脸都红了，根本答不出一个字。

这时，手机忽然响了，她走到窗边去接听，是公寓的管理员打来的。

管理员说："周小姐，你要搬家吗？有两个男人来整理行李。"

"搬家？"周晚一惊，下意识地看向许博洲。确认情况后，她和管理员沟通了一番。

"你要搬家？"周晚挂断电话后，惊讶问道。

许博洲点点头道："嗯，我这几天太忙了，忘了和你说。我决定搬走，老住在你家，我也不好意思。"

"你找到合心意的房子了？"

"嗯，我决定回家住。"

"回家？你竟然想回家住？"

"嗯，想家了。"

"想家了"三个字从许博洲的嘴里蹦出来，周晚简直想笑。她又不傻，在这个节骨眼搬家，她自然知道最主要的原因是什么。她看着地板，快速思索，然后抬起头对他说，"许博洲，晚上我们一起回去，我有话和你说。"

"好。"

这晚，两个人八点多一起到家。

康明打电话告知许博洲，行李已经全部打包带回了许宅，卧室也收拾干净，欢迎他随时回家。

虽然看不到那头的房间变得有多空，但得知许博洲要走，周晚心里还是有点空落落的，是一种热闹过后又突然寂静的失落感。

"怎么？舍不得我？"许博洲从冰箱里拿了一瓶冰汽水。

周晚跳过了这个无关紧要的问题，拖着沉重的脚步走到吧台前，隔着大理石的台面讲话，能减缓她内心的紧张感。

“许博洲，我想和你聊聊邮轮上那晚的事。”周晚主动开口道。

许博洲握着汽水瓶，笑道：“好啊。”

“你认真点。”

“好。”

两个人的表情都严肃了一些，周晚心里还在打鼓，毕竟这是她第一次做如此出格的事。她说：“我想我们可不可以，把邮轮那晚的事当作是酒后的一次意外事故，以后我们都不要再提起这件事。”

“你能当作什么事都没发生过吗？能坦然面对我吗？”许博洲反问道。

周晚想了想，点头道：“我可以。”

许博洲看到她心神不宁地攥紧手机，没有戳破，而是直白地表达了自己的态度道：“可是我做不到。”

周晚惊讶地抬起头。她以为，面对这一意外事件要做心理功课的人是自己，她以为像许博洲这种性格不羁又散漫的人能处理得比自己好。

许博洲朝周晚靠近，注视着她闪躲的眼睛，第一次郑重解释道：“周晚，我没有你想象的那么轻浮，你要是信了港岛那些传言，那我们十几年的朋友确实白当了。我和你说的那些话不是玩笑，我也从不骗人。”他停顿了半秒，补充了最后一句格外重要的话，“我没有谈过恋爱，也没有和任何女生亲密接触过，你是我的第一次。”

周晚震惊了，她不敢相信自己耳朵听到的话，可是也没有理由去质疑他。从小到大，好像他确实玩得再疯、再叛逆，也没有见他处过对象，没有乱来过，朋友圈也很简单。

“你没谈过恋爱？”她的声音越来越小。

“嗯，没有。”

两个人的话，把气氛推向了燥热。

不知道该如何继续对话的周晚，只能先低下头保持沉默，直到她听见许博洲低声问道：“你是想把那晚的事一笔带过吗？”

是，她内心是这么想的，但真面对他时，周晚又难以启齿。

“不这么处理，难不成要在一起吗？”

许博洲听到她把话很自然地引到了这里，便顺着说了下去。他抬起头，看向她的目光很认真：“我们不能在一起吗？”

他的反问，让周晚的心赫然缩紧。房间里太安静，她仿佛能听见自己剧烈的心跳声。她努力冷静下来说：“许博洲，一直以来，我都只把你当成好朋友，我从来没有想过要往其他方向发展……”

“周晚，我们做了十几年的朋友，你还不腻吗？”许博洲打断了她的话，眼神和语气同时变得强势起来。

周晚一只手按住台面，低下头，呼吸急促。

许博洲放下汽水瓶，走到周晚身旁。他双手扣着她的肩，将她整个人扶正，好直视她的眼睛。

墙上的时钟嘀嗒嘀嗒地转，被吊灯照射的这一角，气氛逐渐暧昧。

许博洲见周晚平静了一些，抱住她，他感觉到她在推开自己，但二人力量悬殊，他一只手扣住她的后脑勺，一只手揽着她的背，盯着墙上的钟，温柔的声音落在她的耳边：“这是我最后一次以朋友的身份抱你，从二十点四十四分以后，我不会再把你当朋友。”

“什么意思？”被紧紧搂在滚热的怀里，周晚脑袋有点晕。

许博洲直起身，与她四目相对，坦诚又认真地表明心意道：“我会正式追求你，以一个普通男生的身份，和你身边所有追求者公平竞争。”

这晚发生的一切，都在计划之外，周晚心慌到快要窒息。

许博洲松开周晚后，回到客厅，拉起行李箱往门口走。在走进过道前，他回身朝身后的周晚喊了一声，眉毛一挑，以一副胜利者的姿态放话道：“我很有信心，我们还会同居的。”

许博洲搬走已经快一周了，公寓很大，再加上周晚本身就不常用另一边的房间，所以整体看上去和之前独居时并无二致。

况且，让她更发愁的是，该如何应对他的攻势。

她一万次庆幸自己是许博洲的老板，有权规划他的工作。她想先缓一阵，于是让老胡给他安排了一趟北欧的行程。

动用私权就动用吧，暂时顾不上那么多道德了。

至少这一周，她并不想和他有交集。

周四，天气不错，见手头上的工作结束得早，周晚便开车去了孟洋的面馆，一来是想吃她家的面了，二来她憋在心里的话很想找朋友倾诉一下。

孟洋的面馆藏在一条很有烟火气的老巷子里。

面馆不大，小小一间，设计偏日式，墙壁、桌椅、灯具都是木质的，清净温馨。下班点，迎来了生意的小高潮，大多数都是独自来吃面的白领。

周晚坐在最靠里面的位置。

座位与座位之间用小屏风隔开，算是每个座位都有相对私密的小空间。

“你最爱的豚骨拉面。”好朋友来，孟洋当然亲自下厨了。

“谢谢。”周晚接过面碗，浓郁的香味闻着就让人心情愉悦，她又加了点调料。

孟洋是开门见山的性格，直接问道：“你在微信里和我说有事想问我，什么事？”

周晚本来想吃完面再说，但架不住姐妹的急性子，她拨开垂在肩头的头发，舀了一口热汤喝下，说道：“也没什么，就是我有一个朋友遇到了点感情上的事，我经验不多，所以想来问问你。”

孟洋一听，没忍住笑出了声。她问道：“众所周知，找周晚咨询投资最靠谱，你哪位朋友这么不开眼，咨询你感情问题？”

“就……”周晚心虚，“就一个朋友嘛。”她的声音到最后小到几乎听不见。

孟洋先没揭穿，说道：“嗯，说说看，你朋友怎么啦？”

周晚放下筷子，轻吁一口气，措辞谨慎地表述道：“我这个朋友呢，她有一个从小玩到大的发小，她不喜欢发小，但发小跟她表白了。”

两个人从初中就是好朋友，周晚是什么人，孟洋门清。周晚越说越有代入感，生怕别人不知道口中的朋友就是她自己。

孟洋往椅子上一靠，踢了踢桌下周晚的脚，动了动眉道：“怎么？许博洲和你表白了？”

“啊，你小声点。”即便周围都是陌生人，但周晚还是红了脸。她呼吸急促，点头承认了事实，“嗯，是。”

孟洋的惊叹声引来了客人的侧目。

周晚浑身发热，她喝了好几口冰水，但并没有任何效果。她一抬眼就看见孟洋对自己笑个不停。

“哎呀，你别笑我了。”

孟洋言归正传道：“所以现在的情况是，许博洲要追你是吗？”

"……嗯。"

片刻沉默后，孟洋直戳要害问道："那你喜欢他吗？"

思忖了几秒，周晚摇摇头道："我一直以来都只把他当作好朋友，从来没有想过要往其他关系发展。"

"是因为你们太熟了，你没去想过，还是因为他根本不是你的菜？"孟洋更直接的问话，让周晚脑袋忽然卡住了。在她思考的时候，孟洋又问道，"换个方式问你吧，如果是别的男人，你会想这么多吗？"

孟洋越问，周晚大脑越混乱，她好像把所有处理事情的天赋都给了学习和经商，对于爱情，简直一塌糊涂。她又摇头道："我不知道。"

孟洋拍了拍周晚的肩，说道："好了，好了，放轻松。既然事情已经发生了，就不要过度纠结，他追你，你不喜欢就拒绝。"

"嗯。"周晚慢悠悠地点头，心情并不见轻松。

孟洋问道："是不是觉得你们的关系变样了，所以有点失落？"

周晚承认道："嗯，有点吧。"

孟洋说道："其实你要想想，你们玩得再好，终归都到了谈婚论嫁的年龄，你们以后如果各自有了家庭，关系一样会变淡。只不过我确实没有想到，许博洲会想追求你。"她眼睛眯起，开玩笑，"小晚，你说他会不会一直暗恋你啊？"

"别胡说。"周晚轻轻瞪了孟洋一眼。

孟洋翻了个白眼道："我哪儿胡说了？我就觉得他是蓄谋已久，小时候天天跟在你屁股后面，做什么都要和你一起，脸上跩得很，其实占有欲强得不行。我听到过他对崔斯杰说喜欢你，你又不信。"

"好了，好了。"周晚真不想聊这件事了。

孟洋便立刻打住，不过屁股刚离开座位，又坐了下来。她拍了拍周晚的肩，说道："宝宝，其实许博洲长得不赖，家里也有钱，你要不和他试试，反正咱不吃亏。"说完，她憋不住，笑出了声。

隔日中午十二点，祁南羽志国际机场。

从丹麦飞祁南的航班落地不久后，两名身穿制服的机长拉着行李箱走在长廊里，帅气的外表和职业滤镜总是引来旅客打量的目光。

纪燕均昂着头往前走，笑道："你终于知道招惹自己的老板有什么后果了吧？今天派你去北欧，明天就能让你飞南极，反正就是让你见不着她。”

许博洲没出声，脸上看不出情绪。

纪燕均叹气道：“但这是你的后果，能不能别让我一起承担？我们不是一定非要天天相依为命。”

许博洲边走边斜眼看向纪燕均道：“我这是在帮你。”

“帮我？帮我什么？”

“情场失意，需要用工作填满空虚。”

“那我是不是还得跪下来谢谢你？”

“倒也不必那么客气。”许博洲下一句话却丝毫不客气，“阿晴不是把恋爱放第一位的小女生，要走进她心里，很不容易。不过你们地下情那么久，还被她无情地一脚踹开，你有没有想过，是你……”

“哎，不说这些了，一会儿要不要去打个台球？”纪燕均打断许博洲的话。

许博洲拒绝道：“不去了，我要去见一个人。”

“谁？”

“美女。”

靠郊区的海景度假酒店一楼宴会厅里，由港岛著名拍卖行纳宝德举办的夏季拍卖会，正举槌开拍。

站在台上的拍卖师，是鼎鼎大名的翟见薇，也是纳宝德的创办人，生于上海，长于伦敦，后又回国在港岛开启了自己辉煌的事业。

台下坐着的大都不是竞拍者本人，而是他们的秘书、助理，通过电话连线的方式，叫价拍卖，这让第三排靠右椅子上，穿着飞行员制服的男人格外引人注目。他正用一种欣赏的目光看着台上的拍卖师。

这天的拍品是一只暗花瓷碗，翟见薇的暗纹旗袍非常贴合主题，有高知的优雅。岁月在她脸上也看不到痕迹，精致又气质绝然。

“起拍价七十万，现在我的书面委托是九十万，谁能出到九十五万？”翟见薇用流利的英文和中文来回切换叫价。

台下连线的助理纷纷举手，有人先抢走了九十五万。

翟见薇的书面委托加价到一百万。

许博洲举手，毫不犹豫地开到了一百五十万。

翟见薇问有没有人要加价，不知是哪家的总裁要到了惊人的二百万。

她的视线看向了台下再次举手的许博洲，他加到了二百二十万。

此时又有电话连线的助理加价。

几轮下来，拍品被抬到了惊人的二百六十万。

一只瓷碗被拍到这个数额，很多竞拍者都觉得不值，大多选择放弃。

当许博洲以为自己稳赢时，一个男助理接到电话委托举起手，再次把价格抬到了天价——三百万。

拍卖就是博弈，好胜心强的人会一直想赢。

翟见薇反复询问大家是否还有电话委托时，她的视线又移到了许博洲的身上，见到他又举手将价格抬到了不会再有人竞争的三百五十万，她似乎一点也不惊讶。

最后，翟见薇以三百五十万落槌。

许博洲如愿以偿，买这只瓷碗不是因为他自己想要珍藏，而是要送给周晚奶奶当作八十大寿的寿礼，花再多的钱他都乐意。

拍卖会结束，许博洲坐在宴会厅外的椅子上等人。他的视线扫过一个个从门里走出来的人，朝最后穿着旗袍的女人喊道："妈，我在这里。"

翟见薇和助理交代了工作后，让助理先走。她随后带着许博洲往外走，问道："花这么高的价钱买下这只瓷碗，是想送给周晚的奶奶吗？"

许博洲亲密地揽住母亲的肩，说道："果然什么都瞒不住您。"

父母离婚后，他虽然谁也没跟，但心还是和母亲走得更近。

翟见薇笑了笑道："你哥哥的喜酒我是喝到了，什么时候能喝到你和周晚的呢？"

"您这张嘴也太会说话了，难怪生意兴隆。"许博洲踩一捧一，"姓许的老头跟您真没法比，玩玩他就行了，别复婚，在一个人身上不能错两次。"

翟见薇轻轻一哼，没回答。

二人走到外面的花园里，许博洲想起最后一个喊天价的人，还有点气不过道："妈，最后那个喊三百万的老板是谁？"

"你哥。"翟见薇直白地回答。

许博洲一惊："我哥？"

翟见薇笑道："嗯，他说测测你对追周晚的诚心有多大。"

"我哥还真是，"许博洲哭笑不得，"有时候吧，你看着他挺严肃正经的，其实吧，骨子里又蔫坏蔫坏的。"

跳过这个话题，翟见薇问道：“你怎么突然想通了要回家住？”

许博洲朝四处看，散漫地说：“想家了。”

翟见薇低哼道：“欲擒故纵失败了？没被意中人挽留？”

被母亲一针见血揭穿实情，许博洲觉得很丢脸道：“翟小姐，你什么时候才能明白，儿子的心灵是需要被照顾的。”

翟见薇揉了揉许博洲的头，也只有对自己特别疼爱的小儿子，她才会卸下坚硬冰冷的外壳，变得柔软许多。她说：“既然决定追周晚，就要好好用心追，明白吗？”

许博洲笑道：“当然，你知道你有多伟大吗？”

“怎么说？”

“生了两个绝世好男人。”

周晚奶奶的八十岁寿宴在同一晚，老人家喜欢花，周父周知然就为母亲包下了一间环境高档的花园酒楼，鲜花全部从国外空运而来。

周老太太一身喜气的红色花纹唐装，手上、脖间缠绕着不菲的金饰，活到这把年纪，依旧精神抖擞。

几大家子的老老少少都围着她聊天，笑声不断。

寿宴还没有正式开始，周晚抽空去花园里处理起紧急工作。她几乎很少穿旗袍，因为总觉得自己个头不够高，撑不起来。但意外的是，身上这件量身定制的红色旗袍很适合她，给人眼前一亮的感觉。被群花簇拥的她，娇小玲珑，但又有种形容不出的曼妙性感。

连续打了两通电话后，周晚终于吁出一口气。她捶了捶肩，拿着手机转身，却在撞上那道带着笑意的目光时，心一抖，脚步慌乱。

当许博洲袒露了心意后，她好像再也无法把他当作关系要好的异性朋友，多看他一眼，她都会莫名害羞、紧张。

“怎么看都不敢看我？”许博洲换了一身黑色西装，身形和气质绝佳。他穿成熟的西装散发出的荷尔蒙比平时更强烈。

周晚久久没抬头，盯着地上的花影问道：“你怎么来了？”

许博洲答道：“周奶奶对我很好的，她八十大寿，我就是在天上，也得跳下来给她老人家祝寿。”

“你讲话真的很……”周晚下意识抬起头想去纠正他的用词，但在触到他目光的那一瞬间，又立刻低下头。

许博洲笑了笑道：“我在丹麦的时候，多么害怕你会让我继续飞，就不让我回祁南。”

“我什么时候不让你回祁南了？”周晚心虚地辩驳道。

“难道不是吗，周总？”

不想一直待在花园里，周晚试图绕开许博洲。她有点不耐烦地说：“好了，好了，我不跟你说了，我要进去了，奶奶在等我。”

她刚走没两步，手腕被许博洲拽住，温柔的声音落在她的身后：“这么久没见，不想看看我吗？”

周晚有点烦道：“许博洲，你放开我。”

“那你先看我一眼，好不好？”许博洲放下态度，摇尾乞怜地想讨一个对视。

“不看。”

二人拉扯中，周晚不小心扑到了许博洲的怀里。在寿宴这种场合，他不会做出格的事，只是想要一个对视而已，所以只捏住了她的下巴，望着她，说道：“晚晚，我每天都在想你。”

周晚心底泛起涟漪，脸颊羞红。

恰好，他们亲密的行为和对话，被经过花园的周父和周母看见了。

被父母撞见，周晚立刻逃出许博洲的怀抱。她理了理裙身，跑过去挽上母亲的手臂，笑着解释道：“你们知道的，许博洲从小就喜欢跟我这样闹着玩。”

可她慌乱的眼神还是露出了马脚。

周母舒槿是一个精明的人，很多事她一眼就能看明白，只不过这天是老人家的八十大寿，她以大局为重，这种小事暂时先搁到一边。她简单和许博洲打了一声招呼，然后带走了周晚，说道：“去奶奶身边待着。”

“好。”

周父没走，上前握住许博洲的手，又拍了拍他的臂膀道：“好久不见，最近过得好吗？回祁南这么久，我们还没有好好吃过一顿饭，是叔叔照顾不周。”

周知然和那些锐利的生意人相比，面相要慈眉善目许多。

许博洲从小就和周知然关系亲近，甚至超过了自己的父亲，要不然高一那年，他也不会拎包住进周家。他揽上周知然的肩，叹气道：“我爸见到我第一句话是骂我，周叔叔见到我第一句话是关心我，果然……”

"果然什么？"周知然很好奇。

许博洲说："别人的爸爸更好。"

周知然仰头大笑道："你啊你，怎么还和小时候一样皮呢？我还以为好几年不见，你会变得跟你哥哥博声差不多沉稳，难怪你爸要为你头疼。"说完，他带着许博洲往长廊里走。

在长辈眼里，许家这两个孩子，性格迥异，大的严谨稳重，小的不服管教，所以以前见许博洲和女儿走得很近，周知然自然有几分担心。

一番寒暄后，他想起了才撞见的画面，说道："你和周晚都长大了，打打闹闹的还是要有点分寸。"

许博洲自然听懂了周知然的言下之意，而他此行，还有另一件重要的事。他忽然认真起来，说道："周叔叔，可以打扰你几分钟吗？我有点话想和你说。"

周知然转头看向许博洲，点了头。

长廊一角，鸦雀无声，两个男人站在悬挂的灯笼下。

像是早就将话准备在了心中，许博洲直接开口道："我不知道接下来的话，对周叔叔你来说，会不会有些唐突，但我还是想坦诚地告诉你。"

"什么话？"周知然问道。

许博洲一认真起来，就像变了一个人，身上再看不到一丝顽劣和轻浮。他看着周知然，坦白道："我喜欢周晚，我想追求她。"

周知然惊讶，问道："你喜欢周晚？"

"嗯。"

"认真的吗？"

"认真的。"

或许是因为眼前这个英俊有为的男人是自己一手带大的，周知然的心情比较复杂。他既不抗拒也并不欣喜，他同样认真地表态道："博洲，周叔叔很喜欢你，不然也不会一直照顾你。"

许博洲说："谢谢周叔叔。"

"但是，"周知然话锋一转，"我喜欢你，并不代表我愿意将女儿的幸福贸然交给你，如果你想将和晚晚的关系从朋友变成恋人，她需要用新的角度去看你，周叔叔我也要用新的标准去评判你，这一点，希望你能明白。"

许博洲诚恳地点头道："我很明白，我愿意接受周晚以及她身边所有亲朋好友的考核。”

周知然有些欣慰，笑了笑，想让气氛轻松下来，转而问道：“告诉叔叔，你什么时候喜欢上晚晚的？”

许博只回答了两个字：“秘密。”

周知然“哦哟”了一声，感慨道：“你还真是和你爸一个样，傲娇，嘴硬。”

许博洲和周知然一同往宴会厅走，摇头道：“可别把我和他混为一谈，他感情失败，我不会。”

周知然笑道：“看来很有信心？”

“嗯，很有。”许博洲说，“上一次这么有信心，还是我坚信自己一定能当上飞行员。”

“行，有信心就行。希望你能过得了我们周家的考核。”

“嗯，我会努力的。”

快走进宴会厅时，许博洲忽然搂上了周知然的肩，说道：“对了周叔叔，你看我们私下关系这么好，你是不是应该给我放点水呢？”

周知然笑道：“我和你爸关系那么要好，但生意场上这几十年里，我可是没让过他半分。”

许博洲感慨道：“难怪您能当上祁南首富。”

周知然拍了拍许博洲的背，说道：“好了，别贫了，进去吧。”

宴会厅里一片喜庆祥和。

周老太太坐在上座，被后辈围绕，一起听着优美的钢琴曲。

周知然和许博洲有说有笑地走进去，视线落在了弹钢琴的男人身上。

钢琴声停下时，厅里响起一片掌声。

周老太太夸道：“我的映希啊，实在太优秀了。过来，让奶奶抱抱。”

周映希走过去，俯身给了奶奶一个拥抱，并且送上祝福。

周老太太看向旁边的儿子和儿媳，说道：“你们确实把儿子教得不错，方方面面都很完美。”

周呈齐笑道：“是韵姝费了心，我很感谢她。”

一旁的方韵姝则夸道：“是因为映希从小待在奶奶身边，奶奶是他人生的启蒙老师。”

这番话可把老人家听舒坦了，周老太太又将身边的孙女揽过来，轻轻搓着周晚的手，骄傲道：“晚晚也争气，从小到大就没有让我们操过一点心，长得漂亮、性格好、脑袋瓜聪明，还有一股不输给男人的拼劲。”她目光移向舒槿，“在教育晚晚这方面，我还是得夸夸你。”

作为并不门当户对的儿媳，舒槿在周老太太面前显得很拘谨，恭敬道：“嗯，谢谢妈妈的夸奖。”

周老太太的眼神忽然变得锐利：“但是呢，阿浔就被你宠过头了。”

舒槿下意识地维护儿子道：“其实阿浔也长大了，他也有优点。”

“比如呢？”周老太太言辞犀利，她对这个不中用的孙子没什么感情，“从小你就对晚晚要求严苛，有些时候我都心疼她。但是现在来看，把晚晚教好确实有必要，不然你们家就废了。”

周老太太动怒，让所有人都紧张起来。

周知然和周呈齐立刻去安抚母亲的情绪。

周浔还不服气，试图证明什么，但嘴刚张一半，就被一只落在肩膀上的大掌吓到缩了脖子。

情绪被安抚好的周老太太让大家都落座。这时，她看见角落里熟悉的人，欣喜地笑道：“阿洲？许博洲？”

许博洲提着礼物走过去，抱住了老太太，委屈巴巴地说：“周奶奶，我都站好一会儿了，你才看见我。是不是因为我又变帅了，认不出来了？”

周老太太摸了摸许博洲的脸，笑道：“是啊，是啊，又帅了很多。”

随后，许博洲送上了自己的贺礼。

周老太太拆开，见是自己心仪已久的那个瓷碗时，眼里的笑根本藏不住。她没想到好多年没见，这孩子竟然还记得自己喜欢什么，并且花大价钱为自己拍下了这件珍贵的瓷器。

周老太太放好礼物后，关心道：“现在在哪里工作呀？”

许博洲看了一眼身边的周晚，说道：“在给您孙女打工。”

“你在周氏集团上班？”

“奶奶，我开飞机的，我在星荣。”

周老太太开心极了，同时拉着许博洲和周晚的手，说道：“挺好的，挺好的，你们小时候就玩得好，没想到长大了还能一起工作。”

许博洲笑着说：“嗯，她需要我，我就回来帮她。”他看了看周晚，“我一向都很仗义，她开口，我当然不会拒绝。”

周晚想辩驳，但发现许博洲说的确实是事实。

只是他们的关系发生变化之后，她再听他说任何话，都觉得不是表面那层意思。

许博洲虽然对外人冷冰冰，浑身长满刺，但特别会哄长辈开心，所以一直以来，他特别讨周老太太的欢心。周老太太摸着他的手背问道："恋爱了吗？有对象了吗？"

问的是许博洲，紧张的却是周晚，她脸都红了。

许博洲偷偷瞥了周晚一眼，笑着回答周老太太："没有，我一直单身，老光棍一个。"

老人家就喜欢乱撮合，周老太太也一样，她笑眯眯地搂着周晚，说道："我们晚晚也单身，她这么完美，你就没心动过？"

话题越来越直接，怕两个孩子尴尬，在座的长辈都起身，试图让周老太太换个话题。

许博洲并不怕这道题，甚至很乐意回答，让他当着周家人的面把心掏出来都行。他说："周晚在我眼里没得挑，我当然会心动。"

周老太太眼睛笑得眯成了一条线。

周晚本来就很容易害羞，此时连耳根都红了。不过她不想被压制，心里那个调皮的小精灵跳了出来，抱着奶奶说："奶奶，我虽然单身，但是我也很挑剔的，许博洲就只是朋友而已。"

"做男朋友不够格，是吗？"周老太太问道。

周晚点头道："嗯，不是我喜欢的类型。"

她说完，立刻感受到许博洲炙热的目光正紧紧盯着自己。但她并不示弱，抬起头大方地笑，其间还冲许博洲翻了一个白眼。

调节气氛的插曲告一段落，周老太太八十岁大寿的宴席正式开始。两三个小时后，宴会在愉悦的敬酒和聊天中结束。

舒槿接了一通电话，走去门外，将匆匆赶来的宋存引到大家的视线里，介绍道："妈，这是宋氏集团的公子，宋存。他和晚晚正在接触中，得知今天是您的八十岁大寿，特意过来向您祝寿。"

宋存穿着一身笔挺的灰色西装，仪表堂堂，再加上宋氏集团的生意做得大，在座的人对他都很客气。他将礼物递到周老太太手边，恭敬道："周奶奶您好，这是我的一番心意，祝您福如东海，日月昌明。"

周老太太礼貌地收下礼物，看见礼盒里也是一只瓷碗，但比起许博洲送的要逊色一等。她打量着眼前的男人，面上带笑，眼神却犀利。

宋存以为老人家会对自己说点什么，但只等到了一句："谢谢你，有心了。”

最后，他只能失落而归。

在门外，宋存看着和周家打成一片的许博洲，心里十分不痛快。等到所有人离开后，他叫住了许博洲。

两个人走到花园一角。

许博洲双手插在西服裤里，背脊挺直，表情冷淡道：“原来你对周晚的喜欢也不过如此，区区几百万而已，对宋公子而言，应该只是洒洒水的事情吧。”

那场瓷器拍卖会上，许博洲知道一直和自己抬价的人是宋存，只是没想到，他没几轮就放弃了。

那股被压一头的怒气从拍卖会就压在了宋存心底，此时他凶相毕露，上去就给了许博洲一拳，下手不轻。他拧紧双眉道：“你为什么总是要和我对着干呢？许博洲，你以为你是什么英勇的骑士吗？”他用力呸了一声，“你只不过是跟在周晚屁股后面的一条狗而已。”

许博洲捏紧拳头，尽管怒火中烧，但他也并没有还手。毕竟这晚是周老太太的八十岁大寿，他不想惹事。

宋存盯着被自己揍青的脸颊，嘲弄地笑道：“怎么还跟高二一样，被我揍了，连个屁都不敢放？”

刚送完家人上车的周晚，折回宴会厅里拿包，经过长廊时，她无意间看见了躲在花园里的许博洲和宋存。她有点好奇，于是走过去偷看。

很巧，正好让她撞见了宋存朝许博洲挥拳的那一幕。

周晚以前听许博洲提起过几次宋存。印象里，她知道他很不喜欢宋存这个人，但并不知道他们之间有这么大仇恨。

“宋存。”周晚现身。

被突然叫住的宋存，退后了一步，那只挥拳的手落在了西服上。他理了理领口，装出一副和善的模样，问道：“你还没走呢？”

周晚看了一眼许博洲脸上的瘀青，质问宋存：“发生什么事了？你为什么要在我奶奶的寿宴上动手打许博洲？”

她语气虽温和，但眼神凌厉。

在为人处世上，她有毫不留情的一面，只是不常显现。

没想到会被周晚撞见，宋存想找理由解释。

许博洲盯着宋存，想看看他要如何编。

最后，宋存避重就轻，只选择了道歉："是我不对，我不应该动手。"

可他不知道的是，周晚听见了他们的对话。她先询问许博洲的伤势，关心道："疼吗？要不要敷点药？"

许博洲摸了摸脸，摇头道："还好，我没那么脆弱。"

"嗯。"周晚关心地交代道，"你先去外面等我，我等下陪你去趟药店。"

许博洲点点头道："好。"

他身上散发出的柔软，是被偏爱和照顾的喜悦。

可他的得意扬扬，让心胸狭隘的宋存又一次怒火中烧。

等到许博洲走后，周晚走到宋存跟前，问道："有空吗？我想和你聊两句。"

即便预感不妙，宋存也不敢拒绝，只好道："……嗯，好。"

此时宴会厅里的宾客都走了，只剩下几个打扫的服务生来回穿梭在长廊里。周晚看了一眼，确定没有家人在周围后，她带着宋存往更隐蔽的角落走去。

墙角的人影模模糊糊。

如果很想知道一件事情的真相，周晚会变得没那么好说话，不是三言两语就能被打发的。她抬头盯着宋存，说道："现在只有我们两个人，我也不想再和你拐弯抹角，你刚才和许博洲说的话，我都听到了。"

宋存心一慌。

"高二时你打过许博洲？"

宋存没敢出声，心里彻底慌了起来，眼神不停地躲闪。

周晚在质问宋存的同时，也在脑海中拼凑起一段逝去已久却还算清晰的记忆。她问道："是高二运动会那次吗？"

被说中，宋存的呼吸从急促变为紊乱。

周晚加重了语气道："告诉我，那天发生了什么事？"

宋存用了几分钟的时间，交代了运动会那天的实情。

待宋存走后，周晚回宴会厅拿包。她穿过挂满灯笼的长廊，耳边是初夏夜里的蝉鸣。她转头，看见了屋檐下滴落的雨滴，听到了轻轻的嘀嗒声，将她的思绪带回了高二的某个午后。

实验中学高二的暑期运动会，比以往都提前了一点，从七月改到了六月。学生们当然感激校长的仁慈，初夏总比盛夏好，不然在操场上会热死。

很巧，儿童节这天，迎来了周晚的比赛项目，一千米长跑。

早上出门前，姜姨特意做了一顿丰盛的早餐，祝家里的三个小孩“儿童节快乐”，还一直夸周晚勇气可嘉，敢挑战长跑。

旁边的许博洲，一边看国外乐队视频，一边咬了一口三明治，含糊又懒散地说：“好好跑，要是摔倒了，我会随时跑过去扶你。”

周晚穿了一身雪白的运动服，在阳光下皮肤白皙到好似透光。她轻哼一声，说道：“我才不会摔倒，我一定能拿第一名。”

“嗯，加油。”

姜姨原本想问少爷报了什么项目，周浔没等她开口便说：“别问我，我可不会参加这些项目，晒死了。”

被夫人宠溺长大的男孩，比女孩还娇弱。

许博洲吃完三明治，起身，拿平板电脑拍了一下周浔的背，交代道：“下午两点，记得准时参加铅球比赛。”

“什么铅球？”周浔纳闷，“我没报名。”

许博洲盯着周浔道：“我帮你报的。”

周浔扯了一把许博洲的衣角，急道：“你为什么替我报名？你赖在我家我都没赶你走，你凭什么替我做主？”

许博洲道：“为了让你散发魅力，在实验中学打败我，成为校草。”

周浔有气没处撒，憋了一肚子脏话。

背后的姜姨和周晚都看乐了，姜姨问许博洲：“阿洲，你参加什么项目？”

许博洲还没开口，周晚便替他回答。她撕着面包，笑得有点调皮道：“姜姨，他根本不用发愁参加什么项目。”

姜姨好奇道：“因为样样都行？”

“才不是，”周晚摇摇头，“因为，一堆女生天天在许愿，说好想看许博洲跳高。反正呢，我在走廊、洗手间、食堂，听得耳朵都长茧了，所以，我们大校草当然要完成少女们的心愿咯。”说完，她抖了抖肩膀，被自己的说辞恶心到。

愉快的早餐过后，许博洲和周晚一同去学校。

因为是运动会，各班的椅子都搬去了操场旁的树下，穿着运动服、校服的学生陆续坐下，有项目的在准备，没项目的则悠闲地吃着零食聊着天。

周晚报名的比赛项目在下午，但上午她也没有闲着。作为广播站的主持人，她负责运动会的播报。

欢快的音乐里，是她字正腔圆又富有朝气的声音："广阔的草地，是你们的舞台。金色的阳光，是你们追逐的梦想。竞技不是为了输赢与比较，而是为了让我们在每一个充满高昂斗志的项目里，找到与自己共赴顶峰的友谊。"

放下书包的许博洲，和崔斯杰几人躲在主席台后玩游戏，兴致勃勃地讨论起一支外国乐队。听见广播里悦耳的播报声，崔斯杰说："哎，周晚的声音真的挺好听的，我都想象不到，她要是跟你撒娇，你会不会进医院。"

时间转眼到了下午。

午饭后，各项比赛继续进行。

躺在教室里睡觉的周浔被许博洲拽起来，按时拖到了铅球的比赛场地。

周浔不可能碰这玩意，问道："你故意想让我出糗是不是？"

许博洲冷声说："周少爷好像非常擅长玩失忆，一个月前我帮你摆平那件事的时候，你是怎么答应我的？"

周浔心虚地低下头。

许博洲捡起地上的铅球，放到了周浔手里，教育道："男子汉大丈夫，一言九鼎。"

握着滚热粗糙的铅球，周浔根本不愿抬手，斯文白净的脸和高瘦的身板的确与铅球格格不入。

忽然，他身后传来了一声嘲讽："废物。"

周浔回头，看到一个扎着马尾的高个女生，更是火大，恶狠狠地说道："陈菀，你最好给我讲话客气点，不然你别怪我。"

陈菀瞪了周浔一眼，这次吐字更清晰道："废物。"

这时，从旁边走来一个男生。他将陈菀扯开，态度温和地教育道："我告诉过你，讲话要有礼貌。"

陈菀不服道："我的礼貌分人。"

当男生要生气时，许博洲一把揽住他的肩膀，带着他往另一头走，劝道："陈航，别激动，周浔绝对不会打女生。"

陈航恼火道：“但是我妹就爱打男生。”

两个穿着白T恤的少年走在阳光里，带着被光芒笼罩的意气风发。

“周末去天文台吗？”

“OK。”

“让我再赢你一次。”

“希望你能赢。”

下午四点半，是一千米长跑的项目。

做好了充足准备的周晚，准备全力以赴。明亮的天空在傍晚渐渐收起了刺眼的阳光，不是盛夏，风吹在身上很舒服，一圈跑下来，她体力依旧充沛。

看着弱不禁风的瘦小身躯，却在此时遥遥领先，和身后的人拉开了极大的差距。周晚不光耐力好，速度还快。

操场外的孟洋不停地呐喊助威，路过的崔斯杰捂住耳朵道：“洋哥，声音小一点，耳膜都要震破了。”

孟洋不耐烦道：“给我走远点。”

好男不跟女斗，崔斯杰溜了。

一千米长跑的冠军头衔，周晚摘得很轻松。

四周都是对她的赞叹声。

“没想到周晚看着这么瘦，体力竟然这么好。”

“我听说，她对自己特别狠，没事就靠跑步来锻炼意志力。”

“厉害，真是狠角色。”

“那当然，人家以后可是要继承家业的，和我们不一样。”

周晚跑完步，身上运动服都湿透了，不过她也没休息，接过孟洋给的矿泉水就往跳高的场地跑去。她气喘吁吁地四处找人，但直到比赛开始前，都没有看到许博洲的身影。

旁边的一群女生也在疑惑。

“许博洲……许博洲！”老师喊了三四声，没人应，于是将本子上的人名画掉，当成自动弃权，比赛继续。

半个小时后，比赛结束。

人都散场了，依旧没有看到许博洲的身影。

“到底去哪里了呀？”周晚给许博洲又是发消息又是打电话，但都没有得到回应。

十几分钟后，她把椅子搬回教室，突然收到了许博洲的消息，内容很简短。

“在校门外的巷子口等我，帮我把书包拿下来。”

周晚一刻都没有犹豫，去隔壁班拿上许博洲的书包，然后大步流星地往校门外的巷子跑。

夏天的天气，总是阴晴不定。下午还艳阳高照，此时却阴沉沉的，天空被大朵的乌云覆盖，看上去似乎要下雨。

“许博洲，你去哪里了？”周晚在巷子口看见了消失的许博洲。他站在树荫下，身上的白T恤上全是泥。

闷热的天，让许博洲的心情更加烦躁。他没搭腔，拿过她手上的书包，甩到肩后，自顾自地往小路走。

周晚喊道：“为什么不走大路？”

许博洲只回答道：“大路太吵了。”

每天都走大路，怎么这天就嫌吵？周晚不知道许博洲在搞什么，只知道他从下午玩消失开始，就变得很不对劲。

他走路的速度很快，她跟不上，喊道：“你走慢点。”

许博洲忽然放慢了脚步。

终于和许博洲并肩前行，周晚抬头去看他，却发现他下意识转头闪躲。他个子高，她想看清他脸上是不是有伤，于是费力地踮起脚。

“你胳膊和脸上的伤是怎么回事？”她看清楚了他脸上有好几处伤。

许博洲前额的碎发很短，遮不住眉眼，眼角乌青，不过他并不想回答，只说：“没事。”

可周晚并不觉得他没事，她抓住了他的手腕，追问道：“下午发生了什么？为什么连跳高比赛都没有参加？为什么我给你发消息和打电话，你都不回我？”

“你是在关心我吗？”许博洲忽然转头。

一张被殴打过、伤痕满满的脸正对着周晚，连脖子上也有血痕，看得她心惊胆战道：“你是去打架了吗？”

许博洲似乎很不开心，眼神冰冷无光道：“我在问你是不是关心我，你却质问我是不是去打架，我在你心里就是这样的形象吗？”

“我不是这个意思，”周晚解释，“我只是想问一下情况，你为什么要这么敏感？”

他低下了头："对不起。"

安静的巷子里，少年的呼吸声很重。

周晚拍了拍许博洲的手臂，温柔地安抚他的情绪道："好了，好了，别生气了，我去一下旁边的便利店，你在这里等我一下。"

"……嗯。"

从便利店里走出来的周晚，拿着一瓶冰矿泉水和一盒创可贴。她站在台阶上，屋檐上的雨水滴落到她的头顶，她用手摸了摸被打湿的头发，说道："下雨了。"

夏季的雨总是来得突然，细密的雨从云层缝隙里着急地往下落，小路上溅起了大大小小的水花，灰色的云遮住了天空最后一丝光亮。

许博洲抬头望天，阵雨的旋涡压在头顶。他立刻抓住周晚的手腕，将她从便利店的台阶上拽下来，拉着她跑向前面的雨棚。

小路两边忽然亮起的路灯，在雨中晕出暖黄色的光。

漫天的雨幕里，少年将书包撑在少女的头顶，身上的白T恤、脚下的球鞋被雨水打湿。他们冒雨奔跑的画面，像是被刻意放慢，定格在了属于他们十七岁的青春里。

许博洲将周晚拉进了雨棚，四周是淅淅沥沥的雨声，挤在屋檐下的他们，耳朵里只剩下彼此的呼吸声。

树叶被雨水压弯，小道上没有行人，他的视线渐渐过滤掉了那些景物，只容得下周晚。

雨棚很小，两边还摆满了单车，周晚只能被迫贴在许博洲身前。她站得很拘谨，脚无处安放，而那双大大的白色球鞋像是故意往前挪了半寸地。她一个无意间的抬头，对上了许博洲直勾勾的目光。他抬起下巴示意道："快点。"

周晚反应迟钝道："什么快点？"

许博洲看了一眼周晚手里的黄色盒子，提醒道："你不是买了创可贴吗？"

"嗯。"周晚点点头。

他低下头，声音在闷湿空气里有些沙哑，催促道："快贴。"

"……嗯。"周晚踮起脚，尽量避开他炙热的目光，将撕开的创可贴贴在他的伤口上，视线又落到了他紧绷的脖颈线条上，有雨珠滑过他的喉结。她迅速移开视线，似乎还听见吞咽的声音。

周晚贴好创可贴后，许博洲低下头，看见她长长的睫毛慢慢地眨动，一双眼睛水盈盈、亮晶晶，漂亮到让他挪不开眼。

见她笑了，他问："为什么笑？"

周晚指着创可贴，小声道："刚刚着急，我随手拿了一盒卡通的，等下你满脸都是小狗、小兔子，还挺滑稽的。"

许博洲冷下脸道："我都被揍成这样了，你还笑得出来？"

"不是，就是……"

突然一辆摩托车驶进来，压过水坑，溅起大大的水花。

许博洲和她调换了位置，让她站到了里面。

经过这个小插曲，周晚也没忘记盘问许博洲道："你到底为什么要打架？"

许博洲说："是公园那只小猫。"

周晚怔住："你为什么会因为它被揍？"

"算我运气差，本来是听说附近有虐猫的人，我赶紧跑过去看看，结果被一群不讲道理的流氓揍了一顿。"

被揍到满脸是伤，竟然是因为运气差？

周晚忍不住又问了一遍道："你没骗我吧？"

至少在那时，许博洲的回答无比诚恳："嗯，骗你是小狗。"

得知他不是滋事斗殴，周晚悬起的心落了地。她将手伸出屋檐，说道："雨停了，我们赶紧去车站吧。"

雨停了，天空中竟然浮现一丛淡粉色的云。

没等许博洲反应，周晚扯着书包带，慢慢往前走，闯进了紫红色的薄暮里。她注意到石头缝里竟然长出了漂亮的粉色花芽。她蹲下身，拍了一张照。再起身时，她发现许博洲还停留在原地，和自己隔了一段距离。

少年斜挎着书包，双手插兜，挺直了背脊，头顶的乌云散开，是一大片粉色云层，潮湿的晚风吹过他的脖颈、脸颊。

耳边忽然传来一声声蝉鸣，振着她的耳膜，直入心底。

折回宴会厅拿上包后，周晚独自往外走。快要打烊的酒楼静悄悄的，她走到门边，忽然停下了脚步，目光落在站在门外树下抽烟的男人身上。

时间过得很快，几乎是转瞬即逝。

那个穿着白 T 恤的少年，早就长成了大人的模样。

许博洲回了头，在和周晚目光碰触的瞬间，他们的脑海里浮现同一个画面。

运动会那天，许博洲被宋存叫到了附近的公园里，他到的时候，却不只宋存一个人。

任凭宋存怎么侮辱自己，他都没有回击。

他平时再轻狂和性子野，也时刻谨记分寸。这公园就在实验中学附近，他要是逞一时之快，被宋存反咬一口，他很有可能会被记过。而航空学校和航空公司对学生的考核严格，所以他绝对不允许自己的履历上有任何黑点。

这时，园区的保安来了，对着一群小屁孩大吼道："哪个学校的？都给我出来！"

如果这事要细究，宋存还真跑不掉，不过许博洲放过了他。

主要原因还是不想给周晚添麻烦。

"你开还是我开？"许博洲掐灭了烟，手插在西服裤里，从树下走来。他的轮廓从模糊变清晰。

周晚拉开了副驾驶座的车门，说道："我送你回去。"

许博洲走过来，一只手按着车门，说道："先去你家。"

"为什么？"周晚问道。

"之前我和你一起住，还算有个照应，现在你一个人住，太晚了回去，我不放心。"自从表明心迹后，许博洲讲话越来越直白，不过这种不用再藏着掖着的感觉对他来说，倒是非常爽快。

周晚走到驾驶座一侧道："你没和我住之前，我一直都是独居……"

"但是现在你有我，在我眼皮子底下，你必须安全。"

许博洲突如其来的表白，让周晚的心好像漏跳了一拍。她说了一句"走吧"，然后坐进车里，逃避这个话题。

酒楼和公寓都在市中心，车窗外是繁华的夜景。

只要开车，周晚都会调到祁南电台的频道，这个点是音乐谈心栏目，也是她最喜欢的栏目，背景音乐是一首老歌《纯真》。

"长长的路上我想我们是朋友
如果有期待我想最好是不说
你总是微笑的你总是不开口……"

"哎。"许博洲突然轻声开口，头扭过来，"好像运动会那天晚上，我们下了公交车，走在路上，你给我听的就是这首歌？”

周晚皱着眉回想，好像还真是这首歌。

那天，他们下了公交车后，天已经黑透了。

从公交车走到别墅有一段长长的路，她听起了歌，耳机线挂在脖上。他很烦，扯住她右边的耳机线，抱怨道：“你都不和我说话，我好无聊啊。”于是她分了一只耳机给他。

小小的年纪，她的心思和歌名一样纯真，听不懂歌词里的暧昧。

他仰头看着一望无际的黑夜，和夜空中闪烁的星星。

“在无声之中你拉起了我的手

我怎么感觉整个黑夜在震动……”

此时此刻，他没有一丝犹豫，握住了她的手。

车里正在被哼唱的歌词，有了现实写照。

“耳朵里我听到了心跳的节奏

星星在闪烁……”

周晚下意识想收回手，可发现许博洲握得很紧，动弹不得。她心慌地提醒道：“许博洲，松手，我要开车。”

许博洲笑了笑，然后转过了头。

周晚努力想让自己冷静下来，但还是分了心，等红绿灯时，被后面的车按了几次喇叭才回过神来。

慌慌张张里，她提起一个话题：“当时你为什么不说是宋存找事？要骗我说是有人想虐待立夏？”

好像她认为，只要说点话，就能化解刚刚手被握住的紧张感。

许博洲只淡淡地反问道：“我说‘三好学生’宋存找我麻烦，你会信吗？”

周晚沉默。她想了一下，以当时的情况，她确实不会相信宋存会做出这种事。

“我到了，你在这里下吧，不用和我去车库了。”周晚将车停到了公寓对面的路边。

许博洲解开安全带后，并没有着急下车，而是摸了摸乌青的脸，皱起眉，一脸疼痛的表情。

“怎么了？”周晚有点紧张道。

许博洲按着脸，咬了咬牙说：“宋存下手还挺狠。”

顾不上那么多，周晚解开安全带就朝他凑了过去。她扒开他的手，朝瘀青的位置轻轻呼了一口气。小时候她受伤时，姜姨总这样吹一吹，她就不疼了。

“还疼吗？”她抬起眼。

注视着周晚含着水意的眼眸，许博洲不自觉地深陷，轻声笑道：“你知道吗？你很容易让男人心动。”

周晚立刻避开许博洲的目光。车里的光线很暗，但也能看清她红红的脸蛋。

周晚刚转头，下巴就被许博洲捏住，他的眼神变得比刚才更热烈。他俯下身，慢慢地朝她靠近。车窗外的光在他们身上交织浮动，二人距离近到仿佛能听见彼此的呼吸声。

她闭紧眼，闪躲，眼皮颤抖得厉害。

忽然，他的唇拂过她的鼻尖，说了一句“晚安”。

周晚睁开眼，看到许博洲已经下了车，可扑通乱跳的心恢复平静的那一刻，又有一点点空。

“赶紧走。”她嘀咕，然后准备重新启动车。

突然，车窗被叩响。

周晚按下车窗，问道：“怎么了？还有事吗？”

许博洲指着只降下了一半的车窗，命令道：“全部摇下来。”

“干吗？”周晚不知道许博洲要干什么，不过还是按要求照做。

车窗慢慢往下降，她的手指还停在车窗调节键上，一双手突然捧住了她的脸，猝不及防的吻落下，她被吻到快要喘不过气，脸涨得通红。

周晚推开许博洲，质问道：“你在做什么？”

许博洲扣住周晚的手腕，笑道：“不想让你失望。”

她的呼吸一滞。

两人的目光紧紧交织，许博洲没有给周晚逃避的机会，盯着她的双眼说：“以后不要逃避，想要就说出来，好好重新认识我，或许你会发现，我也不差。”他眼里的情意更浓了，轻声说，“喜欢你，我是认真的。我也期待，你会喜欢我。”

和许博洲再次接吻，周晚一夜未睡好，断断续续做了好几次梦，而梦境里的人都是他。第二天醒来时，她头疼得不行。

她从来没有想过，打破自己平静生活的人会是他。一个从小到大，被她当作弟弟、当作好朋友的男人。

罪恶。

太罪恶。

可每一次当她试图冷静一段时间，许博洲总是会打她一个措手不及。她曾经觉得陌生的强势、占有欲、攻击性，渐渐在他身上体现得越来越强烈。

好在每天堆积如山的工作，让她在大多数时间里，并没有闲心去理会感情方面的事。

这周过得飞快，周晚连续出差了两次，一次苏州，一次港岛，知和艺术馆和星荣的事务两头忙，累得她筋疲力尽，被迫周五在家休息。

好笑的是，她虽然贵为大老板，但每次都会惯性地向卫也请假。

请假内容也有些卑微："卫也，我很累，实在去不了公司了，如果明天没有别的安排，我可以在家休息一天吗？"

当然卫也向来贴心，不仅工作上尽职尽责，生活上也很照顾老板，知道老板一定不会好好吃饭，所以会给老板在中午送上营养的热汤热饭。

只不过这一次被他人截胡了。

门铃响了四次，周晚才从床上爬起来。她以为是卫也，随手就开了门，见到是许博洲时，她从迷糊的睡意中惊醒。

"你怎么来了？"她下意识从衣架上扯下一件外套穿上，即便穿的是一套保守的棉质睡衣，她也觉得不自在。

许博洲见周晚一副慌乱的模样，笑了笑，将温热的饭盒放在了玄关的置物架上，解释道："卫也很忙，我来替他给老板送饭。"

不知道是不是刚刚睡蒙了，周晚脑子有点迟钝道："哦，谢谢你。"

她觉得饭送到了，也没必要多留他，于是伸手准备拉门。

"一周没见，不想和我说两句话吗？"许博洲伸出手，撑住了门。

周晚问道："要说什么？"

他沉了口气，双手摊开，耸耸肩道："没事，你继续休息吧。"

"……嗯。"

刚准备关门，周晚的手忽然被许博洲握住。他的动作总是猝不及防，而她又是一个很容易脸红的人，半点都装不了，他一眼就能识破她的害羞。

面对他的靠近，她身体一抖，踉跄着往后退了两步。

身后是一堵墙，许博洲踏进玄关，将周晚逼到墙边，将她圈进了自己的怀里，近距离看她。他发现她疲惫的眼里布满了红血丝，叹气心疼。

他落在她耳后的手，轻轻拨开缠绕的发丝。他温柔地替她取下了耳钉，说道："戴着耳钉睡觉不疼吗？两只耳朵全红了。"

耳朵是因为戴耳钉睡太久压红的，还是因为别的，周晚暂时辨别不清，只想尽快恢复平静的情绪。她对许博洲说："你走吧。"

许博洲却看着周晚笑道："上午开了会，下午没什么事，要不要我陪你？"

她说："我想睡觉。"

"好，改天见。"

"嗯。"

吃了午饭，周晚又睡着了，下午是被孟洋的电话吵醒的，好姐妹在电话里嚷着要她一起去新开的健身房健身。她平时很少去健身房，瑜伽课都因为接手星荣荒废了。

她说了好几遍不去，但最后还是被孟洋磨动了。

半个小时后，周晚驱车到了这家新开的二十四小时健身房，一进门就见到孟洋和一位精英男在聊天。她太了解孟洋了，做任何事情的动力都是帅哥，美其名曰是健身，实则是见男人。

"帅吧？"孟洋对周晚挤眉弄眼，转而一直色眯眯地盯着精英男，"我第一天来的时候就看上他了，搞金融的，收入高、长得帅，关键是屁股还翘，就是为老娘我而生的男人，我当天就办卡了。"

周晚丝毫提不起兴趣，敷衍地点头："嗯。"

孟洋不满道："你都和许博洲发生关系了，怎么还是一副清心寡欲的神仙姐姐样。"

"你声音能不能小点？"周晚提醒道。

"怕什么，许博洲又……"孟洋话刚从嘴里冒出来，视线从一个熟悉的男人身上扫过，"不"字咽了回去，"许博洲好像还真在这里。"

周晚一惊，顺着孟洋的视线看过去，但半个人影都没见着，说道："你少看点男人，都看花眼了。"

"可能吧。"

"我先去更衣室，回来找你。"

"好。"

孟洋去练器械，周晚去更衣室。

周晚绑上马尾走了出去，淡紫色的健身服称得她曲线玲珑有致，虽然瘦小，但不是平板身材，该有料的地方也还不错，路过的几个男人都多看了她几眼。

她似乎天生脑子里就缺一根男女之事的弦，不是特别过分的目光，她基本没什么感觉。

路过走廊时，周晚听到了熟悉的声音。她偷偷探头，看见许博洲和纪燕均坐在靠墙的长椅上喝水，汗水打湿T恤，身上的肌肉线条紧实清晰，是健身房里最养眼的两个男人。

纪燕均擦了擦脖子上的汗，问道："我看Penny最近老飞港岛，我爸爸确实难搞，要不要我帮忙？"

"不用。"许博洲仰头喝了几口水，弓下背，毛巾从他喉结上擦过，"虽然我知道福氏居太子爷很受宠，只要你开口，纪老爷肯定同意，但是我相信周晚。"

纪燕均啧了一声。

此前周晚只听到许博洲叫纪燕均"太子爷"，没想到他的父亲竟然是福氏居的老板。不过一切都很合理，她并没有过分惊讶。她站在原地没动，继续听他们谈话。

许博洲望向窗外的夕阳，嘴角勾起笑道："别看周晚外表柔柔弱弱的，其实内心很好胜，从小只要是她决定要做的事，就没有做不成的。她最讨厌的就是别人打着为她好的名号去帮她，所以我要做的就是，相信她，支持她。"

纪燕均眯起眼摇摇头道："还没追到Penny，就把人家当女朋友了。"

许博洲冲他哼了一声，笑道："早晚都是一家人。"

"OK，OK。"

原本听到许博洲表扬自己的话，周晚还挺开心，但话锋转到敏感的事情上，她又一次被吓退，连忙跑去了跑步机区域。

她小时候是长跑冠军，长大了却是体能零分，她才跑十几分钟就觉得累，降低了速度，从跑步变成了走步。

周晚听着歌在跑步机上快走，不经意地回头，正好撞见了被美女搭讪的许博洲。女人身材高挑，凹凸有致，一张小脸精致无比，看上去和他挺熟，一上去就搭住他的肩。

她下意识地摘掉了耳机，可什么也听不清。

“Lily，你的手……”许博洲对美女做了一个请挪开的手势。

这位美女是星荣的空姐，英文名是Lily，中文名是曲莉。她追了许博洲一阵，即便无果，但还是没想放弃，毕竟多金又帅气的男人，费点力也值得。她松开手，说道：“上次一起飞芬兰，你说没空和我喝一杯，今晚有空吗？”

许博洲放下器械，冷声说道：“我在锻炼。”

“嗯。”曲莉退了两步，但依旧看着许博洲，根本无心锻炼，又问了一遍，“今晚有空吗？”

“没空。”许博洲再次拒绝，这次还在拒绝上加了一句更狠的话，“我有喜欢的人了。”

过分直白的拒绝让曲莉感到难堪，她立刻逃走了。

许博洲在拿起器械时，往右边跑步机上的人看了一眼。

周晚重新戴上耳机跑了起来，把歌切换到自己最不喜欢的摇滚乐，不知道在麻痹什么，脸上的表情也不好看。

小跑了十几分钟，她的运动衫被汗打湿，疲惫的她按了暂停键，急于想喝水。她转身，一只握着矿泉水的手忽然伸到了她面前。

“拿着。”

周晚不用抬头都知道是许博洲，她接过水仰头大口喝下，汗珠滑过她红润的脸颊，耳边传来他的声音。

“那个女人叫Lily，是星荣的空姐，追了我一阵。”

周晚拿着水瓶，轻轻“嗯”了一声。

许博洲饶有兴趣地观察周晚的表情：“怎么跑步跑得这么生气？工作原因？还是谁惹你了？”

周晚淡淡地说：“没有，就是有点累。”

她一抿嘴唇，许博洲就知道她在撒谎。他一只手撑在跑步机上，就这么一直看着她，直到把她看得无比烦躁。她刚准备开口，他却抢先一步，坦白地告诉她：“我对Lily没兴趣，我也和她表明了，我有喜欢的人了。”

周晚很惊讶。

许博洲先笑了笑，然后解释道：“放心，我没说是你。老板都不喜欢员工搞办公室恋情，我想你也不喜欢，尤其你还是一个很低调的人。”

周晚没说话。

这时，不远处熟人的斗嘴打破了他们的暧昧氛围。

是很久不见的崔斯杰和孟洋。

崔斯杰双手环胸说："不是我打击你，是我看在同学一场的份上，好心提醒你。我来这里一个月，就看到那个金融男带走了四个女生，你又不是什么真玩得起的女生，还是找靠谱的人好好谈。"

孟洋特别不喜欢听崔斯杰讲话："我们很熟吗？"

崔斯杰和孟洋毕业后一句话都没说过。但江山易改本性难移，崔斯杰见和她说不明白，索性闭嘴。

孟洋气不过在背后补充道："倒是你，小心点，别到处拈花惹草。"

周晚跑过去安抚孟洋的情绪，也顺便提醒道："我也觉得那个金融男有点问题，你还是小心点。"

孟洋抱着周晚委屈地哭起来。

随后，两个人手挽手去洗手间整理了一番。孟洋问周晚要不要去吃点东西，周晚说困了，想早点回去睡觉。孟洋说她无聊，然后放她回家。

周晚和孟洋出去时，在电梯口撞见了许博洲和一位美女聊天。两个人有说有笑，看上去关系很亲近。

周晚记得这位美女，是上个月在星荣楼下给许博洲送药的女医生。

孟洋一上来就感慨道："许博洲不是吧，亏我还为他讲好话，他在外面的姐妹可不少呀。"她拍了拍周晚，"你得多考验他一下，观察观察他的人品。"

周晚没说话，扯着孟洋，并不想和他们同乘一部电梯。

"下周二有空吗？"许博洲问道。

康芷晴点头道："有，怎么了？"

"有家餐厅不错，一起吃。"

"OK。"

孟洋拳头捏紧，生气道："还约上了？"

周晚笑了笑道："吃个饭而已，不至于。"

"男生和女生有什么纯友谊？"孟洋不屑，说完才发觉周晚表情不对，立刻抱住她，"不是，不是，你对许博洲就没非分之想。"

"嗯。"周晚没再多说。

周晚和许博洲一前一后去了停车场。

许博洲坐进车里时，给纪燕均打了一通电话，说道："人给你约好了，能不能把握机会就看你自己了。”

“谢了。”纪燕均想到什么，“对了，我知道我做了谁的替身。”

“谁？”

“晏孝捷，你认识吗？”

“他？”

“你认识？”

“嗯，阿晴爸爸的学生，不过他有一个很爱的女朋友，还一起去波士顿留学。阿晴一直很有分寸，没越界，但还是被伤到了。”

“原来如此。”

“嗯。”

纪燕均问道：“那我和他很像？”

许博洲仔细想了想：“有一点吧，但不多。他比你更有活力，更阳光，你老成了点。”

白色跑车里，周晚系上了安全带，在她的视野里已经看不到许博洲的身影。她脑海里一直盘旋着刚刚发生的事情和他说的话，她握着方向盘的双手忽然松开，拿起了旁边的手机。

周晚耳边回响起临别前孟洋的话：“小晚，你真的得考验一下他，毕竟你们分开了好多年，你不能对他还有高中时的信任，知道吗？”

她沉了一口气，然后打开监控软件。

不道德就不道德这一回吧，做好心理建设后，她把日期选到了许博洲住的那段时间，随机点开了几段他在猫屋里的画面，并没有发现什么不寻常的地方。

直到她点开了某段晚上十点左右的画面。

监控里的许博洲坐在地毯上，边逗立夏边打电话，聊得满面春风。

周晚把声音放到了最大，这下她听清楚了他说话的声音。

“Cecilia，我们不是才见过面吗？怎么又想见我了？

“我房间里的东西请你替我保管好，都很值钱的。

“下次我给你带好吃的。”

电话挂断后，许博洲起身，边走边脱起了衣服。T 恤卷到一半时，他瞄了一眼摄像头，然后慢慢走向摄像头，像是对镜头外的人发出警告。

“周晚，不许偷看我。”

对上镜头里的那双眼睛，周晚惊慌地“啊”了一声，心跳加速。

“咚咚咚——”车窗突然被叩响。

周晚见到窗外的人，吓得魂飞魄散。手机从她手中掉到了旁边的座椅上，她赶紧先熄了屏，然后降下半扇窗。

“什么事？”她显然惊魂未定。

许博洲好奇地先看了看周晚红红的脸，又看了看车里，没多问刚刚发生了什么，只说道：“我突然想起来一件事。”

“什么事？”周晚心还在乱蹦。

“我虽然搬出去了，但我是不是也有小孩的探望权？”

“小孩？”

“嗯，我们的‘女儿’立夏。”

周晚有点累，婉拒道：“改天吧。”

许博洲的手往车窗上用力一压，语气强势了许多道：“周晚，这些年我听过太多‘改天’两个字，每次都不了了之。”他瞥了一眼手表，“时间还早，就今天。”

最后，周晚仍以身体疲惫为由拒绝了许博洲。

因为新加坡游轮的意外，她平静的生活掀起了波澜。而许博洲强烈的攻势，总是会打乱她的节奏。可是两个人的关系已经发展到了这一步，都无法把彼此再当朋友看待，所以她需要冷静思考他们之间的关系该如何往下走。

第二天一早，周晚约了孟洋去公园跑步。

早晨的空气很清新，让她的大脑能处于绝对的放松和清醒之中。说是跑步，其实她是想让经验丰富的孟洋当一下自己的感情军师。

两个人沿着林间跑道跑了几圈后，在长椅上坐下。她们身后晃动着一大片金灿灿的树影。

孟洋喝了一口水，说道：“那我们现在开始。”

周晚点头道：“嗯。”

“不许犹豫，可以吗？”

“OK。”

孟洋设置了一个快问快答的环节，目的是让周晚能够直面自己的心。

第一问：“你觉得许博洲帅吗？”

周晚答：“嗯，帅。”

第二问：“你觉得他能力强吗？”

周晚答：“他来星荣四个月了，从飞行部每周给我的工作总结来看，他的专业能力没话说。”

孟洋继续第三问：“那你对他有心动的感觉吗？”

周晚既然选择孟洋做军师，就是害羞也没有逃避，点头道：“嗯，有。”

“看到他和其他的女生亲密，你会吃醋吗？”

“……嗯，会有点。”

“还能把他当好朋友看待吗？”

“不能。”

孟洋打了个响指道：“很好，你终于开窍了。”

周晚仰头喝了一口水，看了看旁边高高的绿树，让脑袋歇了歇。

“那你想和他谈恋爱吗？”

直到孟洋问到这个最重要的问题，周晚的内心开始纠结。

如果她是那种敢爱敢恨的性格，倒也不至于为这件事犯愁。可偏偏她的性格温暾又理智，平时习惯了用数据去分析每件事情的利弊，连感情也一样。

孟洋见周晚没回答，拍了拍她的肩说：“我可以总结为，你们已经没办法再把彼此当朋友，而你对他呢，又有点心动，只是还不到想要谈恋爱的程度，是吗？”

周晚看向孟洋，把自己的迷茫告诉她：“其实没有所谓的程度不程度，只是我把大量的时间都给了工作，也习惯了一个人，从没想过要和谁去谈恋爱，连去见宋存也是被逼无奈。如果突然要在我的生活里加进来一个人，我会有点焦虑，不知道你能不能明白？”

“明白，我怎么能不明白呢？”孟洋仰天叹气，“你从初中开始就背负了继承家业的重任，你拼了命地读书、做生意，要证明给父母还有公司那些老狐狸看，有时候忙到一天都睡不到两个小时，你哪里有时间去想男人呢？”

周晚看着脚边的草丛，点点头道：“嗯。”

孟洋“嘁”了一声：“其实啊，还是因为不够喜欢。要是真喜欢，你恨不得天天黏在许博洲身上。”

“不至于吧，我感觉我不是那种性格的人。”周晚捧着水瓶，摇摇头。

孟洋用食指轻轻挑起周晚的下巴道：“谁知道呢，万一你坠入了爱河，每天不务正业，就想和许博洲打情骂俏呢？”

"不可能。"

孟洋双手撑住长椅，伸直了双腿，说道："我给你的建议呢，就是不妨尝试和他试试，考验一下他的真心，看看你们合不合适，也看看你是不是喜欢谈恋爱。如果身心愉悦，那就继续；如果中途夭折，那就分道扬镳。反正你们这种情况，已经做不了朋友了。"她回头对周晚笑道，"以及，我觉得有一个各方面都优秀的男人调剂生活，还是挺不错的。周总，您觉得呢？"

第五章
试一试

“周总，四点和飞行部有一个会议。”

高层办公间，卫也提醒周晚下午的行程。周晚这边刚刚结束了和总部的视频会议，她打算在沙发上小憩片刻。

“好的。”她闭目养神，点了点头。

卫也转身时，被周晚叫住：“对了，许博洲来参加会议吗？”

“我不太清楚，老胡没说。”卫也如实汇报，“需要我通知老胡，让许机长必须参加吗？”

周晚摇头道：“不用了。”

卫也道：“好，那我先出去了。”

“嗯。”

三点半的阳光正烈，晒在玻璃上有些发烫，周晚等卫也走后，拿起手机，翻开了许博洲的朋友圈。

就在上午，他发了一条新的朋友圈。

是一张他骑行的照片，穿着黑色的冲锋衣，骑着他最爱的山地自行车，在郊区的公园里驰骋。她盯着那张过分帅气的脸庞发起了呆，脑海里整理着一些思绪，随后看到动态下有一些老同学的点赞和留言。在林林总总的留言里，夹着一条女同学的留言。

“有空出来玩呀，大机长。”

会议在四点按时举行，除去在飞的机长，飞行部差不多都到齐了。

许博洲也来了。在公司，他通常穿衬衫、西裤，和早上朋友圈里那个穿冲锋衣的运动型男人不一样，浑身散发成熟男人的气质。

会议的核心内容，还是围绕近期的飞行情况进行总结。星荣自从各部门大换血后，口碑直线逆转，负面评价减少了一大半。

周晚表扬了每位机师，尤其是老胡，赞扬他敬业且管理有方。

会议结束后，周晚整理好桌上的笔记，合上笔帽，看向许博洲道："其他人都可以走了，许博洲留下。"

工作中的她，还是很有大老板的威严的。

所有人陆续离开，老胡起身前拍了拍许博洲的肩，打趣地说一句"好自为之"后也走了。

会议室空了，许博洲自然也不必再和周晚装不熟，主动道："周总，我是有哪里做得不好吗？需要被留下来谈话。"

周晚将钢笔压在笔记本上，抬起头，问道："晚上有空吗？"

许博洲怔住，没想过周晚会主动约自己。他皱了皱眉，问道："是换个地方训我？还是想约我做点别的事？"

"别的事，"周晚很直接道，"想约你吃晚饭。"

许博洲呆了片刻，双手环胸，往椅子上一靠，惊讶地"哇"了一声道："怎么会突然想到要约我？"

"你有没有空？"周晚又问了一遍。

许博洲摊开手道："当然，你何时找我，我都必须有时间。"

周晚抱起桌上的物品，虽然是她主动约人，但语气像是上司交代下属道："我在丽景餐厅订了位置，晚上八点，不见不散。"

"不见不散。"许博洲目不转睛地盯着周晚苗条的背影。

丽景餐厅开在一家酒店的顶楼花园里，因为营业时间有限制，所以要提前一周预约。不过周家作为餐厅的投资方，周晚想来，餐厅随时可以给她腾出最佳的观景位。

从初中开始，但凡是两个人约好一起出去玩，许博洲就从来没有让周晚等过自己。每一次，他都会提前二十分钟到。这天也不例外，他坐在靠落地窗的位置，白衬衫的袖口微微卷起，背影笔挺又硬朗。

许博洲的侧颜让人拍手叫绝。无论是女服务生还是女顾客，都会忍不住多看他两眼。

"来这么早？"周晚踩着点到，为了这天的晚餐，她特意换了一条符合场景的黑色露背连衣裙。

许博洲的眼睛像是长在了周晚身上，觉得她漂亮到根本挪不开眼，嘴角不自觉地上扬："嗯，习惯了等你。"

"嗯。"周晚坐下后，招手叫来了服务生。她问许博洲想吃点什么，他说都可以，于是她按记忆里彼此的喜好，点了几道特色菜。

“这里的鹅肝特别好吃，你必须尝尝。”

“嗯，谢谢周总款待。”

周晚没有着急说正事，而是等餐点上齐，先和许博洲听着悠扬的钢琴曲，在花园餐厅里享受了一顿美妙的烛光晚餐，她才放下刀叉。

她想做什么，许博洲一眼就明了。他擦了擦嘴，引入话题道：“说吧，叫我来这里是想说什么？”

烛光摇曳，淡淡的光影覆在周晚露出的肌肤上，清纯又性感。她有备而来，目的明确，所以没有拐弯抹角，直接道：“关于我们的关系，我想好了该怎么处理。”

“处理？”许博洲顽劣地笑了笑，“周总，放松点，我们不是在谈判。”

一谈及正事，周晚就不自觉摆出总裁身份，语气和措辞都严肃无比。她看了看玻璃窗外的花园，换了个状态，再看向许博洲道：“对于你的表白，我可以给你答复了。”

就像是坐在法庭上等待判决，许博洲即便表面从容，但内心十分慌乱。他说道：“嗯，你说。”

一首钢琴曲恰好在此时落下帷幕，餐厅里暂时安静了下来，落地窗的位置更是安静到快能听见他们彼此的呼吸声。

周晚挺直了背，一头长发垂落在背后，小巧立体的脸不加遮挡地露出来，那双灵动的眼睛眨了眨，声音很温柔道：“我愿意和你试试看。”

“咚——”钢琴黑白键又一次按下，琴声从许博洲的耳膜震入心底。有一瞬间，他感觉自己失聪了，辨别不清自己刚刚听见的话是真是假。

“你再说一遍。”许博洲想听清楚，只是心跳越来越快。

周晚一字一句地重复道：“我说，我愿意和你试一试。”

“试什么？”许博洲就是要听到那两个字才肯罢休。

周晚抿了抿唇，脸上浮起淡淡的红晕，慢慢把话说完：“和你谈恋爱。”

“咚”一声，是刀叉碰撞盘子发出的清脆声响，只见许博洲一只手撑在桌上，起身向前，另一只手捏住周晚的下巴，朝她的唇吻了上去。

一道道目光往这边投来。

胆小的周晚推开许博洲，从窒息的吻中逃脱出来，轻喘着说：“这里是餐厅，公众场合。”

许博洲用拇指抚了抚周晚的脸，挑了挑眉道：“我吻我的女朋友，有什么问题？”

四目相对，周晚小声说：“但是我希望你能尊重我的节奏。”

“什么节奏？”许博洲的手还在轻轻抚摸她泛红的肌肤，语气格外温柔。

周晚道：“因为我们在公司里的身份比较特殊，我不想惹人非议，所以，可不可以暂时不要公开？”

许博洲皱起眉，哂笑道：“你的意思是，搞地下情？”

周晚到家后，对和许博洲恋爱这件事依旧没有真实感。

这些年，惊涛骇浪也只存在于工作中，私下的生活，她过得平静、严谨又乏味。以至于她身边突然多了一个称呼亲密的人，还是自己十几年的好朋友，她需要一点时间去适应。

不过恋爱这个决定，算是她为数不多的“疯狂”行为。

上一次，还是在初二。

周晚早晨和孟洋在公园门口分开后，突然想坐公交车回去，去找公交站牌时，她无意间看到了拐弯处那条熟悉的路。

路标牌上写着“天文台一道”。

回忆，就像是在白日里的一场梦境。

那是初二的夏天，她从新闻里得知当月二十二日九点二十二分，有英仙座流星雨。那时的她，身上还没有背负父母施加的继承压力，性格比现在要活泼许多，也大胆许多。

二十二日晚七点多，她给许博洲打了一通电话，悄悄问他要不要去天文台看流星雨。

许博洲问：“三好学生晚上也敢跑出去？”

她只回答：“你要是不去，我就去找别人。”

许博洲立刻同意。

那些过去了十几年的回忆都融入了一张流星雨下的合影里，旧照片里的少年将手搭在少女肩膀上，歪头比了一个“耶”，眉目俊朗，是能看得到似锦前程的意气风发。

立夏趴在床上睡着了，周晚坐在桌前，拿起桌上的钢笔，在白纸上写写画画。最后，她鬼使神差地写道：“许博洲，我的男朋友。”

下巴懒懒地放在桌上，她在后面添了一个可爱的问号。

就这样恋爱了？

和许博洲？

孟洋说得对，爱情就是靠冲动，如果权衡利弊再做决定，那大概率会不了了之。选择答应许博洲，是她脑海里冲出来的念头，不说有多强烈，但至少她很确定自己心动了。

二十七岁，她好像真有点想找个人谈恋爱了。

手机振动，是许博洲发来的语音。

周晚点开时，心跳莫名加速，竟然有点不自在的紧张。

许博洲道："我到了，晚安。"

随后，周晚回复："晚安。"

她以为这样就完事了，他却发来一段不满的文字："怎么？地下男友就不配听到女朋友的声音吗？"

周晚笑了笑，然后回了语音消息。

这下许博洲满意了，微信也安静了。她熄屏前，忽然有点想看他的朋友圈。点开后，发现他在十几分钟前发了一条动态，是他拍的照片，寂静的小路上有两朵盛开的花。

配文："隔着冷静的距离。"

周晚没看明白是什么意思，只觉得挺好笑，看完后扔下手机就去洗澡了。

谈恋爱这件事，对许博洲来说，似乎也没有真实感。

因为他的女朋友比超人还忙，确立关系的第二天就飞去了港岛，往后的三天里，他们联系的频率不低，但她每次回复都很简短，不是"嗯"就是"行"，一句男女间暧昧的话都没有，甚至还没有发给卫也的有生命力。

"搞地下情是这样的，我是你的前辈。"纪燕均从浴室里走出来，边擦头发边对沙发上的许博洲说。

难得两个人都不用飞，于是凑到一起解闷，还外加一个没行程的崔斯杰。

崔斯杰打着游戏，突然笑出声，不是打赢的爽笑，是嘲笑。他一只手拿着手机，一只手揽住许博洲，调侃道："你看着风流倜傥、潇洒不羁的，没想到在周晚面前尿成这样。"

许博洲瞪崔斯杰。

崔斯杰不怕，继续贫嘴道："你又不是第一天认识周晚，你也知道她不是什么恋爱脑小女生，不至于看到你那条朋友圈苦思冥想……"他话说到一半，忽然对着手机娇嗔起来，"我男朋友发这张图、这句话是什么意思呢？啊，原来是一首诗，前面还有半句——我将远远地爱你。"他一把抱住许博洲，"好感动啊，原来他喜欢了我这么久。"

这句诗来自梅瑞列斯的《我将远远地爱你》，完整的诗句是"我将远远地爱你，隔着冷静的距离"。

许博洲是有意想让周晚自己去发现的，但架不住她生活中是一个懒得去深究任何事的人，对处理日常工作已经够心累的她来说，这是一种毫无必要的负担。

他想耍花招，想玩浪漫，显然失败了。

许博洲推开崔斯杰，朝沙发上一坐，继续打游戏，冷哼一声道："羡慕我就直说，不必阴阳怪气。"

崔斯杰翻了一个白眼："嗯，我真的超羡慕你，羡慕你美梦成真，追爱成功，得偿所愿，成了周总的地下男友。"

多损啊，纪燕均走过来，和崔斯杰击掌。

都是陪自己扛过暴风雨的兄弟，许博洲自然不会介意他们的调侃，毕竟在他告知周晚答应了自己的那晚，崔斯杰和纪燕均陪他在台球室疯了一宿。

他喜欢周晚，全世界只有他们懂。

纪燕均在沙发上坐下，点开一段视频，用手肘撞了撞许博洲道："我下午刷到 Penny 这次去港岛接受采访的视频，你要不要看？"

"当然。"许博洲说完，伸手去抢手机。

纪燕均交出手机之前提醒道："你做好心理准备，别太生气。"

"别废话。"许博洲夺过了手机。

周晚这次去港岛出差，顺便接受了一家财经媒体的采访。视频里，她穿着一套白色的裙装，耳朵和手上的配饰小巧精致，不显山不露水，面对记者抛出的问题，她情绪也十分稳定，脸上总挂着漂亮的微笑。

对答如流，却又滴水不漏。

听到采访问题，许博洲满眼都是欣赏和爱意。

他就是喜欢这样的周晚，看似柔弱却刀枪不入，坚定又聪慧。裹着温柔的外表和温和的脾气，即便所有人都知道她是一个精明的人，但给人的感觉也依旧讨喜。

这段视频，崔斯杰也看过，他在一旁低声笑道："现在笑，一会儿让你哭。"

许博洲没在意，继续看下去。

一些严肃无趣的问题过后，记者问了点私人问题。

记者问："想问一下周总，有没有男朋友呢？"

许博洲盯着屏幕，等待周晚的回答。

不过在他的意料之中，她之前说暂时不想公开，给外界的答案自然是"没有"。

记者顺着话题往下问道："那你的理想型是怎样的呢？"

周晚明显犹豫了一下。

不公开自己，许博洲可以接受，但理想型的描述怎么也该照着自己说吧。

可偏偏周晚给出的答案，和他的模样、性格都挨不上边。她说："我喜欢比我大的，稳重一点的，外表不用太帅，学识型的，可以带着我成长。"

许博洲听到这里，脸色直接垮掉。

崔斯杰鼓励道："挺住，还有一句。"

记者抛出的下一个问题："哦，所以你不喜欢比你小的？"

周晚点头道："嗯。"

手机在掌心握得发烫，许博洲胸口的气焰起起伏伏，这种完完全全被无视的憋屈感，他实在难以大方地吞下去。

身旁的两个男人都起了身。纪燕均说："做大老板的情人是这样的，你这才刚刚开始。要想让 Penny 在公开场合承认你，你还得多努力。"

崔斯杰的嘴最损，补充道："你要庆幸，周晚是难得不花心的老板，只谈了你一个人。"他又挠了挠头，"应该吧，应该只有你一个人……嗯，应该……"

以许博洲的性格，他又岂是一个能忍的人。

今日"仇"，今日"报"。

周晚下午三点下飞机，四点要去一趟公司，于是许博洲从纪燕均的公寓离开后，回家收拾了一番，按流程找卫也约了时间。

因为最近星荣的事务尤为繁忙，卫也工作量极大，所以周晚直接让司机去接自己。

这三天的港岛行，可把她忙得晕头转向，最忙的一天连喝水的时间都没有。

“她不行的，就是一个中看不中用的花瓶。”

“就是，终究是一个女人，能干出什么大事？最后结婚生子，公司管理权还得移交出去。谁又不知道他们家少爷是一个废物，到时，不还得靠我们这些经验丰富的干将？”

“二十七岁，确实也差不多该找男人嫁了。”

这些嘲讽传到周晚的耳朵里，并不会削弱她的自信心，更不会打击到她。她知道那些从集团过来的“老人”，随时等着看自己的笑话，可越是这样，越是能激发她的好胜心。

她一定会做好星荣，竭尽全力让星荣成为周氏骄傲的一部分。

周晚用最快的时间，在电梯里消化掉这些负面情绪。她拎着包走进公司，身旁不停地传来恭敬的招呼声。

“周总好。”

“周总回来了？”

周晚快走到办公室时，看到了坐在外面椅子上等自己的许博洲。他一身黑色西装，机械手表扣在手腕间，得体矜贵，修长的双腿伸展，同色系的皮鞋在阳光下光泽锃亮。

等周晚走近，许博洲站了起来，说道：“周总，我有按规矩办事，和卫也约你的行程。”

“嗯。”

卫也确实提过，不过要操心的事太多，周晚一下飞机就把这事忘得一干二净。

许博洲跟着周晚走进会议室，顺带把门反锁了。

周晚太累，大脑都要宕机了，外加窗外的车流声很大，她没听到锁门声。她放下包就去接水喝，问道：“找我有什么事吗？”

许博洲的脚步定在了办公桌前，笑道：“你是不是忘了我们在恋爱？”

“没忘。”周晚端着水杯往沙发处走，“我只是忙，又不是失忆，本来打算晚上找你吃饭。”她回头笑了笑，弯弯的眼，温柔可爱。

许博洲只轻声反问一句“是吗”，然后在她的办公椅上坐下。

“嗯，骗你是小猪。”周晚点了点头，喝了一口水，又捶了捶酸痛的颈肩和背。

好像确实只有在许博洲面前，她才可以讲这种和她身份不符的话。

“过来。”许博洲压低嗓音，命令周晚。

周晚回头，见椅子被许博洲霸占，委屈地说：“我都没地坐了，我过去干什么？”

许博洲拍了拍大腿道：“坐我腿上，乖。”

他身上散发出来的强烈侵略感，隔着一段距离，都能让她心头如小鹿乱撞。

这男人好像懂巫术，会下蛊。

周晚迷迷糊糊就被许博洲勾了过去，她乖乖坐在了他的腿上。他的大腿很有力量感，坐着很有安全感。

许博洲给周晚揉着肩颈，富有磁性的低哑嗓音从她耳后覆来道：“我看了你在港岛的采访视频，记者问你有没有男朋友，你说没有。”

周晚解释道：“这是那天你答应过我的，我们……”

“别紧张。”许博洲亲了亲周晚的耳朵，“我理解你。”

“嗯。”

“不过，”许博洲话锋一转，语气也从温柔变为强势，“记者问你喜欢什么样的人，你说的不是我。”

周晚一怔，说道：“我胡说的。”

许博洲假装大度地“嗯”了一声，随后，一双手却紧紧扣在了周晚的腰上，把她吓了一跳。他的呼吸声很重，眼里渐渐覆上一层怒气道：“看来我在你心里的印象还不够深，是不是该好好复习一遍了？”吓唬了周晚，他没再继续这个话题，转而问道，“那请问周总，您什么时候愿意公开我呢？”

周晚本来想严肃地回答许博洲，但也学会了卖关子。她捧着脸说：“我说了算，要是不满意你，我随时踢你出局。”

许博洲打了一个响指，说道：“周总还真是翻脸不认人啊。”

周晚眯起眼笑道：“那当然，我家大业大的，恋爱可以随便谈谈，但结婚的人，我自然要谨慎筛选。毕竟不是每个男人都有资格进周家，你说是不是呢？”她尾音上挑，语气调皮地说，“许大机长。”

许博洲挑了挑眉，说道：“够狠，我喜欢。”

“好了，你先出去吧。”

被“上司”无情地赶出办公室后，许博洲独自离开。这种明明恋爱了，但还要偷偷摸摸的感觉，有时候确实憋屈。

要他玩暗恋可以，但搞地下情，真是要了他的命。

“许机长，你出来了？”许博洲身旁突然冒出声音。

许博洲被坐在门口沙发上的卫也吓了一跳，问道：“你怎么还在这里？”

卫也抱着文件夹起身解释道：“唉，最近特别忙，周总不也有好几天没来公司嘛，我有很多事要找她确认，所以我就在外面等你们。”

许博洲拳头抵住鼻尖，低头轻咳了两声。

“许机长，你不会是想离职吧？”卫也有点紧张。

许博洲问道：“为什么这么问？”

卫也便说：“最近飞行部压力很大，我也知道外面还有几家特别好的航空公司在挖你跳槽，今天下午你又很着急约周总谈事，一谈又谈了这么久，很难不让我多想。”

是，他是多想了，只是想得还是挺正经。

许博洲伸出手臂，用力地拍了拍卫也的肩膀道：“放心吧，我会比你在周总身边待得更久。”

这话对卫也来说，是一颗莫名其妙的定心丸。

看到卫也进办公室后，许博洲便走了。他穿过走廊时，依稀听到茶水间有几个没走的员工在议论。

“许博洲在老板办公室里待了这么久，在干吗？”

“我之前就听说许机长喜欢我们老板。还记得吗？那次去温泉，老板替他保管手表，我猜，他们的关系肯定不简单。”

不知为什么，这天的八卦听得许博洲心情舒畅。他嘴角勾着笑往电梯走，在等电梯时，手机在口袋里振动。看到来电显示，他不耐烦地接通道：“周少爷，您又怎么了？”

那头，周浔哭着求救道：“博洲哥……你一定要救救我……”

“你怎么了？说清楚！”许博洲立刻打起精神。

周浔支支吾吾，半天讲不全一句话，直到许博洲吼道，他才哆哆嗦嗦交代实情道：“我，我在警察局……你快来帮我……不要让我姐姐知道。我求求你了，就这一次。”

许博洲握紧拳头，愤怒到差点一脚踹向垃圾桶。

许博洲赶到警察局时，太阳已经落山了。

屋外火红的树影覆在玻璃窗上，像蒸笼，烧得人心焦灼。

屋里的氛围僵持不下。

口干舌燥的警察喝了一口水，盖上茶杯盖，先指着左边的男人说："你撒谎也没用，一旦调查取到证据，你跑不掉。"随后又指向右边的女人说："姑娘，但叔叔也得提醒你，诬告是犯罪行为。"

乌龙案件，警察局一年到头处理得不算少，到最后无非是情爱纠纷。

女人嘴唇紧抿，依旧不改口道："您再问我多少遍，我都还是要告他。"

男人猛地沉了一口气，压下愤怒，耸耸肩道："好啊，你随便告，我接受调查，而且我还积极配合调查。我相信我们国家警察的专业能力，不会随便将一个清白的人定罪，也绝对不会放过一个诬告者。"

对这些激将的话语，女人充耳不闻。

"周浔，你闭嘴。"许博洲冲了进来，将男人一把按到椅子上，然后向警察道歉："对不起，实在抱歉。"

"你是？"警察皱眉打量起这个突然闯入的男人。

"我是他哥哥。"这些年替周浔收拾烂摊子，许博洲都有了一个新身份。

警察点头，严肃地将事情重述了一遍："你弟弟不仅不认罪，态度还极其恶劣，我们没时间耗下去，准备立案调查。"

周浔恶狠狠地指着女人道："你，你给我等着。"

女人始终坐姿端正，丝毫不惧怕周浔的威胁。

再次道歉后，许博洲礼貌地询问警察道："我可以和这位小姐聊一下吗？"

警察看了一眼女人，点点头道："嗯，不要走太远，十分钟。"

"好。"

傍晚六点钟的公安局，院子里是匆忙的脚步声，许博洲带陈莞走到墙角的大树下，阴凉又安静。

他看了一眼陈莞身上的旧衬衫，关心道："上次给你买的衣服怎么不穿？"

"都扔了。"陈莞明明长了一张明艳的脸，但她好像很少笑，总把自己锁在封闭的世界里，别人一碰就扎一手血。

许博洲说："不喜欢，下次再给你买。"

陈莞抬起头，故意乱讲话："许博洲，你这样会让我误会你喜欢我。"

许博洲用力沉了一口气，看着陈菀的眼睛说："你知道我为什么会这么做。我说过，我会一直照顾你和你的父母。"

"我不需要。"陈莞态度刚硬地拒绝，"我有手有脚有能力，我为什么要接受你的施舍？我可以照顾好我的父母。我还是那句话，如果时间能重来，我希望死的人是你。"

许博洲屏住呼吸，那些被掩埋的愧疚忽然涌了上来。

陈莞头一转，看着屋子里周浔的背影，冷笑道："周浔这个废物真是命好，生下来什么都不用做，就能锦衣玉食，顺风顺水，还有一个随时随地都能为他擦屁股，和他没有半点血缘关系的哥哥，不像我……"她刻意一顿，目光犀利如刀，"明明有一个可以保护我一辈子的哥哥。"最后这句话，像一把锋利的刀插进了许博洲的心，鲜血直流。

"我们没得谈。"陈莞很坚决道。

"好。"许博洲并没有阻拦陈菀的选择，只是提起了另一件事，"对了，我找周氏的人帮忙查了你工作的事，在背后故意害你的人不是周浔，是你的同事 Judy。"

陈莞一怔，一直紧绷的情绪终于有了起伏。

最后，在周浔做好鱼死网破的准备时，陈莞选择不告了。

警察将两个人严厉地训斥了一番。

警察走后，陈莞抓起包冲了出去，脚步飞快。跟在后面的许博洲追上去，叫住她。

陈莞问："有什么事吗？"

许博洲低头给陈菀发了一条消息："我希望你能完成梦想。"

这是他的由衷之言。

陈莞随手点开消息，看到许博洲发了一份星荣飞行部培训的电子申请表格。她看着屏幕，笑容极冷："我是很想成为一名女机长，我也很想获得星荣这次英国培训的机会，但前提是你离开星荣。"

对眼前让自己痛不欲生的男人，她讲话从来都不客气。

陈菀转身跑出了巷子。

"博洲哥，你怎么认识这个女人？"周浔双手插兜，一副少爷姿态懒懒散散地走过来，"你们很熟吗？你怎么会对她那么卑微？你们不是谈过吧？"

许博洲这天心情原本好到能喝上两杯酒的程度，可偏偏被周浔给毁了，愤怒在他胸口聚成一团，他拎起周浔的衣领，就把他往旁边的草地拖。

周浔吓得抱住头，哭着求饶道："博洲哥，我知道错了，我不会再乱来了……"

"这种话你对我说过多少次了？！"许博洲揪起周浔的领口，第一次对他恨铁不成钢地破口大骂，"这些年来，不管你在哪里搞出事，只要给我打电话让我帮忙，我哪次没帮你？你每一次都承诺要改，要重新开始，然后呢？"他咬紧牙关，"还不是一个没用的废物！"

虽然都是男人，但他们之间的力量太过悬殊。

周浔一句辩解的话都说不出来。

许博洲用力松开周浔，直起身，朝巷子的光亮处走。

天黑透了，巷子里只有狗吠声，许博洲从西装外套里掏出烟和打火机，点燃一支，吸了两口。看着烟圈萦绕在昏黄的路灯下，细小的蚊虫往灯上扑，他长吁一口气。

许博洲的眼里和心里都是疲惫。

"对不起……"周浔不敢跟上去，只隔着不远不近的距离，不停地道歉，"我真的不会再犯事了……博洲哥，你信我一次……再信我一次……"

那些听过一万遍的道歉，钻进许博洲的耳朵里，让他都有了免疫力。又或许是多年累积的疲惫不堪，让他没了再骂周浔的力气，他只沉下声音说："我帮你，不是因为我真把你当弟弟，而是……"

"我知道，是因为我姐姐。"周浔满脸都是眼泪，头深深地低下，像是一个真知道错了的孩子在反思，"我仗着自己抓住了你的软肋，一次次让你帮我收拾烂摊子，我是很无耻，很废物……对不起……"

悄然无声的巷子里，草丛里的蟋蟀声显得有点聒噪。

许博洲停下脚步。他仰起头看着高高的香樟树，回想起很多事，不只有周晚、周浔，还有其他人。忽然夜风四起，他回头对身后被自己揍得鼻青脸肿的周浔说："走吧，看样子快下雨了。"

两个人一前一后地走着，一路无言。

突然间，周浔抹了一把脸上的泪，跑到许博洲身边，笑着说："博洲哥，但不管怎么样，我还是很感谢你一直帮我，你对我就是'心软的神'。"

许博洲无语地摇头。

对于要不要再信任周浔，许博洲没抱太大的希望，索性不再提这件事。该交代的都交代了，如果他真捅出大娄子，后果自负。

巷子外是一个小十字路口，刚好是绿灯。

周浔揽上许博洲的肩，一同过马路，不再说不开心的事，而是好奇地问道："我一直很纳闷，你喜欢我姐姐，为什么不和她表白呢？"

仿佛路口的灯光同时刺进许博洲的眼里，他四肢僵住，晃了神，要不是耳畔传来刺耳的鸣笛，他差点被撞倒在地。

周浔及时将许博洲拉上人行道，吓了一跳。

好在人没事。

许博洲拐过弯，往人烟稀少的一条道走去，冷冷淡淡地回答道："大人的事，小孩别多问。"

周浔"嘁"了一声，用手拍了拍许博洲的胸膛道："别怪我没提醒你，最近，我看我姐姐好像恋爱了。"

"是吗？"许博洲感兴趣地转头看了过去。

周浔点点头道："嗯，有一次我听到她躲到角落里打电话，语气特别娇羞，说什么'好的，知道了''我会照做的'，我可从来没见过我姐这样，你说不是谈恋爱是什么？"

许博洲皱起眉，脸色忽然冷得难看。

因为他和周晚为数不多的电话里，一个有情调的字都没有，稍微逼她一下，她就以有工作为由挂断了电话。他怎么莫名有种刚好上，就被戴了绿帽的错觉呢？

隔天中午，周晚不忙，抽空去光顾了孟洋的面店。

见大老板驾到，孟洋自然又是亲自下厨。

"气色不错嘛。"孟洋靠着椅子摇啊摇，笑眯眯道。

周晚慢吞吞地吃着豚骨拉面说："不是和以前差不多嘛，只要我睡得好，脸色看上去就会比较不错。"

孟洋摇头道："不是哦，我指的不是这个意思。"

周晚没懂，问道："那是什么意思？"

孟洋身子往前一俯，抬起周晚的下巴道："一看就是感情生活和谐的红润光泽，是擦再多昂贵的护肤品都达不到的效果。"

"真夸张。"周晚推开孟洋的手。

“哎，”孟洋的腿在桌下很不安分，故意用脚钩住周晚的小腿，“和许博洲谈恋爱的感觉怎么样？”

周晚放下筷子，说道：“我觉得谈恋爱好像也没什么意思，不就是吃吃饭、逛逛街，看看电影……”

孟洋皱起眉道：“你要这么说，确实没什么意思，但和喜欢的人在一起做这些事还是不一样的，至少你会很开心、愉悦、甜蜜，想捧着手机天天给他发‘我好爱你，宝宝’。”

这些腻歪的话，周晚从来没有对许博洲说过。她叹气道：“我感觉自己是一个很无聊的人，可能还是因为工作占据了很多时间吧，我好像没有什么精力去感受快乐。有时候和他走在路上，我脑子里想的还是工作。”

孟洋拍了拍周晚的肩，说道：“慢慢来吧，不急。”

周晚每次和好朋友聊聊天，闹一闹，工作里的烦恼就能忘一半。她和孟洋分开后，没有直接回公司，而是去了一趟附近的酒店。

这次的招聘时间长达三个月，让她有足够的时间招揽人才。

其他部门的招聘，周晚很信任部门领导和人事。她最在意的依旧是飞行部，毕竟这次英国的培训项目，是目前她最重视的项目之一。

一进办公间，她就和老胡在一旁聊了起来。

“周总。”门外有人敲门，是女人的声音。

周晚回头，是人事部的 Tina。

Tina 带进来一名身着灰色西服仪表堂堂的男人，介绍道：“周总，这是周氏新入职的人事经理 Jayden，方与泽。他刚被派过来，帮忙一起盯飞行部招聘的事。”

男人一副精英人士的打扮，长相又格外出众，旁边几个女同事看得挪不开眼。他走到周晚面前，打招呼道：“你好，周总，日后飞行部招聘方面有任何事，可以随时唤我，我随时在线。”

一上来就表忠心，一看就是“工作狂”。

周晚和方与泽简单握手寒暄后，便走出了办公间。

走到门外无人的长廊一角，周晚突然捂住胸口，大口呼吸，脑海里闪过一道道错乱的白光，一些好不容易淡忘的恐惧一点点吞噬着她，让她几近窒息。

"Hi，Penny，好久不见，最近还好吗？"是方与泽的声音和脚步声。

周晚回头，镇定地与男人对视。四周无人，她和他保持合适的距离站定。

"Hi，Jayden，好久不见。"

方与泽笑得尴尬道："我看你走得那么快，还以为你不想理我。"他顿住，抿了抿唇说道，"对过去那件事，我再一次向你道歉，我当时不应该那么做。"

周晚脾气好，但不代表她没有原则，相反，她的底线比一般人都高。她平和地说："你不用和我道歉，事情发生过就不会消失，况且还不是一件小事。"不过她还是主动伸出手，"虽然我们不再是朋友，但既然你加入了周氏，作为周氏的总裁，我希望你能为周氏好好效力。"

方与泽一怔，握上周晚的手，说道："好，我会的，周总。"

一番简单的寒暄后，周晚回到招聘的工作间。

由于近期她的工作重心都放在星荣，所以总部的大小事宜，她都交给了信得过的经理，于是她并不知道方与泽入职一事。

方与泽并没有跟进去，而是下了楼。

周晚心安，不过此时房间里多了另一个熟人。

许博洲正靠在沙发上和胡颂聊天，跷着二郎腿，白衬衫袖口卷起，白皙结实的手腕上戴着那块劳力士机械表，黑色的皮箱搁在一旁，应该是刚飞回来。他朝门口挥手道："周总，下午好。"

其实许博洲打招呼的方式和往常并无异样，但或许是因为两个人越来越亲密的关系，周晚此时有点心虚。

尤其是许博洲挑了一下眉，忽然让气氛变得暧昧。

周晚只淡淡地回了一声"你好"，然后坐到人事的椅子上。

在旁人看来，他们就是两个毫无交集的人。

"Anki，我想看一下培训班报名的名单。"周晚吩咐道。

Anki从旁边取过文件夹，说道："周总，都在这里，我都整理好了。"

"好，辛苦了。"

被周晚当作普通员工对待，许博洲就是不好受也得忍着。他同意暂时不公开恋情，没有名分地等着。

他对培训班报名的名单也很感兴趣，便走过去随口一问道："Anki，最近有没有女生报名？"

一声用力的咳嗽，胡颂边起身边提醒道："许博洲，你别过分啊，老板在这里，别把你那点私心说出来，有损我们组的名声。"

周晚抬起头，笑了笑道："没关系，我理解。"

许博洲想和周晚对视，却发现她已经低下了头，在翻阅名单。

"别胡说八道，"许博洲解释，"我只是很希望在星荣能看见优秀的女机长，所谓巾帼不让须眉，'空中之王'不是男人专属的美誉。"

这点胡颂倒是很认可，点了点头。

周晚也认同道："我很支持许机长的说法，我也很希望在星荣看见女机长。毕竟我们女人做起事来并不输男人。"她笑着看向胡颂道："老胡，小心你的位置不保哦。"

胡颂举起双手道："快来一个女机长夺走我的位置，让我立刻退休。"

"哎，等一下，"许博洲拍了一下胡颂的胸口，"怎么？我是永远没机会升职了是吧？"

房间里发出哄笑声。

见周晚低头在笑，许博洲一只手撑向桌子，俯下身问道："周总，你是不是对我有意见？我是哪里还做得不够好吗？"他声音越压越低，连语调也变了，"可是我觉得，我还挺卖力的。"

突然走来的Anki打断了他们暧昧的对视。她对周晚说："周总，其实有一个女生来报过名，我看了她表格里的自我介绍和对飞行员的感悟，我觉得她对飞行员有一定的了解，而且从文字里我就能感受到，她对飞行充满了激情，只不过……"

"不过什么？"周晚追问。

Anki遗憾地说："不过临时跑了，后来联系过她几次，她说不想来了。我问原因，她就只说不想来了。"

脑中飞速回忆起一些画面，周晚问Anki："她是不是叫陈莞？"

"嗯，对。"Anki激动地点头，"周总，你认识她？"

周晚道："嗯，她和我弟弟在高中是同班同学。"

"那周总能不能帮忙劝劝她？"Anki发现自己说错话了，"对不起，对不起，是我太激动了，我怎么在命令老板做事。"

"没事，"周晚笑了笑，"如果我能找到她，我会试试。"

"好的，麻烦周总了。"Anki说完，在旁边坐下，继续工作。

周晚无意间抬头，看见许博洲低着头，按着手机键盘，应该是在联系谁。但他情绪不佳，甚至脸上还能看到怒气，随后转身走出了房间。

对他的私事，她即便好奇，也不想干预。

陆续有人来报名和面试，办公间又热闹了起来。

周晚下午没什么事，就在酒店待到了大家收工，顺便旁听了两场面试。下班点，她见大家都忙了一天，便提议带大家去吃日料。

消失了大半天的许博洲从门外走进来，后面还跟着卫也。他心情看上去很好，举着手机征求大家的意见道："太子爷新店开业，要不要一起去玩？"当然，他作为下属，必须更照顾老板的想法："周总，如何？要不要一起去？"

"什么店？"周晚问道。

许博洲说："酒吧。"

周晚爽快答应："如果大家想去，我也没问题。"

"酒吧，还能喝两杯……"

"我也是，我想去光顾一下太子爷的新店。"

日料和酒吧，大家自然选氛围更轻松的酒吧。

太子爷的酒吧开在祁南最火的一条街里，营业到凌晨三四点，满街都是年轻人，每家店都生意火爆，有的还需要提前预订才有座位。

只是酒吧名字有点怪，叫"阿均当铺"。

"明明是酒吧，为什么叫当铺？"一行人在露台上坐下后，Anki好奇地问。

周晚也想知道。她环顾四周，浓郁的千禧年港风扑面而来，连调酒区也直接装成了当铺的风格，还挺有趣。

"因为我爷爷最初是做当铺生意的。"纪燕均的声音从暗处传来。他脱下了制服，黑衬衫被他穿出了神秘感，在五光十色的环境里，他看着就是一副风流公子的模样。

大家扬起音调"哦"了一声。

纪燕均看向周晚道："Hi，周总，欢迎赏脸。"

周晚握住纪燕均的手道："福氏居太子爷，白天挣我的钱，晚上还挣我的钱，果然是纪爷的儿子。"她难得当众调侃下属，整个人显得更灵动和松弛。

卫也看呆了。即便他见过老板私下可爱的一面，但只要她和员工在一起，一定是话少又严肃的。但这些日子，他肉眼可见老板没了之前的紧绷，连讲话也风趣幽默了许多。

许博洲端起水杯，在桌下用力踢了踢纪燕均道：“还要握多久？”

纪燕均松开了周晚的手，他还真担心会被旁边小心眼的许博洲狠揍一顿。

“要喝什么？我请。”纪燕均大方地将菜单推到他们面前。

胡颂举手道：“我开车，不喝酒。老规矩，苏打水。”

明明那些英文都认识，Anki 却读不懂酒名，索性对纪燕均说：“给我一杯对女士友好的酒。”

“OK。”纪燕均看向周晚：“周总，你呢？”

周晚想到纪燕均是港岛人，便说：“一杯柯梦波丹。”

其实这就是一杯很普通的鸡尾酒，它也有一个很普遍的名字，叫大都会。粉粉嫩嫩的颜色，很少女，但在港岛一些酒吧会被译为“柯梦波丹”。

纪燕均惊讶地笑道：“看来周总没少去港岛喝啊。”

“没有，其实我喝得不多，知道柯梦波丹是因为……”在解释的周晚忽然欲言又止，因为“柯梦波丹”与她和一个人的回忆有关，但并不美好，甚至有点酸涩，而回忆里的那个人就坐在自己对面。

周晚去看许博洲，不知道是不是环境太吵，还是他已经忘记了这件事，反正看不出他情绪有波澜，依旧和大家说说笑笑，然后叫上胡颂去抽烟。她也没再回想那件事，转过头加入他们的聊天。

吸烟区，站着穿着时髦的男男女女。

胡颂在说自己和老婆的爱情故事，许博洲听得有滋有味。他烟抽到一半，被人拍了一下肩膀。他回头，发现不是男人的手。

“阿晴？你怎么在……”许博洲想问康芷晴为什么会出现在这里，不过突然觉得自己问了一句废话，当然是纪燕均想在“当铺”用命换爱情。

康芷晴穿了一条黑色的束腰长裙，清冷又有些勾人的妩媚。美人抽烟，是一道风景。她手指夹着烟说道：“我和几个港岛的朋友过来坐坐。”

“嗯。”许博洲向胡颂介绍：“老胡，这是我在港岛的朋友，康芷晴，外科医生。我在港岛做空军飞行员时，他爸爸救过我的命。”

“Glen，你实在太夸张了。”康芷晴无奈地摇了摇头，然后和胡颂握手：“你好。”

“你好，真是美女医生。”

三人随便聊了聊。

一支烟抽完，康芷晴想起有事要和许博洲说。许博洲便和胡颂打了一声招呼，让胡颂先回座。

康芷晴严肃起来道："他还是没来，但你必须抓紧时间了，单靠我每次给你带的那些药，是没有办法痊愈的。现在治疗还来得及，再拖下去，就是我帮忙联系再好的医生，也没办法治好他。"

许博洲双手用力地握住栏杆，低头道："嗯，我会尽力劝他的。"

康芷晴见许博洲又接下了无形的重担，道歉道："对不起，我不是故意要提起这件事，但作为医生，我必须告诉你事实。"

"我知道。"许博洲明白。

康芷晴叹气道："还有，如果他们一家都不愿意接受你的好意，其实你也不必给自己这么大的压力。那次事件是意外，你不是凶手，明白吗？"

"嗯。"许博洲点了点头，耳边像是屏蔽了一切噪音，那些如噩梦般的记忆又闯进他的脑海，疯狂翻涌。

等康芷晴走后，许博洲收拾好心情，往热闹的区域走去。他和一个男人擦肩而过，停下脚步，回头喊道："方与泽？"

男人也回了头，辨出模糊光影里的人，笑道："是我，你是许博洲？"

"嗯。"许博洲走近方与泽，问道，"你怎么会在这里？我记得你不是祁南人。"

方与泽抬起手，将婚戒亮给许博洲看，说道："我老婆是祁南人，上半年回的国，我最近进了周氏工作。"

许博洲一怔，问道："你见过周晚了？"

"嗯。"方与泽点头，"聊了几句。"

亮起又暗下的光在他们脸上打转，谁也摸不透彼此眼里的情绪。

许博洲和方与泽的碰面周晚没看见，但他和那位女医生在吸烟区的谈话，恰好被当时在一旁接电话的她撞见了。

等许博洲回来时，周晚若无其事地对他笑了笑，然后和胡颂继续聊天。

这一桌聊得热火朝天。

"聊什么呢，这么嗨？"许博洲坐下后，见周晚在看胡颂的手机。

卫也笑嘻嘻地说："哦，胡机长在给老板介绍对象。"

纪燕均走过来凑热闹，顺便给许博洲带了两瓶苏打水，在他背后说：“二十四孝好情人，等下要护送老板回家，这次我就不请你喝好酒了，但苏打水管饱。”

许博洲没心情听纪燕均调侃自己。他靠在沙发上，跷起二郎腿，彩灯的光落在他身上，一亮一暗，一双炙热的眼睛直直地盯着周晚，问道：“老胡，你介绍的人靠谱吗？”

胡颂说：“当然靠谱，我老婆的侄子，刚从纽约回来，就是一直搞学习、搞事业，忙得都没时间处对象，但人品肯定过关。”

许博洲抿了一口冰水，质疑道：“是吗？”

“当然。”胡颂指着许博洲和纪燕均，“肯定比你们靠谱。”

纪燕均做投降状道：“老胡，骂他一个就行，关我什么事？”

胡颂单手撑在大腿上，笑道：“花花世界迷人眼，你们能为了一个女人收住心？”

这两个人还真是有苦难言。

花花世界确实迷人眼，但谁让他们就热衷于做卑微的爱人呢。

周晚看着手机里男人的学士服照片，指着照片，笑着说：“这张还挺帅的。”

胡颂一激动，继续做月老道：“这不算帅，本人更帅，一米八几的大高个……”

“是吗？”

“我老胡什么时候说过假话。”

“也是。”

纪燕均往许博洲那边看，交错的灯光里，他本就冷峻的脸，此刻轮廓线条绷得很紧，眼底滋生出的怒意能吞人。

整个人一点就着。

纪燕均用英语幸灾乐祸地说了一句“love is on fire”，然后起身离开，只在心底祝福他们不要玩火自焚。

胡颂收起手机，话题随之切换。

临近午夜，露台的音乐声震耳欲聋，许博洲从洗手间出来，穿过几个跳舞的男女，忽然被熟悉的声音叫住。他回过头，看见端着酒杯的方与泽。

方与泽像是喝了不少酒，脸上带着酒精的光泽，神情也比刚才要傲慢。

“有事吗？”许博洲声音略冷，对没有好感的人，不需要摆什么好脸色。

方与泽往前走，说道：“没事，就想你和聊两句，叙叙旧。”

“叙旧？我们好像并不熟。”

“但我们中间有一个熟人。”

方与泽口中所说的“熟人”，是周晚。

过去因为她，他们有过不深不浅的交集。

旋转的彩灯将方与泽的脸照得扭曲。他讽刺道：“人的本性果然难移，你还是和以前一样，没礼貌，让人厌恶。”

可对许博洲来说，他以前有多不屑方与泽，现在也一样。

一股酒劲冲上脑，方与泽像是要把那些埋在心底的怨念通通倾泻出来，说道：“什么青梅竹马，真会安慰自己。你啊，只不过是追着周晚跑的一条狗而已。”

酒气熏人，许博洲转过头，双手插在西服裤里，闲散地笑道：“那又怎么了？就是跟在她屁股后面一辈子，我也乐意。”

面对许博洲不知羞耻的发言，方与泽的话被硬生生堵住，气急败坏下，竟然差点想将抿进口中的酒吐到他身上。

许博洲的目光在拥挤的卡座上绕了一圈，问道：“你坐哪桌？”

方与泽没回答。

许博洲拍了拍过路的服务生，交代道：“跟你们老板说，这位先生那桌的酒水，记许博洲账上。”

摸不清状况的服务生呆呆点头。

许博洲挺直了背，冲方与泽笑了笑道：“想喝什么都可以，别客气，我请你。”

方与泽成功被激怒，撕下伪装出的谦和，一只手扣住许博洲的肩膀，凑到他耳边说话。

简短的一句话，被淹没在了燥热环境里。

字字扎耳，许博洲的脸色骤然沉下来。

散场后，星荣一行人喝得醉醺醺，互相搀扶着去楼下打车。

纪燕均找服务生帮他们。

上楼下楼的人一拨又一拨，四周喧嚣混乱。许博洲带周晚去找自己的车，银色的车即便在豪车遍地的车库里依旧抢眼。

他有许多价值不菲的豪车，全是父母离婚后，为争夺他所付出的竞争品。可在他回国前，他连碰都没碰过。

崔斯杰笑许博洲现在就是开了屏的孔雀。

白天开飞机，晚上开跑车。

许博洲确实觉得带劲，但更带劲的是，车里还载着自己心仪的美人。

跑车驰骋在跨桥公路上，夜风徐徐，蓝调音乐混进风声里。周晚靠着车椅，舒服到睡着了。她醒来时，已经到了公寓的车库。

“你不用陪我上去了。”周晚解开安全带。

许博洲单手撑着方向盘，修长的手指在上面轻轻跳动，看上去有些不满道：“喝了酒，第一时间想到的不是坐男朋友的车，而是找代驾。到了家，就把我丢在车库里。周晚，你到底有没有心？”

周晚并不觉得这有什么，说道：“许博洲，我好困。”

许博洲问道：“然后呢？”

“我想下车，想睡觉。”

“和我一起睡吗？”

周晚一怔，把包抱到怀里，笑了笑道：“好了，你别闹，真的很晚了，我想睡觉了。”

许博洲“嗯”了一声，然后头靠近她一点。

许博洲的动作太明显，周晚知道他想要干什么，无非就是求一个吻。她仰起头，可唇刚刚凑到他脸上，他突然转过头，手卡着她的后颈。

吻持续了一会儿，周晚被松开时，整个人晕晕乎乎的。她虽然不太会接吻，但每一次都能被他很快带入状态里。

“我走了。”周晚推开车门，但被许博洲叫住。她回头问，“还有什么事？”

“我想问你一件事。”许博洲说道。

“什么事？”

许博洲像是藏着什么心事，但眼神和语气格外温柔道：“我想问你，当年说好了会来参加我的毕业典礼，要看我开飞机，要送我掌声和鲜花，为什么会突然临时变卦？”他伸手握住周晚的手腕，拇指轻轻摩挲着她的虎口，声音很轻道，“是发生了什么事吗？”

周晚的心猛地往下坠，呼吸失控，感到有些窒息。

狭小的空间里，她努力调整情绪，然后推开许博洲的手，说道：“我和你道过歉了，是我那阵子太忙，忙糊涂了，忙到忘了日子，对不起。”

许博洲面无表情，不过他没有逼问真实的原因，而是抱了抱周晚，又亲了亲她的额头，说道：“周晚，以前我是你的朋友，现在我是你的男朋友，不管是哪种身份，你都可以无条件地信赖我，依赖我。”

他的手指穿过她的发丝，温柔抚摸，一双深邃的眼炙热又真挚。他道：“我希望我们可以回到九年前，你遇到任何事情都能第一时间想起我。快乐你可以独享，但是痛苦不能一个人熬，一定要告诉我，我要和你一起承担，明白吗？”

最后三个字，许博洲讲得掷地有声，似乎在他们的心头震了震。

周晚抿紧唇，点了点头，给了他想听的回答。

等周晚到家报了平安后，许博洲将车开出了车库。不过他并没有回家，而是停到了马路边。

皎洁的月光倾泻在车窗上，当柔软细腻的光洒在他身上时，勾起了他脑海里的一段往事。

那天，是许博洲在新南威尔士大学的毕业典礼。

澳大利亚的阳光刺穿云层，教学楼的草坪里聚满了人，他穿着学士服与亲朋好友庆祝人生的重要时刻。

楼梯上那群穿着飞行员制服的男生，肤色各异，却个个帅得离谱，比起学术派，他们身上散发的荷尔蒙、张扬的个性，更显锋芒。

和同学拍完毕业照，许博洲站在楼梯中央，神色落寞。

其实他并不是没有收到家人、朋友的祝福，甚至父母、哥哥都特意放下手中的工作，跑来悉尼为他庆贺。只是，他本该圆满的一天，好像缺了一角。

从头顶投射的光芒明明那么耀眼，他明明该是这天最意气风发的那一个人，是那个吹起号角，能赢得梦想和爱情的胜利者。

可是，一切终究成了他荒唐的臆想。

这时，同班同学 Jack 搂着金发碧眼的女朋友走上台阶，笑道：“女朋友呢？还没来？不会被甩了吧？”

许博洲并没有回击 Jack 的奚落，毕竟是他信口开河在先。谁让他前一晚喝了酒，就擅自把“好朋友”升级成了“女朋友”。

许博洲走到角落，打开被握得发烫的手机屏幕，继续给周晚打电话。

但依旧是无人接听。

情急之下，许博洲快步跑下楼梯，攀住好友John的肩，求他做一件事。

John 自然愿意帮忙。

欢笑声如巨浪朝许博洲涌来，他奔跑在人群里，挤开一拨又一拨的人，终于跑到了校门外，立刻拦下一辆车直奔机场。

阳光几乎要晒化他，他跑进到达层时，衬衫湿透了。

到达层里全是人，屏幕上的航班信息像一张巨大的网，许博洲仔细寻找从波士顿飞来的航班。John 有亲戚在机场工作，方才告诉他，昨日和这日的航班都没有意外事故发生。

他看到这天还有两趟从波士顿飞来的航班，一趟是七点到达，一趟是夜里十一点。

许博洲找了一张休息椅，紧张地握着手机。他还是相信，如果周晚的手机打不通，那就应该是在飞机上。

他愿意等，一直等，直到在这里见到她。

窗外的阳光渐渐稀疏，从黄昏到黑夜，七点的航班已经到达，但他并没有在人流里看到熟悉的身影。

抱着最后一丝希望，他继续等。

已经接近午夜，到达层里的人越来越少，白炽灯直直地打在一张张空椅上，坐在第一排的男人背脊渐渐弯下去，孤独又落寞。

许博洲的头越垂越低，十一点那趟航班的旅客已经走了，他始终没有见到周晚，置顶的微信也始终没有收到一条消息，聊天记录冰冷地停在两天前。

周晚：“嗯嗯，我会按时到的，你放心，我从不食言。”

他埋着头，一声接一声地冷笑。

忽然，手机一振，他下意识地抬头，是周晚的来电。

他像在黑夜里抓到了星光，激动地接通道：“你在哪里？怎么不接我电话？”

可他等来的不是自己想听的答案，那头的周晚像是哭过，声音很疲惫道：“对不起……对不起……许博洲，我来不了了……我以后补偿你……对不起……”

一声声道歉，像针扎进许博洲的心里。他又一次垂下头，即便失望、愤怒，可还是挤出笑容回答周晚：“好，没关系。”

电话挂断后，他紧闭眼睛，再也忍不住情绪，崩溃了。他像是从高空直直坠地，胸口像是被击碎般痛。他好像听不见四周的声音，感觉不到自己的身体反应，泪往下落，在地板上晕开。

他难过的不是周晚没有守信来参与自己人生中最重要的一刻，而是，他感觉和她的距离越来越遥远，遥远到，他害怕他们再也无法像从前那样亲密无间；遥远到，他们会成为形同陌路的两个人。

夜里的树影沙沙作响，夏夜的蝉鸣有些刺耳。

周晚做了噩梦。

“周晚，你就帮帮我嘛，好不好？”

“我为什么要帮你？这对我来说也很重要。”

“可是平时我对你那么好，你难道不知道吗？你被男生欺负，我帮你出头，你学习、生活中遇到任何问题，我都倾尽所有帮你，为什么你不能帮我一次呢？”

“我知道，我也很感激，但是两件事不能相提并论。”

“都是帮忙，为什么不能相提并论？我帮你十次，你还一次，不行吗？”

“不行。”

在她强烈的抗拒下，男生终于揭开了自己的真实面目。他步步紧逼道：“周晚，你是女人，结婚生子才是你该做的事，你那么拼命干什么？何必和我争呢？”

“我不是和你争，这是我的利益，我需要维护。”

一声极低的叹气声，是更激进的逼迫，男人说道：“那你嫁给我好了，这样我的就是你的，我们的利益不分家……”

那丑恶、扭曲、阴森的笑容，让周晚从噩梦中惊醒。

夜灯自动亮了，她坐起来，满头大汗，掩面喘息。冷静了一下，她看了看时钟，凌晨两点半。

她掀开被子，往房间外走。

这不是她第一次失眠，自从发生过那件如梦魇般的事后，她常常失眠，回国后又因为事业压力，失眠的情况更严重。

她不想靠药物，所以解决失眠的方式是和猫睡在一起。

三只小猫都睡了，周晚只打开了一盏暖黄色的夜灯。

立夏和她最亲，从猫爬架上跳下来，钻进她的怀里，喵了两声，然后和她一起躺在地毯上入睡。

躲在安全的小屋里，她抚摸着立夏，情绪平静了许多。

在闭上眼睛的时候，忽然有声音钻进了她的耳朵里，不是梦里恐怖的人声，是能抚平她受惊后心情的温柔声音："以前我是你的朋友，现在我是你的男朋友，不管是哪种身份，你都可以无条件地信任我，依赖我。"

真挚的话总是能在人最脆弱时候撬开心扉。

周晚慢慢睁开了眼睛，伸手从桌上拿下手机。可是在点开那个微信头像时，找他的想法又戛然而止。

就像那年，她的手指悬在通讯录里他的名字上，最终还是收回。

很久以前，她总是习惯性地说："许博洲，帮帮我吧。"

可是，她忘了从什么时候开始，她很少再向他倾诉自己的心事，对他的依赖也渐渐降低，取而代之的是"周晚，你可以搞定的"。

九年，不是一个轻描淡写的数字，是一道跨不过去的时间鸿沟。

在他缺失的九年时光里，她身处异国他乡求学，一个人学会处理复杂冰冷的商场关系，而每一件事都让她成了一个陌生的大人，她变得独立，变得强大，也变得不再容易信任任何人。

随后几天，许博洲飞去了澳大利亚，周晚这边则发生了一件大事。

周浔召集了家里人，宣布他要洗心革面，愿意从基础工作做起。

舒槿认为没必要，说白了就是不想让儿子受苦。周家的大少爷去自家集团做普通员工，她想想就荒唐。

周知然一向认为是妻子太纵容才导致儿子变得毫无志气，他和她持相反意见，举手赞同周浔的做法，并夸赞他终于有了点男子气概。

因为这件事，舒槿和周知然在饭桌上吵了一架。

但周浔并不是要征求父母的同意，而是通知。他从来没有一次有这么迫切想奋进的动力，他不想让"废物"这个词跟着自己一辈子。

作为姐姐，周晚赞同周浔的做法，并按他的要求，在周氏制订了轮岗计划，让他每三个月轮换一个部门，深入了解公司每个部门的构架和工作模式。

周浔的第一个岗位是采购部，而与他合作的第一个同事是陈莞。

另一边，是和祁南呈相反季节的澳大利亚阿德莱德市。

阿德莱德冬天的气温比澳大利亚其他地区偏高，许博洲感慨时间过得真快，上次飞澳大利亚还是秋天，一晃几个月过去，已是深冬。

做飞行员的乐趣似乎就在这里，世界常常像被施了魔法，轻轻拨一拨地球仪，能在一天之内感受两个季节。

许博洲裹着一件黑色的棉衣，独自漫步在阿德莱德冬日午后的街头，水蓝色的天空夹在层层的白云里，光线透亮又温柔。金黄色的落叶扫过他的肩头，吹散在宽阔无人的马路上。

一切宁静得像一幅油画。

他的脚步停在了一条巷子外。

眼前被落叶铺满的小道，被回忆里的白雪覆盖。

那是阿德莱德的深冬，大雪皑皑。

许博洲收到一位老友的邀请，从悉尼飞来了这座城市。在南澳大学的宿舍楼外，他看到了自己的朋友。

"陈……"他才喊出朋友的姓，下一秒就见到几个外国人将朋友围了起来。

男生个子很高，但身形并不健壮，要以一打五肯定打不过，更何况他并不擅长打架。他怀里抱着一碗泡面，被对面胖胖的澳大利亚男生撞翻到地上，对方却无理地指着他的鼻子辱骂。

一个人留学，无亲无故，男生不想引火上身。

可这几个外国学生不肯罢休，在即将要动手时，许博洲冲了过去，将自己的朋友护在身后。

许博洲用报警威胁几个男生，他们也不想把事搞大，但打头阵的澳大利亚男生还想指着黄皮肤的留学生再羞辱几句，只不过被许博洲一脚踹老实了。

一群混混溜走后，许博洲回头看向朋友，关心道："陈航，你最近还好吗？"

陈航穿着一件旧棉袄，衣角都磨破了。他蹲在地上捡起滚到垃圾桶旁的泡面，瘦到一副营养不良的样子。他没回答好还是不好，只轻描淡写地说："就那样。"

他们在高中是非常要好的朋友，许博洲一眼就能看出陈航过得并不开心。

"他们为什么要欺负你？"

“不合群。”

许博洲怔怔地看着陈航，不想让气氛持续凝重。他开玩笑道：“哎，你叫我来，不会就是让我陪你吃泡面吧。”

陈航闷闷地叹了一口气，没有说话。

许博洲走到陈航身前，问道：“你叫我来，到底是为了什么？”

屋檐上的积雪融化成水，打湿了陈航的衣角。他仰起头，疲惫无光的眼里有泪，迷茫道：“我也不知道叫你来干什么，我只知道在澳大利亚，我只认识你，只有你一个熟人。”

终于能有熟人站在自己身边，能听自己诉苦，可千言万语最终只化为一句：“我好累……我不知道为什么，我过得好累……”

浑身被痛苦吞没，他只剩下一副麻木的躯壳。

“累，是因为你在做自己不喜欢的事。”许博洲一句话就击中了陈航的要害。

陈航的唇抿到发白道：“是，我是在做自己不喜欢的事，可是我又能怎么办呢？”

“那就去做自己喜欢的事，”许博洲激动得展臂，话说得很重，“从明天起就去做自己喜欢的事，重新站起来，继续去完成飞行员的梦想。”

陈航低着头，连叹息都无力道：“我不是你，你哥哥为了你的自由，替你顶起了继承家业的重任。可我是家里的顶梁柱，所有经济压力都会堆在我身上，我的父母很保守，不敢让我冒险，不认可我的梦想……”

“自己的梦想为什么要被别人认可？”许博洲声音拔高，“我只知道你陈航很想做飞行员，你很有天赋，你将来就是能做那个在天空中挥翅的王者。”

陈航抬眼看着许博洲，苦笑道：“可是我连留学的钱都是父母东拼西凑的，我做不到去和他们对着干，我也没有办法靠自己的能力去完成梦想。”

“陈航……”许博洲迫切想骂醒自己的老朋友，“你照照镜子看看你现在的样子，衣服破了洞也不换，胡子也不剃，连晚饭都随便对付，你能不能振作点。”

忽然，陈航掩面哭了。他哭，并不是因为许博洲骂自己，而是太久没有人关心自己。一个人孤零零地漂泊在陌生的国家，机械地学习着自己不喜欢的专业，每日还要忍受父母所给的压力。日复一日，他如行尸走肉般活着，没有朋友，也不愿交朋友。

“我们是不是朋友？”许博洲盯着陈航问道。

陈航点头道：“当然。”

“那你就听我的，我会帮你。”

那日之后，陈航和许博洲的联系越来越频繁，而许博洲也兑现了自己的承诺，帮陈航在南澳找了一家由港岛人开设的飞行学校。这所叫作“To Fly”的学校，多年来通过各种飞行训练计划，培养了众多专业的飞行员。

知道陈航经济上有困难，许博洲一次性付清了全部学费。

一开始，陈航并不想接受许博洲的好意，毕竟这笔高昂的学费，他不知道什么时候才能还清。可许博洲说，他最不缺的就是钱，钱就应该给有需要的人用。而他似乎也没有给陈航犹豫的机会，说钱已经交了，如果不去，钱就会打水漂。

最终，陈航收下了这份好意。

往后的日子，陈航的世界像是拨开云雾后的明媚，人一旦做自己喜欢的事，浑身都散发光芒。他把一天二十四小时几乎都献给了学习，空闲时也在兼职，把存下来的钱一笔笔慢慢还给许博洲。

对于许博洲，钱不重要，重要的是，他希望那个和自己拥有同样梦想的朋友，有朝一日能与自己一同翱翔天际，一起在机舱里，俯瞰大地，冲进云层，谈天说地。

一年后，陈航靠着南澳大学和飞行学校的奖学金从宿舍里搬出来，住进了一间带院子的小房子。

原因是，他恋爱了。

许博洲还记得那天，陈航开心地给他打了一通长达三个小时的语音电话，说两个月前他在便利店兼职时，被一个女留学生缠上了，女生叫时雪菲，和他是同乡，祁南人。

好朋友恋爱了，许博洲自然高兴。

一周后，他特意飞了一趟阿德莱德，见到了陈航的女朋友。时雪菲不仅人美，厨艺还不错，在小房子里烧了一桌家乡菜。

三人就这样吃吃喝喝聊了一宿。

晚上，时雪菲去房间睡，许博洲和陈航就躺在地毯上。两个人喝了不少酒，都上了脸，窗户没关，春天的晚风特别舒服。

电视机里播着老电影，蓝光浮动在墙壁上，陈航忽然拍了拍许博洲道："哎，你和周晚怎么样了？"

许博洲闭着眼道："什么怎么样了？"

"你不是还不敢表白吧？"

许博洲沉默。

陈航转过身，一本正经地说："说实话，在认识雪菲前，我也不知道爱情其实可以来得这么突然，就是突然到可以没有理由，也可以让一个不勇敢的人瞬间勇敢。"

酒精在胃里翻滚，许博洲揉了揉眉心，说道："航哥，你想说什么？我不是学计算机的，你话里的那些代码我听不懂。"

陈航笑了笑，伸手去拿许博洲的手机。

许博洲睁开眼，拍陈航的手道："干什么？"

陈航有话直说："哎，波士顿是白天，给周晚打通电话吧。"

许博洲又闭上了眼道："干吗打给她？"

"表白。"

"你谈个恋爱，脑子坏掉了。"

几杯洋酒下肚，把陈航的灵感都激发了出来。他突然坐起来，说道："许博洲，敢不敢玩一个游戏？"

"什么游戏？"许博洲懒懒散散地问道。

陈航指着手机道："如果打过去周晚身边没有人，你就表白，敢不敢？"

许博洲一怔，摇摇头道："无聊。"

"你就是没种。"

"别用激将法，我不吃这套。"

陈航干脆踹了许博洲一脚道："哪个男生不喜欢长得漂亮、家里有钱、人又温柔的女生？你以为她还能一直把你当好朋友，如果你的身份还不转变，她很有可能就被人拐跑了。"

许博洲踹回去道："大晚上说点吉利的。"

"玩不玩？"

手机卡在手掌心里，热得发烫，许博洲闭眼，或许是酒精给他壮了胆，他同意了陈航的游戏。他拨通了周晚的手机号。

"嘟——"拉长的等待音，揪着许博洲的心。

响了五六声，周晚才接通。

“喂，怎么了？有事吗？”周晚的声音很温柔。

陈航在认真辨别周晚那头的环境，安安静静的，应该是一个人。

“没事，就想问你……”许博洲的话音未落，电话里出现了男生的声音。

男生大概说的是：“Penny，等下我们要不要去吃那家新开的重庆饭店？”

“等一下，许博洲，我和朋友在一起。”周晚将电话搁到手边，先和旁边的男同学说话：“方与泽，我吃不了辣，我们换一家别的店吧。”

男生说了一声“好”。

陈航遗憾地摊开手道：“游戏结束。”

随后，许博洲挂断了电话。

那一夜的心情，许博洲到现在还记得。他一宿未眠，盯着窗外的树发呆，对话框输入的那句“男生是谁”迟迟没有发出。

因为，他的身份只是朋友。

群鸟飞过，一阵寒风卷起了落叶，路上的行人寥寥，许博洲的背影钻进了细碎的光晕里。

他脑海中那些和陈航的回忆，停留在一张婚礼请柬上。

飞行员和空姐的爱情故事，成了朋友圈里的佳话，只可惜，他们的佳话却永远停在2018年7月29日这天。

“许博洲，你争气点，能不能让我吃上你和周晚的喜糖？”

“去吧，去找她，这次不要再犹豫了，后天我替你飞。”

“许博洲，我们能一起飞到八十岁吗？”

“许博洲，你永远都是我最好的朋友，这辈子能认识你，是我最大的福气。我欠了你太多太多，就是拿我的命还，都不够。”

…………

那清透有力的声音穿进萧条的风声里，是那位老友日复一日的心声，可一句句温暖的话，却能夺走许博洲的命。

走到草坪里的他，突然手撑着旁边的一棵梧桐树，垂头抽泣起来。

“Glen……”忽然背后有人叫住了他，一个裹着白色大衣的女人慢慢走来，“我就知道你会来这里。”

每年这个日子，时雪菲都会来阿德莱德看望陈航。

失去刻骨铭心爱过的人，是用一生都难以治愈的伤痛。但好在她并没有日夜钻在苦痛的回忆里，因为她记得陈航最后一次飞行的那天早上，吃完早饭的他，亲吻了她的脸颊和她手上的戒指，用最温柔的声音重复了每次飞行前的誓言。

“我一定会平安落地，如果没有，你也要快乐地活着。”

她想，她一定要每天都面带笑容。

因为她的工作，是最接近天空、最接近他的地方。

和许博洲沿着小路往前走，海景宛如电影画面，时雪菲笑着说：“还记得吗？Kevin说，住在阿德莱德的狗，都比其他地方的狗要快乐。”

碰上好天气的阿德莱德，海水格外清澈，浅沙细腻，路边还有男人松弛地吹奏着萨克斯，好像所有人都不急不躁，在这里等待一场惬意的日落。

许博洲知道，陈航打算在这里买房，等退了休就和雪菲定居在这里。

这些遗失在天际的美好，只要一想起，他心就会痛，会自责。

事到如今，他依旧无法真正从“凶手”的阴影里走出来。

时雪菲见朋友情绪又一次低落，站到许博洲身前，看着他的眼说：“Glen，有好几次我都梦见了Kevin。他在梦里和我说，不希望每次谈到他的时候，你都愁眉苦脸。他问我，你是不是不把他当朋友了，Glen怎么都不笑了。他还说，想像以前一样，和你坐在这里，喝两罐啤酒，哼哼歌，聊聊天。”

许博洲慢慢抬起头，海风吹拂着时雪菲的发丝，逆着光也能看见她眼角的湿润。他知道那是她安慰自己的假话而已，可的确管用。

他上前给了她一个礼貌的拥抱，说道：“谢谢你，Shirley。”

两个人都从沉痛的情绪里走出来后，时雪菲去小店买了两瓶啤酒，和许博洲并肩坐在长椅上，看海，吹风。

冬日的阳光不烈，轻柔舒服，观景的摩天轮在缓缓转动，时雪菲用手肘顶了顶许博洲道：“哎，你真不够意思，怎么？只把Kevin当朋友？和Penny谈恋爱了也只给他发信息，都不跟我说。”

许博洲一怔道：“你怎么知道？Kevin在澳大利亚的号码你在用？”

“嗯。”时雪菲点了点头，“国内的号码，他妹妹在保管，澳大利亚的号码在我这里留着。”

许博洲长吁一口气，仰起头，灌了一口啤酒，无奈地笑道：“所以，我之前和他发的信息，你都看到了？”

时雪菲哼一声，握着啤酒瓶，眯起眼调侃：“没想到外表这么酷、这么潇洒的许大机长，在我们周总面前，卑微得像一只可怜兮兮的小狗狗。”

“好啦，好啦，替我保密，不许告诉她。”自己的秘密被别人看光，许博洲丢脸到简直想跳进海里。

时雪菲伸手道：“给我点好处。”

许博洲调侃：“行，我让老胡多安排你和陈适航飞。”

“你别胡来。”时雪菲用力拍许博洲的手臂。

“我看他追你追得挺猛的。”

“我没兴趣。”时雪菲的神情瞬间低落下来，喝了一口啤酒，“我不会再和任何人谈恋爱，对对方不公平，因为Kevin永远是我的未婚夫。”

没有人比许博洲更懂时雪菲，因为他们心里都住着一个无法被撼动的人，还有那些被南澳阳光铺满的金色回忆。

忽然，他们身后传来了熟悉的音乐——*Up Where We Belong*。

“Who knows what tomorrow brings

谁知道明天会发生什么事？

In a world where few hearts survive

在一个心灵极少存活的世界里

……

Love lift us up where we belong

爱会带我们上去，到我们所属的地方

Where the eagles cry

那儿有苍鹰鸣叫，

On a mountain high

在崇山峻岭之上……”

许博洲和时雪菲看了看彼此，望着一望无垠的蓝色海洋，跟着音乐浅浅吟唱起来。

“Time goes by

韶光飞逝

No time to cry

无暇哭泣

Life's you and I

人生就是你我

Alive... today

为了活下去，为了今天……"

此时，他们脑中的回忆错开又重叠。

"如果你和Penny在一起了，无论我在哪里，无论几点，你一定要第一时间告诉我，OK？"

"嗯，必须。"

…………

"我真希望Glen能鼓起勇气和Penny表白，希望你替他保管的这些东西，能更早被Penny看到。"

"嗯，我们多鼓励鼓励他。"

那束笼罩在海面的光，慢慢移到了岸上，落在了他们坐的长椅中间，像是陈航的虚影，就像从前一样，他们惬意地靠在海边长椅上，说说笑笑。

音乐结束的那一刻，许博洲和时雪菲仿佛同时听见了陈航的声音。

是他从前坐在这里的一声感慨。

"Penny真的很幸福，有一个人隔着大洋，隔着半球，天天思念她、爱着她，只可惜啊，她什么时候才能知道，我这个傻瓜朋友为她做过的所有事呢？"

许博洲和时雪菲吃完晚餐，又在海边散了散步才回到酒店。他准备搭明天一早的航班飞回悉尼。

澳大利亚的十一点，是祁南的九点。

许博洲脱了棉衣，拍掉寒气，挂在了衣架上，然后坐到背窗的沙发上抽烟。黑色的高领针织衫裹着宽肩窄腰，一呼一吸时，藏在衣服里的肌肉线条清晰起伏。

成年后，他不喜欢刘海，利落的发型更称他这张冷峻的脸。

许博洲抽了两口烟，按下和周晚的视频电话键。

他打了两次她才接通。

"不好意思，我刚在工作。"周晚把手机架在一旁，身上穿着居家服，头发用发卡随意一抓，手边是一堆待审阅的文件。

许博洲关心道："都九点了还不休息？"

“没办法，最近事情比较多，就只能加班加点了。”

除了接视频时的那一次抬眸，周晚都没有看过屏幕，她眼里和心里只有工作，丝毫没有为视频里的美男分半点心。

许博洲看着屏幕上的通话时间，不悦道：“三分钟过去了，你还真是一眼都没看过我啊。”

周晚边工作边说话，没有注意到这一点。听到许博洲的抱怨，她才放下钢笔，见他神色不佳，问道：“怎么了？你好像看上不去不是很开心。”

“嗯。”许博洲点头道。

“是因为工作吗？”周晚的脑袋里似乎第一时间只能想到工作，“是我最近给飞行部的压力太大了吗？要是压力大，你和我说，我会调整的。”

许博洲哭笑不得，低头将烟按灭在烟灰缸里，说道：“我的生活里不是只有工作。”

“那你为什么不开心？”周晚问道。

许博洲抬起头，盯着屏幕里周晚那双迷茫的眼睛，扮起委屈道：“因为我的女朋友不关心我，我飞澳大利亚两天了，没收到过她的一条微信，没接到过她的一通电话，发的朋友圈也没有收到过她的点赞。”

周晚心虚地垂眸道：“我一忙起来，连饭都顾不上吃。”她用很小的声音道歉，“对不起啊，我以后会给你点赞的，你要是还有什么需求就和我提，我能做到的都会尽力满足你。”

许博洲被周晚的话气笑，真想摸摸那颗在恋爱里呆呆的小脑袋。

他身子往后靠，两条长腿搭在茶几上，手机对着自己的脸，叹气道：“周晚，你什么时候才能好好适应我女朋友这个身份？”

周晚怔住，不知道该怎么回答。让她处理再难的工作都没问题，但一遇到感情问题，她整个脑袋就会宕机，反应缓慢迟钝。

她准备挂断电话时，被许博洲叫住。他认真地说：“周晚，我有预感，你以后会很爱很爱我。”

周晚笑道：“你还真自信。”

“嗯，我就是很有自信。”许博洲拿起手机，冲周晚挑了挑眉，一副势在必得的模样，“我很有自信你会在万人面前公开我，向我表白。”

周晚没有回答，不留情面地挂断了视频电话。

不过许博洲并不在意，他边往房间里走边愉悦地哼起了歌。

晴空万里的悉尼机场。

乘客在陆续登机，空乘在舱门边礼貌接待。

“欢迎您乘坐星荣航空……”

时雪菲准备餐食前，看着手中的粉色玩偶发起了呆。

舒曼看到，惊讶地问道：“这不是陈航送你的 triangle（缘分天使）吗？你不是在几个月前飞悉尼的那次弄丢了吗？在哪里捡到的？”

时雪菲没有回答，立刻收了起来，专心工作。

她和陈航之所以会对这一行充满热忱，是因为他们都喜欢《冲上云霄》这部经典港剧，而这只粉色的 triangle，就是陈航特意飞去意大利买来送给她的。上个月她把玩偶弄丢在悉尼时，她跑遍整个机场和酒店都没有找见。没料到捡到这只缘分玩偶的，竟然是陈适航。

时雪菲没多想，转身去机舱里工作。在帮乘客抬行李箱时，因为太重，差点滑落，一双结实的手臂及时替她顶住了沉甸甸的箱子。

“谢谢。”

陈适航冰冷的脸，只对她才会浮现情绪，笑道：“不客气。”

驾驶舱里坐着的依旧是“金牌搭档”——许博洲和纪燕均。

重复过无数次的配合动作，是他们的默契。一切准备就绪后，飞机沿着跑道由慢至快地滑行，驾驶杆向后一拉，飞机离地，向着广袤无际的蓝天滑行。

前半段的飞行还算顺利，但祁南的天气不算理想。

许博洲处理一般的雷雨天状况，得心应手。他先通过广播安抚乘客的情绪，然后冷静地和纪燕均打配合，尽一切可能降低飞机的颠簸程度。

“请大家不要离开座位，系好安全带。”机舱里，时雪菲反复提醒乘客。

外面闪电划过，机身晃动，乘客难免心慌。

一个靠窗的年轻男人，穿着宽松的卫衣，罩着耳机，丝毫不惧怕飞机颠簸，嘴里懒散地念道：“避开湍流区。”

雨势并不小，乌云成团，雷电交加，许博洲向空中交通管制申请改变高度层，避开湍流区，纪燕均在一旁操作仪表盘。

许博洲全神贯注地稳住飞机，直至颠簸减弱，恢复了平稳飞行。

穿过乌云后，雨不仅变小，还出现了雨后彩虹。

那道清新的彩虹映入眼里，许博洲想到了昨晚临睡前，他惊愕地收到了“陈航”发来的信息：“许博洲，好好给我飞，我会在天空保护你，每一次都平安落地。”

许博洲转过头，眼尾很红，克制不住的泪滑过脸颊，但脸上浮起了笑容。他发誓，一定要继续飞，好好飞，护送每一位乘客平安归家。

机舱里平静下来，空乘在为乘客提供茶水。突然，一声痛哭的呻吟从最后一排传来，一个中年男人捂着心脏，难受到身体扭曲。

男人的妻子慌张大喊：“有没有医生啊……有没有医生可以救救我老公啊……”

一名空姐跑进了驾驶舱，将外面的情况通知给许博洲，许博洲立刻广播询问是否有医生，并且安抚病者和其他客人的情绪。

男人面色苍白，吓到了前排的小孩，一时间客舱里充斥着啼哭声。

陈适航和空乘都在冷静地维持机舱秩序。

靠窗的那个年轻男人迅速摘下耳机，和旁边的人说让让，然后走到了过道里，却被空乘舒曼拦下道：“您好乘客，请您回到座位上。”

刚刚还看着吊儿郎当的男人，突然严肃道：“你们不是在寻找医生吗？我就是。”

“你是？”不是舒曼故意拦人，而是男人看上去并不像一个专业医生，担心出问题。

为了抓紧时间，男人语速很快道：“我是港岛大学医学系的学生，需不需要我将过往的成绩单、取得的荣誉都给你列出来，你才让我给这位先生做紧急治疗？”

舒曼愣住。

“姐姐，我最讨厌笨蛋美人了。”男人讽刺完后，推开她，跑到了最后一排。

舒曼还没反应过来，男人已经开始蹲在地上替病者做紧急治疗。她担心地问道：“能不能行？”

时雪菲走过来，目光落在男人身上，说道：“不能行，他晚上休想进家门。”

男人需要帮忙，时雪菲立刻跑了过去。当她出现在病人妻子眼中时，妇人不顾场合地抓住了她的手，眼里带泪道：“雪菲啊，你一定要救救叔叔啊。”

时雪菲只暂时安抚道：“放心，陈叔叔一定会平安的。”

因为突发紧急情况，给客舱内造成了不小的混乱。

舒曼和陈适航还有两名空乘都在极力维持秩序，并且有耐心地安抚大家的情绪，让所有人尽量给医护人员和患者安静的空间。

好在大部分旅客都能有序配合。

港大医学生过来之后，前排又跑来一位护士，两个人对浑身抽搐的中年男人进行心肺复苏。

经验丰富的时雪菲蹲在地上，边帮忙边安抚男人道：“先生，你不要害怕，你的妻子在旁边……”或许是情急，她脱口而出，“你的女儿也在家里等你，我们马上就能落地。”

驾驶舱里，即便是身经百战的许博洲和纪燕均也会紧张，毕竟那是一条鲜活的生命。

从他们第一天正式操控一架飞机，将数百人的命运扛在自己肩上时，他们就知道飞行员不再是一己的梦想这么简单，也不是炫技，不是虚荣，而是对每一位旅客的生命负责到底的使命。

要保证所有人平安落地。

紧急联系地面工作人员后，许博洲和纪燕均继续配合飞行。

“能提前多久？”纪燕均面色严肃道。

许博洲看了一眼仪表盘，冷静快速地思考后说道：“一路直飞，大速度，能提前多久就多久。”

“先生，深呼吸……深呼吸……”

“你不要害怕……我们马上就能降落……”

机舱里焦灼的氛围在飞机落地的那一刻，像是看到了曙光。

飞机最终提前三十三分钟降落在了祁南羽志国际机场，机场急救人员也在第一时间登机，将突发疾病的中年男人转移到地面救治。

等所有旅客平安落地后，机组工作人员陆续离开。

一行人拖着行李箱走在机场里，时雪菲和许博洲并肩走。她问他要不要一起去医院。

许博洲想了想后，回答：“我现在去，只会给王阿姨添堵，等陈叔叔稳定后我再去看望他。”

时雪菲道：“好，我随时联系你。”

纪燕均见时雪菲先走了，走到许博洲身旁，一把搂住他的肩，看着周围投来崇拜目光的女生们，心存怨气道：“到底什么时候大家才知道，其实副机长在驾驶舱里做的事不比机长少？大速度直飞，提前半小时到机场，成功挽救一条人命，我也出了一份力。怎么就只拍你不拍我？”

许博洲睨了纪燕均一眼，然后将他拉到自己身前，让那些镜头对着他。

“不是，”纪燕均尴尬地对几个举手机的女生微笑道，“你现在搞得我很像那些替明星挡镜头的保镖？”

许博洲笑了笑，扯着纪燕均的衬衫后领拉着他往前走：“我现在有女朋友，不适合抛头露面，你没有，多显摆显摆也没人在意。”

军医院的急症室。

大概过了两个小时，许博洲收到时雪菲的信息，说陈航的父亲已经转危为安，情况稳定，只需要住院休息两天。于是，他匆匆和纪燕均在餐厅分开，赶去了医院。

许博洲怕的不是无法面对陈航的父亲陈晋，而是陈航的母亲王丽珍。

果然，他才走到病房门边，就被刚从洗手间回来的王丽珍用刻薄的话赶走：“你要是再晚降落一分钟，你就第二次当了杀人凶手。”

在陈航的母亲面前，许博洲从来不反抗，即便他想为自己辩驳，毕竟陈航是因为他而发生的意外。

他欠陈航，也欠他的父母。

王丽珍上下打量许博洲身上的制服，干净笔挺的白衬衫却刺痛了她的双眼，那些无法消退的仇恨在每一次看见他时，都像澎湃的浪在胸口翻滚。她冷笑：“你还记得在阿航的葬礼上，你是怎么磕头发誓的吗？你说是你害死了阿航，你说不会再做飞行员，不想让阿航在天上看到穿着制服的你难受。”

她声音洪亮，一声声都在震怒：“然后呢？你消失了一年，又若无其事地重新穿上了制服，恢复了飞行工作，还当上了什么‘明星机师’，继续大摇大摆地挣钱，享受名利荣耀。”

一声“我呸”用力地唾弃在许博洲胸前，王丽珍情绪激动，指着他鼻子一顿骂道：“你根本就没有把阿航当朋友，如果你真愧疚，那就说到做到，永远不要再做飞行员！”

“这位女士，请您安静点，这里是医院。”从病房里走出来的康芷晴提醒她注意场合。

谁也拦不住王丽珍，除了时雪菲。她扶着王丽珍的肩，说话声音特别温柔道："王阿姨，我们进去看看叔叔，好不好？"她说完，向许博洲使眼色，让他先走。

许博洲跟着康芷晴一同离开。

王丽珍回到病房里，还没能从刚刚的情绪里缓和过来，坐在沙发上拿着纸巾掩面抽泣。

一想到儿子，她的心就像被割开一样难受。

陈晋躺在床上，虚弱到睡了过去。

站在窗边的陈莞一直背对着父母，手攥紧成拳。

她被派遣苏州出差一周，就这么一眨眼的工夫，母亲竟然背着她，私自带着有病在身的父亲去澳大利亚看哥哥，来的路上她差点气到崩溃。

"妈，你下次要做这么大的事，能不能先通知我？"陈莞终于爆发了，"爸爸他心脏不好，无法承受十几个小时的飞行，也无法很快适应两个国家的季节，你难道不知道吗？"

被女儿针对的王丽珍反驳道："那你下次做这么大的事之前，能不能也把你妈妈放在眼里？"

"什么事？"陈莞心虚道。

王丽珍盯着陈菀道："你以为你背着我偷偷去星荣应聘飞行员能瞒得了我？我打扫卫生的时候，看到了你枕头底下的报名表。"

陈莞气道："你为什么要私自乱翻我的床？"

"你是我的女儿，你什么都是我的，房子也是我的，你要什么隐私？"王丽珍激动地站了起来，"你最好给我安分点，周氏待不了就给我考公务员，一个女人能做什么飞行员？你以为你能比你哥哥厉害吗？"

"女人为什么就不能做飞行员？"陈莞最讨厌别人诋毁自己的理想，无论是谁，她拿起背包气冲冲地往外走，拉开门时，转过头，将心里憋着的话不留情面地发泄出来，"我虽然是你的女儿，但我也有隐私。我虽然是女人，我也能做飞行员的梦。我下周就会搬出去自己住。"

"陈莞，你给我站住！"王丽珍追了出去，但被时雪菲拉住。

长长的走廊里，满是消毒水的味道。

陈莞没坐电梯，一口气直往楼下奔，扶着护栏边跑边哭。想到哥哥，她终于没忍住，浑身发抖地蹲在了地上，在无人的楼梯间里放声痛哭。

"小莞，你看，纸飞机是这么折的。"

“纸飞机能飞多远啊，我要开真飞机，我要开到全世界各个角落。”

“哟，我妹妹的志气这么高？”

“那当然，谁说小陈家只有哥哥能做飞行员，他妹妹也能。”

“我有一个女机师的妹妹，那我陈航以后的尾巴得翘上天。”

…………

哥哥的声音在安静的楼梯间里回绕，是那么直戳心扉的温柔。

陈莞不想抬起头，至少她把自己圈在阴影里时，能骗自己，哥哥就在身边，哥哥从来没有离开过自己。直到一只手轻轻拍了拍她颤抖的肩。

她慢慢抬起头，看见了最不想看见的一张脸。

许博洲没有和陈莞说话，而是在楼梯上坐下。他从口袋里掏出一盒烟和打火机，烟盒里只剩一支，他刚准备抽出来，烟却被陈莞抢走。她熟练地夹着烟，命令道：“点火。”

许博洲笑了笑，替她点燃了烟。

“很呛，受得了吗？”

许博洲只是好心提醒，陈莞却条件反射，以为他是在看不起女性。她抽了两口，没有呛到一口，吐了几口烟，一双通红的眼瞪过去道：“你们男人可以的，我也可以。”

两手空空的许博洲，就这么陪陈莞坐着。

一支烟的时间过得很快，烟雾驱散后，陈莞站了起来。她将烟头扔进垃圾桶，拉开门前问许博洲：“你想让我加入星荣吗？”

许博洲摊开双手道：“当然。”

陈莞点点头道：“好，我可以重新报名，但我有一个条件。”

“什么条件？”许博洲问。

“让周晚来找我。”

“为什么？”

“跟你没关系，别问那么多。”

另一头，富丽堂皇的中餐厅包间内，几个穿西装打领带的上流人士围着圆桌坐，背后是真实搭建的苏州小桥流水内景，他们有说有笑。

在场的女士寥寥，有两位是陪同丈夫而来，唯一一位年轻的女人就是周晚。这顿晚餐是父亲周知然安排的，她必须到场。

来的中年男士不是周氏的高层，就是父亲的好友，反正都是周晚面熟的人。她的打扮很简单，一条大牌的黑色束腰连衣裙，低调又体面。

酒足饭饱后，男士们喝酒聊天，高谈阔论。

一开始还在聊周氏未来的版图，后来有一位姓林的经理将话题引到了周晚身上，他算是看着周晚长大的，周晚叫他林伯伯。

“晚晚，有没有恋爱啊？”林经理探话。

周晚摇摇头道：“没有，目前所有的精力都放在了工作上。”

林经理喝到脸通红，劝道：“那不行，还是要抓点紧。数一数，你今年也二十七岁了吧，身边没有合适的，林伯伯给你介绍啊。”

在座的都是与父亲关系要好的朋友，周晚还是要给几分面子。她委婉道：“林伯伯，谢谢您的关心，但您就别太操我的心了，像我这种又爱工作又挑剔的人，很有可能就孤独终老了。”

林经理“呸”了一声道：“别当着你爸爸的面说这些，你看他多想抱孙子啊，你别让叔叔伯伯们嘲笑你爸，赶紧找一个。女人啊，还是要以家庭为主。”

周晚笑了笑，以茶代酒敬了一杯，结束了这个话题。

周知然不想女儿不开心，也立刻用一杯酒堵住了好友的嘴。

敏感的催婚话题告一段落，桌上又聊起了男人的话题。

周晚靠在椅子上休息，终于打开了手机，看到许博洲在两个小时前发了一条微信：“今天很累，先睡了，跟你报备一下，怕你想我的时候找不到我。”

她抿唇笑了笑，刚准备熄屏，又收到了卫也的微信：“周总，今天从悉尼回来的航班上，有一位男士突发疾病，许机长竟然让飞机提前半个小时平安抵达了机场，有旅客拍下了机舱里现场急救的画面，现在全网都夸我们星荣，讨论度很高。”

没有什么比工作上的成就更能让周晚兴奋了。她低头刷起了热搜，嘴角止不住地上扬。

“什么事这么高兴？”说话的还是那位林经理。

被大家注视着，周晚放下手机，分享喜悦道：“刚刚我的助理发消息告诉我，星荣飞行部今天完美地处理了一宗紧急情况，被全网夸赞，网友的讨论度很高。”

几位中年男士若有所思地点点头，个个都是一副标准的商场老人嘴脸，假模假样地拍手鼓掌道：“不错，老周你女儿真厉害。”

周知然又一次举杯道：“我女儿有多厉害我自然知道，不然我也不会放心将周氏还有星荣的项目交给她。”

就在这时，几乎所有人的手机都收到了关于星荣的新闻推送。

除了星荣，还有一个人备受网络瞩目。

周晚看到了大家热议的另一个话题：“星荣明星机长”。

她点开，广场里密密麻麻的都是和许博洲相关的信息，什么“开过战斗机的男人就是不一样”“竟然以前还是搞乐队的”“人帅又厉害，是真实存在的吗”……还有他的各种照片，甚至还有人晒出了他的高中、大学毕业照。

对面的林经理边浏览手机新闻边笑道：“这个叫许博洲的机长确实有两把刷子。”

“嗯，”周晚笑得开心，“星荣最弱的部分就是飞行部，所以重新整顿时，我就想要招揽几位厉害的飞行员，事实证明我的眼光没错。”

周知然拍了拍女儿的肩膀，为她竖起大拇指。

“不过啊，你别怪林伯伯讲话直接。”林经理摸了摸下巴道。

周晚道：“嗯，没关系，林伯伯您说。”

林经理身子前倾，说道：“其实一家公司最好不要培养这种特别出众、特别耀眼的职员，他光芒越是抢眼，他的衷心程度就越低，因为人是会变的，当别家抛出橄榄枝的时候，他不见得还愿意一直待在你这里。”

对于林经理的教诲，周晚只是笑笑道：“不会的，我有信心能留住自己招揽来的人才。”

“啊，是吗？”林经理持怀疑态度。他拍了拍旁边的一位经理：“老何，我记得你前几天和我说，你和 Sam 打高尔夫的时候，碰见了星荣的一个机长，好像就是这个叫许博洲的是吗？”

何经理皱眉思索后，肯定地点头道：“嗯，是他。”随后，他冲周晚说：“晚晚啊，这个许博洲不靠谱，绝对是一个白眼狼，前两天单独来见了全亚航空的老板。叔叔没骗你，叔叔就在现场，他和全亚航空的老板聊得那叫一个起劲。据我所知，不仅全亚航空想挖他，还有几家顶级航空公司都想让他过去。”

听后，周晚陷入了沉思，阻绝了一切的声源。她保持沉默，一直到晚餐结束。

这顿饭吃到最后，周知然见女儿情绪低落，搂着她说道：“怎么了？还在想许博洲背着你去见全亚航空老板的事？”

周晚垂眸，说道：“……嗯。”

周知然从商几十年，什么人没见过，他没有过多去打扰女儿的思绪，只说道：“我知道你和许博洲是从小玩到大的好朋友，但是你们分开也有八九年，你也没有那么了解他。话再说回来，他是一个从小就有抱负的人，回来帮你重振星荣，是他讲义气，但是他规划自己的未来也没有错，跳槽去其他航空公司，是再正常不过的一件事，不要觉得他是在背叛你。”

周晚没有说话，头低低的。

可能是喝了点酒，这晚的周知然话比较多。他说：“哎，我知道你们女孩子啊，有那种占有欲，觉得他是你的好朋友，就不应该背着你去见……”

“爸，你喝多了。”周晚扶着父亲坐进车里，“你回去好好休息，我自己的事自己处理。”

车子启动前，周知然趴在车窗上叮嘱周晚道：“晚晚啊，不要一气之下去责怪阿洲啊……”

周晚揉了揉头，然后坐进了自己车里。

夜幕垂落，街道霓虹四起。

原本打算回家的周晚，突然掉转方向，开车驶去了城市另一头。

二十分钟后，她将车停在了一桩中式的别院前。

来开门的是康明。夜深了，他披了一件薄外套，起风了，晚风将院子里的树吹得沙沙作响。他拉开门，看到突然到访的周晚，一脸惊讶道：“周小姐，你怎么来了？”

周晚说：“来找许博洲。”她接着又问，“家里还有其他人在吗？”

康明摇头道：“没有，就我和少爷在。”

周晚点点头，迈进了院子里，说道：“嗯，我去找他。”

康明一路跟在周晚后头，有种梦回十几年前的感觉。她总穿着轻盈的裙子或是干净的浅色衬衫，一个人跑来这里找少爷“算账”。

那时楼梯上充满了少男少女的打闹声。

见周晚想要闯入少爷的卧室，康明慌张拦下道：“周小姐，少爷今天很困，已经睡了。”

周晚若无其事地说：“嗯，我知道。”

康明一惊，见周晚在开门，又提醒道：“周小姐，少爷喜欢裸睡，你进去不太方便。”

周晚怔了怔，但还是继续拧动门锁道：“嗯，我知道。”

门被推开一条缝隙，她回头对康明微笑道：“康叔，晚安。”

康明挠了挠脖子，又惊讶又想笑道：“晚，晚安。”不知道是不是察觉到了什么，他问，“那明天的早饭还和以前一样？一个康氏蛋堡加一杯豆浆？”

“嗯。”周晚点了点头，然后走进了许博洲的卧室，合上了房门。

第六章
占有欲

屋子里没有开灯，只有婆娑的月影偷偷钻进来，零星地洒在床边。

周晚的脚步很轻，她知道许博洲早睡了，但像她这样冷静自若的人，却在刚刚有了任性的想法，就想过来吵醒他。

许博洲喜欢侧身睡，赤裸的手臂搭在外面，隐隐约约能看到胸口的线条。他闭着眼沉睡，似乎没有感觉到有人进来。

直到周晚在床边蹲下，他抬起一条手臂紧紧将她箍住，吻住了她。她吓了一跳，不停地捶打他的手臂。

许博洲松开后，温柔的声音落在周晚的鼻尖，问道："想我了？"

透过一丝丝幽蓝的光线，周晚紧盯他深邃的双眸，和他脑子里想的那些情爱之事完全不同道："你是不是去见全亚航空的老板了？

"你是不是想离开星荣？"

二人温热的呼吸在床头交织。

许博洲轻轻地抚摸着周晚的头，拨开挡住她眼睛的发丝道："你知道我去见过全亚航空的老板了？"

"你真的去了？"周晚一惊道。

"嗯。"

听到许博洲肯定的回复，周晚的第一反应竟然是自责。她担心是不是自己一心想整改星荣，而忽略了员工们的工作压力。

十几年的默契，许博洲一眼就能读懂她此时在想什么，所以先开了口道："你肯定在想是不是你给了飞行部太大的压力，所以我才想跳槽。"

"不是吗？"周晚问道。

许博洲摇摇头道："不是。"

"那是为什么？"

他垂眸，沉默了片刻后，抬头注视着她的眼睛说："原因我暂时不能告诉你，但请你相信，我不会离开星荣。"

周晚一下就从许博洲的怀里挣脱出去，低着头碎碎念道："神秘兮兮的。"

许博洲双手枕在脑后，笑了笑道："我是怕我说出来你会不高兴。"

"你说，我不会不高兴。"

许博洲突然坐起身，按亮了台灯。

房间变亮了，周晚眼前的一切变得清晰起来，靠在床头的他，薄薄的被子就滑下去。

借着昏黄的台灯光线，许博洲盯着周晚脸上的表情变化道："全亚航空的老板和我有点交集，她想追我。"

周晚很惊讶，喉咙里像被什么卡住道："没想到，你还挺吃香的嘛。"

周晚不自然抿唇的小表情被许博洲看得一清二楚，他内心得意得要死，但脸上装得淡然道："嗯，我就没少被人追。"

不知道为什么，她最不屑显摆，却偏偏此时就想赢。她说道："我也是。"

从小许博洲就喜欢珍藏周晚的小表情。她任性起来是和平时无趣、拘谨完全不同的灵动可爱，他也霸道地认为，这一面的她只属于自己。

"那你去见她，是因为工作还是别的？"周晚尽量让自己问话的语气听不出来带有醋味。

周晚就是太对许博洲的胃口，他就喜欢这种娇憨又有点傲娇的女生，能激发他骨子里的征服欲，一点点让她从嘴硬到抱着他撒娇。

内心窃喜的许博洲拍了拍旁边的枕头，命令道："过来。"

"既然知道你不会离开星荣，那我就不打扰你了。"

周晚转身想走，却听见身后掀被子的动静，高大的许博洲从身后将她抱入怀中，一起重重地跌落到床中央。

她慌张得直拍他道："许博洲，你放开我。"

灯光照在床上，影影绰绰，为了让周晚舒服点，许博洲转过身，将她抱在怀里，吓得她身体一抖，下意识只想逃。

许博洲将周晚捞回怀里，几乎是咬着她的耳郭说道："你现在应该知道我对你有多重要了，再不主动点，我真要被别人拐跑了，你后悔都来不及。"

“你说过你不会走的。”周晚被许博洲结实的手臂锁住，她的脸贴着他滚热的胸膛，复述了这句让她记忆深刻的话。

许博洲低笑道：“周晚，你还真霸道。”

“我哪里霸道了？”

“我一直单方面付出，可怜兮兮得不到你的回应，你还不允许我有二心，这还不霸道吗？”

周晚被许博洲紧紧地箍在怀里，几乎要窒息。她一烦，索性转过身，面对着他问道：“回应？你想要我给你什么回应？”

许博洲替周晚掖好被子，亲了亲她的额头道：“睡吧，明天一起去公司。”

第二天一早，周晚下楼就看到在厨房里忙活的康叔。闻到了香味，她立刻跑到了餐桌前。

好久没吃康氏蛋堡了，她抽出餐椅，还像个小女生一样，捏起蛋堡，开心到摇头晃脑。

“香不香？”康明走过来。

周晚咬了一口，用力点头道：“好吃，还是一样的味道。”

“喜欢吃以后就经常来，住这里都行。”许博洲洗完澡从楼上走下来。他没好好穿衣服，就裹了一条浴巾，胸膛上还挂着未擦干的水珠。

康明尴尬地提醒道：“少爷，周小姐在呢，快把衣服穿上。你们现在都不是小孩了，还是要注意点分寸。”

许博洲和康明对视，没说话，只笑了笑，然后很自然地坐到了周晚身边，吩咐康明道：“康叔，帮我拿一瓶冰可乐。”

“你有点咳嗽还喝凉的？”周晚转头叫住了康明：“康叔，你给他倒一杯热水，再拿点止咳的药。”

许博洲立刻变乖，举起双手投降道：“康叔，给我热水。”

康明笑道：“少爷还真是从小到大都听周小姐的话啊。”

许博洲的目光只要落到周晚身上，眼里就只有宠溺：“那当然，老婆的话，我当然要听。”

周晚用手肘顶了顶许博洲，他自然地握住了她的手道：“你大晚上闯进我家，在我房里过了一夜，你以为康叔这把年纪还能单纯以为，我睡地板，你睡床呢？”

她害羞地低着头笑。

康明边往厨房走边笑着说："为了庆祝少爷脱单，我给你的蛋堡多加一个鸡蛋。"

餐桌旁是愉悦的笑声。

突然，门外传来了脚步声。

不像是一个人，而是好几个人。

许博洲和周晚同时抬头看过去，周晚立刻推开了他揽在自己肩上的手臂，进来的是许父还有许博洲的哥嫂。

蒋听书见到没穿上衣的许博洲，下意识扭开了头。

许博声站到了蒋听书身前。

康明立刻给许博洲拿来了一件卫衣。

许博洲套好衣服后，和家人打招呼，但唯独没有理许庭桉，一声礼貌的"爸爸"都没有叫。

许庭桉习惯了，他让康明加三副碗筷，再让阿姨多做几份早餐。

随后，康明进了厨房。

等餐时，许庭桉看到和许博洲坐在一起的周晚，打量了一会儿，轻声地问道："晚晚，你怎么这么早就来了？"

周晚擦了擦嘴，微笑解释道："哦，我来找许博洲说点工作上的事。"

这谎撒得脸不红心不跳的，许博洲佩服。

周知然这个女儿，许庭桉非常喜欢，知书达理又会管理公司，懂分寸又知礼节，总之各个方面都完美到无可挑剔。

唯一不满意的就是，老和自己那个没谱的儿子玩到一起。

"怎么不吃煎蛋？"许博洲的眼里只有周晚，声音温柔到令人错愕。

桌前有他的家人，周晚浑身不自在。她敷衍地回答："我已经吃很多了，吃不下了。"

"小鸟胃。"

只要眼睛没瞎的人，都能感受到眼前的男女有多暧昧。

不过桌前三个人，有两个人都"视力"不佳，只有蒋听书敏感地察觉到了许博洲和周晚的关系进展神速。她看了一眼自己冰冰冷冷、毫无感情的丈夫，心生羡慕。

她想不明白，同一个父母生的兄弟，怎么差别就这么大呢？

早餐上桌后，许庭桉边吃边对周晚说："晚晚啊，你也到年纪该处对象了，不要还像小时候一样，老和许博洲黏在一起。”

周晚没出声。

这话听得许博洲不高兴了。他长臂一伸，懒懒散散地搭在了周晚的椅背上，对许庭桉说：“你怎么胳膊肘往外拐呢？周晚这么好一个女孩，怎么就不能是我的女朋友呢？”

许庭桉冷哼一声道：“就是因为周晚是一个特别好的女孩，她就不可能看得上你这种混小子。”

火药味弥漫开来，许博洲放下手，身子往前躬：“那如果周晚真成了我女朋友呢。”

许庭桉又是不屑地低声哼道：“要是我真有那福气，你真能让周晚嫁给你，我叫你一声爸爸都行。”

刚喝了一口水的周晚，被许父的话惊得差点呛到。

许博洲得意地打了一个响指道：“你最好记住这句话。”

许庭桉摇摇头，不再说话。

两日后，是许父的生日。这年生日，许庭桉没有大张旗鼓地办，而是选择在自己的庭院里和老友们聚聚。

周家这边，周母舒槿恰好回加拿大探亲，周浔破天荒在出差加班，所以只有周父周知然和周晚参加。

以往父亲过生日，许博洲是能不参加就不参加，人不是在澳大利亚，就是在港岛，反正不归家，一通几秒钟的电话是他唯一的孝心。

不过这年，他的心境截然不同了，但并不是因为和许庭桉的关系有所缓和，而是因为周晚会来。虽然他的身份暂时未公开，但在他心里，已经把她认定成要娶的人，也就意味着，这天就是他们第一次“见家长”。

再轻狂的人，也经不住爱情的规训。

他的节奏永远都要比周晚快那么几步。

早晨从郊区骑行回来的许博洲，在厨房里喝冰饮。他靠着厨台，身上的白T恤都湿透了，隔着门缝，他看到父亲请的几位私厨在外面忙活。

康明拎着一些食材走进来，顺便问道：“今天周小姐也来，你们是打算趁先生生日向大家公开吗？”

许博洲一怔，又灌了一口冰气泡水道：“暂时没打算公开。”

康明听到这话，想教育两句：“少爷，男人谈恋爱就要有责任感，周小姐那么好，况且你们也是从小玩大到的好朋友，你可不要辜负她。”

许博洲有苦难言，只轻飘飘地一笔带过道：“不是我不想公开，是她不想。”

康明愣住。

“她说，我和她毕竟是老板和员工的关系，她暂时又要把重心放在重整星荣上，想等过段时间再说。”

康明听后只底气不足地问：“少爷，你确定过段时间周小姐会公开吗？”

“当然。”许博洲头转向一边，盯着手中的玻璃瓶，不知道在回忆什么，津津有味的，笑了笑，“你都不知道她有多喜欢我。”

中午时分，周知然和周晚一同赶来，为许父送上了贵重的贺礼。

许博洲自然想在第一时间见到自己的女朋友，人还未进门，他就站在里屋的门边守候。隔着幽静的长廊、水池，周晚也能感受不远处投来的炙热目光，不敢和他对视，一直挽着父亲的胳膊往前走。

“周叔叔，中午好。”许博洲礼貌地打招呼道。

周知然笑着拍了拍许博洲的肩膀。

见周晚迟迟没和自己说话，许博洲故意逗她，说道：“周晚姐姐，怎么来我家都不和我主动打招呼？”

周晚瞪了许博洲一眼，而后看见了房间里冲自己招手的蒋听书。她推开许博洲，说道：“我去找你嫂子。”

许博洲拽住周晚的手腕，身子向后，贴到她耳边，极小声地说：“错了，她也是你嫂子。”

当着一众长辈的面明目张胆地调情，周晚真是怕了他。她挣脱后，立刻小跑到蒋听书身边，二人一起进了书房。

其实周晚和蒋听书的接触并不多，但由于两个人的年龄相仿，尤其是性格相似，都属于温温柔柔的类型，所以还挺合拍。

蒋听书出生于书香世家。她是一名作家和画家，留着一头长及腰的波浪卷发，总爱穿各式各样的连衣裙，整个人散发着二十世纪油画美人的文艺气息。

窗户旁的画架上是一幅画好的油画。

色泽鲜艳，是盛夏里的田间小道，小道里走来一男一女。女生手捧一篮鲜花，男生则在后面偷偷看她。人物都只是侧脸，看不出来具体的样貌，但画面朦胧、青涩的暧昧感很强烈。

“画得好美啊。”周晚不禁感叹道。

蒋听书讲述自己作画的由来：“这是某一次，我偷看到的画面，当天晚上我就用笔画下了草稿，我也给这幅画取了一个名字。”

“什么名字？”周晚问道。

蒋听书看着周晚说：“*Secretly like her*，偷偷喜欢她。”

浪漫的画名配上画面，让周晚的心一下子就软了。她说：“好好听的名字，好适合这幅画，不知道他们现在有没有在一起。”

蒋听书看着画里的男生，笑了笑，说道：“可能男生已经如愿以偿了吧。”她接着问，“你喜欢这幅画吗？”

周晚点点头，说道：“喜欢。”

正是因为喜欢艺术，所以她才创立了知和艺术馆，但她很难会因为一幅画而产生类似少女情窦初开的悸动。

蒋听书挽住周晚的手臂，说道：“那我把这幅画包好以后送给你。”

“送我？”周晚有些吃惊。

“嗯，画和人也是讲究缘分的，我觉得这幅画就应该摆在你家。”

“谢谢。”

蒋听书慢慢走到画架旁，弯下腰，双手提着裙摆，投入地欣赏自己的画，突然问周晚：“晚晚，你有没有想过，会不会你的生命里也有一个男生，像画里这样一直偷偷喜欢你呢？”

周晚忽然被问住，没有回答。

生日宴是午餐，私厨不断往餐桌上摆新鲜的美食，好让桌上的宾客随时享用。

十几个人围着圆桌，纷纷举杯为许庭桉送上生日祝福。

一开始，许庭桉和周知然几个老友边喝酒边回忆往事，而后许庭桉便看向了周晚。

他是怎么看怎么喜欢周家这个姑娘，问道：“晚晚啊，要不要叔叔给你介绍不错的男孩？”

周晚笑着摇摇头道：“许叔叔，您就别操我的心了。”

周知然用力地拍了拍许庭桉的肩膀，说道：“你不是还有一个没成家的儿子嘛，怎么不撮合撮合，光把我女儿往外人身上推呢？”

许庭桉指着许博洲说："就这难管教的浑小子，你能看得上？你敢把晚晚托付给他？"他瞪着一双喝过酒的红眼看向许博洲，"我对他的婚姻，不抱什么希望。"

"有你怎么说儿子的嘛。"周知然无奈地摇头，"你可别丢了老婆，又丢了一个儿子。"

丢了儿子这句话并不敏感，敏感的是前一句，许庭桉不悦道："今天我生日，你怎么哪壶不开提哪壶？我跟她都离婚十几年了，我还会在意她吗？她要和谁结婚，和谁过，都和我没关系。"他又给自己倒了一杯酒，一口闷进嘴里。

周知然深谙许庭桉的性格，他是死要面子活受罪。

"博声，你的同学不错，可以给晚晚介绍一下吗？"许庭桉立刻把话题从糟心事上移了回去，"就是上周，我们一起吃饭的那位，Gary。"

许博声身旁刚好坐着周晚。他一身笔挺的西服，坐姿端正，转过头对周晚说："Gary 就是港岛创丰集团的继承人杨贤乐，你认识的。"

周晚点点头道："哦，原来你们是同学？"

"嗯，我们高中到大学念的都是同一所学校。"

"难怪有时候我看他发的朋友圈和你的场合是重叠的。我还说呢，怎么会次次都那么巧，原来你们总一起练习击剑。"

"嗯，是的。"

许博洲听着周晚和哥哥聊另一个男人，脸色瞬间沉下来。

他的目光一直落在周晚脸上，见她谈起陌生男人还笑得灿烂时，占有欲越来越强烈，像火包裹着他。

"我和他其实是在纽约一次艺术展上认识的，当时我在弄知和，他正好也有兴趣，所以我们才有了第一次合作。"

"嗯，那你们还挺有缘的。"

蒋听书突然拉了一把许博声，将盘子里的虾推过去，说道："你帮我剥虾，好不好？"

许博声这才结束和周晚的聊天。

男人的名字也终于消失在了许博洲的耳畔。

许博洲拽住周晚的手腕，将她拉起来，对长辈们浅浅鞠躬，说道："抱歉，我突然有点工作上的事想要找我的老板聊聊。不好意思，你们慢慢享用。"

在所有人的注视下，周晚就这样被许博洲莫名其妙地带上了楼。

饭桌上，少了周晚和许博洲，许家姑姑开始把矛头对准一对真夫妻。

许姑姑边优雅地喝汤边问道："博声啊，你和听书结婚都快两年了吧，怎么还是没有好消息传来？"

这个"好消息"，很明显指的就是生宝宝。

许博声看了一眼蒋听书，礼貌地回答："是这样的，我和听书结婚的时候商量过，头几年不要孩子，多享受一下二人世界。"

蒋听书摸了摸额头，轻轻叹了一口气。

许姑姑急道："那不行啊，还是早点要孩子比较好。"她推了推许庭桉，"你难道不想早点抱到孙子孙女吗？"

许庭桉摊开手道："我不干涉他们的生活。"

许姑姑瞪了一眼许庭桉道："你确实也没工夫管两个孩子，离了婚还和前妻纠缠不清，也不知道她给你灌了什么迷魂汤。"

许庭桉尴尬地垂下头。

忽然，默不作声的蒋听书笑着对关心自己的长辈说："其实呢，我很喜欢小孩，我也做好了随时要宝宝的准备。"

饭桌上是欣喜的笑声。

只有许博声有些惊愕，他转头看向自己的妻子。而蒋听书并没有在意他，端着酒杯和长辈们一一敬酒，笑得甜，说话也甜。

二楼的卧室，门开了一道细缝，许博洲一只手揽住周晚的腰，另一只手则握着她的手机，刷着那个叫"Gary"男人的朋友圈。

他讲话毫不留情面道："一般嘛，各方面也不过如此。"

周晚蹙着眉小声喊道："许博洲，你要不要这么幼稚。"

"我就是幼稚，只要一碰你，我根本做不了什么好人。"许博洲贴着她的耳根，呼吸温热，"原来你不理我的那段时间，身边多了这么多男人？"

手机发烫，许博洲不仅看到了这位港岛富少的照片，还看到了自己女朋友给他的点赞，不是一条和工作有关的内容，是私生活。

他哼了一声："不喜欢给男朋友点赞，但是能给其他男人点赞，是吗？"

"这只是正常的维护关系。"

许博洲"哦"了一声道："那看来我还没有客户重要？"

“你不要这么小心眼好不好？”

“可是很喜欢一个人，就是会小心眼的，知道吗？宝宝。”最后那声亲昵的称呼扫过她的耳畔，带出一阵酥酥麻麻的痒意，他低头去吻她白皙的肩颈。

许博洲还有点委屈道：“我自认为已经很努力了，不知道周总什么时候才愿意让我见见光呢。”

周晚轻轻踢了许博洲一脚道：“才两个月而已，你就等不了了？”

“也不是，”许博洲说，“只是看到周总身边总是冒出不同的男人，我也会有危机感。”

周晚笑了。

星荣在羽志国际机场旁的新办公楼正在装修，估计能在隔年年底投入使用。周一一早，许博洲和纪燕均前后脚到了旧办公楼，上午十一点一起飞东京。

更衣室里，两个人在换制服。许博洲刚扣上最后一粒衬衫扣，纪燕均就钻到他胸前从上至下闻了闻，吐出两个字道：“爱情的酸臭味。”

一个沉浸在恋爱里的男人，就算是骂他，也丝毫不介意，甚至会觉得那是羡慕嫉妒。

许博洲笑着打紧领带，拍了拍纪燕均的肩膀道：“阿晴竟然同意他父亲的安排，回港岛和剑桥博士相亲，我也不知道你到底哪里有问题。”

说话时，他朝纪燕均瞟了一眼。

纪燕均也总有办法回嘴道：“小心太得意，半路被Penny踹掉，更丢脸。”

两个大男人习惯了用毒舌的方式互相调侃。

不过闹归闹，一工作起来，他们身上就看不到一丝浮躁。

“飞东京而已，许机长要预备这么多油吗？”收到指示后，机场的几个同事在工作台上议论。

许博洲从后面走来，先和空乘组的同事打完招呼，然后对刚刚提出异议的女同事说：“最近日本的天气比较反常，多预备一点油，以便遇到突发情况，我们有足够的油能飞去别的机场。”

“好的。”女同事点点头。

纪燕均单手撑在工作台上，调侃道：“光看我们许机长的外表，是不是看不出来他其实是这么严谨的人？”

女同事在笑，低头悄悄说：“其实你们都看不出来。”

纪燕均一怔，直起身笑道：“啊，讲话这么一针见血的女孩很少见。”

一旁的许博洲在和时雪菲喝咖啡，纪燕均刚走过去，却看到了一个熟悉的人。他礼貌地鞠躬道：“周总，早上好。”

私下是朋友的女朋友，但工作上始终是尊敬的老板。

周晚这天会飞港岛，她起得早，想顺便来办公楼看看。

见周晚的目光一直停在沙发上，纪燕均端着一杯美式咖啡，在一旁偷笑道：“分明是来查岗的。”

许博洲倚着沙发，敲了敲咖啡杯，问道：“周总，喝咖啡吗？”

“谢谢，不用了。”周晚装得和许博洲不相熟，对其他要飞的机组人员说：“听说日本最近天气不好，总下雨，你们一定要注意安全。”

“好的。”

“好的，周总。”

休息区穿着制服的飞行组人员同时点头。

周晚随手拍了拍身旁纪燕均的肩，说道：“辛苦。”

“周总，应该的。”纪燕均目送周晚离开，身后有一阵风扑来，是冲自己走来的许博洲。

许博洲小心眼地盯着纪燕均被周晚拍过的肩膀，他立刻做了一个砍胳膊的动作。

出办公楼前，周晚去了一趟洗手间。她刚推开门，就被一只有力的手臂拽去了旁边的消防通道。

许博洲双手撑在周晚的身体两侧，高大的身躯将她完全罩住：“今天我飞东京，你去港岛出差，又有一周见不到面，你到底在躲我什么？怕什么？”

周晚声音很虚：“我没有怕你。”

“我要走了。”周晚推许博洲。

可许博洲就是不走，一双灼热的眼睛就这么盯着她。她被盯得脸滚烫，一会儿还要赶飞机处理公事，她没法在这里和他暧昧来暧昧去。

“许博洲，我真的要……”周晚刚开口，许博洲就低头吻了下来，堵住了她的唇。

缠绵的吻停下来后，周晚终于能喘息，唇上的口红被许博洲吃掉了一半，甚至抹到了嘴角。她着急走，但许博洲抓住了她的手腕，又一次要求道：“再叫一声老公我就放你走。”

“别过分。”她紧张地瞪眼道。

许博洲湿热的气息覆在周晚的脸上，他声音低哑下来，拇指揉着她的虎口，故意装起委屈道：“飞行很累的，老婆给我点动力好不好？”

他富有磁性又温柔的嗓音又一次蛊惑了周晚，她的心跳声仿佛萦绕在耳边，与他深邃的眼眸对视，她轻轻说出了那两个字：“老公。”

周晚说完，整张脸都红了。

被逼着喊出这两个字，她满是羞耻感，不敢再与许博洲对视，一把推开他，可又一次被他拉回来。

许博洲将周晚拉进怀里，和她对视了几秒，声音含情道：“我还想听你对我说一句话。”

“什么话？”她问道。

“许博洲，飞行平安，我会等你回家。”

这是这些年来，他最想听她对自己说的一句话。

下午两点，周晚落地港岛。周氏港岛分部的助理Fred早早在机场等候接机。在前往半山别墅的路上，Fred和周晚将接下来三天的行程又过了一遍。

这趟最重要的事，是和福氏居签订合作协议。

两日前，纪爷终于同意了和星荣的合作。

这晚，纪爷在维港附近自家的酒店举办晚宴，周晚自然受邀出席。

她每次参加宴会，在着装上不会过分花笔墨，永远都是一条低调的纯色连衣裙，耳上和脖间的珠宝也不张扬，不过简约的款式更能衬托她的气质，内敛大气。

“Hi，李总。”

“Hi，方律师，好久不见。”

周晚一入场，就收到了各种各样的目光，熟脸太多，应接不暇。

周氏最鼎盛的时期，在港岛也名噪一时，当时也是纪爷的眼中钉，和周知然的斗争情谊也是那时结下的。

见纪爷还没来，周晚便在一旁和几位老板寒暄。由于最近星荣的势头很猛，大家都对她未来的计划很感兴趣，当然也少不了一些拍马屁的。

听得多了，她都不往心里去。

谦虚、低调，是父亲给她在生意场上上的第一课。

周晚的光芒在一个女人进来时，被削弱了一半。

女人一袭酒红色束腰裙，长长的波浪卷发披在肩膀一侧，港风熟女的气息扑面而来。周晚不太认得她，直到她上前和自己握手道："Hi，Amy Leung，梁诗琪，全亚航空的创始人。"

周晚一惊，微笑着握住了梁诗琪的手道："Hi，Penny Chau，周晚，星荣……"

"我当然知道你是谁。"梁诗琪抢过话，笑道，"在港岛，应该没有人不认识周氏集团的Penny Chau。"

周晚笑着点点头。这时，纪爷的助理走过来，悄悄对她说，纪爷在茶室里等她。她于是和梁诗琪告别道："不好意思，我有点事要和纪爷聊，我们一会儿再聊。"

梁诗琪握着酒杯点头道："嗯，你忙。"

宴会厅旁有一间茶室，纪爷每次不想社交时，就会坐在这里见见老友。见助理领着周晚进来后，他挥手让助理退下。

助理关上门后，他坐在椅子上边煮茶边摊开手说："坐。"

周晚却说："我是晚辈，站着就好。"

纪爷动了动眼皮，他早期没接手家族生意时，做过一段时间的空军飞行员，所以即使到了年纪，身子骨也比一般人硬朗，面相看着偏严肃。

茶水沸腾，他望着周晚，开门见山道："知道我为什么答应你吗？"

"我也很想知道纪爷同意的原因。"她说道。

纪爷端起煮沸的茶壶，斟了两杯上好的龙井茶，递了一杯给周晚，说道："茶叶是你爸爸送给我的，尝尝。"

周晚小心翼翼地捧着瓷杯，抿了一口，唇齿留香。她说："嗯，很香。"

"当然啊，我同意和星荣合作，并不是因为老周。"纪爷解释，"我和你爸爸这几十年的私交没话说，但是公事公办，要让我签字，必须打动我。"

周晚笑了笑，说道："嗯，因为我知道纪爷是这样的性格，所以当你愿意签字的时候，我才更有成就感。"

纪爷盯着眼前这个看似柔弱但能量巨大的女人，不吝啬夸奖道："有野心的女人，比男人更容易成大事。"

周晚道：“谢谢。”

纪爷把话题绕回来，摩挲着掌心，说道：“我纪量鸿做生意到现在，能挣钱的方式、渠道数不胜数，我的财富这辈子、下辈子、下下辈子都用不完，所以我向来对那些找上门来想和福氏居做联名的人是不屑一顾的，说白了，能给我挣钱，这根本打动不了我。”

周晚并不觉得纪爷狂妄，因为这是事实。她求教地问道：“所以纪爷为什么会答应和星荣联名呢？”

纪爷坐直了身体，盯着周晚道：“因为你很厉害，你竟然让我看完你最后一版方案，掉了眼泪。”

周晚惊讶。

纪爷笑笑，继续说：“福氏居是我当年想要证明自己做的第一个食品品牌，它的灵感来自我的外婆，我想让所有人吃到我福氏居的菜，都能找到家的感觉。但是随着我生意越做越大，在金钱和权利的世界里，我忘记了初心。很早我就将福氏居‘家的味道’的概念，改成了更符合时下潮流的新概念。所以，当我看到你方案里那句话，‘我想让每个坐上星荣的人，都能吃到家的味道’时，我一下子就很有感触。”他低头长叹一口气，“能像你这么不浮躁，做什么都认真、用心的富二代，不多。”

“谢谢纪爷的夸奖。”周晚始终面带微笑，“其实在你驳回了我前两次的方案时，我陷入了瓶颈期。就在我没有思路时，我找纪燕均聊了聊天，他和我说起了您创立福氏居的故事，刚好，我也想起了我一位好朋友说过的话。”

“什么话？”纪爷好奇地问道。

周晚想起那个人，眼里有光，虔诚道：“他说，他喜欢开飞机，是因为他想将每一个乘客都平安地送回家。”

纪爷听后，笑了。他忽然起身，走到她身边，试着问道：“不知道这么能干又漂亮的周家大小姐，身边是否有伴侣呢？”

周晚愣住。

纪爷竟然想做媒道：“我有三个儿子，最小的那个还没有结婚。”

这话说得够直白，周晚摇头笑了笑道：“纪爷，您私自牵红线这件事，纪燕均知道吗？”

纪爷道：“要进我家门的人，必须我满意。”

周晚拒绝，她的理由更直白：“很感谢纪爷对我的欣赏，但是我已经有了心仪的人。”

在纪爷面前坦白，连她自己都没想过如此自然。

纪爷悄悄问道：“是谁？我保证不说出去。”

周晚低头笑了笑，并没绕弯，说道：“纪燕均的好搭档。”

纪爷赫然一惊道：“Glen？”

“嗯。”

周晚和纪爷分开后，回到了宴会厅。不过该见的人已经见了，她就准备叫助理来楼下接自己。忽然，她被人叫住。

是梁诗琪，她勾了勾手道：“周总，这边聊一会儿。”

周晚跟着她去了露台。

露台上没什么人，梁诗琪点了一支烟，还递了一支给周晚，问道：“抽吗？”

周晚摇头，说道：“不好意思，我不抽烟。”

“嗯，一看你就很乖。”

海风拂面，撩起两个美人的长发。周晚站在一旁，竟然看梁诗琪看得出了神。因为美，她是那种很浓烈的美。

她在想，许博洲这么有定力？遇到这种级别的美人都不为所动？

像是知道她在想什么，梁诗琪吐了一口烟雾，看向周晚说道：“我是四年前认识 Glen 的，我第一眼就看上了他，看上的不光是他的专业能力，还有他这个人。”

周晚一点也不厌恶梁诗琪的说话方式，甚至觉得她很酷。

“但是，”梁诗琪话锋一转，火星在手指间飘散，“他这个人吧，就是冷冰冰的，又特别固执，不管我提出多么诱人的要求，他都不愿意跟我。”她又抽了一口烟，继续说，“我和他很久没见了，当我知道他去星荣的时候，我还挺纳闷，他这么有抱负的人，怎么会跑到一个这么垃圾的航空公司。直到我知道是你接手了星荣，一切疑惑都有了答案。”

这次换周晚疑惑道：“为什么这么说？”

梁诗琪卖了一个关子，又说起另一件事：“我想挖他来全亚，一开始他不停地拒绝和我见面，直到我跟他说，如果他愿意来我这里，并且和我在一起，我就愿意退出福氏居的竞争，把机会让给星荣。”

周晚一惊，她没想过许博洲是为此去见的梁诗琪。她问道：“所以你退出福氏居的竞争，是因为他？”

她脑子有点乱。

梁诗琪笑道："Glen说，周晚是全世界最懂他的人。我看，他好像错了，你竟然认为他会因为这个条件而选择我？"

周晚没有出声，在回忆许博洲当时对自己说的话。

梁诗琪掐灭了烟，拍了拍周晚的肩，说道："我没有退出竞争，是纪爷驳回了我的方案。而Glen的原话是，只要星荣一天是你的，他就不会离开星荣，也不会离开你。"

从别人的嘴中听到许博洲的承诺，比亲耳听见他说的话，对周晚更有冲击力。原来他那天说的暂时不能说出的理由是这样的。

见梁诗琪要走，周晚及时叫住了她："梁总，恕我问得比较冒昧，我怎么觉得好像一直以来，许博洲总在你面前提起我？"

梁诗琪看着周晚那双迷茫的眼睛，俯身笑了笑道："那你有没有想过，频繁提起你，是因为，其实他一直都很在意你，只是你不知道罢了。"

周晚心头猛地一震，呼吸一窒。

梁诗琪转过身，扶着门把，叹息摇头道："Glen确实很了解你。他说，你只是在感情里很迟钝，但是他说，他等得起。"

两个人的视线在通道昏暗的光线里交织着，但也难掩眼底的情波。周晚没有拒绝，说给他听："许博洲，飞行平安，我会等你回家。"

温柔到极致的声音包裹着他的身躯。

一刹那，他觉得自己的启程不再孤独，也能抵万难。

周晚和梁诗琪分开后，上了助理Fred的车。

从维港回半山别墅的路上，经过了一片片霓虹闪烁的街景，目不暇接。车在狭窄拥挤的马路上缓缓穿梭，周晚忽然对Fred说："先不回半山，开去湾仔。"

"好的，周总。"Fred驶入了另一条街区。

从熙攘的皇后大道拐进来，周晚让Fred收工，她这晚住另一个地方。

Fred走后，周晚独自沿着圣佛兰士街一直往前走，快走到尽头时，她仿佛忽然从喧闹不止的都市找到了一片可以安静栖息的小角落。这是整个港岛，她最喜欢的街道，"日月星街"。

温柔的月光洒在斜坡上，周晚走到了"月街"，在一间灰棕色工业风的酒吧前停下了脚步，耳边似乎回响起那晚淅沥的小雨声。

那是四月上旬的某一晚，许博洲已经从祁南转回港岛上学大半个学期了，而他们也有三四个月没有见面。三月中旬，许博洲兴奋地告诉她，他和崔斯杰“take turns band”能在港岛办小型演出了，她自然也替他高兴，并承诺一定会在四月三日到场为他庆贺。

只是，她被繁重的学业和父母的厚望压得喘不过气。最后，她放了许博洲的鸽子。

周晚：“许博洲，对不起，我没有办法到港岛看你的演出了，等我们考完，我一定过来弥补你，你想吃什么，我都请你……”

信息很长很长，但她只收到了一条非常简短的回复。

“嗯。”

这是许博洲第一次对她如此冷淡。

她慌了，怕他生气，于是腾出周末的时间飞去港岛。

走到大厅里，周晚原本想自己打车去许博洲家，却没料到，她一眼就在人群里看到了熟悉的少年。他身上黑色的冲锋衣也遮不住他身上的光彩，就好像无论何时，他都自带光芒。

他人来了，话却异常少。

“走。

“带你吃饭。

“今天刮风，气温低，你没带外套吗？

“披上。”

就这样，许博洲的冲锋衣一直罩在周晚身上。她瘦小的身子被宽大的外套裹着，委委屈屈地缩在他身旁，时不时将手从长长的袖子里伸出来，去戳他的手臂，轻声细语地说“对不起”。

他只回应“嗯”。

傍晚，许博洲把周晚带到了湾仔住处楼下的一间餐厅，崔斯杰也在。

这顿饭能吃得愉快，全靠崔斯杰作“气氛王”。

饭后，三个人在街道上闲逛，路过那间棕灰色墙壁的酒吧时，他提议进去坐坐，反正都成年了，小酌不会出问题。

或许是酒吧氛围轻松，周晚的话逐渐多了起来。她和崔斯杰聊得畅快，面前摆着一杯粉红色的“柯梦波丹”。

她刚想抿一口，许博洲却夺走了她的酒杯道：“少喝点。”

她知道他是照顾酒量不佳的自己。

倒是崔斯杰喝高了，他被许博洲扶着走出酒吧，随手拦住一辆的士，坐进车里的他又和周晚聊上了，意犹未尽。

门“啪”的一声，被许博洲用力合上。

许博洲住在“EIGHT STAR STREET”，房子是他父亲的，他转来港岛读书后就送给了他。酒吧离小区不远，他便带着周晚步行回家。

爬着浅浅的斜坡，晚风吹来，一开始很舒服，直到风里夹杂了几滴雨。跟在许博洲身后的周晚叫住他：“许博洲，下雨了。”

就像是所有堆积的怨气都在这一刻爆发，许博洲双手插在口袋里，单薄的黑T恤被几滴雨打湿，雨珠一颗颗穿过树冠直直往下落，他没有出声，呼吸声很重，脸绷得很紧。

“对不起。”周晚知道许博洲还因为自己放鸽子的事生气，她不知道该怎么做，只能不停地道歉，“对不起……许博洲，我真的不是故意的……我和你解释过原因，你不要再生气了……”

雨没停，反而有变大的趋势。

高耸密集的大楼下，狭窄安静的道路上，少女追在少年身后，冲锋衣上也湿了一截，白皙的脸颊挂满了雨水，压弯了睫毛，眼前一片水雾。

她想把许博洲拽到一旁楼下去躲雨，却见他突然停下了脚步，背对着她，语气比滴在她手背上的雨水还要冰冷道：“你，三月九日出生，阴历二月十七日，出生在有夕阳的傍晚；你第一次在幼儿园收到小红花，是因为画了一幅漂亮的夕阳彩笔画；你第一次考满分，是数学；你第一次去广播站是高一上学期，播的稿子是《腾飞的梦想》；你第一次主动叫我出去玩，是小学二年级，去的地方是学校附近的小公园，我们一起荡了秋千，吃了冰棍。”

周晚惊住，那些过去很久的事，她都快没印象了，没想到他一一记得。

许博洲没回身，沉了一口气继续说：“你最喜欢的水果是蓝莓；你最喜欢的歌手是戴佩妮；你最喜欢的偶像剧是《流星花园》；你最喜欢的电影是《怦然心动》，你最喜欢爱情片，最讨厌恐怖片，看科幻片会睡着；你喜欢晴天，最喜欢夕阳，最害怕闪电……”他顿住，往后看向她，“你送我的第一份礼物，是亲手折了一罐子的纸飞机。”

“许博洲……”淋着雨，周晚连声音都在微微发抖，“你别说这些了，我们先躲雨好不好？”

他们没有吵过一次架。

可因为中途被迫分开，因为地域的距离，许博洲害怕起来，怕她不再把自己当最好的朋友，怕她不要自己。

他继续往前走，眼眶湿热。他讨厌此时自己的模样，他也想学大人的情绪稳定，可是一个十八岁的少年，哪里懂得成熟地处理感情问题，就是幼稚到想要用这种执拗的方式去获得对方的在意。

越是在意，越是让他用刺去扎疼喜欢的女生。

忽然，许博洲听见背后有哭声。他回头，隔着雨幕，看见周晚蹲在地上，抱着自己抽泣。他立刻冲过去，蹲在她身前，紧紧抱住了她。那一刻愧疚袭来，他甚至想扇自己两巴掌。

"对不起，周晚，你别哭了。"

周晚抬起头，漂亮的眼睛里没了光，眼眶红红的。她的身子在发抖，说道："我已经和你道歉了，我也不是故意的，如果你还是要生气，我真的不知道该怎么办了，我没有不把你当朋友……"她抽泣不止。

许博洲抹掉周晚脸上的泪水和雨水，也忍不住哭了，声音带着深深愧疚的柔情道："对不起，对不起……"

一晃，过去快十年，可有些深刻的记忆，并不会因为时间而被冲刷。

雨声在耳边收住，周晚走到"EIGHT STAR STREET"。

她上了楼，打开手机的备忘录，里面是许博洲之前发来的一份"资产表"，包括他所有银行卡的密码，以及全世界各地住所的地址与房门密码。

密码：510885。

一开始她还在想，这个数字有没有特殊的意义。可是想来想去好像都和他们无关，最后只好问他，他却给了一个幼稚到没谱的答案。

他说是谐音，意思是：我要你抱抱我。

周晚无奈地笑了笑，然后走进房间。

她打开灯，在房间里看了一圈，里面的装修和摆设几乎都没变，只是比以前有了更多的烟火气。看得出来，在港岛飞行的那几年，他有在认真生活，柜子上全是他从世界各地淘来的小玩意。

她随手拿起一个限量款的玩偶，笑着自言自语："怎么这么大了还喜欢奥特曼，真相信世界有光啊。"

屋子里只有她，但耳畔好像传来了许博洲的声音。

“嗯，我就是相信这个世界上有光。”

周晚浑身一抖，放下玩偶，走进了卧室。

她有点疲惫，想去洗澡，但眼神落在床上的一瞬间，又有一段记忆浮现在脑海中，衔接上了那个不愉快的雨夜。

那晚是许博洲牵着她上了楼。两个人都成了落汤鸡，在明亮的光线里对视了几秒，突然扑哧笑出声。

她用绣花拳头给了他一拳，嗔道：“坏蛋许博洲。”

他笑了，虽然眼中还有泪，但看得出来，他眼底的阴霾终于散去，是她和自己和解后的开心。

两个人先后洗完澡，然后在小小的卧室里尴尬对视。

因为这间公寓不大，就一间卧室一张床，许博洲说他睡外面的沙发，但听见他咳嗽了几声，周晚不忍心让他窝在沙发上睡，便第一次提议，说一起睡。

许博洲从柜子里抱了一床新被子给周晚。床很大，两个人躺着不算憋屈，中间还留出很大的安全距离。只是在关灯时，她紧张地说：“能开着灯吗？”

他明白原因，便留了一盏夜灯。

以前她也趴过他的床，两个人也一起躺在床上看过书，但成年后的心境变得不同起来。就像，以前她能把许博洲当作小孩、当作弟弟，但此时，她能感受到他身上，有着成年男性散发出来的血气方刚的气息。

“要不，我去睡沙发吧？我矮，我可以睡。”

周晚刚准备起身，许博洲却一只脚从被子里伸出来，压在她的双腿上，困住了她。她乱动道：“你干吗？”

他双手叠在腰腹上，睡姿板正道：“沙发坏了，还没来及换。睡在我旁边，又不是睡在别的男生旁边，还不够安全吗？”

周晚心想，也是，他是许博洲，她最信赖的好朋友。

“晚安。”许博洲闭着眼，温柔地说了一声“晚安”。

她也说：“晚安。”

屋子里只静了几秒，许博洲又开口道：“哎，我今天又烦又开心的，周晚，你真挺有本事的，全世界能让我心情起起伏伏的，只有你了。”

“夸张。”周晚说，“好了，睡吧。”

“我们明天去哪儿啊，坐摩天轮？还是去海洋公园？”

“睡吧。”

“要不去趟西贡也行。”

“许博洲，你别说话了，快睡吧。”

“不行，你这点体力，没到西贡就喊累了。”

“我们睡觉好不好？”

那一晚，他们睡得很平静，没有人逾越用被子隔出来的安全界限。

先醒来的是许博洲，他感觉自己的身体被压住，往下看，周晚整个人扑到了他身上。他想了想，她应该是把自己当成了家里床上的玩具熊。阳光从窗外洒进来，她的睫毛很长，映着浅浅的金色光晕，特别温柔，特别美。

“啊！”睁开眼的周晚，一声尖叫响彻卧室。

她想缩回被窝里，但被许博洲单臂扣住，搂在怀里，他就是喜欢逗迟钝缓慢的她。他说：“周晚，如果不出意外，不久后你肯定会去美国，我会去澳大利亚，到时候分开在世界两端，连季节都是相反的，你会不会立刻找到男朋友，一脚把我踢开？”

被箍得有些窒息，周晚边挣扎边说：“许博洲，你十八岁了，不是小弟弟了，不要这么敏感脆弱。我有事来不了，你就说我不重视你；我们去不同的学校要分开，你就说我会忘了你，我就那么薄情寡义吗？”她难受得动来动去，“啊，你放开我，我要呼吸不了了。”

许博洲低头看着周晚的脸，笑了笑，然后松开了她，语气从散漫变得格外认真道：“周晚，我八岁、十八岁、二十八岁、四十八岁、九十八岁，都会把你当作我生命里最重要的人。”

那时的周晚，只觉得这是一个调皮爱开玩笑的男生在乱讲话。但此时坐在床沿边的她，再回忆起那些事和那些话时，却感受到了不一样的含义。

她拿出手机，给远在东京的许博洲打电话。

电话被接通了，不过说话的是纪燕均。他们应该是在酒吧里，环境闹哄哄的，他说：“许先生很平安，正在感受岛国的独特魅力。”

“你给我走开。”许博洲在一旁低吼，听声音像是喝醉了，懒懒散散的。

周晚还听见了时雪菲的声音，她知道他们肯定是在正规的酒吧，就是纪燕均爱乱开玩笑。

纪燕均说："周总，别紧张啊，就我们三个人，都是自己人，你们那点情情爱爱的事，我们都知道。"

隔着屏幕，周晚红了脸。

纪燕均道："我们刚玩游戏呢，许先生今天的运气都花在了飞行上，连着输，喝多了。不过放心，他晚上和我睡。"

周晚偷偷笑出了声。

"你还聊上了是吧？"许博洲一把夺过手机，声音由远至近贴向话筒，"这是我老婆，清楚吗？"

一听就知道他确实喝高了。

那边纪燕均不屑地离场。

手机到了许博洲手上，他没说话，只是听着周晚的呼吸声都能一直笑。彼此沉默了一会儿，周晚把那句很想问的话问出口："许博洲，你是不是一直都喜欢我？"

听筒里没有回应，萦绕着酒吧里的歌声。

过了数秒，许博洲终于出声，但没说一个字，只是哼哼唧唧。

许博洲在电话里的两声撒娇，让周晚想起了一件以前发生的事。

他们初三时，风和日丽的一天，周晚约许博洲去逛新开的一家书店。他们都喜欢看书，一个喜欢看文学、传记，一个则喜欢看画册、摄影集。

两个人坐在窗边沉浸式阅读，出去时，外面已是黄昏。

回家走到半路，周晚说口有点渴，许博洲便去便利店买汽水。他结完账，看见周晚弯着腰在摸一个小男孩的头，手里还多了一袋粉晶晶的糖果，说道："你好可爱啊。"

小男孩害羞地说："姐姐也很漂亮。"

他被母亲带走时，还依依不舍地和眼里的漂亮姐姐道别。

周晚将这段小插曲告诉了许博洲，事情很简单，只不过是一个小男孩不小心把皮球踢到了她身上，男孩妈妈为了表示歉意，就让他把糖果送给她。

许博洲听完，冷笑道："他给你糖果，你就夸他可爱？"

周晚"哎呀"了一声，说道："他是弟弟嘛，夸可爱不是很正常吗？"

让她没想到的是，许博洲竟立刻反驳道："我也是弟弟，也没见你夸过我可爱。"

周晚忽然一愣，仔细想了想，自己确实从没夸过他可爱，可不夸是因为他和可爱不沾边。她捧着饮料慢慢往前走，说道："你是酷男孩，不是可爱男孩。"

许博洲的脸色顿时沉下。

才初三，他的个头就比周晚高出很多，连看一下他的表情她都得仰头，不一会儿，脖子都仰酸了。她说："你该不会是生气吧？"

他依旧没说话。

周晚笑着说："好啦，你很可爱，你比刚刚的小男孩还可爱，能笑一下了吧？"

许博洲忽然停下脚步，双手插在牛仔裤里，俯身，盯着她的眼睛。

他想要被摸头的示意很明显。

身边人来人往，周晚闪躲道："你别这样，很奇怪。"

许博洲抬起眼，幼稚地强调道："我也是弟弟。"

周晚很了解他不达目的不罢休的性格，最后，无奈地伸出手，像摸狗狗一样胡乱摸了摸他的头，敷衍道："好了，好了。"

许博洲从小就特别在意自己的外表，但凡被人碰乱发型，他一定发火，唯独周晚怎么揉他的头发都没关系。他的嘴角终于有了弧度，像要到糖果的三岁小孩一样。

那是周晚第一次觉得，这个爱装冷酷的家伙也有可爱的一面。

这晚，周晚没再逼喝醉的许博洲要结果。

原本的三天行程，也因为要陪纪爷出海，而多加了两天。

落地祁南那天，是晚上。

周晚刻意没告诉许博洲下飞机的时间，说到原因，她认为有点荒谬。因为近一周出差，身体很疲惫，她只想一个人抱着猫猫窝在床上好好休息，如果和他在一起，一定免不了一番精疲力竭的折腾。

回家的路上，周晚忽然接到了姜姨的电话，说让她立刻回家一趟。

半个小时后，她赶回了别墅，隔着大门就听见了争吵声。

是舒槿在斥责自己一向心疼的儿子。

"你明明就是周家的少爷，家里的钱都是你的，几辈子都花不完，你为什么要屈尊降贵去做那些基层工作？"她气完又心疼起来，摸了摸儿子瘀青的脸，"搞成这样，何必呢？"

周浔推开母亲的手，说道："妈，就这点小伤，上点药就好了。"

坐在椅子上的周知然严肃地朝姜姨挥手道："去给阿浔拿点药膏。"后面补充的话，是特意说给妻子听的，"破了点皮而已，是不是要闹进急诊室？"

舒槿拉着儿子的手，眼里含泪道："你不心疼，我心疼。"

"妈，我真的没事。"周浔一脸无奈道。

舒槿一急，冲丈夫喊道："周知然，你能不能给阿浔安排一个经理的职位？"

"不能。"周知然想都没想一口回绝，"你不能对女儿严格要求，对儿子就过度宠溺吧。"

见丈夫这里行不通，舒槿只好哄儿子道："阿浔啊，你没必要这么辛苦，听妈妈的话，不去了，好不好？"

周浔还是摇头道："不好。"

一时间，舒槿气得说不出话来。

站在门外的周晚，旁观了母亲心疼弟弟的画面，这让她想起了过去一些心寒事。

都说女儿才该当公主宠，可她从小就被母亲忽视。母亲会关心弟弟每天过得开不开心，但只会严肃地质问她为什么没有考到满分。再比如，同样是对待小动物，弟弟说想养狗养猫母亲会同意，甚至会立刻让姜姨备齐宠物用品，而她说想收养公园的流浪猫，母亲却批评她，说她不应该在这些事上分心。

她不明白为什么母亲对自己的孩子差别待遇会如此之大，直到有一天，她无意间在花园里，偷听到了母亲和姨妈的聊天。

姨妈摸着母亲的手说："我知道你想给周家生下长孙，好稳固你的地位，但事已如此，你只能认命。"安慰完她又出招，"其实啊，晚晚很聪明的，资质不比男孩差，你培养她就好，让她给你在家族里长脸，也是一样的。"她记得姨妈还补充道，"反正女孩子以后都是要结婚生子的，等她栽好了树，让阿浔乘凉就好，你说是不是？"

声音渐渐从花园里消失，周晚平复了心情才走进屋里。

见到女儿回来，周知然立马起身抱住了她，恭喜她拿下了福氏居，夸她做得非常棒，是他的骄傲。她也期待母亲能夸自己，可舒槿只淡淡笑了笑，说："回来了，就准备开饭。"

失望会有一点，但不多，毕竟周晚已经习惯了和母亲的相处方式，看淡一点，她才能活得开心，至少她还有一个很爱自己的父亲。

走在前面的舒槿又看了一眼儿子脸上的伤，这次她强势要求道："我不管你愿不愿意，周一我就会和人事打招呼，你必须乖乖待在家里，不要去遭那些罪。"

"不是，妈，我去工作怎么就是遭罪了呢。"周浔本来就烦，回家这么一闹，他头次和母亲呛了起来，"我好不容易适应了工作环境，好不容易融入了群体里，好不容易做出了点成绩，下个月我就要述职了……"

"周浔。"舒槿低吼，"你是周知然的儿子，和那些工薪阶层不一样，被那些为我们家打工的人指着鼻子教训，你不要脸，我要脸。"

周浔很不耐烦："妈，我舒舒服服过了二十多年，我今年都二十五了，还是一事无成。我真的不想再被人说是废物了，我也想做出点成绩来，证明给自己、给爸爸、给姐姐、给你看，我也不想再让别人帮我擦屁股了。"

他几乎是扯着嗓子在吼。

舒槿眉头一皱："谁帮你擦屁股了？你做过什么我们不知道的事？"

气到不想再说一句话的周浔，转身就冲出了屋子。

周晚问姜姨要了点药膏，然后跟了过去。她看到弟弟并没有出家门，而是站在墙角用踢墙壁的方式发泄。

"转过来。"周晚温柔地对弟弟说话，想给他上药。

周浔是在生自己的气："像我这种废物，就应该让我自生自灭。"

她笑了笑："你不是一直都被放养吗？日子过得不也有滋有味的？"

他突然被噎住。

等周晚又说了一次"转过来"，周浔才听话地转过身，药膏很刺激，他疼得喊出了声，右边的脸鼓得像一个小包子。

"怎么搞的？"她关心地问。

周浔揉了揉肿痛的脸说："我和陈莞去谈项目，结果那个老板看上她了，把她拉到了厕所里想做那种事。我忍不了，上去就是一脚，结果被老板的助理打了。"

"他不知道你是谁的儿子？"

"刚开始不知道，后来知道了，差点给我下跪。"

周晚双手环在胸前，上下打量起弟弟来："你喜欢陈莞啊？"

周浔立刻否定："我怎么会喜欢她？"

"那你为什么要为了她动手？"

"换成别的女同事，我一样这么做。"

"你什么时候是这种见义勇为的性格了？"

"……"

周浔再次被噎到说不出话。

"但是你这样做是对的。"周晚说，"我不允许自己的员工受到任何侮辱，这件事，你和陈莞都不要有压力，我会单独和你们部门的领导谈。"

"嗯，谢谢姐姐。"周浔立刻改口，"哦不，谢谢周总。"

周晚揉了揉弟弟的脑袋，然后好奇地问起了另一件事："对了，你刚刚说总替你擦屁股的人，是谁啊？"

"……"周浔一惊，抿紧唇摇头。

"谁啊？这么神秘？"

见撬不动弟弟的嘴，周晚想了一招，她伸手去挠弟弟的痒痒："周浔，你说不说？不说我就解雇你，让你在家里做废物。"

"饶了我吧，姐。"周浔最怕痒了，一直躲。

"说不说？"

"姐，我真的不能说，我答应了他的。"

"他？男他女她？谁啊，你不说我今晚都睡不着了。"

"哎呀，你就放过我吧，我真不能说。他开飞机的，一身腱子肉，我打不过他，他一拳过来，我半个人都、没、了……"

意识到说漏嘴的周浔，立刻捂紧嘴，瞳孔睁大。

"开飞机的？许博洲？"周晚惊讶地问。

周浔整个人紧张到牙齿都在发抖，嘴里的字乱七八糟往外蹦："不、不是、是、是不、是……"

即便最后周浔没有表明那个替他擦屁股的人就是许博洲，但他还认识几个开飞机的男人。在家里吃过晚饭后，周晚回到车里给许博洲打了一通电话，问他在哪儿，想见他。

电话里，许博洲语气闲适："老地方。"

这个老地方想都不用想，自然是"Eagle Room"。

车只能停在实验中学外面的路边，周晚下车后，穿过深巷，走到了矮房的楼梯旁。扶着栏杆下楼时，她看了一眼四周的环境，刺耳的蝉鸣声划过她的耳边，她不免感慨，上次来还是春天，一转眼就盛夏了。

而她和许博洲的关系，竟然也从朋友升级到了恋人。

木门拉开后，里面传来杆子撞球的声响，还有几个男人聊天的声音。周晚看到了许博洲，还有他的两个好哥们儿，崔斯杰和纪燕均。

“嫂子来了。”崔斯杰撑着杆坏笑。

周晚脸红耳热：“崔斯杰，你别乱说话。”

“我哪敢乱说话啊，”崔斯杰拿起杆子拍了拍旁边许博洲的背，“我要是敢在你面前乱说一句，这小心眼的家伙都得揍死我。但我要是说了，他没反应，就代表啊，说到他心坎里去了。”

纪燕均在对面笑。

天花板很低，头顶的几盏白炽灯照得周晚更热了。明明成年了，但突然有种回到了上学时，被同学调侃她和许博洲关系的紧张感。

“嫂子害羞了。”崔斯杰这个人，从小到大讲话就这样。

许博洲眼一瞪：“一边去。”

他什么破德行，崔斯杰还能不清楚，就是心里爽到了还要死装的男人。这一声令下后，他和纪燕均放下球杆，坐到了后面的椅子上。

“找我？”台球桌边安静下来后，许博洲看向周晚。

周晚脸上还浮着羞涩的粉晕，她点点头：“嗯。”

许博洲转过身又挥了一次球杆，看着球进洞后，他才哼了一声：“你不让我接，落地了也没个微信、电话的，我以为你又忘了我呢。”

因为有外人在，周晚说话声音很小：“我不是这个意思。”

他转过头，盯着她的眼睛：“你就是，你就是怕我。”

她经不起挑逗，一紧张，便用手堵住了他的嘴：“你能不能别乱说话。”

没再玩暧昧，许博洲直起身，握着球杆问：“这么急找我，出什么事了吗？”

太想把弟弟的事弄清楚，周晚开门见山地问：“这多年来，你一直帮阿浔，为什么不和我说？”

许博洲只怔了几秒，然后又弓下背，瞄准球，用力挥杆，云淡风轻地说：“举手之劳而已。”

“真的只是举手之劳吗？”

“不然呢？”

周浔的性格，周晚很了解。

如果到了要找人擦屁股的地步，事情一定不简单。她安安静静地站在一侧，就这么看着许博洲，不知为何，一想到他默默做过那么多事，眼眶就红了。

余光瞥到她，许博洲感觉她都快哭了，于是俯下身，将脸凑过去。

“你干什么？”距离恍惚间拉近，周晚吓了一跳。

许博洲冲她挑了挑眉：“既然你不信这只是我的举手之劳，非要这么感动的话，那就亲一下我，当是给老公的奖励好了。”

话钻进耳朵里时，周晚的脖子都红了一大片。

椅子上的两个男人都要听吐了。

许博洲斜眼给出警告：“还看？”

崔斯杰和纪燕均拎起运动包，以最快的速度离开了台球室。

台球室少了两个外人，小情侣之间的暧昧气氛越发浓郁。

许博洲还在等待脸颊吻，但周晚却推开了他快凑到自己嘴唇边的脸庞：“许博洲，我是在认真问你，你认真回答我好不好？”

缓缓直起身，许博洲靠在台球桌边说：“都说了只是举手之劳。”

周晚几乎是卡着他的落音点抢道：“阿浔和我坦白了上次他和陈莞的事，都闹到警察局了，最后是你帮忙解决的。”

许博洲低头一笑：“是这样的，如果周浔真的做过对不起陈莞的事，我一定不会帮他。相反，我还会让他坐穿牢底，再给陈莞磕一百个响头。”

周晚认他的理：“嗯，如果他真做过，我也不会维护他。”

“嗯。”许博洲懒洋洋地耸肩，“所以又能费我多少力？无非就是当天我刚好有空，然后花了点时间跑了警察局一趟，再费了点力气教训了他一顿。”

周晚垂眸，忽然惊道：“所以阿浔突然改头换面是因为你？”

许博洲径直走向休息椅，下午和两个哥们儿骑行回来，又打了一个小时的台球，身上被汗湿的T恤都黏在了皮肤上。他三两下脱了，从运动包里掏出干净的黑T，没着急穿，而是边朝周晚走边回答：“如果真是这样，那我还真没白教训他。”

周晚眼神下意识往旁边的球台上挪：“我都不知道原来我们分开的这些年里，你在背后做了这么多事，我突然变得好像有点不了解你了。”

一双修长的腿在周晚身前定下，许博洲将T恤的衣角往下一扯，弓下背，双手撑在球桌两侧，将人圈紧，挑着眉看她：“所以说你没良心嘛，十几年的好朋友一分开就不要了，最后连节日祝福都懒得发懒得回了。但是我不同，你每件事我都了解。”

周晚不信，轻哼一声：“你在悉尼，我在波士顿，后来连联系都变少了，你怎么可能知道我每件事？”

她触到的那道目光陡然变得炙热，就像在用眼神反驳她的话。

对视着，许博洲忽然玩味一笑：“敢不敢和我玩游戏？”

“什么游戏？”

“一个能增加对彼此了解的游戏。”

“别卖关子了，说。”

手指在周晚和自己身上点来点去，许博洲眼眸里透着一股子坏劲：“既然在台球室，我们就玩球，谁先进球，谁就可以问对方一个和自己相关的问题。”

周晚听明白了游戏规则，就是论球技，她完全不是他的对手，这不是明晃晃地欺负她嘛。她刚想抗议，他先开口：“我连续进三次才算赢一次，如何？”

算是公平，周晚点了头：“好。”

许博洲关掉了其他两盏灯，然后走到音响旁，选择了那首颇有年代感的经典老歌——*Can't Take My Eyes Off You*。

这是他很喜欢的歌，除了旋律，他喜欢歌名和歌词的直白。

——“我的视线无法离开你”

爵士蓝调绕在耳畔，就像是一个手中晃动着红酒的男人，用缠绵而炙热的眼神紧紧包裹着他心仪的美人。

当男声咬着歌词唱出“You're just too good to be true/你就是这么的美好，仿若梦幻，Can't take my eyes off you/我的视线从你的身上再也移不开了”时，他的视线穿过白织光影，紧紧落向球桌旁周晚。

而幸运的是，这一次，她也看向了他。

许博洲将球杆递给了周晚：“你先。”

周晚接过球杆，一开始打球的姿势怎么都摆不对。于是许博洲从背后环着她教了几次，她才调整对姿势，瞄准黄球，用力推杆，竟然一杆进洞，她骄傲地抬起头冲他笑。

“来，随便问。”许博洲靠在台球桌边，一副愿赌服输的模样。

周晚就是不信他有说的那么了解自己，她挑了一个没有他参与的事件问去：“我到波士顿后的第一次出行旅游是哪里？”

她有把握，自己一定赢。

“尼亚加拉大瀑布。”许博洲想都没想就回答了出来。

周晚惊道：“你怎么知道？我应该没有和你说过，我也没发过照片。”

许博洲双手环胸，直直地望着她：“你是没有说过，也没发过照片，但是隔了一个月，我去波士顿找你，你在饭桌上和那个叫珍的女同学聊天，说你们第一次去尼亚加拉大瀑布的旅行很顺利。”

这些在饭桌上的闲言碎语，周晚一个字都不记得，没想到许博洲却记得这么清楚：“你脑子里到底能塞多少东西啊，这些闲聊的话你也能记这么久？”

许博洲立刻驳回：“对你来说是闲聊，但对我不是。”

“为什么？”

“因为我小心眼，谁让你出去玩不带我。”

“……”

知道他是在开玩笑，周晚笑了笑：“好了，继续。”

因为上盘是她赢了，所以这盘还是她先打。她这次瞄准了绿球，只是挥杆的力气不够，球跑到了另一侧，撞散了其他球。

轮到许博洲了，他球技很好，之前崔斯杰还开他玩笑，说要是做不了飞行员，不然去做斯诺克运动员。

不用想，连着三杆全进了球袋。

看着晃荡的球袋，周晚开始紧张起来。

许博洲撑着球杆问：“我十八岁生日那天，许了什么生日愿望。”

周晚的脑袋在高速运转，她能想起来，那次，他说不想叫其他朋友来，于是他们拎着蛋糕去了天文台。不料中途下起了暴雨，他们只能坐在楼梯间里等雨停，但是等到了天黑雨势还未变小。

最后，他们只能在楼梯上拆开了生日蛋糕。

大雨直往栏杆上打，溅了一地的雨水，伴着淅沥的雨声，周晚唱起了生日歌，许博洲在楼梯间里许下了他十八岁的愿望。

周晚答：“你说想成为优秀的飞行员。”

许博洲点头：“嗯，还有呢？”

“还有？”她只记住了这一个。

他说：“嗯，还有一个。”

无论怎么回想，周晚都记不起许博洲许的第二个生日愿望。他身子朝前一俯，轻轻敲了敲她的额头：“我们离开天文台之前，我用手指在玻璃窗上写下了第二个生日愿望，你是一眼都没看啊？”

“你写了什么？”她问。

他一字一字清晰说道：“我写的是，我希望没有许博洲陪在身边的周晚，也能一直开心一直快乐。”

周晚一怔，她顿时想起来了。那会儿见雨停了，她着急想走，于是拽着许博洲就往楼梯口走。回眸的瞬间，看到他拿手指在玻璃上写写画画，视线很偏，看不清写了什么字。

没想到，她错过的是这样一句祝福。

游戏在继续，周晚终究不是许博洲的对手。

她又一次输了。

挑了一次高中的回忆，许博洲问道：“我们第一次出游……”

话刚说一半，周晚抢答：“是在崇燕岛，我们去了水族馆，吃了刨冰，还看了夕阳。”

“嗯。”许博洲点头后，话锋一转，“但我要问的不是这个。”

周晚怔住：“那是？”

“晚上我们在海边的酒吧玩，你把我推上台，说要我唱歌给你听，记得吗？”

她想了起来：“记得，好像是和一个乐队。”

“嗯，当时我唱了什么歌？”他问到了重点。

出其不意，周晚再次被难住。她拿起桌上的球杆，轻轻打了打许博洲的腰，不满道：“你是不是就想看我输，故意问得这么偏。”

许博洲抓住球杆，笑笑：“我只是没想到，我们一起做的事，你都没印象。”

周晚放下杆子：“好了，我输了，我是真不记得你唱了什么歌，你说答案吧。”

许博洲指着她的耳朵说：“答案你都听见了。”

看向音响的瞬间，周晚也想起了那晚的情景。

夏夜的海浪层层推向沙滩，点了灯的小酒馆里，拿着酒杯的男男女女，摇晃着身姿，和台上的乐队，一起唱着这首 *Can't Take My Eyes Off You*。

那个穿着沙滩印花衬衫，抱着吉他的少年，格外耀眼。

一开始她也在唱，后来有电话进来，她便分了心。

她也想起了打电话来的人，是宋存。

周晚愧疚地扯了扯许博洲的衣角，他以为她是要撒娇，没想到她却说了一句“下次再唱给我听”。

他无奈地摇摇头，应了一声“遵命”。

游戏再次开局，许博洲抹了抹巧粉，将杆子递给了周晚，让她先打。见她前两次都没击中，他提议，要不别玩了。但已经被激起胜负欲的她，瞄准球，精准挥杆，动作越来越娴熟。

他侧身靠在球桌边，看美人打球，是一种享受。

周晚赢了，撑着球杆说：“既然你剑走偏锋，那我也不客气了。”

“OK。”许博洲很随意。

反正目的是让他输，于是她挑了一件很久远的事问：“我十四岁的生日许了什么愿望？”

“你没有许愿。”许博洲思维清晰，“因为从小你就说，愿望应该放在心底，说出来就不灵了。”

周晚真想知道他的脑袋是什么做的，好像关于她的每件事，他都事无巨细记得一清二楚。

他并不是什么记忆力超群的人，只是长了一颗“周晚脑袋”，自己有些事他都想不起来，但只要是关乎她的，他全部刻进了脑中。

许博洲替她回忆：“生日那天你拉着我去书店，你花了一下午的时间看完了一本书，书名是川端康成的《藤花与草莓》。”

周晚惊呆，被提醒后，仿佛一切历历在目。

顺着回忆，许博洲扯到了一件青涩的事：“而且那天对于你来说不仅是生日，还是另一个很重要的日子。”

“什么、日子？”周晚的生活被大量的生意、社交填满，连日程都要卫也提醒，她很少有时间去回忆那些年少时期的事。如果不是和许博洲重逢，或许她早就忘了自己还有过那么多有趣、鲜活的时刻。

许博洲望着她说：“是你初潮的日子。”

周晚又惊又羞：“这种事，你干吗记得这么清楚？”

许博洲身体斜靠在球桌上，懒散地耸耸肩：“因为，那是我第一次和唯一一次，给女生买卫生巾。”

周晚想起来了，确实如此。

那次，她刚踮起脚把书放回柜子上，许博洲就走过去提醒她，说牛仔裤上红了一小片。她仓皇地跑进洗手间，看到内裤上丝丝血迹，知道自己是来了月经，把裤子弄脏了。她只好向他寻求帮助，很不好意思地托他去买一包卫生巾。

几分钟后，他拿着一包卫生巾进了书店。等她出来后，他立刻脱下外套，围在了她的腰上。出去以后，他也一直走在后面，像是用身体当墙，替她挡住周围的视线，缓解她的尴尬和紧张。

“这些年，又是学习又是做生意，我好像都失忆了。以前那些事，要没有你，我压根儿想不起来。”周晚低头叹气。

许博洲拥住了她，贴在她颈边柔声问：“还玩吗？”

周晚有点玩累了，反正结果很明显，她赢不了许博洲，也承认过去对他没有那么上心。更多的时候，她是在依赖这位“好朋友”，而他，也远比她想象中的更了解自己。

她说了一句“不想玩了”，想去沙发休息一会儿。

突然，两条强有力的手臂将她高高托起，猝不及防被放到了台球桌上，男人滚热的呼吸覆向她的鼻尖：“那我们玩点别的。”

周晚问：“怎么玩？”

许博洲双手撑在球桌两侧：“两轮快问快答。”

她同意了。

白炽灯从头顶打下，直直地照在桌面上。周晚逆着光，不知是被许博洲盯太久，还是被灯光照射的缘故，脸颊泛起红晕。

许博洲先发问：“我最喜欢什么颜色？”

周晚：“黑色。”

她反问：“我最喜欢吃什么食物？”

“最喜欢吃姜姨做的金汤蟹黄豆腐、康叔做的蛋堡、何李记的馄饨，还有许博洲做的滑蛋饭。”

周晚扑哧笑出声来：“你那叫滑蛋饭吗？明明就是煎蛋盖饭，蛋还是焦的，我们两个做饭能把灶台炸了，姜姨严令禁止我们出入厨房。”

“挺好，至少在做饭这方面，我们很般配。”

字句、语气都正儿八经，但她却从他的眼神里读出了对这句话不一样的理解。

“继续。”

“嗯。”

轮到许博洲了：“我最喜欢的食物是什么？”

题目变正常，对周晚来说没难度：“你最喜欢吃康叔做的姜丝焖鸡，还有实验中学外面那家阿强的面店，嗯，还有姜姨做的葱油饼。”

周晚自认为全对，可没料到许博洲又玩了心眼。他俯下身，压低了嗓音说：“错，这些都是我以前爱吃的，我现在口味变了。”

“你不能耍赖啊。”

忽然，她的耳朵像被他咬了一口，一句悄悄话进入耳里，脸色通红，下意识踢了他一脚：“变态。”

他一点也不介意她这么喊自己，甚至心底还有一阵爽感。

“这局你耍赖，不算。”

“行，我作弊，算我输。”

周晚继续游戏：“我最讨厌和最害怕什么？”

许博洲依旧没有丝毫犹豫：“你最讨厌虚伪的人，最害怕成为虚伪的人。”

或许是他的回答并不浮于表面，而是直击她的灵魂深处，周晚的心猛地剧烈颤动了一下。她不禁感慨，这么多年来，的的确确只有他最懂自己。

“那我呢，我最讨厌什么？最害怕什么？”许博洲反问。

周晚想了想，对上他的视线：“你最讨厌看不起你、诋毁你梦想的人，最害怕……”

“害怕什么？”

她忽然想让气氛变得轻松点，于是脑筋一转，换了一个答案：“最害怕严肃的博声哥，和喝醉酒的崔斯杰。”

说完，两人对视而笑。

许博洲没忍住亲了亲眼前那张可爱的脸，从额头、眉眼、鼻尖到脸颊都吻了一遍。周晚就这样双手撑在台子上，低着头看着他，如少女般娇羞。

或许是玩到了这里，周晚顺便想问点好奇的事：“哎，我问你两个问题，你要如实回答我。”

“好。”许博洲点头。

“第一个问题，你有喜欢过别的女生吗？”

“没有。”

“在澳大利亚时也没有？”

“没有。”

不管周晚怎么问，许博洲的眼神和语气都相当肯定。

她继续问：“第二个问题是，你什么时候喜欢我的？”

他的笃定在这个问题上僵住，垂眸看着地板上的光晕想了想，然后再抬起头反问她：“如果我说从很早以前就喜欢你，你会很开心吗？”

许博洲摇头叹气：“答不上来没关系，我知道你从来没喜欢过我。”

当关系渐渐变得更亲密，周晚对许博洲的在意程度在潜意识里会慢慢增加。比如，此时她见到他失落的模样，会搂住他的脖子，凑到他脸庞前，弯着眼角笑着哄他：“好啦，别臭脸了，我当然会开心啊。”

许博洲的目光被那张甜美的笑颜完全抓住，一丝一毫的余光都落不到别处。他很喜欢看周晚笑，她温柔的眼睛里仿佛落满了亮晶晶的星星，从小到大，无论他心情多不好，只要看到她对自己笑，任何烦恼都能被治愈。

在那段最难熬日子里，照片里她的笑容能让他续命。

“周晚，别这样笑。”许博洲声音忽然低沉，眼神也变得炙热。

“I love you, baby,

我爱你，宝贝

And if it's quite alright,

而且如此的强烈

I need you, baby,

我需要你，宝贝

To warm a lonely night.

去温暖这个良夜……”

一周来，周晚所有的压力，在这一刻得到了彻底的释放。

她不用和虚假的人社交，也不用虚假地微笑，在被许博洲拥抱的世界里，她可以随心所欲地做自己。

直到听见扳动打火机的声音，周晚突然想到一件令她疑惑了一段时间的事，反正今晚没少坦白，她就像谈心一般随口问去：“对了，我之前在看你简历的时候，就发现你有一年的空白期，休了整整一年，这很不符合你的性格。前两天在港岛，全亚航空的老板也和我提了一嘴，说你有一年多过得并不好，能告诉我，那一年，你发生了什么事吗？”

许博洲手指一顿，盯着烟头上猩红的火星子，出神到都看见了重影，手指被烫到也没知觉，藏在阴影里的一双眼睛忽然没了光。

第七章
胆小鬼

下午两点的机场，人流密集，长廊里人声嘈杂。

在某块较为安静的区域，许博洲坐在落地窗边喝咖啡，思绪还停留在前天晚上，在台球室里和周晚最后的对话。他还是没有完全向她坦白那一年发生的事，只轻描淡写说了说，不是刻意想对她隐瞒，而是他依旧没有勇气，在自己最喜欢的人面前，揭开那层带血的伤疤。

想着想着，忽然，他的目光被停机坪里一名指着星荣客机，娴熟指导的男人吸引走，直到被人拍了拍肩膀才回过神来。

走来的是时雪菲，她马上要飞柏林，这些年做空乘养成了几近变态的身体素质，不管什么时候飞，穿上制服立刻神采奕奕。

她笑话许博洲：“怎么？躲全亚航空的老板都躲到这里来了？”

许博洲握着咖啡杯，屏了口气：“我只是不想和她有任何交集。”

“大庭广众之下，她能怎么着你？顶多聊两句。”

“半句也不行。”

啧了一声，时雪菲调侃道：“男人要想成功上位，好像也挺不容易的哈。”

许博洲笑了笑：“好了，别嘲笑我了，叫我来有什么事？”

她直起身说：“也没什么特别的事，就是想和你说，我年底就不在祁南了，你让我保管的东西，要不要归还给你？”

“你不在祁南了？”许博洲一惊，“你要去哪儿？”

“阿德莱德。”时雪菲平静得像是早已做好了决定，“我应该不会再飞，我想进修，我联系了 Leo，很幸运他还愿意把房子租给我。”

“去多久？”

“一年？两年？”她又想了想，“如果住得舒服，或许就不回来了。”

“时雪菲。”许博洲闷着一口气念出了她的名字，他的确生气好友做决定前没有和自己商量，但大家都是独立的个体，他也无权干涉她的生活自由，只在沉了沉气后，伸出了手，“好，我尊重你的决定，祝你一帆风顺。”

时雪菲拍开他的手掌：“干吗弄得这么煽情，不过就是去澳大利亚而已，你随时都能带Penny来找我玩。而且你和陈航应该都知道我的理想，不是做空姐，而是……”

“建筑师。”他默契抢答。

她笑着点头：“嗯。”

他们对视而笑的眼神里，有即将分别的遗憾，也有对未来的祝福。

人生就是如此，没人能逃过离别，而对两个心智成熟的人来说，比起愁眉苦脸的依依不舍，抑或是对对方的决定怨声载道，不如笑着祝福对方前程似锦。

只要活着，且为自己好好活着，就足矣。

突然，停机坪里几个男人发生了冲突，时雪菲一眼就认出了那个傲气的家伙，转身就往员工通道跑去。

许博洲也迅速跟了上去。

“时朗。”时雪菲推开玻璃门，就对不守规矩的家伙吼道，“我同意让你过来看看，不是让你来打扰大家工作的。”

脖子上挂着耳机，模样散漫的男人叫时朗，是时雪菲的亲弟弟。

许博洲认出了男人，是上次在飞机上救了陈父一命的港大医学系学生。

一个学医的学生，怎么对机务维修如此在行？

时雪菲在许博洲耳边小声说：“不好意思，他是我弟弟。”

许博洲摇摇头，表示没关系。

时朗指着穿着工作服的维修人员说：“这架飞机在上次飞行中遭受过雷击，难道不是必须找出机翼上的烧痕，才能平安起飞吗？”

满头大汗的维修人员见机长走来，边抹汗边说：“我们刚刚已经检查过两次，也复查过一次，都没有看到烧痕。赵机长说的也是怀疑被雷击，而不是一定，如果再继续检查，很可能会造成飞机延误。”

“延误影响大？还是飞机失事影响大啊？”时朗眯眼看了一眼维修人员的工牌，“啊，这位姓徐的哥哥，飞机重大事故的后果，你担得起吗？”

维修人员愣住。

“时朗。”时雪菲吼了一声，将时朗拽过来，严厉警告他，“你只是对维修感兴趣，学过点皮毛，但不是专业人员，别在这里给我的同事添乱，回去。”

时朗没走，而是吊儿郎当地问起了后面的许博洲：“这位帅哥，你觉得呢？

烈日当头，许博洲透过黑色墨镜，和这个顽皮小孩对视了几眼，然后对维修组的人说：“我去联系赵机长，再次确认雷击中的位置，以及我会和周总打声招呼。辛苦你们继续检查，机组人员和乘客的生命大过一切。”

“好，好……”一伙人又重新干起活来。

时雪菲有时候拿这个不服管教的弟弟头疼。

三人一起进去时，时朗双手插在裤子口袋里，在许博洲背后轻声一笑：“没想到这么装的男人，还搞暗恋这一套。”

许博洲一怔，还没来得及多问，他已经往远处走去了。

人来人往，舒曼拖着行李箱往登机口走。睡过头的她差点迟到，走太快，不小心迎面撞到了一个年轻弟弟。

“对不起。”道歉的时候，她觉得男人有点眼熟。

对时朗来说，这并不是他们第一次碰面，他笑了一下：“姐姐好像每次都很冒失。”

舒曼惊在了原地，一阵头皮发麻。

本周没有飞行任务，许博洲难得能清闲一周。

他原本想晚上接周晚下班，再一起去新开的法餐店，没想到临时收到了组里聚餐的通知，说是周总为了犒劳最近忙碌的飞行部和人事部，特意包了一家带庭院的私厨料理店，让大家放松放松。

烛光晚餐变成了员工聚会，他就是有怨气也没处出，谁让他的女朋友，对员工比对自己男朋友还好呢。

不过纪燕均那句逻辑诡异的话，倒是起到了一点安慰作用。

——“好在你女朋友是你老板，不然今晚，你只能一个人寂寞地吃冷饭，这么想想，心里是不是舒服点？”

从机场离开后，许博洲先去健身房泡了两个小时，然后回家冲了个澡，换了身舒服的着装，守时在庭院和组里的同事汇合。

他到的时候，长桌两侧已经坐满了人，大家你一言我一语，屋子里闹哄哄的。

进门第一眼，他就看见了正和同事笑嘻嘻聊天的方与泽，笑容还是那么假惺惺，表面温和健谈，实则是对他人的傲慢俯视。

姗姗来迟的周晚，以茶代酒敬了大家一杯。她坐在上座，但不知是故意还是巧合，方与泽坐在了离她最近的位置上。

见状，许博洲看了一眼卫也。感受到了死亡凝视的卫也，慌张地放下了水杯，以冷气吹头为由和许博洲换了位置。

身体对女朋友会有本能想亲近的反应，许博洲的手肘和周晚靠得特别近，已经超出了员工和老板的正常距离。不想引起员工误会的周晚，低咳了一声，他才不情愿地挪了回去。

玩什么鬼地下情？有时候，他真想不顾后果地宣示主权。

有人事部的 Anki 在，气氛就不会低迷，再加上最近和老板关系走得越来越近，她更是人来疯，几个小游戏下来，简直能把房顶掀了。

周晚一直没怎么说话，只是她要感受来自两侧极为不同的目光。

一边是许博洲的暧昧，一边是方与泽的虎视眈眈。

待了一会儿后，周晚中途去了一趟洗手间，出来的时候，迎面碰上了也去洗手间的方与泽。这段时间，她或多或少都和他有交集，毕竟他是集团派来辅助星荣招聘的经理，很多重要工作需要他汇报对接。

但像今天这样一对一的碰面，并没有过。

“Hi。”方与泽先打招呼，一旦没人，他总喜欢用过去的语气套近乎，“刚刚他们点了很多辣菜，你的胃舒服吗？要不要给你买点药？”

“没这么夸张。”周晚婉拒。

“因为你吃不了辣嘛，以前每次聚会，你一吃辣就闹肚子，我每次都帮你去买药，习惯了。”

“方与泽，我们现在不是朋友关系，而且你已经结婚了。”周晚提醒他。

方与泽尴尬地低头笑了笑，又叫住了要回大厅的她：“哦，对了，我听说下周你要去港岛见 Martin 机长，谈机长培训项目，我想和你一起去，不知道方不方便？”

“为什么？给我一个你必去的理由。”周晚以领导的口吻问。

方与泽双手交握叠在身前，背挺得笔直：“首先，我是集团派来帮助星荣招聘的人事经理，机长的培训项目，我有义务参与；其次，我认识Martin，他和我的私交不错，我想我能帮到你。”

顿了半晌，周晚只淡淡回复了一句：“好，我会考虑的，等我消息。”

方与泽：“好。”

周晚离开后，方与泽进了男洗手间，而角落里的人慢慢走了出来，许博洲躲在一侧听到了他们所有的对话。

这些构不成什么醋意，相反，他很欣慰，他的女朋友刚刚回击得很漂亮。

后脚，许博洲便进了洗手间。

在隔间里，他提好裤子后，听见了外面方与泽打电话的声音，好像是在哄孩子睡觉。

“宝宝乖，爸爸晚点就回来，你先睡。”

“嗯嗯，爸爸也想你。”

“亲亲。”

…………

正当许博洲以为门外的男人是什么二十四孝好老公时，方与泽的语气突然发生了三百六十度的转变，对妻子和对孩子是两种截然不同的态度。

方与泽对妻子说话的语气，是令人厌恶的居高临下：“关于这件事，你不要再和我吵了，我是不可能同意你出去工作的。你是一个女人，女人就应该在家相夫教子，小伊现在才三岁，正是需要妈妈的时候，你出去，谁管她？”

妻子想为自己争取，说话声很大，扩散在洗手间里：“可是我已经好多年没工作了，快要和社会脱轨了。你别忘了，我是北大毕业的，我也有自己热爱的事业，凭什么就只有你可以工作，而我不能呢？”

“你别和我大声嚷。”方与泽烦闷地扯了扯领带，“麻省理工厉害，还是北大厉害呢？我比你优秀，比你挣钱多，能让你锦衣玉食，你有我这样的老公还有什么不满意的？”

妻子的低吼，让许博洲听见了那个敏感的名字。

“方与泽，我就想问问你，如果当时你追到了周晚，娶到了周晚，你今天也会这样对她吗？！”

哪壶不开提哪壶，方与泽愤怒地手撑住洗手台：“我告诉你，在我眼里，天下女人的任务都一样，结婚生子，相夫教子。我就是娶到了周晚，我对她的要求也一样，她也得给我在家里做饭、洗衣服、带孩子。”

妻子在电话里呸了一声：“给你脸你还真不要脸了，你能娶到周晚？做梦吧，人家是周家千金，继承人，你是什么？你只是一个追不到人家，就想毁了人家前途的凤凰男。”

方与泽迅速掐断电话，迅速拉门而出。

在安静的洗手台前，许博洲听着水流声，若有所思，也回忆了一些往事。再回到大厅时，他看见方与泽换了一副面孔，和谐地融入集体里。

“许机长回来了，你可以当面问他了。”方与泽拍了拍 Anki。

“问我什么？”许博洲坐下。

Anki 有点喝高了，她眯着眼懒洋洋地上下扫视许博洲：“说你肯定是恋爱了。”

许博洲抿了口茶水，问：“为什么这么觉得？”

空乘组的同事搭腔：“每次和你飞，落地你放的歌，一首比一首骚，什么《可爱女人》啦，什么《今天你要嫁给我》啦，以我的嗅觉，你绝对陷入爱河了。”

另一个胆大的空乘也说道：“而且，好几次制服都遮不住你脖子旁边的草莓印，好嘛，许机长。”

“哇，你女朋友挺猛啊，哪国的啊？”

空乘：“是一个国家，还是几个国家的，这就不好说了。”

“也是，你们机长都玩得挺花的。”

…………

放下水杯，许博洲镇定地说：“我没那么花。”

Anki 好奇地问：“那为什么不公开？不公开一律当渣处理。”

“就是就是。”一旁的空乘八卦附和。

作为许博洲肚子里的蛔虫，纪燕均每次都喜欢做他的发言人：“有时候我们男人不公开，不一定是渣，也可能是女方不愿意公开。”

Anki 惊道：“什么女人能让你心甘情愿搞地下情啊。”

纪燕均帮答：“当然是，金钱、美貌都顶级的大美人。”

饭桌前啧啧声此起彼伏。

八卦完许博洲，以酒壮胆的Anki开始对老板下手。她捧着酒杯，笑眯眯地看着周晚："周总，我觉得你最近也不一样了。"

周晚淡淡地笑："我哪里不一样了？"

"你气色特别好，而且感觉每天都特别开心，有时候还盯着手机笑。"

"……"

卫也连忙咳嗽了几声，但是Anki还在继续："不知道哪位大老板能入得了周总你的眼。"

大家都在纷纷猜想，是哪位大老板或者年轻有为的继承人。

周晚不介意大家八卦自己，不过她也没有回答。

Anki隔空对卫也喊话："卫也，你给点提示呗。"

卫也一脸蒙："我、我能给什么提示啊。"

"周总的男朋友是哪位老板啊？"

卫也一紧张就结巴："我、我怎么知道啊。万一，万一，老板不喜欢做生意的呢。"

说完，他又一次想扇自己漏风的嘴。

就像抓到了什么重大提示，大家脑袋里的灯泡一亮，尤其是Anki，她看来看去，手指最后落在了纪燕均的身上，捂着嘴惊讶道："原来真不会空穴来风啊，我上次听说，福氏居的纪爷想要撮合自己的小儿子和我们周总。"

莫名其妙蹚进浑水里，纪燕均连忙解释："你喝多了，根本没这回事。"

那边有空乘在咬唇笑："我觉得纪机长和周总还挺般配的。"

话音一落，周晚看到身旁男人的脸色骤然沉下，眉毛拧得很紧。她立刻对大家的八卦喊停："好了，都别猜了，纪爷没说过这话，我和纪机长清清白白。"

许博洲不发一言，像是在期盼周晚对大家承认什么。

可惜他等来的依旧是周晚那句："我没有恋爱。"

八卦完，聚会也散场了，没一会儿，大厅里的人就走得差不多了。

周晚和卫也留在里面对工作。

纪燕均则被许博洲堵在洗手间里，见小心眼的好朋友撸起了袖子，纪燕均做保护状："Glen，我们这么多年朋友，你不信我？我爸对周晚说过什么，我真不清楚。"

感受到许博洲凌人的气势，纪燕均摊牌了："是，是，在东京的时候，爸爸确实给我打了一通电话。”

“说了什么？”

“……”

“说了什么？”

“说，他很遗憾，没能让周晚进纪家，也想不明白我哪里比你差。”

几分钟后，纪燕均和许博洲从洗手间出来，许博洲怎么可能动手揍自己的哥们儿，他只是想请纪燕均帮自己一个忙。

纪燕均自然同意了。

庭院里静到只有假山的流水声，是颇有禅意的幽静。

和卫也谈完工作后，周晚见到了在外面等自己的许博洲。不过Anki他们几个还在门口聊天，她用眼神示意许博洲再等等。

这一晚，被地下情折腾得够呛的许博洲逐渐失去了耐心，尤其是他看到方与泽竟然折回来，明目张胆地对周晚说：“我们顺路，如果不介意的话，我可以送你，顺便聊聊最近招聘的情况。”

周晚直接摇头拒绝，刚往前走一步，突然一道浓黑的影子像风一样冲过来，那条结实的手臂牵起了自己的手，快步往门口带。

“啊！”Anki被眼前的一幕震惊到，烟灰烫到了手，“什么情况啊，许机长牵周总的手？”

她转头问一起抽烟的空乘：“我眼没瞎吧？”

“没瞎，我也看到了。”

“背后议论老板，小心饭碗不保。”

“好羡慕周总啊。”

“……”

坐进车里的周晚惊魂未定，她扭头就能看见不远处的同事在对自己议论纷纷，她还没有做好公开的准备，眉毛皱紧，有点不悦。

许博洲却掰住她的下巴，盯着她的眼睛命令：“吻我。”

周晚没照做。

许博洲又凑近了一些，滚热的气息将她完全覆盖住，另一只手往车门上伸，坏笑：“你要是不主动，我就敢打开车窗，让所有人看到我们接吻。”

“……”

周晚很了解许博洲的性格，胆子大到几乎没有他不敢……打开车窗和她接吻，他甚至敢将她从车里拉出去拥吻。

她承认自己怕他，所以只好仰起头，在他的嘴唇上亲了亲。

亲得很快，别说他了，连她自己都没什么感觉。

这点蜻蜓点水的小恩小惠，许博洲哪里会满意，他低下头，低哼：“我们好歹也二十七岁了，能不能不要吻得这么纯情？”

周晚低着头，脸颊绯红，小声说：“接吻不就是这样嘛，还能怎样啊？”

“是吗？平时我是这样吻你的？嗯？”

他的头越来越低，一股热气喷洒在她的头顶，让她喘不过气来，白皙的颈部一片绯红。

“看着我。”许博洲喜欢在对视里接吻。

周晚慢慢抬起头，婆娑的树影在车窗上摇曳，深深浅浅地打在她的侧脸上。因为害羞，一双眼睛像含了春水般动情。

他忍住了吻她的冲动，索要道：“像我吻你一样，好好吻我。”

一旦进入到这件事里，周晚对许博洲有一种说不上来的感觉。他仿佛不再是那个曾经总跟在自己身边青梅竹马的弟弟，而是对自己具有侵略感的男人，每一个细节都强势到在逼迫她，必须从“男朋友”这个身份去适应他。

她手掌撑在车椅上，高高地仰起脖颈，吻住了他的唇，缓缓喘息。

这次的吻由周晚主导，在缠绵的吻里，她发现，原来自己根本不是什么冷淡的人，她也有欲望，并且不止一点。她喜欢和许博洲接吻，也会舍不得结束。

也许，这就是恋爱的感觉？

饭店门口那几个吃瓜群众还没有走，空乘想看车里的情况，于是装作是过马路往车前走，很快 Anki 便跟了上去。

空乘用手肘顶 Anki：“你干吗跟过来？太明显了。”

Anki 的眼睛一直往车里看：“我去那边打车。”

“你家的方向在这边。”

“没事，我很闲，绕绕路也行。”

“……”

突然，她们身后又多了一个人，是卫也。

Anki 吓了一跳：“你不是刚刚上车了吗？”

鼻梁上的眼镜，也好奇地往车里看戏，呆呆地说：“我、公司了，我走过去取。”

Anki 笑：“从这里走去公司至少半小时，你疯了？”

卫也的脖子伸得老长：“没事，我吃多了，散散步。”

Anki 拍他肩：“想偷看老板直说。”

“……”

一下子，三个人像一条慢爬的蜈蚣，朝车里探头探脑。

车里接吻的两位主人公根本没有意识到外面有人在偷看。

Anki 和空乘突然激动握手：“天哪，周总主动的，搞半天她的审美和我们一样。”

“别看了别看了，待会儿被发现了，咱们都得被开。”

空乘拽走了 Anki，回头却发现卫也还站在原地笑呵呵地看得入迷。

当天晚上，许博洲接到老胡的电话，说希望第二天下午替他飞港岛。他一口答应下来，回家整理了行李，带去了周晚家，把她折腾得够呛。

早上醒来的时候，周晚摸了摸脸，夸张到感觉脸上的红都没完全退去。

她随手扯起旁边那件男士白 T 恤套上，穿上拖鞋往客厅走。刚走到走廊里，就闻到了早餐的香气，有葱花和牛肉的香味。

困到一双眼睛都睁不开，模模糊糊的影子清晰起来时，她看见是许博洲在做早餐，边走边笑：“许家少爷心情这么好，竟然起来做早饭？”

许博洲回头，原本想回应她，但话到嘴边，却被她清纯又性感的打扮堵了回去。如果要出一个男人最受不了自己的女朋友穿什么的投票，那“男友的 T 恤”一定排前三。

“你看什么？”她瞅了瞅自己，不觉得有什么特别的，“我懒得拿衣服了，就穿了你的 T 恤，没洗呢，我都不嫌弃。”

周晚身上那股撩人却不自知的劲最让许博洲受不了，他一把揽住她的腰，把她往自己怀里拥。

她选择投降：“我一会儿还要开会，放过我吧。”

额头贴额头，许博洲轻声细语地说：“我要飞港岛，又有三天见不到面，你会不会想我？”

周晚没感觉别扭，大大方方地承认：“嗯，会。”

“会什么？说完整。”

她一字一字地说：“会，想，你。”

许博洲满意地笑了，将周晚圈进怀里，刚抱一小会儿，他又忍不住低头去吻她，亲得她耳根瞬间红了起来。

厨台上的两碗葱花面冒着丝丝缕缕的热气。

两人洗漱好吃完早饭后，许博洲在客厅里直接换起了制服。黑色的行李箱搁在一旁，在扣衬衫时，他忽然停下了动作，叫了一声周晚：“帮我穿衣服。”

让她替自己穿飞行员制服，是他无数次幻想过的场景。

周晚自然没有拒绝，刚刚擦了身体乳，浑身散发着舒服的清香。她个头不高，不穿高跟鞋时，需要踮起脚才能好好系扣。一颗、两颗……她慢慢扣，纤细的手指和许博洲结实的胸腹呈鲜明对比。

扣上最后一颗，她刚放下脚，许博洲忽然抓住了她的手腕，提醒她：“你还有两件事没有做。”

“哪两件？”

“亲吻和祝福。”

既然是恋人，总不能一直被动，她扶着许博洲的双臂，踮起脚，仰起脖子，在他唇上落下一个温柔的吻。

吻完后，她看着他的眼睛说：“许博洲，平安飞行，我会在家里等你。”

这句话，她总共说过两次，上次是被逼，这次算是半主动。不知为什么，其实是再稀松平常不过的一句话，但许博洲听后，眼里却有泪光在闪，眼眶很热。

每一次飞行，他都是孤独的一个人。

没有飞前温暖的祝福，落地也没有等他回家的人。

周晚今天的主动做得有头有尾，她开车送许博洲去了机场后，才回公司忙工作。一路上，她心情明媚，突然发现，主动去享受爱情，比被动地接受要快乐许多。

下午开完会后，她本来打算去找孟洋，但中途卫也说有一个叫陈莞的员工想见自己，她立刻改变了行程。

陈莞很奇怪，约见面的地址不是公司，也不是咖啡厅，而是天文台。

两人在入口处见面，随后陈莞带着周晚去了通向大海的木栈道。

天文台最漂亮的地方，就是这条能看见蓝色大海的木栈道，船只浮在海面，蜿蜒曲折的海岸线旁是翠绿的高树阔叶，傍晚时分的阳光没有午后那么刺眼，陈莞和周晚慢慢沿着栈道往下走。

其实她们的交集并不多，但上高中时，周晚的耳朵里经常会听见一个叫“陈莞”的名字，后来才知道，是和弟弟一个班的学妹。在她的印象里，陈莞很我行我素，被老师罚也不怕。

可是陈莞每次见她，都充满敌意。

一开始周晚并不知道自己哪里惹到了这个学妹，直到从弟弟的口中得知，因为她们名字里都有一个“wan”字，又在实验中学很出名，一个是各方面都完美，一个则是个性鲜明，所以一些无聊的男生喜欢拿她们做比较。有一次，几个男生欺负陈莞，故意数落她，说没周晚的命，就不要老说想在实验中学超过周晚。

青春期的女孩别别扭扭很正常，周晚根本没当一回事。

因为和陈莞的哥哥陈航是同班同学，一次无意间，她得知陈莞也有一个飞行员的梦想，那时，她觉得这个学妹超级酷。

“既然这么想做女飞行员，为什么上次要中途离开？人事给你打电话也不接。”周晚聊到重点。

陈莞没避讳：“家人不让。”

周晚想了想：“可是我记得你哥哥的梦想就是当飞行员，他现在没有在航空公司任职吗？”

陈莞的眼里有些许惊讶：“你是真不知道还是装不知道？”

“什么意思？我需要知道什么？”周晚听不懂。

昏黄的夕阳照在两人身前，透过朦胧的光影，陈莞盯着那双迷茫的眼睛，顿了顿后，说：“我哥哥完成了他的理想，成了一名优秀的飞行员，也有一个漂亮的未婚妻。但是在结婚前夕，他离开了人世。”

周晚一惊，连忙道歉：“对不起，我不是故意的。”

陈莞说完“没关系”后，是一阵无声的沉默。她攥紧了拳头，心颤抖得厉害，内心一番斗争后，她说出了噩梦般的事实：“害死我哥哥的人，是许博洲。”

“……”

见到周晚震惊的表情，陈莞忍着痛继续将事情叙述完：“原本那天，我哥哥和未婚妻约好了要去看婚纱，但是因为许博洲自私的请求，他选择替许博洲飞。在飞行过程中，遭遇强气流，不幸发生了空难，我再也没有了哥哥。”

她撇过头，用手背快速抹了抹眼角的泪。

陈航过世的消息来得太突然，周晚胸口像被厚石堵着，有点闷。即便她和许博洲现在是情侣关系，但此时她依旧站在陈莞身边，轻抚着她的背：“抱歉，是我无礼，提到了让你难过的事。”

她从包里取出手帕递给陈莞，但陈莞却挪开了身子：“在实验中学读书的时候，我最讨厌的就是你和许博洲。”

“为什么呢？”

“都一样假。”

周晚始终觉得陈莞就是一个别扭的小姑娘，她并不生气，而是用对待妹妹一样的方式哄她：“你可以说许博洲假，但是我怎么假了呢？”

陈莞一怔，她就是讨厌不管怎么被人说，都始终一副好脾气的周晚，她看着栏杆下成片晃动的树影说：“读书的时候，他们都说你哪哪都完美，我不信你没有阴暗面，所以有几次我故意激怒你。没想到你一次脾气都没对我发过，我确实对你有几分佩服，装完美装得不累吗？”

双手背在长裙后，周晚看着海，笑了笑：“我不是装，是懒。我每天因为学习压力，身体超负荷地运转，久而久之，我懒得和人起冲突，如果笑一笑能过去，对谁都好。”

陈莞沉默半晌，换了语气，又说起了另一件事：“直到后来我生日那天，几个男生围在广播站楼下数落我，你勇敢替我出头，我才发现原来自己这么小心眼。”

周晚和陈莞忽然四目相对，让她们同时回想起一件往事。

一天放学，周晚照例在广播站播节目，尾声是读稿点歌环节。她收到了厚厚一沓投稿，但时间有限，只能读三封，最后她看见了两封化名投稿，一个叫“实验中学第一帅”，还有一个叫“迷失的星星”，她自然挑了正经的名字。

投稿人是一个女孩，她讲述了自己当飞行员的梦想，并说自己想点一首歌——*Lost Stars*。

稿件不长，但每一句话都具有感染力，或许是因为心底也藏有一个梦想，周晚记得当时差点读到哽咽。

她温柔的声音混在歌声里，回荡在落满余晖的实验中学里。

"And the lambs are on the run

软弱的羔羊无止境地逃避着

Searching for meaning

却也幻想找到自己的价值

But are we all lost stars

我们也都是失落的星辰……"

歌声消失，天色也彻底暗下去。周晚准备去老地方叫许博洲一起回家，却在楼下，意外撞见被几个男生围起来数落的陈莞。

高个男生将书包朝肩上一甩，说道："啧，匿名干吗？整个实验中学只有你会做女飞行员的白日梦。"他又用流氓的眼神上下打量陈莞，"其实你身材和长相都还行，不如趁年轻傍个大款，比你追求什么狗屁梦想要实际多了。"

陈莞朝男生甩去一巴掌。她下手很重，男生的脸立刻红了。

他摸了摸脸，一气之下将陈莞推倒在地，揪着她的衬衫领口说："没什么背景，就别瞎动手。"

"向她道歉。"周晚从楼梯口站进了光亮里。

见到家庭背景过硬，又被全校老师着重培养的周晚，男生立刻松开了陈莞的衣领，拍了拍身上的灰，假模假样地鞠躬道歉。周晚先扶起了地上的陈莞，然后转过身，严肃地对男生说："'对不起'三个字很难说出口吗？"

陈莞终于见到了周晚的另一面，只是没想过，这样锋芒凌厉的周晚，却是为了替自己出头。

男生不敢得罪周晚，只能敷衍道歉道："对不起，是我不对。"

周晚的眼神如针扎在男生的身上，字字清晰地说："谁说女生不可以有宏伟的志向？实验中学年级前一百名里，女生就占了七十个。同样，飞行员并不是男生限定的职业，为什么陈莞不能做梦？为什么要用你们狭隘的思想去诋毁她的理想？你们是不是应该反省自己，为什么无聊到要在这里欺负一个比你厉害、比你酷的女生？"

男生羞愧地低下头。

陈莞则第一次向周晚投去了欣赏的目光。

天色暗下，天文台上的夕阳变得柔和，周晚和陈莞一起看着落日。

很长的时间里都没有人说话，后来，是周晚先开口道："从招聘现场临时逃跑，其实是介意星荣有我和许博洲，对吗？”

陈莞越过了这个话题，说出此行的目的：“今天约你出来，是想和你道歉。很抱歉，我过去总是对你充满敌意，也做过一些不好的事。”

海风拂过周晚的脸，她拨开飘扬的发丝，笑了笑说：“没关系。”她向陈莞伸出手，“星荣培训班永远有你的位置，欢迎你随时加入，不要浪费了上天给你的天赋和热情。我希望在星荣，在这个行业里，看到厉害的女机长。”

陈莞看着伸到眼前的手，在握住的瞬间，她好像与这个世界和解了。

周晚收回手，仰起脸闭上眼，去感受落日下轻柔的晚风，海浪声在耳畔回绕。她慢慢睁开眼，温柔的声音穿过海风，说道：“去飞吧，陈莞，带上你哥哥的梦想冲上云霄，去做一名优秀的女飞行员，去征服广阔的蓝天。”

翻滚的潮水声里，是陈莞有力的回应：“我一定会的。”

两个人赶在天完全黑透前离开了天文台。

陈莞说自己不习惯坐高级车，喜欢骑车回家。周晚尊重她的选择，毕竟她是那么酷的一个女生。

陈莞离开前，想起有一件事忘了问周晚，便推着自行车走到了豪车旁：“对了，那次你和许博洲在波士顿见面了吗？”

周晚一脸疑惑道：“什么？”

陈莞皱起眉：“许博洲那次拜托我哥哥替他飞，说是因为要去波士顿找你。”

回家的路上，周晚一直在回想自己和许博洲最后一次在波士顿见面的时间。如果没记错，大三那次，是他最后一次来波士顿找自己，不存在陈莞所说的工作后飞来找自己的情况。路上需要专心开车，她便没继续琢磨。

回到家，周晚洗了澡，然后把三只小猫都抱进了自己的房间。她躺在床上，翻阅起和许博洲的聊天记录来。

那一年十二个月里的日期几乎都是灰色的。

她随便点开一天，上下翻了翻，发现那一年，他们竟然只聊了十句话不到。每一次都是许博洲主动，而每一次都是以她的冷漠回答结束。

陈航去世前几天，他的确发来过信息。

Glen：“最近忙吗？”

Penny：“忙着知和艺术馆的事。”

因为忙碌，她没有回复过多的话，以他发来的表情包结束了对话。

后来，他们有几个月都没有聊过天。

那一年最后一次聊天是十二月，许博洲在十二月四日发来了一条信息。

“你在干吗？”

当时，她因为知和艺术馆的创业项目忙得焦头烂额，也因为压力过大，整夜整夜地失眠，这一问候最终石沉大海。

周晚突然想起来，这一年就是许博洲简历上空白的那一年。她翻开许博洲那年的朋友圈，像他那么爱分享照片的人，竟然整整一年一条动态都没有。只在除夕夜那天发了唯一一条动态，没有图片，没有文字，也没有定位，只分享了一首歌。

很巧，是*Lost Stars*。

周晚点击播放键，慢慢躺进了柔软的被子里，Adam Levine 极富磁性的声线萦绕在她的耳畔。她闭着眼，带着回忆哼唱了起来。

“Yesterday I saw a lion kiss a deer
昨天我目睹一只狮子轻吻了一头小鹿
Turn the page maybe we'll find a brand new ending
翻过陈旧的昨天，或许会迎来崭新的明天
……
But are we all lost stars
我们只是迷失的星辰
Trying to light up the dark
竭尽全力去照亮黑暗……”

直到歌曲结束，她依旧不知道这首歌对他的意义。

这一觉，因为疲惫，周晚睡得很沉，她做了一个逼真又诡异的噩梦。

她梦见自己去了世界北端的城市，那里是冰天雪地的极夜。她看到一个穿着飞行员夹克的男人站在湖畔想要轻生，她在梦里大喊，不断地劝阻男人。离奇的是，男人最后收回了脚步。

可在回头的瞬间，她看见的是一张再熟悉不过的脸。

是许博洲。

一通电话将周晚彻底从梦里拉回现实。

卫也告诉她，Martin 先生提前落地港岛，要参加下午的一场拍卖会。她听后，立刻让卫也给自己安排最近的航班飞港岛。

由于港岛暴雨，天气恶劣，最近的一趟航班安排在下午两点。

虽然比 Martin 先生晚到四个小时，但周晚没得选。她和卫也交代了后续工作，一个人前往港岛。

Martin 先生要去的拍卖会，在湾仔港湾道 1 号的君悦酒店举行。

这是纳宝德的拍卖会，此时在拍卖的珍品是一幅元明时期的山水画。因为不在竞拍者名单里，周晚无权竞拍，她默默坐在最后一排观看。

拍卖师是许博洲的母亲翟见薇。

竞拍激烈，在一众竞拍者里，周晚第一眼看到的自然是 Martin 先生。但总有一个男人和他竞争，听声音都知道是谁。

Martin 先生喊出 65 万的高价，许博洲立刻追加，喊出 70 万。

“75 万。”

“80 万。”

“83 万。”

“90 万。”

一幅不到一平尺的画快要破百万元，引起了现场不小的骚动。

Martin 先生带着怒气和许博洲对视。

旁观的周晚，焦急到想把许博洲从座位上拽走。本来 Martin 先生就很难搞，现在自己公司的飞行员还在拍卖会上和他对着干，她忽然有点头疼。

这幅画最后以 100 万被许博洲带走，这点钱对他来说，就是洒洒水。他走到台前，对收工的翟见薇说：“翟女士，Happy Birthday！这是我送你的礼物。”

他说完，看了一眼身后输给了自己的英国男人。

翟见薇收下祝福，亲了亲许博洲的脸，说道：“谢谢你，我的宝贝，一会儿见。”

“嗯，一会儿见。”

目送母亲离开，许博洲走到了外面视野宽阔的长廊里。他看见那个英国男人正双手环胸盯着自己看，说道：“你应该知道星荣求了我很久，想让我做飞行培训项目的导师。”

“嗯，知道。”许博洲在 Martin 面前站定。

“你知道，难道不是应该将画让给我吗？”

“为什么要让？”

“因为你是星荣的机长，你不怕我因此拒绝你们的邀请吗？”

许博洲拍了拍Martin的肩，笑道：“我相信，德高望重的Martin机长，不会因为一次竞拍就记仇。更何况我只是一个打工人。”

Martin 同样拍了拍许博洲的肩，凑近，对他笑道：“其实只要你叫我一声 daddy，或许我会立刻同意加入你们的飞行项目。”

许博洲脸色一沉，推开了 Martin 的手。

这时，翟见薇从后面走来，喊了一声 Martin。

Martin 走过去亲了亲翟见薇的脸，亲昵地叫她“honey”。

两个加起来快九十岁的人在这里你侬我侬，许博洲无奈。

翟见薇挽着 Martin，对许博洲说：“晚上见。”

“嗯。”许博洲连多看他们一眼都嫌腻歪。

母亲和男友走后，许博洲并没有离开长廊，因为他知道有人在偷听。他双手插在西服裤里，转过身对某一处的人说：“出来吧。”

躲在拐角处的周晚，悄悄探出头，然后慢慢走到了他身边。

“都听见了？”

“嗯。”

周晚扯了扯许博洲的袖子，说道：“原来 Martin 是翟阿姨的男朋友？”

一提起这件事，许博洲就烦。他眉头紧皱道：“嗯，以为她能找到更好的人，没想到又找了一个傲慢的家伙。”

一个在气自己母亲择偶的眼光，一个则在想自己的事业。

周晚拉着许博洲的手臂，头一次在公开场合对他撒娇道：“许博洲，你是不是很喜欢我？是不是为了我可以做任何事？”

他虽然点了头，但总觉得她不对劲。

周晚另一只手也扯住了许博洲的手，仰起头，可爱地扭来扭去道：“那你能不能为了星荣的前途，为了我，叫 Martin 一声 daddy？”

就知道她主动撒娇必有妖，许博洲转过身，俯下身说：“那我叫他一声 daddy，你是不是要当着所有人的面叫我一声老公啊。”

许博洲抱着周晚，轻轻蹭她的额头，在玻璃窗前亲热了一会儿。

听到脚步声，周晚瞬间推开了许博洲，提醒道："万一被人看见，不太好。"

许博洲双手做投降状，往后退了两步道："OK，我很清楚自己的身份，周总。"

见没有人出现，周晚走过去，将他的双臂拉下来，笑着哄道："好啦，再给我一点时间，等星荣再稳定点，我就公开我们的关系。"

"真的吗？"许博洲转头，带了些玩味地问道。

周晚点点头道："嗯，我会给你名分的。"

她一本正经的表情让许博洲笑出了声，还真有几分被富婆包养的感觉，他嘲笑自己怎么在感情里混到了这种地步。

两个人安静地站了一会儿后，许博洲发出邀请道："今天是我妈的生日，晚上要不要过来吃饭？"

周晚想了想，还是拒绝道："翟阿姨没有邀请我，我也没来得及给她准备生日礼物，而且你们一家难得团聚，Martin 先生也在，我就不打扰了，替我向翟阿姨说声生日快乐。"

"反正我妈以后就是你妈，何必分这么清？"在许博洲心里，早就认定了他们是一家人。

可周晚对待婚姻这件事很严谨，不讲情面地纠正道："许博洲，这话不能乱说，我们还在恋爱，还在相处阶段，谈结婚早了点。"

虽然被拒绝，但许博洲也没强迫周晚做她认为不合适的事。他用卑微的语气说道："OK，我很懂事的，周总。"

周晚笑了笑，抬起手，看了一眼时间，对许博洲说："我等下要去见纪爷，先回别墅收拾收拾。"

许博洲要送周晚过去，她却说不用了，让他这天好好陪翟阿姨过生日。

纪爷在自家的花园酒店办了一个小型酒会。

没想到能这么快见到周晚，纪量鸿很高兴。周晚一进来，他就将她拉到身边聊起来。出门前，周晚刚好收到了高定礼服，她心仪几个月，于是迫不及待穿来酒会。黑色印花裙，绕脖的 V 领即便改良过，也依旧有些性感。她气质好，穿在她身上一点也不流俗。

周晚一走进来，就成了焦点。

对周家这位美貌和能力兼并的继承人，那些江湖老人也从一开始的质疑转变为欣赏，甚至还有几位争先恐后地想与周家联姻。

周晚很喜欢和纪爷聊天，短短几句话，就能学到许多知识。

纪爷被叫走后，她去一旁拿点心，视线忽然被不远处的男人吸引，是方与泽。他穿了一身名贵的灰西装，手表也价值不菲，端着酒杯和一位港圈大佬聊得甚欢。

方与泽为什么能出现在这里？

周晚很清楚纪爷的酒会有多难进，不是什么虾兵蟹将都能混进来和他攀关系的，所以对方与泽的出现有了一些疑惑。

宴会厅有点闷，周晚想去外面的长廊透透气，顺便问候许博洲。刚推开厚重的木门，她便听见有人在议论方与泽，定睛看去，是方与泽拍过马屁的老板，和她不算熟，只是认识的程度。

她好奇地继续听了下去。

窗户敞开，烟气萦绕。

霍总一只手夹着烟，站在他旁边的是地产界的大佬。他吐了一口烟，不屑道："要不是看在他老婆是我老婆学生的分上，他哪里有资格跟我并肩？张口闭口就是麻省理工的高才生，这么多年了，也就只在周氏混个人事经理当当，还敢跟我谈生意？不自量力，还野心勃勃。"

郭总也吐了一口烟圈，嘲笑道："自我认识不清的年轻人，迟早得栽跟头。"

两个人对视，抽起烟。

是霍总先看见了周晚，他立刻招手道："周总，刚好想找你。"

周晚拿着精致的晚宴包，优雅地走到他们身旁道："霍总找我什么事？"

"那个方与泽，是你的朋友吗？"霍总问道。

周晚反问道："为什么会这么问？"

霍总说："哦，因为他刚刚和我聊天的时候，说起了你，说你们在麻省理工是同学，也说他是你在学校里最好的朋友。"

周晚错愕了几秒，解释道："我们确实是同学，因为大家都是中国人，所以自然走得会比较近。不过那都是大学时期的事了，现在他只是我的员工。"

霍总饶有兴味地笑了笑，而后拍了拍她的肩道：“还有一件事，我想给周总你打个预防针。”

“什么事？”周晚问道。

霍总说：“我先提前声明，我不知道具体的细节，只是将我得知的事告诉你。”

“嗯，你说。”

“我听说方与泽去见过红港航空的老板，并且有提到过你们伦敦的培训计划。”

周晚怔住，低头思考。

霍总又拍了拍周晚的肩，提醒道：“背后刺你一刀的往往都是熟人，他去见竞争公司的老板，用意是什么，我想你应该不难猜到。”

郭总向前，附和道：“周总啊，像方与泽这种人，我和他聊两句就知道他是什么德行。他一看就是那种为了自己的利益不择手段的人，哪怕是出卖自己的公司。”

从长廊离开后，周晚走进一间休息室。

沙发边的窗户推开了一半，沾着雨水的潮湿夜风吹进来，有点凉，刚好能让她大脑放松一会儿。对于霍总的提醒，她听了进去，但对方与泽，她并不想花时间琢磨。

她从包里掏出手机，看到那个帅气的头像时，心情好了许多。她给许博洲发微信。

Penny：“在干吗？”

见他没有秒回，她突发奇想，想拍一拍他。

没想到他设置的文字是“别乱拍，已婚”。

虽然有点肉麻，但她还是笑了。

许博洲发来一张聚会照片，房间空空，貌似只剩他一个人：“许老头进医院了，都走了。”

周晚着急回复：“你怎么不去？”

许博洲淡淡地回复：“他死不了，装病抢婚。”他才不想聊那个连老婆都没有的父亲，“怎么？想我了？”

隔了几秒，周晚回复：“嗯。”

许博洲不满意，要求：“一个‘嗯’算什么，发条语音给我。”

见房间里没人，周晚害羞地按下语音键：“我想你了。”

过了一会儿，手机响了，她一张脸通红，许博洲竟然去洗手间撩起上衣，对镜自拍了一张上身的照片。

门外突然传来脚步声，她随便回复了许博洲一个表情，然后收起手机。

她以为是什么重要人物，没想到走进来的是方与泽。他看上去喝了点酒，脸很红。

方与泽礼貌地说：“抱歉，我不知道你在里面，我刚刚喝得有点多，就想来这边休息一下。”

“嗯。”周晚起身，不想和方与泽共处一室，“那你休息，我先出去。”

不料方与泽却用身体将门堵住，企图去拉周晚的手，说道：“能聊聊吗？”

周晚躲开，皱眉道：“如果是公事，我现在没时间。如果是私事，我们没什么好聊的。”

“周晚，”他似乎觉得这样不够亲切，便换了称呼，“小晚。”

周晚十分抗拒道：“别这么叫我。”

方与泽重重地喘气，昂贵的西装上散发着浓烈的酒味。他感慨道：“我们怎么会变成这样呢？明明我们以前是最要好的朋友。”

周晚并不想提过去那件事，说道：“方与泽，我要出去，请你让开。”

方与泽没动，高大的身躯罩着她，形成了一定的威胁。他说：“是我不对，那次我不应该偷你的论文，不应该让你成全我的未来，对不起，对不起……”喝高的他拉起周晚的手道歉。

周晚用力甩开方与泽的手，说道：“过去的事不要再提……”

“Penny，我，我其实过得很不开心。”方与泽站在原地深呼吸，一双通红的眼睛盯着周晚，“我对我的妻子没有感情，要不是为了完成结婚的任务，我根本不会娶她，我喜欢的是你，还是你。”

“方与泽，我并不想听这些，请你让开。”

同样的人，同样的封闭环境，同样邪恶的眼神，让周晚开始害怕。她攥紧了包，想去开门，却听见他反锁上门的声音。

一瞬间，好不容易忘却的恐惧感，突然像窗外的狂风骤雨一样，向周晚身上涌来。她呼吸一窒，从头到脚感受到一阵寒意，向后退了几步。但和几年前的胆怯不同，此时的她，警告起眼前不理智的男人：“方与泽，你要是敢对我做无礼的事，我就敢断了你的前途。”

一双往前迈去的脚忽然停住，方与泽用力呼吸。他定在原地，没有出声。

周晚眼神凌厉地命令道：“把门打开。”

第一声，方与泽没有动，直到她加强语气重复了一遍，他才开了门。

冲出房间的周晚，快步走在空荡荡的长廊里。

窗外大雨如瀑布，凶猛地刮着玻璃，繁华的霓虹夜市也覆上了一层厚重的雨雾。头顶并不明亮的灯光罩在她的身上，让她像藏在孤独的阴影里。

她咬着唇哭了出来，肩膀在发抖。但她哭并不是因为害怕，而是，她刚刚在最害怕的那一刻，心里想起的人和那次一样，都是许博洲。

只是那次，她最终删除了那条编辑好的信息。

因为分隔两地，他们身边早就有了新的交际圈，她害怕打扰有了新生活的他。况且他的毕业典礼即将开始，他就该志得意满地站在澳大利亚的骄阳下，接受所有人的赞美和祝福，不该为了她的事，破坏他人生里最美好的一天。

身后的脚步声又跟了上来。

安全的光亮处就在眼前，周晚却忽然停下了脚步，因为她想起了那次从教室走出来后，方与泽对自己说的话。

他在嘲笑拿起手机的她：“怎么？想给许博洲打电话？想让他从澳大利亚跑过来替你出头？周晚，你也应该醒醒了，他那么爱玩的一个人，他在澳大利亚怎么可能闲着？这种男人，最会吊着女人了，嘴上说我们是好朋友，其实他在那边该玩玩。你还以为，你真的在他心里有多重要？你们都分开多少年了，别天真了。”

窗外的一道闪电，让周晚瞬间从低迷的情绪里醒来。

她拿出手机，给许博洲打电话，泪水沾湿了睫毛。她慢慢调整好呼吸，将过去那句被自己删除的话向他说了出来：“许博洲，我想见你，立刻，马上。”还有一句带着颤抖说出来的话，“我需要你。”

大雨未停歇，滂沱不止，白色的水汽将城市笼罩，黑色的车在马路上飞驰而过，溅起巨大的水花，在雨幕里留下一道模糊的残影。

车里的许博洲，双手紧紧握着方向盘。因为担心周晚，他急得蹙着眉，可心里又是和表情截然不同的欣喜。

因为，每一次被周晚需要，他就会亢奋，不顾一切地奔向她。他也不怕万人嘲笑自己。

周晚的存在，就是他活下去的意义之一。

大雨的另一边，周晚并没有回到宴会厅，而是径直下了楼，走到酒店大门口，感应玻璃门随着人的进出一开一合。她知道方与泽跟在身后，正看着自己，但她不怕，她始终在坚定地等待那个从雨中走来，牵起她的手带她离开的男人。

很长的时间，酒店都没有人进出。

周晚看着玻璃门外倾盆的大雨，酒店的保安问她是否需要帮助，她笑着摇摇头说："我在等男朋友。"

安保微笑着退开。

那句"男朋友"被方与泽听见，他脸色骤然沉下。

他满心的不甘，不是出于丢掉一个喜欢的人，而是因为后来人生的不顺，让他懊悔当初没能将自己丑恶的一面隐藏得更深更久。

车在酒店门外停下，保安替车的主人拉开了车门。许博洲快速从车里迈出，疾步走向大堂。看到站在门边等候自己已久的周晚，他连等待感应门打开的耐心都没有。

门打开，他刚想冲进去，却没想到周晚先朝自己奔来，投入了他的怀抱。他垂在两侧的手臂突然僵住，缓了缓错愕的情绪，才抱住她。

方与泽就明晃晃地站在楼梯上，许博洲看到他时，突然知道周晚为什么会需要自己了。他咬了咬牙，暂时忍下愤怒，轻轻抚了抚她的背，温柔地说："跟我走。"

她闷在许博洲充满安全感的怀里，点了点头道："嗯。"

车驶入大潭道时，雨势减弱了些许。

周晚在这里拥有一幢独立海景别墅，这是知和艺术馆创办成功那年她送给自己的礼物，是对自己多年努力的奖赏。

从小到大，她几乎把所有时间都给了学习。

大三那年，她和父亲提出了创办艺术馆的想法，可她并不被那些男高层看好，与其说是歧视她的能力，倒不如说是固化思维下的性别歧视。也因此，她对自己越来越狠，看似温柔柔弱的外表下，藏了一颗要赢得所有人尊重的野心。

再后来，她做到了。

雨冲刷着车窗，视野被雨雾半遮半掩。

周晚说不想进屋，想坐在车里听听雨声，于是许博洲将她带到了宽敞的后座，让她靠在自己的肩膀上，牵着她的手。即便不说话，他也懂她此时内心暗涌的情绪，更明白这幢别墅对她的意义。他只是遗憾，在彼此为了追逐未来而各奔东西的那些年里，没能陪伴在她左右。

周晚忽然开口，竟主动提起自己和方与泽的事。

这是重逢后，她第一次对许博洲敞开心扉。

或许是因为雨夜的氛围，又或许是她找回了当初对他的依赖感，不同的是，她能清晰地感知到，自己对他不再是朋友间的依赖，而是恋人。

在和许博洲关系渐渐疏远的日子里，方与泽走进了她的生活里。因为都是中国人，又在同一个班级，他们自然越走越近。但对于她而言，方与泽只是朋友。

方与泽是一个很善于伪装的人，再加上她本身对男女感情之事就比较迟钝，即便旁人偶尔会对他们的关系起哄，她也依旧没放在心上，一心扑在学业和事业上。直到毕业前夕，她发现方与泽偷了自己的论文，两个人在教室发生争执。她终于识破他的真面目，他所谓的“喜欢”，只不过是想借她作为自己人生的跳板。

听完一长段的叙述，许博洲并不在意周晚和方与泽曾经走近过，他忽然一阵心疼，抱住了周晚，下巴抵在她的头顶，说道：“为什么被欺负了也不告诉我？”

他在意的，是自己没能第一时间保护她。

把头深埋在他的胸口，周晚眼睛红红的，委屈地说道：“怕打扰你，那时你的毕业典礼即将开始，你为了当飞行员努力那么久，我怎么可能自私到让你因为我的事，而破坏你人生中最重要的一天。况且我也不是三岁小孩了，有些事我可以处理。”

“周晚。”许博洲叫出她的名字，呼吸声很重。他烦闷地闭上眼睛再睁开，抚着她的后背说，“你说怕打扰我？但是你知道吗，毕业典礼上没能亲耳听见你的祝福，我根本开心不起来。我甚至担心你是不是在整我，直到我坐在机场，等到最后一趟航班落地，也没看到你身影时，我才知道，也许在你心里，我真的没那么重要。”他说到最后，声音低到快要听不清。

“对不起……”周晚立刻摸了摸许博洲的脸，她不知道那天的情景如此。此时她不停地道歉，“许博洲，你别生气了，对不起。”

许博洲将她整个人圈进自己怀里，说道：“过去的事，我们都不要再想了。我回来就不会再走了，就算你赶我，我也不会走。”

脸埋在充满安全感的胸膛上，周晚湿了眼角，说不出话来。她抬起头时，看到他正可怜兮兮地看着自己。这么酷的大男孩，每次装委屈，模样就像一只淋过雨浑身湿漉漉的小狗，特别惹人怜爱，她总忍不住伸手去揉他的脸。

两个人看着彼此，一直笑。

如果喜欢一个人，通常对视不了太久，因为会对他产生更多的欲望。

哪里的雨夜都是浪漫的，被雨水冲刷的车窗上覆着朦胧的雾气，路灯照射进车里，勾勒出女人曼妙的背部曲线，这一次是周晚主动的。她抬起手臂，搂住了许博洲，仰起头，吻上他的唇。

他配合她，吻变得更凶更重。

缠绵的热气充斥车厢，玻璃上满是雾气。

许久，雨彻底停了，车窗开了一道缝隙，车里的空气终于流通起来。

周晚说，忽然很想听许博洲唱歌。

他于是唱起了那首《普通朋友》。

“等待
我随时随地在等待
做你感情上的依赖
我没有任何的疑问
这是爱……”

许博洲的声音很好听，即使是没有伴奏的清唱也好听，像是天选的嗓音，富有磁性的声音混在夜间的蝉鸣里，格外动人。

每一句歌词都仿佛在他的心里走了一遍，浸润情感。

“So I
所以我
我不能只是 be your friend

我不能只是做你的朋友
I just can't be your friend
我不能只是做你的朋友……"

许博洲唱完最后一句，见窗上还有雾气，伸手在窗上画画。

周晚听见手指划过玻璃的声音，睁开了眼睛，转过头去看车窗，只见他画了一个爱心，还有他们大写的英文名：Glen & Penny。

她笑，抬起手，好玩似的摸了摸他的下巴道："哎，我到现在还是觉得不可思议。"

"什么不可思议？"他问道。

"和你恋爱。"

二人目光碰触，相视而笑。而后，他握住她的手腕，低下头，在她手背上温柔地亲了亲，问道："周晚，我们认识那么久，你对我，真的从来没有过非分之想吗？哪怕只是一次冲动也没有吗？"

第二天是周晚先醒的，她发现许博洲竟搂着自己睡了一整夜，那条结实的手臂即便被枕麻了也没松开过。她笑了笑，往他怀里钻了钻，像只软绵绵的小猫，扑进安全感十足的宽敞怀抱里。

好像只要和他睡在一起，她就不会失眠。

她很确定。

那种踏实和安稳的感觉，是自己喜欢且想要依赖的。

一晃眼，两个人睡到中午才醒。

许博洲本打算亲自下厨，但周晚毫不客气地说，怕他把自己的厨房炸了。他索性算了，决定带她出去吃。只是刚换好衣服，他就接到了父亲的电话，命令他立刻回家。

不知道具体发生了什么，但他预感不妙。

许家在港岛的别墅如同藏匿在半山间的小庄园，这是许博洲爷爷许义城发家后花大手笔购入的豪宅，年事已高的他与妻子在这里颐养天年。

许博洲没想让周晚跟过来，但周晚执意想见见他的家人。

他们一同进门，刚走进大厅，就被沙发上炽热的目光注视。

坐在正中央的是许义城，旁边是他的大儿子许庭桉，再旁边是许家的长辈们，所有人在许老面前都绷着神经，毕竟都知道他性格强势又专制。

“爷爷、奶奶，二叔、二姑，下午好。”许博洲礼貌地问候各位长辈，然后向一旁的哥哥和大嫂打了招呼，唯独落下父亲。

许义城看见周晚，主动问候道：“周晚，好久不见啊。”

周晚鞠躬，然后将一份礼物放在茶几上，说道：“小爷爷、小奶奶，好久不见。我一直很忙，没能过来看你们，很抱歉，一点心意，希望你们会喜欢。”

她之所以会这样称呼，是因为他们两家关系要好，她的爷爷奶奶比许博洲的爷爷奶奶年龄要大，所以小时候她总喜欢在前面加一个“小”字称呼他们。而礼物是她让助理去金店购买的，毕竟是不请自来，更不能空手上门。

许义城很喜欢周家的孙女，长得漂亮，性格温婉聪慧，工作还能干。他不止一次和老周说过想抢周晚做自己的孙女。他很喜欢周晚送的礼物，笑着收下后，转头脸色骤变，将矛头对准自己的孙子，开门见山地说：“明天就辞职，回来帮你哥哥。”

他最喜欢的是长孙许博声，最头疼的是幼孙许博洲，倒不是偏心，而是阿声每一件事都做得如他的意，而阿洲则太不服管教。

许博洲不难猜到爷爷召唤自己回来的原因。关于这件事，他们过去就不止一次有过纷争，虽然每一次看上去都是他赢了，但其实这个大家庭里，除了哥哥，没有人真心支持自己的理想。

他低着头，即便内心在呼啸，也没有反驳。

周晚也没资格为许博洲发声。

见孙子还是死性不改，许义城火冒三丈道：“你这是什么表情？还在和我犟？那时候你小，做做飞行员的梦，我理解，所以同意你去读飞行专业，让你去航空公司工作。但你今年二十七岁了，也飞了这么多年，现在自家的企业需要你帮忙，是不是应该收心回来帮帮你的父亲和哥哥呢？”

许博洲依旧沉默不语，但双手渐渐攥紧。

许庭桉忍着怒气提醒道：“阿洲，回答你爷爷。”

许博洲垂头，盯着地板屏了口气，尽量不让自己失去说话的分寸，然后再抬起头，看向许义城道：“爷爷，我很喜欢做飞行员，从来没有想过离职，希望您可以继续支持我的理想。”

"许博洲！"见父亲动怒，许庭桉立刻警告许博洲，"好好和爷爷说话。"

许博洲呼吸急促起来，可他并没有改变自己的态度，挺直了背脊，坦然地告诉每一个人："我知道自己不是一个听话的儿子、孙子，作为许家的一分子，不能在家族生意里有所作为，是我不孝。但无论何时让我作出选择，我依旧会坚定不移地选择梦想，做一名飞行员。"

不管别人怎么看待许博洲的理想，周晚永远都站在他这边。他为了成为飞行员而付出的努力，她历历在目，那些挥洒在骄阳下的汗水，是少年对理想最纯粹与炙热的追求。

周晚犹豫了一下，还是选择为许博洲说话："小爷爷，年初时，父亲将星荣航空交给了我，在我为内部人员换血而一筹莫展时，是许博洲的加入给了我前行的动力，我很感激他。

"我知道小爷爷对他有很高的期许，但是或许每个人擅长的领域真的不同，就像博声哥更擅长做生意。我好多次都感慨，小爷爷和许叔叔怎么能把他教得这么厉害，我根本不是他的对手。"

斜对面的许博声和周晚对上目光，笑了笑。

许义城听到自己的长孙被夸，也笑了。

周晚回过头，继续说："但是许博洲呢，他好像更适合做飞行员。您知道吗？当时助理把他的履历拿给我时，我看到他一项项出色的成绩，作为他的朋友，我真的感到很骄傲。"

许博洲转头注视着周晚，嘴角勾起温暖的弧度。

"哦，是吗？"或许是周晚讲话又温柔又有感染力，许义城不自觉地被带入进去，"一个飞行员而已，真的有这么厉害吗？"

"当然啦。"周晚笑道，"能成为飞行员并不简单，能成为一名优秀的飞行员更不简单。"

许义城的气莫名消下去一半。

借着周晚的话，蒋听书起身坐到了许老身边，看向许博洲说："爷爷，我最近不是在写一本关于飞行员的书吗？我采访了十位不同国家的飞行员。"

"嗯，然后呢？"

蒋听书一脸崇拜地说："我以前也觉得飞行员没多了不起，但自从我深入了解后，我觉得他们太厉害了，不仅需要丰富的知识储备量，还需要过硬的身体素质，个个壮志凌云又有血有肉。”她故意叹气道，“要是能重新选择，我也找一个飞行员谈恋爱。”

长孙的婚姻是许义城一手牵的线，他太喜欢这个时而知书达理时而古灵精怪的蒋家小女儿。他拍了拍蒋听书的手背，又问了一遍：“飞行员真这么厉害？”

“真的。”蒋听书点头道。

他似乎被这两个温柔的晚辈带跑了思绪，没再逼迫许博洲，大厅的气氛跟着轻松了许多。

许博声也起身，示意许博洲走过来。两个人一起给爷爷奶奶敬茶，说话的是许博声：“爷爷，我就这样一个弟弟，只要他高兴，除了违法乱纪的事，他做什么都可以。家里的生意，他不想碰就不碰，我一个人可以应付得了。”

许义城只是哼了一声，便没再说什么。

蒋听书带许老先去了书房。

许博声上楼前，被许博洲叫住。兄弟俩站在楼梯口，静静对视了几秒，无声胜有声。很多话在心里呼之欲出，但许博洲最后只饱含感激地说：“谢谢你，哥。”

和从前一样，许博声只用微笑和拥抱回应他。

许博洲又一次在保护里获得了自由。可他高兴不起来，心情格外沉重。

午后的天蓝得刺眼，周晚陪着许博洲坐在花园的亭子里，听着蝉鸣，任由斑驳的光影洒在他们身上，将他们影子拉长进而靠在一起。

她听见他说：“谢谢。”

她笑了笑说：“我只是在阐述事实，你真的很棒。”

许博洲揽住了周晚，让她靠着自己的肩。

周晚依偎在许博洲的肩头，感知到他低落的情绪，问道：“小爷爷没有再逼你了，为什么你还是不开心呢？”她说完，用手戳了戳他的脸颊。

许博洲像卸了力，重重吐出一口气，说道：“因为，我想起了大学毕业第一年，在这里发生的一件事。”

“什么事？”周晚很好奇。

“你想听吗？”

“当然。”

耳边的蝉鸣在回忆里慢慢减弱。

那是港岛的秋天，许博洲准备从空军飞行员转民航飞行员，当时的他踌躇满志、意气风发，但被爷爷一声令下召回家中。和这天一样，沙发上坐满了长辈，每一个人的眼神都凌厉无比。他耳边充斥最多的话就是“能不能给家里人长点脸”。

但和这天不同的是，哥哥许博声将爷爷带进了一楼的书房。他想要冲进书房，被哥哥拦在门外，他只好等在门外。

随后，里面传来了激烈的争吵。

“博声，你不要再替你弟弟说话，他只要乖乖听话，我甚至可以给他一家航空公司，但是我不允许我许义城的孙子给别人打工。”

“爷爷，您先消消气，阿洲他……”

“你那些话，我耳朵都听到生茧了。”

“但那是我的心里话。”

隔着门缝，许博洲听见哥哥的声音哽咽了起来：“爷爷，阿洲出生的时候身体不好，受了很多罪，作为哥哥，我只希望他能像别的小孩一样健康成长。小学时，他和我说，他想做飞行员，我很开心他能有如此远大的志向，但我也提醒他，他的身体不适合做飞行员。”他长吁一口气，缓了缓情绪，继续说，“我以为阿洲只是一时兴起，但没想到他不是说说而已。为了成为飞行员，他每天锻炼，强身健体，克服障碍。有一天，他锻炼到满头大汗地回家，跟我说，‘哥哥，我今天看到一架飞机从我头顶飞过，我第一次觉得，我好像伸手就可以碰到它’。兄弟连心，我明白他的意思，他是在告诉我，他离理想又近了一步。”

许博声双手背在身后，腰挺直了一些，似乎想让自己的肩膀看上去更宽阔、更强壮。他一字一句地对爷爷说：“阿洲的快乐比我的快乐更重要，我愿意为他做任何事。为他做任何事，我都不觉得是牺牲，你和父亲可以将压力都抛给我，我的肩膀可以扛。”

许义城气急攻心道：“扛？你怎么扛？”

“怎样都可以。”许博声坚定道。

许义城手臂一挥，指向窗外烈日当空的院子，说道：“好，那你站到院子里去，我不让你进来，你就一直站下去。”

许博声没有半点犹豫，点头后，大步走向了院子。

一个稀松平常的夜晚，方与泽在收到许博洲的邀约后，按照他给的地址，来到了这家位于一所学校门口叫“Eagle Room”的台球室。闪烁的霓虹灯招牌很晃眼。

沿着楼梯往下走，他推开门，封闭的环境里一团燥热，播放着他欣赏不来的英文歌，空气里充斥令他反感的烟味。

“为什么约我来这种地方？”台球室里有六七张台球桌，都是空的。方与泽只看到许博洲一个人在挥杆打球。他光是闻见里面的味道就皱起了眉，他向来讨厌这种乌烟瘴气的场所。

“嘭”的一声，许博洲挥动球杆精准将球击中入袋。

许博洲直起身，没看来人，只给球杆抹了抹巧粉，毫不客气地说：“就是为了恶心你。”

方与泽一怔。他忽然想起了第一次和许博洲见面的情景。

大二暑期，他和几个中国留学生去了一家华人开的KTV，周晚是最后一个到的。她进来时，身边跟着一个陌生的高个子男生，穿着一身黑，斜挎的运动包甩在背后。他摘下棒球帽时，女生们都疯了。

周晚简单介绍道：“他是我的好朋友，Glen，许博洲，在新南威尔士读书，未来的飞行员。”

一听到飞行员，几个女生眼睛立刻放光，毕竟谁能招架得住制服诱惑和职业滤镜。

瞬间，方与泽和另外几个男生沦为了背景板。

许博洲并没有趁机在女生面前耍帅，而是低调地坐在一角，一首歌都没唱。但这在女生眼里更有魅力。他一个拧水瓶、喝水的动作，都能把她们迷得晕头转向。

方与泽一连唱了三首歌，都无人在意。他很不爽，扔了话筒去洗手间，不料许博洲跟在他后头进来。

这是他们第一次正面交锋。

方与泽察觉到许博洲似乎并不是来上洗手间的，而是冲自己而来。果不其然，他洗手时，听见许博洲对自己说：“你刚刚在偷拍周晚？”

他的手在水流中一抖，很心虚。

许博洲转过身又道：“喜欢她？”

方与泽迅速扯了两张纸巾，低头擦拭道：“关你什么事？”

周晚莫名其妙带来一个所谓的男性好友，导致他们风头被抢光，他越想越不爽，扔了纸就朝门口走，但被许博洲堵住去路。他的身形偏瘦，光是在体型上就输给了许博洲。

“你要做什么？”方与泽眼神凌厉。

许博洲双手环胸，笑了笑道：“放心，我对男人没兴趣。”话音落下，他脸色一变，眉心拧紧，恶狠狠地盯住方与泽，“都是男人，我一眼就知道你想做什么。如果你喜欢周晚，就请你正大光明地追求她，不要玩这些猥琐的花样。”

不喜欢被人教育，尤其对方还是自己反感的人，方与泽露出了獠牙，和在友人面前的模样完全不同。他说：“你算老几？你只是周晚的朋友而已，别管太宽。”他挑衅地笑，“哦，还有，你在澳大利亚，我和周晚在同一个城市、同一所学校、同一个班级，我们天天见面，你能拿我怎样？让开！”他朝许博洲低吼。

许博洲却随手拎起了方与泽的衣领，揪得紧，一字一句对他放狠话道：“我告诉你，如果被我知道你欺负周晚，我能立刻从澳大利亚飞来波士顿揍你。”

方与泽眼里尽是轻蔑。

他们一个在南半球，一个在北半球，他就算真把周晚怎么着，这个叫许博洲的还真能为了一个女人，不远万里跑来教训自己一顿？

他根本不信。

“啊——”

台球室里传来男人痛苦的叫声。

方与泽被许博洲一脚踹到跪地。现实给了他回忆一记重拳，此时他跪在地上，腿疼到站不起来。他听见背后的许博洲笑道：“揍晚了，所以用了点力，不好意思。”

方与泽手撑着地想站起来，却又被许博洲踹了一脚。他咬着牙吼道：“你信不信我告你，告到你身败名裂。”

许博洲蹲下来，说道：“你小学生啊？还告状？你告谁？我的顶头上司是周晚。她是我的老婆，你看她是帮我，还是顺便把你解雇了。”

方与泽气到面目狰狞。

突然，台球室里音响音量被调高。

余光里有人走来，不是一个，是好几个。方与泽猛地抬起头，看到了两个熟悉的男人，还有一个戴着奥特曼面具的男人。

纪燕均挽起袖子，学着许博洲的语气说：“不好意思啊，我和Glen是穿同一条裤子的兄弟，你欺负他的老婆，也就相当于欺负我的老婆……”

不对，这话好像哪里出了问题。

纪燕均尴尬一笑，然后揪起方与泽的衣领，说道：“总之，你想告他，也顺便把我告了吧。”

方与泽疼得呼吸困难。他像是被围困在角落待人屠宰的羊，无处可逃。

“许博洲，要只是想替周晚教训我，这几脚也该够了吧？”他手撑着地，艰难地站了起来。

许博洲靠在台球桌边，捞起桌上的烟和打火机，点了一支。隔着烟雾，他没有说话，冷冰冰的眼神像是在看一场还没有结束的戏。

戴着奥特曼面具的男人拍了拍方与泽的肩膀。

方与泽吓了一跳，问道：“你是谁？你干什么？”

男人没打人，命令道：“把双手举起来。”

方与泽没做。

纪燕均口渴，拧开一瓶矿泉水，站到了许博洲身边，一起看戏。

许博洲歪着脑袋问道：“崔斯杰搞什么？”

纪燕均叹气道：“他说他是当红艺人，绝对不能被人看到脸，所以就戴了面具。由于来不及现买，他就拿了你高中时落在他家里的奥特曼。”

许博洲无话可说。

见方与泽迟迟不照做，崔斯杰烦了，吩咐旁边呆呆站着的卫也道：“你帮他。”

没打过架的卫也被吓蒙了，直摇头。

来之前，纪燕均说带他来实验中学吃炸鸡，根本没想过是这么回事。

“算了，算了，一看你就没做过这事。”崔斯杰干脆自己上手。

尊严受到侮辱，方与泽忍无可忍。他拿起桌上的球杆对准许博洲就挥了过去。许博洲反应很快，只不过在防卫的时候，手背被烟灰烫伤了。

两个人紧紧握住球杆，用眼神对峙。

忽然，方与泽再次跪倒在地，这次打他的是卫也。

卫也知道老板在大学时被这个道貌岸然的男人欺负，就越想越气。

他又想起方与泽出卖公司的事……

五分钟后，台球室的门被推开。

许博洲将方与泽推了出去。

方与泽立刻踉跄着跑走。

崔斯杰摘下了不透气的面具，揽着纪燕均的肩悠哉走出来。

跟在最后面出来的卫也，魂不守舍地看着自己的双手，想起刚刚不理智的行为，他就想扇自己。他惶恐道：“我该不会坐牢吧？”

崔斯杰故意吓唬道：“嗯？起码蹲两年吧。”

人在高度紧绷的时候，大脑会一片空白，卫也全然不会思考，呆呆地说：“不是吧……”

这时，许博洲走到了卫也身边，揽着他，也故意使坏道：“别害怕，我认识厉害的律师，至少可以让你少蹲几年。”

要是吓跑了周晚身边这位助理，许博洲好不容易得到的名分可能会立刻被撤回，所以这晚，他带卫也去吃了一顿大餐，作为弥补。

四个男人从餐厅出来时，已经是凌晨。

许博洲本来想回家，但突然很想见周晚，于是他故意没有打招呼，想看看她是不是也在家里想自己。到周晚家门口时，已经快一点了，他按开密码，推开门往里走，脚步很轻。

不过，卧房里没有人。

许博洲猜，周晚应该是在猫房里。

他走到走廊另一头，推开猫房的门，果然看见周晚睡在地板上。她身上的被子被踢开，好像做了噩梦，身子蜷缩成一团，肩膀在抖，用哭腔说梦话。

他在她身边躺下，将她搂进怀里。

周晚感觉到自己被人抱住，忽然睁开了眼，熟悉的气息让她安全感十足，她只想用力钻进他的怀抱。

“你怎么来了？”她趴在许博洲的胸膛上，闷闷地说。

许博洲轻轻抚着周晚的背，温柔道：“感觉你想我了。”

周晚用膝盖顶了顶他的腿，嫌弃道：“你真不要脸。”

屋子里很安静，三只小猫都睡着了。

许博洲像哄小孩一样哄周晚入睡。不知道是不是刚做过一场噩梦，她有点睡不着了。在他摸她的脸时，她看到了他被烫红的手背。

“你怎么了？”她紧张起来，握着他的手问，“被什么烫到了吗？”

做这件事，许博洲就没想隐瞒周晚，老实交代道：“我今天去揍了方与泽一顿。”

周晚惊讶地看着许博洲，没有出声。

许博洲以为周晚会责怪自己，却没想到她只是平静地关心他道：“除了手背，还有哪里受伤了吗？许博洲，你怎么回事，怎么跟方与泽打架还会受伤？”

两个人望着彼此笑了笑，然后许博洲又一次把周晚拥进怀里，委屈地告状道：“是他耍诈，趁我抽烟，拿台球杆打我。”

周晚很配合，轻轻摸许博洲的头，哄道：“好了，好了，你很棒，还知道为女朋友出头。”

他不要脸起来，自夸道：“我可是‘天下第一好老公’。”

“现在还是男朋友。”她纠正。

“是老公。”

“男朋友。”

“老公。”

许博洲幼稚起来，周晚通常没办法。也只有在这种时候，她才有一种他是弟弟的真实感。

八月底的风从窗外吹进来，已不觉得湿热，舒服了许多。

许博洲将下巴放在周晚的头顶，想起过去的事，心也会酸涩。他轻声说：“你知道吗？其实大学那会儿，我知道你和方与泽走得越来越近，我也很忙，还真做不到老跑波士顿，所以我做好了你们在一起的准备。”

周晚却说：“我从来没有想过要和方与泽在一起。”

他笑道：“你不会是为了安慰我才这么说的吧？”

“不是。”她很肯定道，“我一直都只把方与泽当朋友，没有动过心。”

许博洲听到满意的答案，止不住地兴奋。他忍不住问道：“那我呢？”

半夜醒来，周晚脑袋有点昏沉，反问道：“什么你呢？”

“你和我做朋友那么多年，有没有对我动过心？”

他们每一次提到这个问题，周晚都会沉默。

许博洲的手开始不安分地在周晚身上乱摸，惩罚道：“第三次了，你都给不出答案。”

“太久了，我都忘了。”她打马虎眼。

“哦，那我让你回忆回忆。”

许博洲翻过身，直接将周晚压在身下。

第二天他们被闹钟叫醒。许博洲去浴室洗澡，周晚梳妆打扮，她一会儿有一个很重要的集团会议，必须在线。

“嗡嗡嗡”，手机在桌上振动。

周晚没有随手接许博洲电话的习惯。刚好许博洲从浴室走出来，她指着手机说：“有电话。”

许博洲裹着浴巾，头发和身上还滴着水，便说：“我不方便接，你帮我接就行。”

他清清白白，没什么见不得光的。

于是周晚拿起手机，见来电显示是“Cecilia”，她心一紧。在她的印象里，许博洲和这个女人关系非常好，之前时不时就听见他们愉快地煲电话粥。

她想了想，按下了接听键。

但意外的是，那头不是年轻女人的声音，有些苍老，应该是老人。

Cecilia：“Glen，我最近学会了做红烧肉，几个老太太吃了都说好。你什么时候飞悉尼？我想你了，过来看看我，顺便啊，我们聊聊晚晚。你们最近过得怎么样？是不是缠缠绵绵到天明？”

周晚不敢相信，更想不到他们会认识，她惊讶道：“姨奶奶，是我。”

后来，许博洲问是谁打来的电话。

周晚骗他，说手机响了两声就被挂断了，没接到。

一通不重要的电话而已，他也没当一回事。

其实是周晚和姨奶奶打了招呼，希望她暂时不要告诉许博洲她们通话的事。

姨奶奶答应了她。

简短的通话里，姨奶奶没有透露太多的信息，只解释为什么会认识许博洲。周晚这才知道，原来姨奶奶的那间房，是租给了许博洲这个中国留学生。

不可思议但也合情合理。

和卫也确定完最近的行程后，她迅速订了一张周末飞悉尼的机票。

有一些疑惑，她需要再次走进那间屋子找出答案。

周晚并没有告知许博洲自己去悉尼的真实原因，只说是去出差。

对自己这个从小就乖到不行的女朋友，许博洲是百分之百信任。他只嘱咐了几句，让她一个人出国注意安全，然后便投入到了新的飞行任务中。

半个月前，星荣召开了祁南飞奥斯陆国际航线开航的发布会，这也是祁南首条直飞挪威的客运航线，每周执行两个往返航班。

周晚又一次用实力证明，星荣的未来一定风光无限。

而第一次飞行任务，她交给了许博洲和纪燕均这对金牌搭档。

航班起飞前一个小时。

许博洲和时雪菲坐在休息区，手中都端着一杯咖啡。飞行的日子其实重复又单调，日复一日在封闭的机舱里、驾驶舱里完成他们的工作职责，护送每一位乘客安全抵达目的地。

下午的蓝天白云，美到不真实。

可他们的脸上看不出轻松的表情。

“你 OK 吗？”时雪菲率先开口。

紧接着，许博洲反问道：“你呢？”

他们转头，对望彼此，笑了笑，又同时将视线挪回窗外。

这天飞行的目的地，对机组其他人来说只是一个普通的国家，甚至大家都在兴奋能因公出差去挪威玩，而只有他们无法融入集体欢乐的气氛里。

因为陈航就是在飞往挪威的航线上突发意外，永远离开了他们。

许博洲在心里叹气，说没有阴影是假话。即便他在收到飞行安排后，也花了几天时间给自己做足心理准备，但当他换上制服，扣上最后一颗纽扣时，还是不自觉地紧张起来，耳边又出现了飞机坠毁的轰鸣声。

他努力调整呼吸，尽力让自己恢复平稳的心态。

“Glen，你听。”时雪菲取出一部旧手机，点开了一段语音。

熟悉的声音在许博洲的耳边响起，像久违了一辈子那么长。

语音是陈航许多年前，有一次喝多后给他发的语音信息。

“Glen，我的好哥们儿，我最最最好的朋友，你一定一定要永远快乐，答应我，要永远飞下去，好不好？”

时雪菲点开了下面许博洲的回复。

“好！”当时的他，语气是那般意气风发的坚定。

时雪菲收起手机，笑着说：“你答应过 Kevin，你要做到。”

“嗯。”许博洲点头，对老友的承诺战胜了心底的愧疚与恐惧。

两架飞机冲上了云霄，划出两条亮丽的弧线。

错开的轨迹，像是在云层里道别。

登机前，时雪菲将自己的计划提前告诉了许博洲。她说：“本来打算飞完这趟再告诉你，我的入学手续办得比原计划顺利，打算九月初就去阿德莱德，所以这是我在星荣站的最后一班岗，也是和你的最后一飞。”

许博洲震惊地站在玻璃门前，背后走来几个空乘，他们说说笑笑，热情地跟他打招呼，可他听不到任何声音，一直神色凝重地看着时雪菲。

八月底的悉尼，还是冬季，气温有点低。

落地后的周晚，换上一件厚厚的白色大衣，怕风吹，头戴一顶毛茸茸的渔夫帽。她小小的身子、脑袋缩在衣服和帽子里，只要卸下工作时雷厉风行的一面，她就是一个可爱的小女生。

车子从市区驶向郊区，风景从都市换成了视野辽阔的田野。

周晚下车后，推着行李箱往院子里走。她有点冷，从嘴里呼出的气都成了白雾。行李箱圆滚滚的轮子摩擦着乡间的石板路，发出动静。不远处的栅栏被推开，一位穿着优雅的老妇人连忙走了出来。

“小晚晚。”Cecilia 显然有些愧疚。

周晚调皮地冷哼一声，假装不理她，自己一个人走进了院子。她拉开门时，回头看见姨奶奶双手交叠在身前，委屈地低着头。她不装了，笑着说：“好了，Cecilia，外面好冷哦，快进来吧，我给你泡一杯热茶。”

Cecilia 立刻跟着周晚走进家门。

周晚脱下大衣，走进厨房。窗外是朦胧的夕阳，轻笼在她的丝绸长裙上，显得她更温婉动人。她从手腕上取下皮筋，随意地将长发扎起，然后拿起热水壶，泡了两杯花茶。

她听见 Cecilia 在一旁笑，问道：“你干吗呀？”

Cecilia 偷笑道：“你和上次来，模样完全不同了。”

周晚摸摸脸道：“有吗？”

“嗯，很明显。”Cecilia 点点头，“明显是被爱情滋润过的漂亮哦。”

周晚的脸瞬间羞红。

Cecilia 解释道：“姨奶奶呢不是故意要隐瞒你，是 Glen 千叮咛万嘱咐我不要说。”

“为什么？你们认识这件事为什么不能告诉我？”

“因为……”

“因为什么？”

Cecilia没急着回答，搂着周晚的腰带她慢慢往楼上走，说道：“去他的房间，房间里他留下来的物品就是答案。”

周晚带着更多的好奇，同姨奶奶一起走进了房间。

即使是没人住的房间，Cecilia也收拾得干净整洁。

她环顾四周，叹气道：“这里全是Glen的痕迹，我有空就会收拾收拾，后来也一直没舍得再把房子租出去。”

周晚看着Cecilia，感慨道：“许博洲能遇见你这么好的房东，他很幸运。”

Cecilia却说：“人和人之间的相处都是相互的，他很好，我才愿意对他好。那几年，他能陪我这个孤独的老太婆聊聊天，谈谈心，我很感激他。”

周晚点了点头，没出声。她在想，姨奶奶和许博洲相互陪伴的那几年里，一定有过很多美好的珍贵回忆吧。

Cecilia走到落地柜旁，从里面搬出了一个大纸箱。周晚怕姨奶奶闪了腰，连忙跑过去帮忙，两个人一起把纸箱抬到了书桌上。

“这是？”周晚问道。

Cecilia解释道：“这里面都是Glen留下的东西，你慢慢看。”

做事向来很有边界感的周晚，就算是男朋友的物品，她也没有习惯去乱碰。她下意识说：“这是他的东西，没经过他的允许，我擅自打开看，不太好。”

“哎哟，我的小晚晚啊。”Cecilia揉了揉周晚的脸，“Glen不知道有多想让你看，他巴不得你一个字一个字地仔细看。”

周晚笑道：“那好吧，我就勉为其难地看看吧。”

其实她还蛮想偷看他在澳大利亚读书时的少男心事，万一被她抓到什么把柄，回去吓唬威胁他，想想就觉得很爽。

“那你慢慢看，我去做饭，一会儿叫你。”

“好。”

Cecilia走后，周晚在椅子上坐下。屋里开了暖气，她浑身暖烘烘的。她先从纸箱里拿出了一本相册，里面记录着许博洲在澳大利亚度过的大学时光。

她一页页翻看。

初来澳大利亚的许博洲，身上还带着少年的稚气。这时照片里他的模样，她还很熟悉，因为那时他们的联络还算频繁。再往后翻，他的样子开始在她的记忆里变得陌生。他锻炼得越发健壮的身躯，让他完全褪去了稚气，一双眼睛变得更像鹰一样，整个人也更具成熟男人的魅力。

她摸了摸照片里他英俊的脸庞，害羞地笑了。

她顿时发现，原来自己竟然也有“恋爱脑”的一面。

当然，周晚还是低估了许博洲的自恋程度。在正经的照片里，夹杂了几张半裸上身的对镜自拍照，他身体的线条确实流畅又结实，肌肉上的青筋鼓得清晰，看得她脸红耳热，立刻快速翻了过去。

很巧，她翻到了他与几个朋友的合影。

有几个是上次在酒吧见过的外国同学，还有一个是陈航。

他和陈航的照片不止一张，占了足足两页，有他们一起健身的照片、一起训练的照片，还有朋友聚会的照片，等等。

不难看出，他们有着很深厚的友谊。

她想，他失去挚友的伤口，一定很难愈合吧。

忽然，她看到了一张三人合照。

除了许博洲和陈航，还有一个熟人，是时雪菲。时雪菲牵着陈航的手，依偎在他肩头，两个人笑得很甜蜜。

原来陈航和时雪菲是恋人。

原来许博洲和时雪菲也是老友。

周晚摸着三人的合影，笑了笑。她低头思索，在后来他们关系疏远的日子里，他到底还有多少她并不知晓的过去呢？合上相册，她看见了一本黑色封皮的本子，她以为是学习笔记，翻开后却发现，是日记本。

她从没想过，像许博洲这种桀骜冷峻的男生，还会有如此细腻的一面。

看日期，日记应该是从他到悉尼后开始写的。她本想看看他有没有骗自己，找出点他的小秘密，可她翻了十几页，不但没有，相反，他的日记里，几乎每一天的内容都和她息息相关。

仿佛，她成了日记的“女主角”。

“今天波士顿入冬了，不知道她有没有穿我送给她的棉衣。”

“她今天说不开心，压力大，在电话里对着我哭了好久，我很心疼，很想抱抱她。”

“这小不点，还是感冒了，要是我能陪在她身边就好了。”

…………

“今天早上一睁眼就收到了她的微信，看到‘我喜欢你’四个字，我还以为是在做梦。但是抬头看了一眼日历，我才发现，原来愚人节比做梦更难受。”

周晚的眼泪往下滴落，浸湿了纸张，模糊了字迹。她眼圈通红，手抖着继续翻日记。

“我到底为什么讨厌方与泽呢？我知道自己不应该去嫉妒她身边出现的男生，她有权去交新的朋友。我讨厌自己的小心眼，讨厌自己不讲道理的占有欲。”

“今天他们一起出去玩了，她到现在也没有回复我的信息，她应该玩得很开心吧。别想了许博洲，你就是一个懦夫。

“今天是愚人节，好可笑，我竟然等了她一整天的信息，哪怕是再捉弄我一次也行，但是，她好像连玩笑都不愿意和我开了。”

“十年？许博洲，你哪来的自信和她玩十年之约，你明明连一年都等不了。”

“我们明明是那么好的朋友，我明明有一百次机会和她表白，我到底在怕什么？”

“怕，连朋友都做不成。”

“怕，她根本就不喜欢我。”

“许博洲，你就是胆小鬼。”

周晚垂下头，伏在桌上抽泣，肩膀不停地抖动，眼泪滴在日记本上。她像是失去了呼吸的能力，趴在桌上，抱着日记本静静地哭，模糊的视线里，是她见过的那张经纬度的照片墙。

几十张照片记录了不同地方的落日。

每一张底下，都是写给女孩的“悄悄话。”

她笑，嘲讽自己的后知后觉。

这个世界上，怎么会出现第二个和自己一样喜欢记录日落，也喜欢用经纬度去标记世界版图的人呢？那些看似是与陌生人产生的巧合，实则是那个全世界最了解自己的人，躲在角落里日复一日筑起的一场盛大暗恋。

汹涌的情绪扑向周晚。

她想过许博洲以前就喜欢自己，但她只是把他喜欢的程度，放在了青春期正常情窦初开的范围里。她从来没想过，原来他对自己的喜欢，能有如此厚重和疯狂。

她趴在桌上，看着落日墙一直哭。

窗外吹来的风，将日记本又掀起了几页，一页一页在风里翻动。每一页都是他在无法自拔地表达爱意。

“毕业了，她没来看我，那些用来表白的鲜花也枯萎了。”

“还有机会吗？我不知道。”

“以后还会喜欢她吗？”

最后定格的那一页，纸上只写了一个字，被她的眼泪模糊放大，仿佛是厚重的承诺——“会”。

周晚哭累了，忽然坐直身体，合上日记本，给远在挪威的许博洲打电话。她心底有一个强烈的声音在喊，她想听见他的声音。

许博洲很快就接通了电话，听见她好像在哭，问她怎么了。

周晚强忍住眼泪，带着鼻音，认认真真地说：“许博洲，等你回祁南，我会给你一个惊喜，盛大的惊喜。”话卡在喉咙间停顿了一下，她吸了吸鼻，笑着说，“一个会让你哭的惊喜。”

那头，许博洲笑了，他应道：“好。”

第八章
七级风

南北半球，是不同的季节。

车窗外掠过挪威八月的风景，美得如同置身于仙境里。

许博洲挂断电话，手紧紧握着手机。他整个人的气压很低，似乎连周晚的情话也无法调节他此时沉重的情绪。车窗打开一半，他闭着眼用力呼吸，可脑海里浮现的，依旧是那年在世界最北端的城市，过得如同世界末日般的日子。

“Glen，你先休息一下吧，还要十几个小时才能到哈默菲斯特。”陪许博洲同行的是时雪菲，路途遥远，她劝他先休息。

许博洲靠在车椅上，接过了时雪菲递过来的毯子，说道：“谢谢。”

经过十几个小时的长途跋涉，许博洲和时雪菲到达了哈默菲斯特。

这是一座位于世界最北部的小城，知道它的人并不多。而许博洲不畏路途遥远也要来到这里，是因为他曾经把命运的决定权交给过这座城市。

夏天的挪威，褪去了冰天雪地的壮观，有四处可见的明亮鲜丽。

这里有最纯粹的绿和最纯净的蓝。

有些路，即便时隔多年，也依旧能清晰地刻在脑海中。

许博洲带着时雪菲沿着海岸线，走到了一幢黄色小屋前。岸边的长椅还在，只是掉了漆。他们在椅子上安静地坐下，眺望着这座迷你小城的海景。四周静悄悄的，身心是前所未有的平静。

刚刚结束了太阳在午夜盛放的极昼，等待哈默菲斯特的将是极夜之旅。

“那两个月，你就把自己一个人封闭在这里？”

时雪菲的声音飘散在轻柔的海风里，她只听见耳畔传来一声“嗯”，再没有多余的字句。她转过头，看向表情平静的许博洲。她知道，他心中定是惊涛骇浪。

就像眼前的海面再宁静，海底则是另一种翻腾。

关于这段过去，时雪菲从来没有问过许博洲，而他也没有主动提起过。

毕竟这是一道永远无法愈合的伤疤。

许博洲仰起头，阳光照向他的脸，平和的光影随着眼中的情绪不断闪动。叹息声不重不轻，他缓缓开了口道："你想知道那两个月，我在这里经历了什么吗？"

"嗯。"时雪菲点头，"当然。"

那是陈航去世那一年的深冬。

无论许博洲用多少种方式，甚至尝试寻求心理医生的帮助，他依旧没有办法从飞机坠毁的阴霾里走出来。他当时的情绪时常处于崩溃边缘，于是他主动选择了暂停飞行，从澳大利亚的航空公司离职。

得知弟弟离职的消息，许博声立刻给他订了一张飞往纽约的机票，希望用家人的力量去温暖他。可许博洲并没有等来弟弟，而是收到一条消息，"别担心我，我想出去走走"，然后便和弟弟失去了联络。

一时间，没有人知道许博洲去了哪里。

许博洲背上行囊，一个人走入了这个世界最北端的城市——挪威的哈默菲斯特。

在这里，每年冬天太阳都会消失两个月。

几乎没有人推荐来这座城市游玩，而他也并不是来这里旅游，之所以在偌大的世界地图上选中这里，是因为他想试试，一个奄奄一息的人，在一个没有太阳的地方生活两个月，会是一种什么样的感受。

十一月中旬，北极的太阳最后一次沉入地平线。

而许博洲到的时候，已经是哈默菲斯特极夜的第四天。

他没有告诉任何人自己的行程，所以这两个月的住宿，没有朋友帮他。即便他的某位大学同学就住在挪威，他也没有联系对方。出发前，他在网上挑选了一家民宿，老板是一位两鬓斑白的耄耋老人。

他们住在一间蓝色的两层小屋里。

老人叫Odin，年轻时是一个渔民，妻子在他很年轻的时候就离开了他。很遗憾，他们并没有留下一儿一女，晚年，他一个人在这里靠写书度日。

许博洲在状态最差的时候住进了这间小屋。

一开始，他整夜整夜失眠，需要靠酒精或安眠药才能入睡，一觉总是睡到下午。像他如此在意外表的人，开始变得不爱收拾自己，胡子拉碴，总是套着一件黑棉袄，缩着身子弓着腰，不是一个人在暗无天日的马路上游荡，就是坐在长椅上看着黑沉沉的大海发呆。

或许，他高估了自己承受黑夜的能力。

在这场漫长的黑夜旅行里，等待黎明的归来需要勇气。

在见不到阳光的日子，他像是被扔进了黑色的笼子里。那些悲痛的情绪被放大，他冲向无人的雪地，崩溃地跪地痛哭。他放声呐喊，却得不到任何回应。

陈航死了。

这是他无论从梦里醒来多少次，都无法改变的事实。

他无数次希望，死的人是自己。

他接受不了，但他必须接受。

这才是让他无法与自己和解的原因。

圣诞节，所有人都在狂欢。

只有他，独自站在海岸边，盯着如墨的海水，一些压抑、崩溃的情绪涌上来。他双脚不听使唤地往前走，一双手将他拉回来。

他听见一对外国男女对话的声音，也听见男生喊女生 Penny。

他立刻回头，看到的却是一张陌生外国脸庞。

救他的是一对情侣，他们将他送回了住所。

隔日，Odin 下楼时，见到一个倒在门口的人，身上的雪都化成了水，浸湿了棉衣和地板。来了一周，他不难看出这位叫 Glen 的年轻人心理出了点问题。

他把年轻人抬到沙发上后，听到他拖着沉重的呼吸，在喊一个女孩的名字。

“Penny。”

许博洲刚醒来，就被 Odin 拽到了浴室。Odin 拧开花洒，命令他马上洗澡，洗掉一身的酒臭味，然后把胡子剃干净。

他浑浑噩噩，摸不着头脑，问道：“为什么？”

Odin 说要带他出门。

许博洲洗完澡，刮掉了胡子，从外表恢复了健康的状态。他在门口看见了一套棕红色的西服，还有一条粉色的领带。Odin 让他穿上，他不愿意穿，最反感花花绿绿的颜色。但 Odin 说，等会儿会告诉他原因。

最后，他还是穿上了这套彩色西装。别说，打好领结的瞬间，他对着镜子，脸上有了最近唯一一次笑容。

后来，他跟着 Odin 出门。

处于哈默菲斯特，二十四小时天都一样，即便此时是下午三点，整座城市也早已合上了眼。在这里，根本不需要交通工具，沿着小道绕着房屋走，总能走到目的地。

“我们要去哪里？”许博洲问道。

Odin 双手插在棉衣兜里说：“带你看看这里的人如何在极夜里生活。”

在这座日夜颠倒的城市里，生活在这里的居民，依旧在按部就班地过日子，有的行色匆匆，有的勤恳工作，有的仰头希望能快点见到阳光。他们穿过写字楼，在多层公寓里，见到了颇有意思的画面。

一楼的人在跳舞；二楼的人在拉小提琴；三楼的人在背诵诗歌……他们在摸不到太阳的黑夜里作乐，没有人满脸疲惫，依旧拥有活力。

Odin 指着他们说：“见不到太阳的时候，彩色的衣服就是阳光。”

许博洲笑了笑，感触良多，心情也渐渐转好。

那一夜，Odin 带着许博洲转了许多地方，热络的聊天、热气腾腾的咖啡，并不让人觉得落在肩头的雪有多冷。

他们的笑声从一处传到另一处。

那天后，许博洲的作息开始变得规律起来。他尝试与这座城市产生交集，去咖啡店、去书店、去超市、帮邻居搬家、喂流浪猫、陪 Odin 散步谈心。

这两个月里，他让自己沉浸在无人认识的小角落里，断掉了与朋友、亲人的联络，只是习惯每晚入睡前，看一看周晚的动态，幻想着未来的种种可能。

他还是经常会做噩梦，会被陈航的离开压得喘不过气来，但另一只手又会在梦里及时出现，那是一双白净纤细的手，从阳光里伸来，指引着他往光亮处走去。

日子转眼到了次年的一月下旬。

气象台预报这里第二天就会结束极夜，Odin 带着许博洲坐在家门口的长椅上，等待第一场日出的归来。

即便这里的居民都习惯了极夜，可每个人依旧期盼黎明的到来。

太阳渐渐升起，当阳光破开黑夜照射在建筑物、地面和大海上时，许博洲和 Odin 激动起身，握拳，呐喊。

“I see the sunrise！”

“I see the sunlight！”

这一刻流下的眼泪，仿佛是重生后的亢奋。许博洲冲着天空大海，放声大喊：“I'm alive！

“I'm alive！

“I'm alive！”

他一遍遍地喊。响亮的回音回荡在这座已经铺满光亮的城市。

时雪菲听完许博洲的叙述，落了泪。她拿纸巾擦了擦，然后给好朋友一个温暖的拥抱，拍着他的背说：“Glen，我很庆幸那对情侣能经过这里，把你救起来。如果你也出事了，我会比现在更痛苦。”

许博洲哽咽道：“抱歉，原谅我当时的懦弱。”

“不，你不懦弱，你比我厉害。”时雪菲低下头，揉捏手中那张擦拭眼泪的纸巾，心仿佛在颤抖，坦白道，“其实我放弃过两次。”

许博洲震惊，这是他并不知道的事。

时雪菲转头看着许博洲说：“也是在那年冬天。”

许博洲说不出一个字，胸口疼得厉害。

时雪菲闭着眼，长吁一口气，然后仰头看向天空。当阳光洒在身上时，那种温暖让她慢慢从痛楚里走出来。她说：“我想，能支撑我们继续往下走的，是心里的那份不甘心。”她空洞的眼神变得有了神采，“就像你对 Penny，如果在那件事时她拒绝了你，或者你们已经谈了好几年，都不会产生当时那份强烈的意志力，支撑你看到日出。正是因为你没有得到，你们还有很多事没有一起做过，所以你会不甘心。”

许博洲的那声叹息好似沉到了心底。他没有回答，但认同时雪菲说的话，因为没有得到，所以会产生许多幻想。而那些幻想让他不甘心，不甘心那么漫长的暗恋却走不进周晚的心里。

时雪菲含着泪笑了笑道：“我也是，因为 Kevin 说，他想看我当建筑师的样子。我还没有做到，怎么可以让他失望呢？”

最后那句话，她的声音颤抖得厉害。她抵挡不住崩溃的情绪，低头哭了出来。

许博洲没有做什么，也没有多说什么。

人难过的时候，就该哭。哭出来，万难都会过去。

就这样，他们在长椅上从天亮坐到了天黑。

走回酒店的路上，时雪菲问许博洲道："后来呢？从这里回去，你做了什么？"

前面走来一群挪威的青少年，他们拿着滑板，活力十足。许博洲看了看他们，嘴角扬起弧度，慢慢和她讲述"后来的故事"。

在哈默菲斯特完成人生中第一次"极夜航行"后，许博洲回到了港岛。

陈航出事以后，他已经很少飞行，再加上失踪了两个月，他几乎缺席了大半年的飞行任务。但人才就是王道，红港航空第一时间对他发出了邀请，他没有犹豫，很快入职。

但在飞行前，他开始了一场紧锣密鼓的训练。

为了方便训练，他住在训练基地附近，每天早上六点起床，去做旋梯、固定滚轮、活动滚轮等常规体能训练以及模拟机演练。一系列高强度的训练，他应对自如，全部以高分过关。

训练完毕，他搬出自己最爱的山地自行车，在一个接一个的坡上飞驰。

从小到大，训练完，他都喜欢骑车肆意地穿梭在街道里，仿佛身后的风都在推着他往高处走。而他的耳机里，永远重复播放着一首歌，那首从《灌篮高手》流川枫的耳机里偷来的歌——*New Power Generation*。

"If you'd just believe your whole world would change

如果你还相信整个世界还会苟延残喘

New power generation, you've got to rearrange. We've got

新生代会将一切推翻

We are the new power generation, you've gotta give up all the fight

我们立于时代之上，而你只能俯首称臣

We gotta try to love one another, baby. we r the new power generation

我们只是想找人相爱，我们是新时代的主宰……"

哈默菲斯特的压抑被港岛的阳光一扫而空。许博洲握紧车把，浑身充满了力量。他抬起头，看着还未沉下的太阳，轻狂一笑。

心底有声音震着胸腔，响亮无比。他告诉自己，他是那么喜欢做王者，所以他必须做任谁也打不倒的时代主宰者。

他要自己的名字响彻云霄。

在忙碌的学习中，许博洲渐渐从失去挚友的悲痛里走出来。

而新朋友的加入，也是让他生命变得有活力的原因之一。

同年，纪燕均加入红港，成了许博洲的搭档。

起初，他们互相看不顺眼，毕竟一山不能容二虎，但相似又互补的性格，外加飞行的配合，让他们越走越近，成为无话不谈的好朋友。

两年后的某一天，他们从纽约飞回港岛，聚在中环的一家酒吧里喝酒。

纪燕均告诉许博洲一条劲爆的消息，周氏收购了星荣。

恰好这时，许博洲刷到了周晚刚发的朋友圈，定位在维多利亚港，内容是“拥抱新的挑战，我一定可以”。

所谓有异性没人性，许博洲扔下纪燕均就跑去维多利亚港。路上，他给周浔发去一条信息，问他周晚是否接手了星荣。

周浔正怀抱美人，没大没小地喊道：“我知道你厉害，看不上区区一个十八线的航空公司，但是你敢挖苦我姐，我跟你没完。”

许博洲没理会周浔的话，挂断电话，很快就赶到了维多利亚港。

秋天的维港，夜风有点凉。

许博洲穿了一件黑色长风衣，里面是未脱下的制服，合身的西服裤将他的双腿称得修长，黑色的皮鞋锃亮。他穿过人群，努力寻找那个许久未见的身影。

灯火通明的高楼大厦倒映在水面，是震撼而浪漫的繁华。

邮轮声在耳畔回响，许博洲走到码头时，看到了那个熟悉的背影。他算了一下，他们已有两三年没见过面。他在心里骂她没良心。不过他就是中了她的毒，无论她怎么怠慢和冷落，只要她没遗忘他，他就还是愿意没出息地做她的暗恋者，日复一日地喜欢她。思念和喜欢占据了他整颗心，不管中间见过多少人，他都坚定不移。

好巧，周晚默契地穿了一件黑色风衣，一个人在散步。

许博洲就这样跟在她身后，中间隔了不远不近的距离。忽然旁边有一个女生像风一样飞奔到男生的怀里，情侣紧紧相拥的画面让他羡慕。

他望着眼前的背影，暗想，如果她回头看到了自己，他会立刻表白。

只可惜，他们一前一后地走了许久，周晚都没有回头。

就在许博洲想投降，主动去拍周晚的肩时，却看见一个西装笔挺的男人抱着鲜花走向了她。她没有拒绝，抱住了那束炙热的红玫瑰，然后与他一同离开了码头。

许博洲不记得那一晚，他在码头站了多久，抽了多少支烟。

只记得一周后，他向红港提出了离职申请。

老板尊重每位员工的决定，即使是自己中意的飞行人才。

他问许博洲是不是有新的去处。

许博洲没有片刻犹豫，点了点头。

老板问是哪家顶级航空公司。

许博洲却笑着说："让你失望了，是排不上号的，星荣。"

老板僵在办公椅上。

而许博洲却取下工牌，手指好玩般地绕着绳走出了办公室，眼里没有半点迷茫，只有对未来的无比期待，以及对拿下某个人势在必得的狂劲。

两天后，周晚准备从澳大利亚回祁南。她没有带走房间里许博洲的任何物品，因为她认为，就像姨奶奶所说，有些心情是特定属于某个地方的回忆，放在哪里都会变味。

飞机起飞前，她接到了许博洲的电话。

许博洲对那件感动的事特别好奇，抓心挠肝的："女朋友，你到底要对我做什么事，我还会哭？我想了好久，真想不出来别的了。"

隔着屏幕，周晚翻了个白眼道："懒得跟你说，回去就知道了。"

"真不说？"他还撒起了娇。

"嗯，不说。"她坚决保密。

"行，那明天见。"

"嗯，明天见。

挂电话前，许博洲在电话里又开始不要脸地说："老婆，亲我一下。"

头等舱很安静，周晚不敢发出声音。但她很想亲他，于是埋着头，给了他一个很轻的亲吻。

电话挂断没多久，飞机便起飞了。

周晚的航班要比许博洲的航班先到祁南。

她落地时，已经是晚上八点左右。她没有托运行李，取下行李包便下了飞机。长时间的飞行让她头又沉又痛，手机刚打开，消息涌上屏幕。

从挪威飞往祁南的SL7786次航班，正在经历一场浩劫。

机身发生剧烈颠簸。乘务长在广播里安抚惊慌的乘客，反复强调，大家一定能平安落地。

人在极度害怕时，会产生强大的求生欲。

一时间，机舱里全是害怕飞机坠毁的哭喊声和怒骂声。

“到底什么情况，我们会不会出事啊？”

“是啊，现在到底怎么回事？能不能给一个明确的说法？”

“早知道我就是转机，也不坐你们这个破飞机了。”

“妈妈，我要回家，我要回家，呜呜呜。”

“我不要死在飞机上……我不想死啊……”

机舱内乱成一锅粥，什么声音都有。

哪怕是经过专业训练的空乘，在此时内心也会慌张。只是专业素养让她们选择丢掉自己的恐惧，以乘客的安危和情绪为先。

“请大家保持安静，不要恐慌。”时雪菲在前排座位上拿着广播喊道，“请大家相信我们的机长，相信我们乘务组，相信我们全体机组成员，我们星荣一定会带大家平安回家。”

所有人都听得出来，她说话时声音在抖。

另一边座位上的舒曼转过头，在颠簸中，对着时雪菲微笑。

在乘务组的安抚下，机舱里安静了许多。

每个人都遵守秩序，不再喊叫，有的看向窗外，有的盯着地面，有的紧闭双眼。

驾驶舱，许博洲、纪燕均和二副段飞正冷静应对。

飞机在许博洲的控制下，从摇晃暂时变得平稳，与塔台恢复了联系。

飞机突发故障，中央电子监控系统突然出现了大量的错误信息，随后惯性导航系统也失效，空速表也变得不可靠。千钧一发之际，机长的操作决定了整架飞机的人员性命。

许博洲关闭了自动驾驶系统，改为手动飞行。

可飞机再一次失控，猛地向下俯冲。机舱内的乘客发出惊恐的尖叫。

驾驶舱内，许博洲、纪燕均和段飞也受到了巨大的冲击。许博洲握紧侧杆，用尽所有力气试图将飞机拉平，机头缓缓朝上抬起，恢复平稳的那一刻，他的手臂肌肉因为过度用力而颤抖，青筋似乎要从肌肤里爆开。

“计算机出现故障。”许博洲语气沉重，眉头紧锁，严肃地盯着前方。

飞行经历不够丰富的段飞焦急地问道：“现在要怎么做？”

黄金搭档的默契就是，只要许博洲看一眼纪燕均，纪燕均便知道该如何做。他开始调试仪表盘，一个个排除屏幕上的提示警告。

每一次操作，他们都像是在与死神擦肩而过。

这时，时雪菲走进了驾驶舱，说道：“飞机里有带病的乘客，再加上目前的情况，我们是不是无法顺利降落祁南？”

沉重的气氛在狭窄的驾驶舱内流窜，许博洲沉了一口气，先让时雪菲回到座位，系好安全带，继续安抚乘客的情绪，他会根据情况采取最佳的降落方式。

门合上后，驾驶舱内的气氛越发紧迫。

许博洲的脑海里又一次闪过陈航飞机失事的画面，飞机坠毁的声音震着他的耳膜。

可他的注意力必须持续保持高度集中，强迫自己从悲痛的回忆里回归现实，去面对眼前的紧急状况。因为此时，他的判断，他的一双手，决定了一百多条人命的去向。

最后，许博洲经过判定，决定备降在最近的莫斯科谢列梅捷沃机场，并要求副驾驶向空中交通管制和紧急服务部门发出警报。

纪燕均立刻拿起对讲机，沉着地发出求救信号：“Mayday，Mayday，Mayday，China Starline7786，Request direct diversion to Sheremetyevo Airport.（中国星荣航空 7786 次航班，请求直飞谢列梅捷沃备降。）”

驾驶舱内的三人，屏着呼吸等待空中交通管制部门给出回应。

几秒钟后，对讲机里传来：“Receive，Direct flights are allowed to Sheremetyevo Airport.（收到，允许直飞谢列梅捷沃备降。）”

祁南羽志国际机场。

夜晚到达的航班不少，到达层时而涌出两三拨人潮。

外面人声嘈杂，周晚和卫也暂时坐进了一间相对安静的咖啡馆，正同其他高层开视频会议。

大家都接到了SL7786次航班的情况，也知道机长许博洲决定备降莫斯科谢列梅捷沃机场。即使了解到这是目前唯一能做的选择，但有两位经理对接下来要面临的问题提出了担忧。

“周总，所有旅客突然被滞留在境外，一来，我怕一些不明事理的乘客会闹事；二来，我也怕如果后续的赔偿方案处理不当，会有人在网络上乱写，给我们带来负面影响。”

与其说是担忧，不如说是给周晚出难题。

卫也看着老板，说实话，他也担心。

刚刚了解到航班所有具体情况后，周晚似乎已经做好了应对的策略。她沉着地说：“作为航空公司，我们有责任承担每一位乘客的生命安全。这是我们星荣遭遇过最严重的一次突发事故，所以，经过我的考量，事后，我会赔付每一位乘客相应的机票费用，以及他们滞留在莫斯科的住宿费。如果其中有旅客因此次特殊遭遇需要就医，无论是身体疾病的发作，还是心理疾病，我都会为他们承担相应的医药费用。”

卫也听后一惊，而后在心里给老板鼓掌。

只是经理们的质疑也不是没理由，他们继续发难：“周总，您应该知道这不是一笔小数目，况且在确保乘客生命安全的情况下备降，我们最多承担住宿费，至少其他航空公司向来都是这么处理的。”

“但是我不想让星荣和其他航空公司一样。”周晚斩钉截铁地说，“其他航空公司处理事故的分数如果是及格，那我希望星荣是满分。”

一个男经理冷笑道：“周总，这不是个人考试，这是公司利益。”

周晚盯着对方，反问道：“可是如果领导者的个人考试能达到满分，那么她掌管的公司利益一定不会太差，不是吗？”

男经理沉默了。

周晚继续说道：“我知道你们不信任我，也清楚你们是为公司利益考虑，但这就是我做生意的方式。航空公司本来就属于服务业，而服务业的核心就是将乘客摆在第一位，我不希望乘客将生命交给我们，在遇到可能会是一生阴影的事故时，还得不到该有的温暖。”她看着那几张不屑于自己决定的脸，沉声问道，“试想一下，如果你们或者你们的家属是今天这趟航班的乘客，你们是不是也想得到航空公司最大力度的金钱和情绪抚慰？”

几个经理低头不再说话，只有那位一直厌恶周晚的付经理，斗胆开腔道："周总，如果今天的机长不是许博洲，不是你的男朋友，你还会选择这么做吗？"

这无疑是正面交锋，周晚眼神渐渐变得锋利道："不管今天的机长是谁，我都会这么做。"

付经理哼了一声，丢下一句"女人到底是女人，眼里只有小情小爱"后，挂断视频，并且退出了高层群。

周晚并不介意。视频会议结束后，她对卫也说："你先回去。"

"你呢？"卫也问道。

周晚隔着玻璃窗望向出口，说道："我在这里等SL7786的机组人员和乘客全部平安落地再回去。"

卫也不放心道："我陪你。"

"不用。"

"那我明天就离职。"

"你还知道威胁我了？你以为没有你，我真不行是吧？"周晚笑了笑。

卫也装高傲地说："嗯，没有人能代替我。"

周晚搂住了卫也，一起喝咖啡等航班消息。

故障信息依旧在涌现，SL7786的导航系统也依旧处于失效中。

许博洲只能按照自己的经验来完成目视进近。

段飞撑着飞行椅，盯着屏幕问道："这么多故障信息，我们该怎么做？"

许博洲牢牢掌控着飞机的平稳，说道："收集信息，尽可能筛选出所有可靠的系统。"

"嗯。"

"好。"

纪燕均和段飞先后应答。

许博洲冲他们一笑道："到了祁南，我请你们喝酒。"

纪燕均说："肥水不流外人田，去我酒吧。"

段飞眯眼笑道："能叫上Judy吗？"

纪燕均惊道："'地勤食人花'你也敢碰？"

用打趣缓解了紧张后，三人集中注意力筛选信息。

他们必须将窗外的恐惧屏蔽掉，在一万一英尺的高空上沉着冷静地应对。纪燕均和段飞的大脑高速运转，运用专业知识和经验，将每一次筛选出的系统信息告诉许博洲。而许博洲的双手掌握了全机人员的生命，他小心翼翼进行操作，直到脸上露出了满意的表情。

“准备好了吗？我的搭档们。”许博洲从紧张到胸有成竹，语调变得轻松。

纪燕均和段飞碰拳，大声喊道：“Go！”

机身在摇摇欲坠地往下降，许博洲紧紧握住侧杆，紧盯前方，似乎有一个人抓住了他的手，陈航的声音在他耳畔回响。

“Glen，我永远会在天空，和你一起保护全机人员的安全。”

因为担心在下降的过程里飞机失控，再次俯冲会带来不可控的灾难，许博洲决定用当空军时使用的预防性紧急降落。

飞机离地面越来越近。

可驾驶舱内的一切都更不能松懈。

许博洲：“放起落架。”

纪燕均：“起落架放下。”

许博洲：“襟翼放到3。”

纪燕均：“襟翼3确认。”

两个人瞄准目的地默契配合。

随着许博洲喊道：“对准跑道。”

飞机冲向地面，SL7786航班安全降落在莫斯科谢列梅捷沃机场。

所有人都像是在天空中做了一场噩梦。

平稳落地后的乘客们兴奋地欢呼。

那从驾驶舱内传来的富有磁性的声音在广播里响起。

“大家好，我是这次航班的机长许博洲，很幸运，我们平安落地，也很感激我的双手没有失灵。也谢谢大家对我、对我们星荣全机组人员的信任，虽然我们还没能到达祁南，但是我们可以下飞机，先呼吸一下莫斯科的空气，待稍作休息，我们一同回家。”

在经历一场浩劫后，没有哪两个字能比“回家”更触动人心。

机舱内爆发了雷鸣般的掌声。

此时已经是祁南夜里的九点半，周晚第一时间接到了许博洲的电话。

听见他的声音，周晚快要哭了，但她不忘夸道：“你做得很棒。”

许博洲就像是隔着屏幕在抚摸她的头，说道：“你也是，因为有一个好的老板在支持我，所以我才敢按自己的判定去作出决定。”

“但你做到了，你值得我信任。”

“我十岁就和你说过了，我许博洲，这辈子绝对不会让你失望。”

没和许博洲多聊，周晚让他先去休息。挂断电话，卫也看到她掉了眼泪，立刻抽了两张纸巾给她。

“谢谢。”

卫也感慨道：“老板，你真的很信任许机长。”

周晚擦掉眼泪，吸了吸鼻子，看着桌上那张纸飞机的壁纸，笑了笑。她眼神里是对他们彼此的信任：“许博洲只管向风而行，其他事，我会替他担着。”

一直觉得自己没有浪漫细胞的卫也闻言差点掉下眼泪。

即使还有十几个小时的等待时间，他也没走，继续陪在老板身边。

这时，有人走进了咖啡馆。

打扮时髦的男生，看样子不是来喝咖啡的。他径直朝周晚走去，自我介绍道：“你好，我叫时朗，是星荣空乘组时雪菲的弟弟。”

周晚怔了一下，然后握住时朗的手，说道：“你好。”

时朗拉开背包拉链，从里面取出一个盒子，放到周晚面前。

周晚疑惑道：“这是？”

他说：“许博洲留在我们家的物品，确切地说，是给你的。”

“给我的？”

“嗯，你一会儿可以慢慢看。”

“好。”

应姐姐的吩咐交代完事情的时朗并没有走，而是多嘴道：“周总，许博洲的好朋友，也就是我的姐夫陈航，在澳大利亚航空公司飞行中遭遇飞机坠毁的事故原因，其实我有反复研究，是由于飞机的电传控制系统给操纵面发出了错误的指令和警报，最终导致了事故的发生。而我想这一次，是许博洲关掉了系统，选择了自己筛选可用信息，靠经验和专业能力保证了飞机的平稳降落。”

虽然听不懂关于飞行的专业术语，但周晚有被眼前这个年轻男生惊艳，问道：“你是学飞行专业的吗？”

时朗摇头道："不是，学医的，港大。"

周晚更惊讶了，追问道："那你怎么会这么懂飞机的知识？"

"因为我更想做飞机的医生。"时朗笑道，再次主动请缨，"如果周总信任我，我想参与这次航班事故的调查，想和厉害的飞机医生学习，将来也想进星荣，为星荣效力。"

卫也撇嘴，心想现在的小孩也太会争取工作机会了吧。

不过周晚很喜欢时朗，点了头道："好。"

时朗走后，周晚打开了他带来的盒子。

卫也很识趣。他不想打扰老板看许机长的物品，于是坐到了另一侧。

夜深了，出口的人变少，四周的环境安静了许多。

周晚看到盒子里是一封封信，她在心里窃喜，以为是许博洲写给自己的情书。可当她拿起第一封时，心情却变得沉重。

因为，这不是情书，是遗书。

"亲爱的周晚，今天我从悉尼飞伦敦，不知会不会遇到灾害天气，但如果遇到，我想告诉你，我喜欢你。"

"亲爱的周晚，今天我从巴黎飞悉尼，一样，习惯让雪菲代笔，帮我写下这封也许你永远看不见的遗书。我还是想说那句话，我喜欢你。"

"今天飞波士顿，你也在，我知道，想找你，但又怕打扰你。那就在天空里对你说一句，我喜欢你。"

"今天从港岛飞悉尼，你不会知道，我在你家门外守了一整夜。是很糟糕的暗恋吧，你一定会骂我懦弱，可是我连让你骂我一次的勇气都没有。为什么'喜欢你'三个字这么难说出口呢？"

"我每次都在想，如果这一次飞行，我真的不幸离开了这个世界，现在的你会不会为我掉眼泪。"

"今天穿越阿尔卑斯山脉时，遇到了强气流，飞机差点失控。好险啊，我还活着，还能写下这封信，再说一次，我喜欢你。"

"每一次看到乘客们有人送有人接，就觉得自己好孤独。我也好想每一次飞行前，都能听到你的祝福，落地后，一开家门就能见到你。"

"周晚，如果我们有未来，答应我，我每次落地，你都要做那个烤煳了的蜂蜜面包给我吃，好不好？"

……………

周晚颤抖着手翻开一封又一封的遗书。她数了数，总共有一百零一封，这些与他一起在浩瀚无垠的天空里，经历了一次次曲折经历的手写遗书，比起情书更能震撼她。她从文字里看到了他颠沛流离的心，看到了他对自己强烈而旺盛的爱意。

她读到最后一封时，眼泪止不住地往下掉。

“今天要穿越南太平洋，不知会不会在高空突遇剧烈阵风。但是我好想告诉你，就算是七级阵风，也吹不走我对你的爱意。”

周晚哭累了，趴在桌子上。

卫也走过来，替老板将桌上那一封封“特别情书”收进了盒子里。他坐在旁边的椅子上，笑着对她说：“许机长真的很爱你。”

泪水模糊了视线，周晚在笑，很甜很甜。她的声音很温柔，摘取了一段他信中的话：“嗯，他说，他看过广阔的天空，看过浩瀚的星辰，却发现自己的心还是那么小，小到只能装下周晚。”

卫也也笑了。

不知过了多久，周晚醒来又睡着，睡着又醒来，终于在出口处看到了熟悉的身影，是时雪菲和其他几位空乘。她立刻起身，推开咖啡馆的门，朝最后那个推着行李箱的男人冲了过去。

许博洲和纪燕均说说笑笑，还没有反应过来，一双手臂就紧紧抱住了自己的腰。

周晚扑进许博洲怀里，先抱着他哭了一会儿，然后踮起脚去摸着许博洲的脸。真实的温度告诉她，他活着。

许博洲笑着笑着，哭了，她也哭了。

在经历了生离死别后，他们看向彼此的眼神比以往任何一次都热烈。而这一次主动的是周晚，她搂住许博洲的脖子，不顾旁人的目光与他拥吻。

一旁的机组人员都惊呆了。

周晚牵起许博洲的手，特意将十指紧扣的双手举起，向所有人炫耀道：“你们记住了，这个男人是我的男朋友，不要打他的主意。”

许博洲傲娇地耸耸肩。

周晚依偎在许博洲身边，带着他往停车场走，说道：“回家，我给你做蜂蜜面包，而且一定要是烤煳的那种。”

许博洲表情变得难看道：“我很累啊，能不能不要烤煳？”

“你自己写的，一定要吃烤煳的。”

SL7786 次航班事件后续采用了周晚的解决方案。

一时间，网络上涌现出大量对星荣的好评，甚至很多机票提前售罄，后台新注册的会员人数比前两个月高出数倍。

周知然对女儿的这次表现很满意，也趁机告诉她，自己为什么要买下星荣。

对这个谜团，周晚很好奇，于是听父亲说起背后的故事。

周知然说，其实星荣的前身叫美康航空，是他在创业初期，与一位友人合伙创立的公司。但随着利益与观念冲突，两个人的矛盾逐渐升级。最后，他选择将公司让给了老友。可令他没有想到的是，老友竟将公司以高价卖给了其他人，后来美康改名为星荣，却也因为接手人的不用心，公司名声一落千丈。

去年，他得知星荣再次被转卖后，第一时间花高价买下。

周晚听后，恍然点头。她没想到，原来星荣和父亲还有这样一段渊源。

周知然又说，除此之外，还有第二个原因。

周晚更好奇地问："是什么？"

周知然戳了戳周晚的鼻子，说道："是因为我的宝贝女儿。"

周晚惊讶又迷茫。

周知然说起一件发生在女儿初中时的小插曲。他说，有一天傍晚，她陪许博洲锻炼完回家，疲惫地坐在餐椅上吃水果。她抱着一个水蜜桃，叹气，遗憾地说："爸爸，我们家要是有一家航空公司就好了。"

他当时的表情很吃惊，问道："为什么我们晚晚想要一家航空公司呢？"

她咬了一口桃子，眼角弯弯道："因为那样，我就可以帮许博洲实现当飞行员的梦想啦。"

这句随口一说的话，周晚压根儿没印象。她问："爸，我说过吗？你该不会是胡说的吧。"

周知然笑道："我为什么要胡说？我记得一清二楚。那时，我还真没想到，你和老许的儿子感情能那么好。"

周晚心突然慌了一下，说道："爸，你能不能答应我，这件事不要告诉许博洲？"

"为什么？"

“要是让他知道我小时候说过这种话，他一定会天天在我耳边炫耀。”

周知然乐得前仰后合。

周晚想想就觉得烦人，她挽着爸爸的手臂不停地撒娇，求他一定不要告诉许博洲。

周知然没说同意也没拒绝，忽然逗起了女儿：“晚晚，你以前真的没有喜欢过博洲吗？一点点动心都没有吗？”

周晚的脸一下就红了，埋下头，摇头道：“当然没有。”

“真的？”

“……嗯。”

这段时间，周晚和飞行部、技术部的成员一同参与了SL7786次航班的复盘和事故分析，同时，她也给这次航班的全体机组人员放了一周的假。

当然，给许博洲放假，也就意味着她不能“休息”。

周晚有时候真是怕了许博洲。

她于是脑袋一热，把他的微信、电话备注都改成了“死死死死死变态”，后面还跟了一个恶魔的表情。

三天后，星荣在市区的海湾国际酒店召开了新产品发布会。

周氏、星荣的高层以及各个部门的优秀代表悉数到场，因为这次发布会还涉及明年与福氏居、祁南电台的合作项目，因此纪爷和许博声也出现在了头排。

会议厅熄了灯，所有人认真看着大屏幕里播放的概念宣传片。

不是传统商业味颇浓的宣传片，反而很有趣，画面里是一只小鸟，它飞啊飞啊，后面又跟来几只，它们在天空中找到了一朵柔软的云。云朵慢慢地变成了鸟巢，所有的小鸟惬意地栖息在云朵巢中，等待到达目的地。宣传片结尾，是手写卡通字体的标语：“BIRD & NEST.（小鸟和巢。）”。

还有一句可爱的解释：“小鸟是你们，巢是我们，星荣永远是大家在天空里最柔软、最安全、最温暖的家。”

台下的人都露出了笑脸。

冰冷的人做冰冷的生意，而心中有爱且还留有童真的人，才会将概念和宣传片做得如此温暖又有趣。

许博洲用力鼓掌。

其他人是对周晚欣赏，而他的神情是骄傲，骄傲自己能有一个如此出色的女朋友。

影片放映结束后，穿着一身白色套装的周晚走到了台中央，温柔又知性。她握着麦克风说道："星荣在这重新出发的半年里，取得了重大的突破和口碑的逆转，很感谢大家的肯定和支持。我们也会在祁南文旅厅的指导下，继续坚持'家'这一理念，向旅客提供优质、便捷、普惠的航空产品。"

台下一片掌声。

周晚介绍起明年的新产品："今年，我们在为明年的新产品积极做准备。首先，我们很开心能与粤菜经典品牌福氏居取得联名合作，以祁南特色菜为主，打造更适合航空餐饮的菜品，希望每位乘客都能吃到最温暖的飞机餐。"屏幕里又跳转了一页，她看了一眼后，继续说，"明年我们还会和祁南电台推出特色电台节目，乘客不仅可以根据自己的喜好收听节目，也可以在线留言，说出你的故事、记录下你的心情，或是留下你想说的话。"

周晚和许博声相视一笑。

半个小时后，商业性质的产品发布会随着台下的记者提问接近尾声。

在结束前，周晚没有按照流程离场，像是还有话要说。她将视线落在了穿着制服的许博洲身上，然后看向所有人说道："不好意思，再耽误大家一点时间，趁这次发布会，我还有一些话想说。"

台下出现了交头接耳的声音，不过很快，现场又恢复了安静。

周晚的表情轻松了许多，显然并不是要说什么严肃的公事。她笑着说："在我接手星荣的这半年里，我很感激一个人。在几乎没有人愿意加入星荣时，他义无反顾地选择相信我，用自己的能力帮星荣慢慢走上正轨。也正是因为他，我才会有 BIRD & NEST 的灵感。"

她的眼前忽然浮现出那年校园里翠绿的草地，还有盛夏的声声蝉鸣和头顶掠过的飞机。那些记忆清晰地涌现，她的声音好像与少年的声音重叠交织："他说，周晚，你知道吗？我觉得开飞机是一件很有趣的事情。飞机就像是天空里的巢，机舱里的乘客就像是装上了翅膀的小鸟，而机长用自己的双手保护着巢和小鸟，带他们去看天空中最奇特的美景。比如，雷暴在乌云之中会发光；暴雨后会出现浪漫的彩虹；运气好，还能看见美丽的北极星、星光璀璨的银河。”

星荣几个部门的人，自然知道周总在说谁，一个个不自觉地看向旁边的男人。

许博洲全程很淡定，坐姿端正地看向台上的女人。

周晚一笑，将手指向了许博洲的方向，用最自然、大方的语气，将他介绍给全世界道：“这个人，是和我相识了二十多年的好朋友，也是我现在的男朋友，以及未来的丈夫，飞行部的机长，Glen Hsu，许博洲。”

一时间，掌声雷动。

几乎所有人的目光都投向了后排最中间位置上的男人。

可唯独许博洲依旧镇定自若，他没有太强的情绪起伏，仿佛这一切他早就胜券在握。这一刻，他只想享受作为周晚男朋友的荣光，希望那些目光、闪光灯和议论声能来得更汹涌一些。

他就是虚荣。虚荣到，他要让所有人都羡慕自己。因为他的女朋友并不一般，那可是周晚，周氏的继承人，一个站在金字塔尖、优秀到浑身发光的女人。

也是这一刻，他终于明白为什么这十年来，自己会对她念念不忘，能将对她的爱意刻在肌肤、刻进骨子里。

因为，他爱光。

她身上的光，是即便他们分隔千里、分隔多年，也能照耀进他周身和心里。

海湾国际酒店出名于楼层高，设有高空花园、泳池和餐厅，能看到祁南最漂亮繁华的风景。

晚上的宴会在十楼举办。

美酒与花卉相互辉映，馥郁芳香又流光溢彩。

因为在下午的发布会上，周晚将她和许博洲的关系昭告天下，于是这晚在宴会厅里，他们的手就没有松开过。她换了一条黑色的露背晚礼服，带鱼尾的款式，长发绾起，碎发从两鬓散落，在觥筹交错的光影里，她精致得宛如人间美人鱼。

或许是因为身边有男朋友在，她才敢穿得暴露一点，从背后看，整个蝴蝶骨都露在外面，纤瘦的薄背，漂亮灵动。

“恭喜。”

“恭喜周总。”

“祝你们百年好合。”

一场星荣新产品的宴会，像是变成了他们的订婚宴。

听不完的祝福，敬不完的酒。

“要不要去旁边坐一会儿？”许博洲心疼周晚，搂着她的腰，想往沙发走，“我去给你揉揉腿。”

周晚仰起头，因为装扮，她的笑容看起来比往常都要明艳妩媚。她说：“阿洲，你对我真好。”

虽然“阿洲”这个称呼很亲近，可许博洲显然觉得不够。他身子往前又故意靠近了一点，逼迫道：“重新叫。”

周晚扯住了许博洲的领带，突然将他往下一拽，温柔的声音落在他的耳边：“老公，时间到了。”

许博洲整个右半边身子都像过了电，心底激起涟漪。他低声问道：“什么意思？”

周晚对着许博洲的耳朵吹气道：“南瓜马车要来了，我们快走。”

他还没有反应过来，手就被她牵住，十指紧扣带着他往宴会厅外走。

他们穿过跳舞的人群，身影从像星河般璀璨的灯光下掠过。周晚一只手提着裙摆，一只手紧紧牵着许博洲，踩着水晶高跟鞋，边走边回头对他笑。

他不知道会发生什么，只知道心脏在疯狂跳动。

他们像是在进行一场逃离人群的私奔。

从热闹的宴会厅逃去一个属于他们的美妙桃源。

原来，南瓜马车是电梯。

许博洲被周晚牵进了观光电梯里，圆形的电梯嵌在通透的落地玻璃里，外面是祁南最繁华的商圈和海桥。这一刻，窗外的星光如同闪亮的钻石将他们笼罩。

许博洲微微皱起眉道：“你要做什么？”

周晚学许博洲，挑了挑眉道：“要你哭。”

两个人在电梯里对望，眼里都含着笑意。

观光电梯缓缓上升，霓虹光影像流沙般覆在玻璃上。

周晚看着手机里的时间，在即将转动到九点二十分时，她开始在心里倒计时，然后卡着点对许博洲说：“看外面。”

许博洲疑惑地转过头，看到外面的画面时，他耳畔嗡嗡作响，大脑一片空白，胸腔和每一个神经末梢都在剧烈颤动。

在熙攘的夜市里，高楼林立，星光灿烂，六栋紧靠在一起的大厦，LED 屏幕全部亮起。确切地说，是只为一个人而亮，循环闪烁着一场盛大的表白。

“许博洲，你的暗恋，如愿以偿。那个女生想对你说：你的爱不用再躲在角落，从今以后，你们的爱，会永远被烈日炙热照耀。”

高耸入云的大楼，在灯亮起的那一刻，照亮少年藏在阴霾里的爱意，终于冲破乌云，闯入光明的不易。

许博洲想过周晚是要和自己表白，但他以为白天的发布会就是，没想到她竟然还为自己策划了如此盛大的惊喜。亢奋和热烈的情绪在他心中呼啸，他转过身，一只手掌搂住了她的腰，深邃的眼睛里是对她深沉而缱绻的爱。

她也一样，目光如丝线缠绕着他，加速的心跳声、缠绵的呼吸声，充斥在通往顶层的观光电梯里。

“阿洲，对不起。”周晚忽然道歉，眼里闪着泪光。

许博洲抚摸着周晚的脸问道：“为什么要和我道歉？”

他的声音温柔到了骨子里。

这段时间，被他那些藏起来的厚重爱意紧紧包裹，周晚哽咽了起来：“很抱歉让你一个人单方面地喜欢了我很久，请原谅我的迟钝和后来的无情无义。”

许博洲轻轻抹去了周晚脸上的泪痕，温柔地笑了笑，说道：“其实暗恋挺好的。”

周晚声音颤抖地说：“你不要总是替我说话。”

许博洲搂着周晚看向窗外，说道：“如果不是因为我暗恋了你这么久，我又怎么会有今天的待遇？人生如果能享受到一次如此浮夸又热烈的表白，才叫没白活。”他盯着她的眼睛，将所有的爱都灌入她的眼底，“谢谢你。”停顿了半秒，他又说，“我爱你。”

话音落下，许博洲低头吻住周晚温热的唇，两颗跳动的心靠近，他们的身影交织在玻璃的光影里，空气里充满了甜蜜的香气。

楼下的人，在羡慕屏幕里被表白的男人。

而楼上的人，已经从电梯吻到了套房里。

门被推开后，许博洲的吻变得更激烈。他双手扣住周晚的后脑勺，将她抵在墙上，滚热的气息扑向她。

周晚推开了许博洲，一张被吻红的脸抬起道："帮我把裙子脱了，不舒服。"

"嗯。"

许博洲开了壁灯。周晚站在地毯上，他单膝跪在地上，轻轻地拉开她背后的拉链，纤瘦的背、漂亮的蝴蝶骨、白皙的肌肤。

拉链滑下一半后，他两只手搂住她的腰，刚刚和她接过吻的唇，忍不住再次吻上了她。

四十五层的顶楼套房外，霓虹四起。

祁南最繁华的夜景尽收眼底。

两个人的呼吸纷乱。

灯火浮华的霓虹灯照着窗外还未沉睡的城市。

窗内床上的人影，终于恢复了平静。

没有盖被子，他们就这样依偎在一起。激情消退后，他的内心被幸福感填满，那种充盈的感觉胜过一切。他吻了吻她的额头、鼻尖，忽然哽咽道："晚晚，我真的好爱你。"

他任何时候的表白都那么真挚，是带着少年感的干净纯粹。

周晚摸了摸许博洲的脸，又摸了摸他的唇，说道："虽然是你先喜欢我的，你的爱比我的厚重，但请你相信我，未来我会加倍爱你，让所有人都羡慕你。"

许博洲重新将周晚拥入怀里，像是要让她融入自己的心里。

他们没有接吻。

因为他们都觉得，事后的拥抱比吻更动人、更幸福。

秋天的祁南，暑气终于渐渐消退，唯有草木依旧葱茏。

许博洲和周晚的感情并没有降温，相反，在点滴的相处里逐渐升温。他们有点像回到小时候，有说不完的话，发掘不完的新鲜事。而有趣的恋爱，就是能让两个背负着沉重躯壳的成年人变成幼稚鬼。

他们也在第一时间见了双方家长。

由于从小一起长大，"见家长"对许博洲和周晚来说，并没有那么严肃和紧张，就是两家人坐在一起聚个餐。他们十指紧扣的双手，是对这份感情的底气，在见家长的态度上也默契达成一致。

他们并不是要征求父母的同意，而只是告知。

这段时间，在工作方面，他们也迎来了新挑战。

星荣的蓬勃发展给周晚带来名声，同样也带去压力。而对许博洲来说，飞行员培训计划成了他未来两年里，最重要的工作任务。

十月中旬的某一天，离祁南市区东南方向十五公里的航空培训基地。

空域宽阔，视野极佳。

开阔的蓝天白云之下，两排身穿飞行员夹克衫的男生，身姿笔挺地站在一处空地上，个个精神饱满，满脸斗志。

站在他们面前的是许博洲和纪燕均。他们戴着黑色墨镜，抱着一沓学员资料，宽肩窄腰，制服一上身，就浑身散发着硬朗的气息。

“Nick Ho，何正奇。”纪燕均用钢笔敲了敲名字。

“到。”男生将手高高举起，英姿勃发。

“Andy Wang，王恺平。”

“到。”

“林东。”

“到。”

还剩最后一个学员，纪燕均看着笔尖落向的名字，皱起了眉。许博洲见他没反应，问他怎么了。

纪燕均喉结滚动，念道：“Kevin Chen……”

因为晃神，他忘了念中文名。

许博洲呆住。他知道这一定是巧合，姓陈，以及英文名叫Kevin的男生太多了，但当耳畔响起陈航的名字时，他还是呼吸一滞。

“到！”突然，一声清亮的女声从风里闯来，是比男生更激昂的斗志。

头顶的阳光太烈，虚影很重，穿着夹克衫的短发女生慢慢走进许博洲和纪燕均的视线里，是陈莞。她剪掉了那头及腰的长发，留了和男生一样的短发，这样看，是有几分她哥哥的影子。

陈莞站到队伍里，说道：“大家好，我叫Kevin Chen，陈莞。不要惊讶，我是女生。”

她是这次培训班里唯一的女学员，没人想过，竟然会是这样一个又飒又酷的女生。大家来这里都是寻梦的，没有人搞性别歧视，几个男生纷纷向她投去了钦佩和友善的目光。

许博洲和陈莞相视一笑后，将资料簿夹在手臂下，拍了拍手，收拢大家的注意力。他做自我介绍道："好了，都到齐了，我再自我介绍一下，我是这次培训计划的飞行教师Glen Hsu，许博洲。我很高兴能在这里认识大家，也很高兴有越来越多的人喜欢飞行行业。"他停顿了几秒，严肃道，"我希望你们选择这个行业，是因为发自真心地尊敬和喜爱，而不是因为穿上那身制服，能更方便你们追喜欢的人。一旦被我发现，我会让你们以后都飞不了。"

学员们不敢吭声。

纪燕均补充说明道："这位老师是天蝎座，出了名的腹黑、记仇，你们小心点。"

四周立刻传来笑声。

许博洲没跟纪燕均一般见识，看向所有人，表情放轻松道："好了，你们相互认识一下，明天正式上课。"

"好。"学员异口同声地回答。

大家都在相互打招呼，添加联系方式。陈莞忽然走到许博洲身边，拍了拍他的肩膀道："我有话想和你说。"

许博洲点点头道："嗯。"

两个人走到一旁的空地上，蓝天里划过的飞机声如鹰在呼啸。

壮阔辽远。

在陈莞开口前，许博洲先问道："把长发剪了，不心疼吗？"

人只要在做自己喜欢的事，眼里都是光。陈莞耸耸肩道："为什么要心疼？留长发的时候，没少有男人拜倒在我的裙下。现在留短发，换换路子，或许比以前魅力更大，小心我把你的光芒都抢走了。"

许博洲摊开手，笑道："我已经是人夫了，不需要光芒。"

陈莞摸了摸手臂，啧了一声。

"话说回来，你有什么话想和我说？"许博洲问道。

陈莞沉了一口气，抬起头，有些不好意思地恳求道："我家里的情况你也知道，为了学习，我辞了职，我的积蓄不够交学费和伦敦的生活费，我想问你借钱。"

许博洲拍了拍陈莞的肩，会心地笑了笑道："你愿意追寻飞行员的梦想，愿意面对我，我非常开心。我在这里等的就是你，你认为星荣会需要你付培训费吗？"

陈莞感觉这话里藏了话，笑道：“星荣是周晚姐姐的，不是你的，我肯定要走正常的缴费手续。”

许博洲低哼一声道：“如果连免去你培训费的主都做不了，我这个恋爱岂不是谈得很失败？”

“万一呢，万一周晚姐姐是一个公私很分明的人呢？”陈莞故意说道。

旁边传来笑声。纪燕均走过来，举起手道：“我不是故意偷听的，只是刚好来这边接电话，听到了一些有趣的对话。”

许博洲睨了纪燕均一眼。

纪燕均朝陈莞伸出手道：“你好，很高兴能看见有女生加入培训班。”

陈莞一愣。

纪燕均连忙解释道：“别误会，我没有别的意思。我的意思是，我很期待这个行业里能出现优秀的女飞行员，这是一件非常酷的事。用哥哥的名字继续在天空翱翔，你真的很棒，‘空中花木兰’。”

“过奖了。”陈莞很谦虚道。

许博洲认真地对陈莞说：“关于学费和在伦敦的花销，你不用担心。我说过，陈航不在了，你就是我的妹妹，我会替他负责你的一生。”他这个人，就是喜欢在严肃的话后开上一句玩笑，“如果你要是想养什么小奶狗，也行，我帮你一起养，只要你喜欢。”

煽情的话让两个人的心都震了震。

陈莞第一次对许博洲鞠躬道：“谢谢你。”

她是一个不善表达情感的人，心里存了很多感激的话，但当她真站在他面前时，只能将那些话化成三个最简短却饱含深情的字。

只有许博洲能感受到这三个字的分量。

就像是那么多年的激烈风雨，终于迎来了最平和的阳光。他抬起头，阳光洒在他的头顶，从墨镜映入他的眼底，并不刺人，而是温暖。他想起过去的事，喉结不自觉地滚动，心在哽咽。

陈莞伸出手，五指用力地张开，说道：“Captain Hsu，你好！我是 Kevin Chen，希望以后，我们能在天空并肩作战。”

许博洲看向陈菀，绷紧的神经微微松动。

这是当年毕业典礼上，陈航对他说的话。

字字原封不动地又送给了他。

许博洲握住陈莞的手，看着他们交握的双手怔了一会儿，然后用力地握紧，就像当年握住陈航的手那样充满力量。他说："Kevin，这次我希望，我坐右边，你坐左边。"

陈莞充满信心地说："必须的。"

最爱调节气氛的纪燕均，在旁边双手环胸叹气道："那我就只能坐后面了呗。"

爽朗的笑声在云层里荡漾。

一架飞机飞过头顶，在天空中留下久久未消失的长痕。

所有学员都抬起了头，期待着属于他们的壮志凌云。

有旧人离开，就有新人到来，用更鲜活的生命，完成梦想的接力。

下午五点，祁南之声。

宽敞的播音室里，工作人员就位，一段轻柔的纯音乐带领观众进入节目。

"祁南秋天的落日是粉紫色的，暑气消退后，大家都脱掉短袖换上了长衫，此时外面的人在匆匆赶路，而耳机里的音乐在缓解你们的疲惫。你们好，这里是FM87.1，祁南之声'落日收信'节目，我是大家的主播Penny。"

周晚的嗓音很适合电台，像是秋日的微风拂过心头，给大家的耳朵带去一丝清新和宁静。

许博声买下祁南电台后，兑现了承诺，送给周晚一档属于她的节目。

每周四下午五点，不见不散。

因为喜欢，所以高中校园电台的主持记忆烙在了周晚的身体里，她不用再学，熟练地调整设备，切换了一首适合这天主题的音乐——王心凌的《那年夏天宁静的海》。

"那年夏天我和你躲在这一大片宁静的海

直到后来我们都还在对这个世界充满期待……"

一首老歌让城市里的年轻人产生了共鸣，音符弥漫在城市里的各个空间。

音量减小，周晚舒服的声音合进乐声里："青春就是一封干净又夹杂着心酸的信，我们充满期待却又小心翼翼地将它捧在手心，夕阳里，少年的白衬衫、少女的百褶裙被风吹皱，不经意回头微笑，被我们收藏在心里。我告诉自己要尽力藏好，因为那是我整个青春最盛大的秘密。”

这段开场白，是许博洲写的。

周晚读完，心像是被抹了蜜，笑得很甜。她随着节奏，继续说：“今天的主题是，你还记得自己青春时期，喜欢的那个女孩（男孩）吗？多年后的你，是否还想起过他？”

短短几分钟里，工作人员就收到了几十份短信信件。

周晚投入在念信里，都忘了节目流程。工作人员提醒她，她说：“幸福的时光总是过得很快，到了最后的来电环节，我来挑选一位观众，让我们听听他（她）的故事。”

电台电话响了两声后，接通。

致电的是一位男生，声音听上去很有少年感：“Hi，我叫 Jerrie，路上打开电台听到今天的主题，我就想这分明是为我量身定制的主题。”

周晚一笑道：“Jerrie 你好，我们都很好奇你的故事。”

晏孝捷正好刚从二中见完班主任，他将车停在二中外的小道上。他靠在椅背上，打开天窗，看着夕阳，慢慢回忆道：“读书时，我喜欢上一个女孩。她聪明又漂亮，我第一眼就认定了她，我这辈子必须娶她回家。”

周晚忽然愣住，问道：“一见钟情能这么热烈？”

“嗯。”即便是多年后再提起过去的事，晏孝捷也从不觉得枯燥无味，而是一说起来就言语间充满爱意，“她叫 Wendy，和我同校，我们相遇的方式就不适合在电台里说出来了。”

周晚怔住，莫名有点紧张。

晏孝捷：“总之呢，就是我热脸贴冷屁贴了两年，不管我怎么表白，她都不喜欢我。但是我没放弃，我坚信，她总有一天会喜欢我。我这个人最讨厌暗恋，我觉得搞暗恋的人特别没种。我喜欢一个人，恨不得全世界都知道，我管她喜不喜欢我，只要我喜欢她就行。”

这个男生和许博洲是截然不同的性格，坦诚又热烈，让周晚感触颇多。

“后来呢？”

“后来，我们在一起了，而且到大学毕业我们也没有分开。我们领结婚证后，就一起去美国读书了。”电话里的声音没有断，语气骄傲又臭屁，“而且现在她非常喜欢我，超级喜欢……”

之后的时间，晏孝捷都在讲述自己追到的女孩有多爱自己。

周晚被工作人员催促了两遍，她都打断不了电话里男生的倾诉。他像是说上瘾了，非把自己的爱情故事讲给整座城市的人听。

周日的下午，周晚和许博洲跑到乡下外婆家的院子度假。

初高中时，他们常常来这里玩。

院子基本没变，里面没人住，都靠邻居不定期地过来打理花草。在枯叶败落到来前，他们还能在院子里享受阳光的宠溺。

午后的蓝天、湖畔、草地和风，像棉花糖一样柔软。

周晚穿着宽松的小白裙，盘腿坐在沙发上看书，鼻梁上架着一副木框眼镜，人灵动，戴这种款式便不显得木讷，反而有文艺气息。

从浴室出来的许博洲，套上T恤往沙发上一坐，拍了拍大腿，说道："过来。"

周晚把书放下，慢慢走向许博洲，像一只可爱的小猫搂着他的脖子，对着他的唇、脸亲了亲。当然，真正的小猫立夏趴在地上的小窝里睡得香甜。

他太喜欢沉浸在爱情里的周晚了，黏人又乖巧。

她就这样坐在他身上，被他紧紧地抱着，很久很久。

不知什么时候，窗户被紫红色的夕阳覆盖。

周晚回过头的瞬间，想起了高一暑假那年的事情。

那天，盛夏刚刚收尾，但田地里还有蝉鸣。

她坐在不高不矮的台阶上折着手里的纸飞机，抬起头时，那个在田间小道上奔跑的少年，不顾满头大汗，一遍又一遍地训练体能，对着天空嘶吼、高喊。

在他身上，能看见那个年纪少有的，对某件事疯狂执着的欲望和意志。

什么是梦想，周晚好像在那一刻彻底有了答案。

她将手中叠好的纸飞机投向天空。纸飞机被风一吹，和少年一起奔向远方。她拿起手边的日记本，用蓝色的笔在新的一页写下一段话——

"梦想就是，勇敢飞进七级风里的纸飞机和永远奔跑在风里不言败的少年。"

"阿洲。"

“嗯？”
“今天和明天你暂时不要喜欢我。”
“为什么？”
“我想追上你的步伐，我想要和你喜欢我一样喜欢你。”
院子里的风铃被晚风吹得叮叮作响。
藤椅上并肩看日落的男孩女孩，成了在夕阳下拥吻的情侣。
窗台上 CD 机里播放的歌到了尾声。

“故事就说到这里就算你们再好奇
我想说的都已说完了其余是秘密
在那某一个街头会流传某个旋律
那是我在轻轻唱着歌我多爱你 Penny”

番外一 周晚生日

大概晚上 8 点，许博洲准时在星荣总裁办公室外等待下班的女朋友。

这是他们公开恋情后，周晚过的第一个生日，对他而言，意义非凡。但由于 9 号一早周晚要飞十几个小时去英国出差，而他也要飞新西兰，所以，只能提前一天替她庆生。

至于怎么过，许博洲心里早就有了计划。

一个他自认为，一定能让女朋友开心的点子。

“等很久了吗？”从会议室出来的周晚，看到了坐在门边椅子上的许博洲。

许博洲摇头：“还好，下午没什么事，先去打了一会儿台球，然后去我哥那待了一会儿，半个小时前刚到。”

“嗯，我收拾一下就走。”

“好，不急，你慢慢来。”

刚拉开门，周晚就看到卫也着急忙慌地往电梯跑：“卫也，出什么事了吗？这么慌张？”

卫也吓到收住了脚步，半天蹦不出一个字来。他紧张地看了看许博洲，然后回应了老板：“没事，没事，我家里有点事，得赶紧回去。”

“小心点。”

“好、好。”

周晚出来后，许博洲带着她到了地下车库。这两个月，集团和星荣都有重要项目，她整个人忙到昏天黑地，哪里还记得明天是自己的生日。

“我好饿，你想好吃什么了吗？”只有在许博洲身边，她才可以做自己，不管形象地瘫在了车椅上。

许博洲启动了车："嗯，想好了。"

"远吗？"周晚的眼睛都快闭上了，"我想先眯一会儿。"

"嗯，得半个小时，你先睡，到了我叫你。"

"嗯。"

说完，许博洲细心地把西服盖在了周晚身上，只见她缩成一小团，累到很快就睡着了。

周晚怎么也没有想到，吃饭的地方竟然是实验中学门口的台球室。

"为什么要来这？"她刚醒来还有些迷迷糊糊。

许博洲替她解开安全带："进去就知道了。"

搞什么神秘。

周晚被许博洲牵着，一起下了楼梯。他拉开厚重的木门，里面可谓是热闹非凡，粉色、紫色的气球、彩带满墙飞，在说话的都是熟人。直到她看到白墙上"Happy Birthday"的贴纸，还有各种手绘的祝福，才想起来明天是自己的生日。

整个台球室被布置得超级温馨，崔斯杰和纪燕均在聊天，孟洋在摆放餐具，看到这个画面，周晚全身的压力、疲惫瞬间一扫而空。她拽了拽许博洲的手，凑到他耳边说了一声："谢谢。"

许博洲把脸贴过去，示意得很明显。

周晚不顾旁人地亲了他一口。

这恩爱秀得太刺眼，其他仨人只能抱团取暖。

"要不，我们先走？"崔斯杰打趣，"我好怕零点还没过，蛋糕都没吃，你们就忍不住会在这里激情四射一番。"

周晚笑着对他们说："一个都不许走。"

许博洲搂住她："霸总发话了，都听话点。"

屋子里很快又恢复了热闹。

他们五个人围着桌子随心所欲地谈天说地，哈哈声此起彼伏，小小的壁挂电视里放着浪漫的旧电影，音响里也跳跃着愉快的音符。

"老纪，你要的奶茶没芒果味的了，我给你换了个柠、檬……"门口，卫也拎着大袋小袋走了进来，一副和大家很熟的样子。只是看到老板，他紧张地僵在了原地。

周晚起身："老纪？你和纪机长这么熟了？"然后她看了看他手中这些实验中学的特产，又问，"你常来这里？"

不管老板私下人有多随和，但始终有种威慑力，卫也支支吾吾："我、我、我……"

"他现在和台球厅老板的关系比我们都好。"纪燕均替他回答了。

卫也憨憨一笑，然后把这些特产逐样摆到桌上。周晚看了一眼，全是自己爱吃的。许博洲走过去，指着这些好吃但没营养的食物说："我记得那时候你说，要是生日可以躲到一个地方，把学校门口这些好吃的全买回来，那一定会很幸福。"

他摊开手："今天晚上，请你放开了吃，没人管你，吃到高兴为止。"

有人记得自己随口一说的话，还能做到，周晚当然很感动。

孟洋冲过来抱住周晚的胳膊："我们晚晚好幸福哦，谈恋爱开不开心啊？"

周晚害羞地点头："嗯，开心。"

那边的崔斯杰最会补充，大声问："应该问，和许博洲谈恋爱开不开心啊？"

许博洲立刻给他抛了个媚眼。

周晚并没有遮遮掩掩，大大方方地喊出来："开心，和许博洲谈恋爱，我很开心，每天都很开心。"

现场所有人都开始起哄。

只有卫也在擦眼泪。

"你干吗啊，搞什么伤感？"崔斯杰皱眉。

卫也微微抽泣："老板一直以来都很辛苦、很不容易……能看到她这么开心和幸福、我真的、真的好开心……"

所有人差点石化。

周晚抱了抱卫也，安抚好他敏感的情绪。

这是周晚第一次，在生日前一天，和好朋友们一起聊天聊到零点，然后在大家的歌声和祝福声中，许愿、吹蜡烛、切生日蛋糕。

她的确不喜欢那些虚无缥缈的隆重派对。

更喜欢这种接地气的热闹感。

她许了三个生日愿望。

第一个是，希望自己和家人都平安健康。

第二个是，希望集团和星荣能顺风顺水。

第三个是，希望她可以和许博洲永远恩爱。

吃了蛋糕，又聊了一会儿天，差不多凌晨一点多，大家都散了。

紧跟着，许博洲和周晚也走了。在车里，他拿出了准备好的生日礼物："晚晚，生日快乐，希望你每天工作完回到家，能把自己当成童话里的公主，不要操心任何事，随意使唤我，让我好好宠你。"

周晚打开盒子，是一套珍贵的粉色珠宝，她很喜欢。她搂住了许博洲的脖子，主动吻住他的唇，并且吻得很深。

他抓着她的胳膊，一副受宠若惊的模样："霸道总裁，请你轻点吻。"

两人同时笑出了声。

周晚在许博洲耳边落下一句"许博洲，我爱你"后，再一次主动吻住了他，吻得缠绵悱恻，呼吸炙热地交织在一起。

番外二
求婚

和许博洲恋爱第二年的冬天，周晚因为艺术展的工作要去一趟巴黎。恰好，乘坐的是他驾驶的航班，也算是一起“出差”了。落地巴黎后的前两天，她先是和法国当地的艺术家们进行了合作交流，第三天，她才拥有了自由。

“今天我们去哪儿？”起床后，周晚在酒店的浴室里洗漱。

这是一间正对埃菲尔铁塔的套房，外面是巴黎的雪景。许博洲裹着浴巾从淋浴间里出来，从后面抱住了她：“你定，我陪你。”

她想了想：“其实巴黎来过好多次了，该去的景点也都去过了。不然，我们就漫无目的地随便逛逛，如何？”

“好。”他怎样都行，一个吻落在了她的脖子上。

他们换上了暖和的大衣，手里握着一杯热巧，漫步在被雪覆盖的巴黎街头。周晚戴了一顶毛线帽，小小的脸蛋被冷风吹红。许博洲将她紧紧搂在怀里，时不时摸摸她的脸，帮她取暖。

不过她发现今天的他有些奇怪：“你干吗老拍我？”

许博洲握着 DV 说：“难得一起来这么浪漫的地方，记录一下。”

说完，他将镜头翻过来，脸凑到了周晚脑袋边，没有刻意摆什么姿势，就是自然地记录他们真实的每一帧画面，有笑、有害羞，也有打闹。

他们出来的时间并不早，吃了一顿饭，在咖啡厅里坐了坐，又去老书店逛了逛，时间转眼就到了晚上。他们走回了夜幕降临的塞纳河畔，雪下的码头，被河畔的灯光照着，连脚印都是浪漫的。

那边有人求婚，周晚看得津津有味。她转过头时，看见许博洲突然单膝下跪，姿势和不远处的男人一模一样，她一慌：“你干吗？不是要求婚吧？”

许博洲抬头看了她一眼，先是做了一个掏戒盒的假动作，然后双手绕到了她的鞋带上：“你的鞋带散了，我帮你系。”

系好后，他盯着她笑：“怎么？你很期待我向你求婚吗？”

“明知故问。”周晚抬起手，看着无名指叹气，“两年了，手上也没动静。算了，改天我自己去买枚钻戒戴好了。”

许博洲笑着包住了她的手，带着她慢慢往前走：“那可不行，你无名指上只能戴我给的钻戒。”

“好，我等着。”

不知不觉，他们走到了埃菲尔铁塔下。因为下雪，过来的人不是很多，但周晚还是想看看雪景下的塔。灯塔的彩灯照耀着天空和厚厚的雪地，泛着灯光的塞纳河水缓缓地流过塔边。

它的浪漫看似平静，但只要多看一眼，都会被震撼到。

不然，也不会有那么多人想要来巴黎了。

“阿洲，我想在这里拍张照。”周晚有些激动。

“好。”许博洲拿起手机，半蹲在雪地里，即使大衣被雪沾湿，他也要给女朋友拍出最好看的照片。但其实，她这张脸根本无死角，怎么拍都美。

置身于巴黎的雪景里，即便天寒地冻，周晚也丝毫不想回酒店，站着、坐着、蹲着，各种角度都拍了一遍。她看见许博洲的手都被冻红了，于是赶紧说拍最后完一张就走。她刚站好，突然见他大步朝自己走了过来。

“怎么了？”

许博洲没回答，只是半蹲了下去。周晚以为他又是帮自己系鞋带，便没有多想。只是旁边忽然走来几个手持玫瑰花的外国路人，纷纷将红玫瑰递到了她手里，还笑着对她说“恭喜”。

在她还没有反应过来时，她低头看见许博洲从口袋里掏出丝绒戒指盒。他轻轻打开盒子，钻戒在灯塔下夺目到令人挪不开眼。

“你……”周晚被突降的惊喜弄得说不出话来，怀里那束红玫瑰微微遮挡了她的视线，但她还是看到了比自己更紧张的许博洲，“你从什么时候开始计划的？我怎么一点也没察觉到呢。”

许博洲：“既然是惊喜，我怎么可能会让你察觉到？”

“谁帮你想的点子？”

“我自己。”他忐忑地问，“喜欢吗？”

她紧紧地抱着花束点头：“嗯嗯，很喜欢。”

停了一天的雪又开始下起来，落在他们的肩头。跪在雪地里的许博洲，手和脸都冻得通红，但没有任何一种苦比十年的漫长暗恋更难挨，他离胜仗还有最后一步。

他所有饱满的感情，在此刻都融进了看她的那双黑眸里：“晚晚，不知道你还记不记得，高二那年，你姨妈从巴黎给你带了很好吃的糖果，还给你看了许多巴黎的照片。你说，埃菲尔铁塔好美，你也好想有人能在铁塔下向你求婚。”

“所以，你一直记到现在？”即使他们已经恋爱了两年，但周晚依旧会被许博洲每一次的用心所震撼。他仿佛把她人生当中说过的每句话，都清晰地刻在了脑袋里。

“嗯。”许博洲点头，“这句话对我来说很重要。”

周晚被眼前的惊喜感动到说不出一句话。

许博洲继续说：“本来我是想找个我们都有空的日子，带你来巴黎度假。但上天好像很眷顾我，让我们有了一起出差的机会，刚好可以让我给你制造惊喜。”他沉了一口气，缓解自己的紧张，然后用更温柔的语气对她说，“那些好听的情话，我已经对你说了一万次，今天，我只有两句话想对你说。第一句是，我很爱很爱你；第二句是，从我喜欢你的第一天起，我就很想娶你回家。”

周晚哭了，连忙用玫瑰花挡住了自己的脸。侧脸抽泣了一会儿后，她拿开花束，和许博洲对视。雪下得越来越大，浪漫的氛围在这一刻被无限放大，她脸颊上有眼泪，眼睛却在笑。

他托着戒指盒，真诚地问她：“要不要做许太太？”

没有女人不会幻想自己被求婚的画面，但当这一幕出现时，周晚的心脏在疯狂地跳动。她伸出手，含着泪点头：“我愿意。”

像是梦境照进现实，许博洲笑得像个打了胜仗的孩子。他缓缓地将钻戒戴到她的无名指上，然后起身将她拥进怀里。雪下大了，铁塔下不再有人，他们成了今晚塞纳河畔最幸福的两个人。

戒指在周晚的手指上闪闪发光，抢走了铁塔的光芒。她箍住了许博洲的脖子，踮起脚，主动吻住了他，缠绵而炽热。

她闭上眼的那一刻，有些回忆在脑海里渐渐变得清晰。

高二那年，一个闲适的午后，她坐在花园里的椅子上，翻着巴黎的照片，感慨道："以后，我也想有人在埃菲尔铁塔下向我求婚。"

对面的少年边玩手机边懒懒散散地接话："你这个想法不错。以后，我就在埃菲尔铁塔下向我心爱的女人求婚。"